SV

Dietmar Dath
Sämmtliche Gedichte
Roman

Suhrkamp

Die Tiervignette auf S. 120 wurde von Daniela Burger gestaltet.

Erste Auflage 2009

Satz: TypoForum GmbH, Seelbach
Druck: Pustet, Regensburg
Printed in Germany
ISBN 978-3-518-42110-9

1 2 3 4 5 6 – 14 13 12 11 10 09

Sämmtliche Gedichte

THOMAS M. DISCH 1940-2008
IN LIEBENDEM UND EHRENDEM GEDENKEN

»Die Entwicklung der Sprache aber, die Wertschätzung, die sie genießt, hängt nicht von den fürsorglichen Bemühungen ab, die Pädagogen ihr angedeihen lassen, sondern davon, ob sie im entscheidenden Moment die richtigen Worte findet.«

Wolfgang Pohrt 1987

»I always tell the truth in my poems.«

Elizabeth Bishop 1966

»Kann man so malen, so viel sagen wie ein Schriftsteller?«

Maria Lassnig 1985

I. Schöne Form aus neigender Gebärde

Lied

Sie nahm die Milch und hielt das Schälchen fest
Und ließ die Erdbeerstücke rot drin schwimmen
Daß der Geschmack ins Weiße schoß: ein Test.

Sie schrieb: »Johanna Rauch«, das schien zu stimmen,
Mitten aufs Bild | so ging die Signatur,
Und machte sich danach ans Rändertrimmen.

Dann tat sies in den Umschlag | letzte Spur
Von zwanzig Jahren Arbeit an den Bildern.
Jetzt gings ums Leben | nicht mehr um Kultur.

Nachtwache

»Dem lieben Gott wird's bei seiner Schöpfung ganz ähnlich gegangen sein. Ich denk' mir das so: Er wollte vielleicht zunächst nur diesen Garten machen. Damit das Getier es behaglich hat, war wohl auch gleich eine Sonne vorgesehen, dazu Wölkchen, Gräser, ein paar klare Bächlein ...«
»Getier, pföh.«
Das Halbdunkel in der Künstlerinnenstube ist freundlich warm; man spürt die Nacht leis kichern, auch wenn das kein Geräusch ist, das man hören kann. Es riecht von Kerzen her nach Blutorangen. Der Dichter sammelt sich und sagt: »Getier, ja. Du weißt schon: lustige Eidechsen, Mäuse, die eine oder andere Giraffe. Aber dann gerät die Schöpferei

völlig außer Kontrolle, und plötzlich hat er ein ausgewachsenes Universum am Hals, streicht sich durch den Bart und murmelt: Tja, ist jetzt doch 'ne ganze Ecke größer geworden.«

Johanna nickt und lächelt mild; der Vergleich findet ihre Billigung.

Adam fährt fort: »Schöpfungen sind erst wirklich welche, wenn sie über den Plan hinauswachsen. So auch in dieser Geschichte, die ich dir erzählt hab' und die du so lustig findest. Sie hat ihre tragische Seite, und ihre komische, aber sie bringt uns außer Schrecken und Gelächter auch Hoffnung.«

»Hoffnung.«

»Klar. Ich meine, wenn eine junge, frische, aus einem ordentlich zur Kunst erzogenen Kopf in die Welt gepurzelte Schöpfung ... wenn ein ganz neues Gedicht, also kein Kleinod aus dem Familienerbe der Menschheit von irgendeinem Pindar, Rilke oder Creely, sondern eins aus dem Jahr 2009, so gegenwärtig wie du und ich und diese Tasche da drüben, noch Anlässe für Messerstechereien bietet, dann sollten wir das Abendland vielleicht nicht vorschnell verloren geben. Denn zwar versteht der Messerstecher das Gedicht falsch, wenn er sich davon zum Stechen aufgefordert fühlt. Aber das kleine Kunstwerk, das ihn zur Weißglut treibt, hat doch auch, entschuldige, daß ich das Offensichtliche ausspreche, etwas sehr Ernstes in ihm ausgelöst, wenn er da rumsticht. Mit dem Messer. Voller Wut. Das Wort, die Tat ... ein erstaunliches Phänomen, vorsichtig ausgedrückt. Und ist nicht eben dies das Abendland, wie es sich der Weltgeist immer gewünscht hat: die Gegend, wo wegen Kunstgebilden, ja, wegen Ideen, gestochen wird, oder geschossen, meinetwegen auch mal gebombt?«

Die Frau, von der er glaubt, daß sie ihm zuhört, summt versonnen. Sie hört ihm wirklich zu, aber nicht so, wie er glaubt: Sie mag die Melodie, den Sinn der Worte sucht sie längst nicht mehr herauszuhören; es ist, vermutet sie nicht ganz verkehrt, schon seit einigen Sätzen immer weniger drin – mit Sinn, merkt sie, hält es der Gute mitten in der Nacht wie das Wasser mit sich selbst, wenn es heiß wird: Das Material verdampft.

Der Mann ist während der letzten vier Stunden tief in den ihn jetzt umgebenden sienaroten Sessel gesunken; eine Insel Atlantis, im Laufe der Jahrhunderte verschluckt vom Meer der Metaphern. Er hat die Hände vor dem nicht übermäßig umfangreichen Bauch zusammengefaltet, das läßt ihn, der sehr groß ist und ein breites Kreuz hat, wie einen Pfarrer aussehen, der einem Schäfchen weise Ratschläge erteilt. In Wirklichkeit kommt Adam Sladek mehr vom Soldatenwesen her und wäre vor rund zwanzig Jahren mal fast hochbezahlter Berufsuniformträger bei einem Fallschirmjägerbataillon in Zweibrücken geworden, das sowohl im Rahmen einer Luftlandebrigade wie als selbständiger Gefechtsverband zum Einsatz kommen sollte. So einen Einsatz gab es nie; die Vorbereitung darauf beschäftigte die Soldaten hinlänglich. Weil er sich bei dieser Arbeit aber zunehmend verkehrt untergebracht fühlte, überraschte er sich lieber selbst, fing aus Liebe zur Literatur ein Germanistikstudium an, schloß das als Deutschlehrer ab und wurde nach seinem Referendariat, weil er dabei lernen mußte, daß er Kinder noch mehr haßte als Befehle, schließlich Dichter. Er schüttelt jetzt den schwergesoffenen Schädel, um sich so ein bißchen von dem zu distanzieren, was er da eben erzählt hat – nicht zu sehr, gerade halbherzig genug, um weiterreden zu können, wenn ihm noch mehr von dem Unfug einfällt, der Johanna Rauch so offensichtlich amüsiert.

Die Frau, die er belustigen möchte, flegelt ihm gegenüber auf einer langen blauen Couch, die sie sich mit allen Gliedern seit gestern abend langsam zur warmen Puddingburg gewalkt hat. Jetzt fängt sie, weil er in seinen Hirnfalten eben nach neuen Witzen sucht, versuchsweise an, die erstarrten Glieder zu rühren, und wirkt dabei auf ihn wie ein hilfloses, aber bis ins letzte Speckpölsterchen von Gottvertrauen erfülltes Baby in der Wiege. Johanna strampelt mit den Beinen, schmatzt. Dann gähnt sie lange und sagt: »Du spinnst vollkommen, Adam Sladek. Weil du ... weil du verrückt bist.«
Sie knackt mit den Fingergelenken; das klingt, als wollte sie sagen: Alt ist mein Leib und abgekämpft; auch diese Fingerchen müssen schon seit achtunddreißig Jahren alles mitmachen, bald fall' ich auseinander. In Wirklichkeit ist dieser Leib natürlich springlebendig; gerade heut

nacht, in seiner prächtigen Faulheit. Die roten Haare leuchten, als wollten sie zum Knacksen der Fingergelenke im Takt knistern: Die Knochen sind Reisig, das Haar ist ein Feuer. Johanna zwinkert sich die Sicht klar, sie denkt an ihre soeben geleistete Beweisführung und findet sie glänzend: Er spinnt, weil er verrückt ist. Die Künstlerin ist der Meinung, daß sie sich mit dieser Argumentation einen Riesenschluck Rotwein verdient hat. Sie holt sich ihren Gewinn direkt aus der Flasche, weil die Manieren jetzt, um kurz vor fünf Uhr morgens, längst im Bett liegen und von Knigges Unterwäsche träumen.

Adam Sladek entschließt sich, mannhaft gegen die Säuferin anzurauchen: Was sie kippt, das qualm' ich dann eben. Der Dichter hält sich für deutlich älter als die Künstlerin; das ist eine optische Täuschung, die von der Zahl »Vierzig« herrührt: Er weiß, daß sie noch zwei Jahre kindlich durchs Leben stolpern darf, bevor sie dieses tödliche Alter erreicht, und er erinnert sich ungern daran, daß er selbst den Endpunkt von allem und jedem schon seit ebenfalls zwei Jahren hinter sich hat. »Vier Jahre« hört sich nach gar nichts an; jeder Betrag zwischen »über vierzig« und »unter vierzig« dagegen nach einem ungeheuren Unterschied, jedenfalls für Adam Sladek. Betäubt von Sterblichkeit, bläst der Möchtegerngreis Laubfeuerluft in die Künstlerinnenstube. Das macht weiße Qualmfiguren von Goya, die nicht vierzig werden, sondern sterben, bevor auch nur ihre Gesichter fertig sind. Noch einmal saugt Sladek Rauch aus der Zigarre, die seine Beschützerin mit ihm teilen wollte. Sie raucht aber nicht mit, denn schon vom ersten Zug vorhin ist ihr schlecht geworden.
Adam Sladek ist ein guter Mensch; Johanna Rauch eher ein böser. Er läuft davon, wenn es häßlich wird; sie greift zu. Beide haben auf ihre Art häufiger recht als die meisten Leute, die nämlich auf dem Zaun zwischen Gut und Böse zu sitzen versuchen. Den Zaun gibt es nicht.
Der moralische Unterschied zwischen Johanna und Adam stellt sicher, daß sie füreinander interessant bleiben, egal, wie sich die Welt sonst benimmt.
Was passiert, wenn das Interesse zu groß wird?

Die Nacht kichert schon wieder; das fühlt sich jetzt weniger freundlich an.

Der Raum ist groß; viel Geld wird verbrannt, um ihn so wohlig zu beheizen. Das Haus stammt aus dem neunzehnten Jahrhundert. Erst wohnten zwei wohlhabende und angesehene Familien drin, die eines Philosophen und die eines Arztes. Dann kamen Weltkriege, Nazis und Schwierigkeiten. Nach 1945 gehörte das Haus lange Zeit einem Institut der Universität. Im Zuge des Kapitalismus und der finanziellen Staatsengpässe wurde das Institut weggespart. Das Haus ward schwermütig.

Johanna hat es sich vor zwei Jahren gekauft, um es zu erlösen. Sie wollte es mit Kunst, schönen Plänen und Eigenbedarf vollstellen. Die Kunst und der Eigenbedarf sind übriggeblieben, der Rest hat sich zerschlagen. Alles geschieht tatsächlich; nichts ist ein Gleichnis.

Über dem großen Zimmer, in dem Johanna und Adam sich betrinken, gibt es nur ein weiteres Stockwerk, das Dachgeschoß. Da malt Johanna manchmal große Bilder, die so tun, als wäre die Malerin nicht unglücklich.

Jetzt schließt sie die Augen und lauscht auf nichts. Draußen schreit kein Käuzchen und bellt kein Hund. Es ist zu kalt. Die Käuzchen sparen Atemluft fürs Mäuseschnappen; die Hunde liegen in den Häusern und träumen vom Hasenjagen. Hinterm Haus wohnt ein Berg, über den alle Riesen stolpern müßten, die Johanna besuchen wollen würden. Adam Sladek, denkt sie, während sie blinzelt, sieht jetzt gerade aus, als wäre er so ein Riese; der sienarote Sessel gleicht dem Berg. Zu Sladeks Riesenfüßen steht eine Stadt aus Bücherstapeln. Das Fundament der Stadthalle sind die Briefe von William Empson, die Handelskammer besteht aus mehreren Bänden von Thomas M. Disch, die Gymnasien sind von Paul Valéry und Gellu Naum, das Schwimmbad hat John Cowper Powys gebaut, es heißt »Glastonbury Romance«.

Die Siedlung versucht gar nicht erst, sich gegen Johannas sie umlagernde Gesamtunordnung zu behaupten. Das Städtchen kauert; es wartet auf ein Erdbeben, das es wecken möchte.

Die Künstlerin wiederholt, nicht ganz sattelfest, aber aufrichtig um

Fassung bemüht, was ihr Gast eben brummend betrunken verkündet hat: »Pfff nee echt, also was willst du mir hier beibringen? Ähm zwar … zwar hat der Stecher das Gedicht verkehrt verstanden, aber es bewegt ihn doch zum Stechen und … also … zwar … aber …«, erst jetzt fällt ihr auf, daß diese Redefigur zu seinen penetrantesten gehört. Sie prangert den Mißstand an: »Weißte, ach also … immer ist … bei dir da … alles öhm dauernd zwar und aber. Aber und zwar. Zwar und … du bist ein Zwaraber! Du redest Zwarabisch!«
Der Dichter macht ein Geräusch der hilflosesten Zustimmung.

Er mag Johanna; sie hat ihm das Leben gerettet. Würde er ihr das jetzt sagen, gäb's Gelächter (und wie ihre Zehen spielen, in den weißen Socken, und wie sie gähnt: Nein, Ernsthaftigkeit ist ausgesperrt; die muß bibbernd auf dem Dach hocken), aber er ist trotzdem froh, daß er sich hier verstecken darf, vor einem Geldgeber, der mehr von ihm verlangt, als alles Geld der Welt wert ist.
Johanna, die allmählich überhaupt nicht mehr weiß, was sie eigentlich will, außer auf keinen Fall schlafen gehen, zieht sich an der Sofalehne hoch, steht auf, nein, berichtigt sich der Protokollführer in Adams Kopf: steht sozusagen mehr oder weniger auf, ja, das trifft's besser, denn sie schwankt und wankt. Dann schafft sie es doch noch und geht zum CD-Player, wechselt noch einmal die Musik.
Er murrt verwaschen: »Bitte nich schon wieder deinen David Bowie da.«
»Doch, schon wieder meinen David Bowie da«, sagt Johanna, obwohl es gar nicht stimmt: Sie sucht nach einer CD von Xiu Xiu.
»Du verstehst eh nichts von Musik«, sie fummelt, griffelt, hat die CD schließlich drin.
Ein paar nette, vorsprachlich ungreifbare Vermutungen blühen kurz in ihr auf, als die Musik anfängt. Adam Sladek knarzt wie eine alte Tür: »Nein uhhm, nein, falsch, Johanna, du bist es, die nichts von Musik versteht. Ich verstehe vielmehr … nichts von Malerei. Deshalb halte ich ja auch so viel von deiner.«
»Hmmpf, ja bestimmt, und dein Lieblingsmaler ist Goethoven, Dings,

die Sonnenblumen, die schmelzenden Uhren und das Scheißzeugs vom Taschenverlag alles«, sie fällt auf ihre Liegestatt wie füsiliert. Das Sofa hat jetzt Angst vor ihr, es guckt verquollen zur Seite, als sie anfängt, an seinem Stoffbezug zu kratzen.

Adam Sladek deutet mit einer Hand, die so tut, als säe sie tödliches Korn, anklagend auf die überall herumstehenden CD-Stapel: »Das da, Frau Rauch, ist ein infames Archiv der menschlichen Entscheidungsschwäche. Mit David Bowie. Viel David Bowie. Viel zuviel David Bowie.«

»Brauchst dir gar nicht einbilden, daß du mich dazu kriegst, deinen Plunder zu spielen. Deine schlimmen Platten alle. Da diese ... neureiche Musik.«

»Neue Musik«, er korrigiert sie lustlos, weil er weiß, daß es ein Witz war.

Neue Musik: Die meisten seiner eigenen CDs, Nono Takemitsu Pärt Cardew Adams Monk Lutosławski Cage Reich Rzewski Glass, drängeln sich immer noch im großen Ahasverplattenkoffer. Der ist das einzige Gepäckstück, das er bislang nicht ausgeräumt hat, seit seine Reise quer durch Deutschland hier ihren vorläufigen Schlußpunkt fand. Davor hat er täglich hineingegriffen, immer hat die Musik ihn, vom Laptop aufs iPödchen gespielt, begleitet, von Intercity-Hotel zu Intercity-Hotel, Geldautomat zu Geldautomat, »Station to Station«, wie Johannas David Bowie schnulzt. Wenn sie wenigstens wieder die Operntanten und Orchesterschinken auflegen würde, mit denen der Abend so verheißungsvoll begonnen hat! Johanna, soviel weiß Adam inzwischen sicher, mag das Bürgerliche. Und darunter stellt sie sich immerhin auch Klassik vor, also Mozart, Beethoven, Brahms. »Neureiche Musik«, pfui: Sie will lieber den Anschluß an den älteren Adel, ans ganz alte Geld, an Häuser wie dasjenige, in dem sie sich und ihn versteckt.

Adam faßt sich ein Herz: »Kannst du die Heulerei wieder rausnehmen? Ich krieg' Migräne.«

Johanna schnaubt, steht aber wirklich auf, geht zum Regal, blättert im Plastik und findet einen Kompromiß.

Die Nacht stellt ihre Fledermausohren auf, als das Streichquartett Opus

18. No. 4 in C-Moll des bürgerlichsten aller Klassiker beginnt. Kobolde mit verwunschenen Namen spielen auf: Natalia Prishepenko, Gregor Sigl, Friedemann Weigle und Eckart Runge. Johanna Rauch wirft dem Dichter die CD-Hülle zu. Den schaudert's sacht, als er da abliest, daß diese vier Musikmenschen sich »Artemis Quartett« nennen. Der Name rührt an Erinnerungen, Befürchtungen, kitzlige Nerven. Artemis? Das wird einer von diesen objektiven Zufällen sein, mit denen Breton dem Universum immer am Rock zupfen wollte. Sladeks Zunge ist, ein Glück, zu schwer, den Einfall mitzuteilen.

Johanna setzt sich auf die rechte Armlehne des sienaroten Sessels. Adam studiert das Beiheft der Platte: eine Speisekarte, auf der siebzehn verschiedene Sorten Manna angeboten werden. Johanna wuschelt, einer niedlichen Eingebung folgend, in Sladeks schwarzem Haarschopf herum: »Bist schon 'ne arme Sau. Eine ganz arme Sau bist du, so ist das«, es klingt, wie man mit einem Kätzchen redet, das man mag, obwohl man weiß, daß man ihm mindestens so egal ist wie alle Menschen allen Katzen stets sind.
Beide, Heldin wie Held, sind beruflich gemachte Leute und privat am Ende.

Adam Sladek kann seinen Namen auf vielen Sites im Internet lesen, wenn es ihm drauf ankommt. Man erfährt dort von zwei schmalen Lyrikbänden bei Kookbooks, einem etwas umfangreicheren bei Suhrkamp, mehreren euphorischen, wenn auch oft reichlich sibyllinischen Rezensionen seiner Arbeit in diversen Zeitungen Deutschlands, Österreichs und der Schweiz; von Abdrucken seiner Werke in einigen von diesen sowie in- und ausländischen Literaturzeitschriften und von der Veröffentlichung einer Ode an Charles Dickens im »Times Literary Supplement«, Sommer 2006, übersetzt von Mick Imlah und Catherine Tallow. Adams Wikipedia-Eintrag weiß außerdem von Auszeichnungen: Stipendium der Villa Massimo, Dresdner Lyrikpreis, Peter-Huchel-Preis.
»Und dabei steht noch nicht mal alles da. Ich hab' auch noch irgend-

welches Geld von Stadtsparkassen und Mähdrescherfirmen gekriegt, weiß der Teufel!« hat Adam seiner Beschützerin vorgestern verraten. Nichts freilich ist im Netz davon zu erfahren, daß sein Mäzen und Verfolger eine in Leder gebundene Werkschau veranstaltet hat, Auflage 200 Stück, mit einem Nachwort eines Menschen namens Dietmar Dath, dem Mittelsmann des inzwischen sehr unerwünschten Gönners. Weniger als nichts weiß alle Welt von einem weiteren Buch, das Adam seinem Bedränger versprochen hat.

»Sämmtliche Gedichte« hätte das Ding geheißen, und Adam sieht, wenn er die Augen schließt, manchmal mit Bedauern, manchmal mit leisem Schrecken den Umschlag dieses nicht zustande gekommenen Opus vor sich: Amelia, die Rätselhafte, mit Pfeilen, Rätseln, Zeichen. Eine erfolgreiche Dichterlaufbahn, welcher der Dichter selbst die Spitze abgebrochen hat: So muß man das sehen. Das private Geschöpf Adam Sladek aber ist, gemessen an den Leistungen des Dichters, den es öffentlich verkörpert, ein Desaster.

Vier Seelen hat er geliebt; vier Mal ist er daran gescheitert.

Die dritte Seele ist ein Mann, den Adam nicht wiederzusehen erwartet; der Dichter bereut, daß er zu feige war festzuhalten, was ihn mit dem verbunden hat. Die vierte Seele ist eine Frau, die Adam Sladek in einem langen Gedicht, das er vielleicht nie fertigstellen wird, Mischa Hoffmann nennt. Der Name kommt ihm inzwischen vor, als wäre es ihr wirklicher, so weit hat sie sich von ihm entfernt. Wenn er mit anderen über sie spricht, nennt er sie so, wie er sie getauft hat. Der Rhythmus stimmt, die Klangfarbe ist wahr. Von Mischa Hoffmann bleibt dem Dichter nur ein arger Nachgeschmack. Auf sie hat er nicht lang genug gewartet, als er mit Warten an der Reihe war. Die beiden hatten Ärger mit dem Glück, vom ersten Augenblick an: Er lernte sie kennen, als ihr ein Verbrechen geschehen war. Das schüttelt man nicht ab; daran muß gearbeitet werden, wenn man zueinanderkommen will. Er, der einzige Zeuge, zu spät am Tatort, hat's vermasselt. Aus der Annäherung, die sein Versuch, ihr irgendwie zu helfen, mit sich gebracht hatte, waren beide am Ende schwer beschämt herausgestolpert.

Die andern beiden Frauen, hofft Adam, erinnern sich nicht mehr an ihn: Die Mädchenfrau, wie er die erste nennt, um seine größte Lebenserschütterung ein bißchen putziger klingen zu lassen, und die Agentin, wie die zweite in dem Film heißt, den sein Kopf ihm dreht, waren aus jeweils unterschiedlichen Gründen völlig falsch mit ihm verkabelt worden. Funken, Brände, Adieu.
Von der Liebe erwartet Adam derzeit, daß sie ihn mal ein paar Jahre verschont und wieder zu Kräften kommen läßt. Bin ich, fragt er sich, nicht ein emotional entkerntes Nichts mit ausgebrannten Augen, verdrecktem Herzen und wundem Verstand? Falls ich's nicht bin, so fehlt nicht viel dazu.
Johanna hört auf, den großen Menschenkater zu kraulen, stößt sich von der Lehne weg, geht um den Sessel herum und versucht sich vorzustellen, was er sieht, wenn er sie anschaut.
Beschützt, sagt er ihr hin und wieder ganz ernsthaft, fühlt er sich von ihr. Wahrscheinlich glaubt er, daß das Leben, das ihn hier eingeladen hat, ein stabiles ist. Erfolgreich, sagt man: Auch Johanna ist gerühmt worden, auch sie wurde ausgezeichnet – als man sich vor ein paar Tagen darüber austauschte, wurde sie pampig: »Preise, och, hab' vergessen, welche, wann, wieso.« Das Sammlergeld fließt reichlich; sie hätte nie geglaubt, daß sie mal eine Anlageberaterin brauchen würde, aber so ist es. Sie nimmt derlei nur aus den Augenwinkeln wahr. Wichtig sind ihr bloß die Kunstzeitschriften, in denen sie vorkommt – Fetische eigener Art; sie glaubt, das hänge wohl damit zusammen, daß Zeitschriften ihr Medium der Wahl waren, am Kunstleben teilzunehmen, als sie noch kein Geld hatte, keinen Ruhm, keine Aussichten. Vor ein paar Jahren war sie froh, wenn sie für diese Magazine schreiben durfte. Auf ihrem Nachttisch, von Staub vor Licht geschützt, liegt seit Monaten eine Ausgabe von »Parkett«, die zur Hälfte ihrem eigenen Werk und zur andern Hälfte dem einer niederländischen Fotomanipulateurin gewidmet ist, mit der sich die Malerin auch persönlich ausgezeichnet versteht.
Das private Geschöpf Johanna Rauch aber ist, gemessen an den Leistungen der Künstlerin, die es öffentlich verkörpert, ein Desaster.

Dies äußert sich, so meint die Betroffene, vor allem darin, »daß mich immer alle verlassen. Sogar dann, wenn ich mir selber überlege, daß es Zeit wäre, jemanden zu verlassen, hauen die schneller ab. Liebe, das krieg' ich überhaupt nie. Das Beste, was mir passieren kann, ist noch Haßliebe. Da kann ich schon froh drüber sein.« Soweit Adam sich inzwischen aus Andeutungen hat zusammensetzen können, was damit gemeint ist, ergibt sich ein trauriges Bild: Wohl schon in Johannas Teenagerzeit gab es einen Apoll namens Paul Debus, geniale naturwissenschaftliche Begabung, schöner Junge, gerader Mensch, mutig, lustig, liebenswert. Mit dem war sie seinerzeit einige Monate zusammengewesen, dann zerbrach das, man lebte sich auseinander. Viele Jahre später, die beiden ehemals Liebenden waren schon in der Mitte des vierten Lebensjahrzehnts angelangt, wurde der Mann Vater einer Tochter. Die Mutter dieses Kindes, eine offenbar geisteskranke, aber sehr hübsche, anmutige und einnehmende Person, hat Schwangerschaft und Geburt nicht unbeschadet überstanden. Sie erlitt nach einem gewalttätigen Übergriff auf eine Nachbarin einen Zusammenbruch und ist dann aus dem psychiatrischen Landeskrankenhaus, in dessen geschlossener Abteilung man sie untergebracht hatte, auf bis heute ungeklärte Weise »entkommen« (Johanna, mit unüberhörbarem Unterton von Schuldgefühlen). Ein Selbstmord scheint den Überlebenden, also dem Kindsvater und Johanna, durchaus wahrscheinlich, wenn auch nie eine Leiche gefunden wurde.

»Da sind wir dann«, hat Johanna ihrem Hausgast den Fortgang geschildert, »einander wieder nähergekommen, Paul und ich. Er ist, als ich mir dieses Haus gekauft hab', zunächst mit Cathrin hier eingezogen. Cathrin – das Kind. Aber das Zusammenleben hat nicht funktioniert.«

Was sich hinter diesem dürren letzten Satz verbirgt, errät Adam Sladek ungern: Johanna, die auf die Mutterrolle wahrscheinlich nie viel Lust verspürt hatte, war willens gewesen, sich aus Liebe zu Paul Debus daran zu versuchen. Er jedoch hatte ihr, noch bevor sie selber an diesem Entschluß hatte zweifeln können, das Vertrauen entzogen und war mit dem Kind verschwunden. Das schöne große Haus blieb zurück, halbleer, unwahr, bis er, Adam Sladek, darin Asyl fand.

Vielleicht rührt daher der schwache Schein von Dankbarkeit, den er gelegentlich im Blick der Beschützerin zu erkennen meint, wenn sie ihn ansieht. Jetzt aber sind ihre Augen geschlossen. Sie ist niedergesunken und sitzt, mit der rechten Lehne von Adams Sessel im Kreuz, leise atmend neben ihm, der sich aus seiner Kuhle herausarbeitet, vor der Künstlerin kniet, sie betrachtet, erst aus höflicher Distanz, dann von nahem: Wirklich, jetzt schläft sie.
Johanna sieht, findet er, nicht gut aus. Die Stirn glänzt stumpf, die Wangen sind fahl. Er weiß, daß er nicht besser ausschaut. Nirgendwo ist eine Lösung. Natürlich könnten sich diese beiden jetzt aneinander festhalten; vielleicht ließe sich sogar die Täuschung einrichten, daß da ein Herz sich in ein anderes kuscheln könnte: daß hier etwas paßt. Aber damit wäre nur ein weiterer Betrug in der Welt, begangen von zwei oft Betrogenen.
Die Nacht hat aufgehört zu kichern. Sie schläft in ihren Stiefeln.

Wann, denkt der Dichter, hat meine Zersetzung angefangen? Wirklich bei Bruchsal, als ich das erste Mal das Fundbüro betreten habe? Aber im Fundbüro kann ich nicht gesucht haben, was mir jetzt fehlt – ich wußte doch gleich, an der Bar, beim ersten Blick auf Amelia, was mir der alte Kiwus später streng erklärt hat: »Hier ist keine Liebe, Adam, irr dich nicht.«
Nirgends ist Liebe, übrigens, wo wir Kunstmenschen sind, und überall die falsche Hoffnung, die von uns ausgeht, für die Nichtkunstmenschen. Was für eine Unruhe ist das, im schlafenden Gesicht der Künstlerin? Da bewegt sich kein Muskelchen, aber es ruht auch nichts. Sollten sich menschliche Züge nicht entspannen, wenn man schlummert?
Adam Sladek ist ein starker Mann. Er nimmt Johanna in die Arme, hebt sie auf, trägt sie die breite Holztreppe hinunter in ihr Schlafzimmer. Die Schuhe hat sie längst schon abgestreift; Adam geht davon aus, daß von ihm nicht erwartet wird, die Träumende weiter zu entkleiden. So legt er seine Beschützerin angezogen auf das riesige weiße Fell, das ihr viel zu großes Bett bedeckt.
Dann geht er wieder nach oben.

Beethoven läßt seine Kobolde immer noch am Tonbild des befreiten, stolzen Menschen arbeiten. Ah ja, ein Aufbruch: Politisch nämlich ist der Dichter unbedingt für Freiheit, war auch ein Weilchen links dabei, mit Werken gegen Unrecht und dergleichen, davon blieben Absichten, Ansichten, Gelesenes.

Was hat Johanna eingeschläfert, fragt sich der Dichter – mein Geschwätz oder diese Freiheitsmusik? Was sagt diese Nachtwache über die Künste, übers Wort, über die Komposition, die Aufführung? Was über Johanna? Was über mich, daß ich mir solche blöden Fragen stelle?

Adam denkt daran, daß er sich mutwillig von Leuten getrennt hat, die ihn, was immer das heißt, wenigstens ein bißchen verstehen, und daß das riskant ist, weil es so viele dann doch nicht gibt, die das können. War Dath nicht, denkt Adam, der erste Leser, der wußte, was es mit dem senkrechten Strich in Adams Gedichten auf sich hat, auch wenn er es dann wieder so geschwollen ausdrücken mußte: »Es ist eben weder ein ganz optisches, visuelles, grafisches, noch ein rein atmendes, logophil sich aussprechendes Zeichen, sondern eine Art Denkinterpunktion, wenn sich die Bedeutungen gabeln wollen. Es ist ein Innehalten, das schillert zwischen der Textwirklichkeit und dem Sprechen und dem Sichwasvorstellen, eine Art blasses Fragezeichen an Stellen, die plötzlich merken, daß sie auch anders lauten könnten. Derrida hätte es geliebt.« Der Dichter mag diese Erläuterung, obwohl sie, was er aber nicht wahrhaben will, verkehrt ist.

Adam fragt sich, ob es zu den letzten feierlich vernünftigen Noten – muß ich mir merken, schönes Adjektivpaar, trifft Beethoven genau, feierlich-vernünftig –, den schwindenden Spuren eines Liedes, die er, nun selbst auf dem Sofa ausgestreckt, wegdämmernd eben noch vernimmt, nicht einen Text geben sollte, ein Gedicht.

Es muß doch, denkt er, immer Texte geben, Worte zu allem, in meiner Welt.

Sonst kann ich nicht schlafen.

Nicht wachen.

Nicht leben.

Niobidenverwünschung

Laß uns Niobes Kinder eilends töten
Wieder und wieder sie
Sterben nicht bleiben nie | tot wie sie sollen

Unterm Stein die Kleinsten erschlagen
Mit Pfeil und Bogen die Älteren jagen
Weit verstreut auf dem Feld
Leichen rings
Fein angerichtet siehts aus. Wie im Kino oder auf dem Menü
Schatzkarte für die Kannibaleninsel
Erlebnisgastronomie: Friedhof

»Dieser Friedhof«, sprach die alte Frau
Zu ihrer Handtasche, weil sonst niemand
Bei ihr geblieben war, »wird auch
Immer alberner.« Denn auf einem Grabstein
Fürs Familiengrab derer, die Niobe gebar
Mußte sie | im Vorübergehn
Die Inschrift lesen :
»Am Ende wars echt schlimm«.

Idyll

Sagen besser nur flüstern
Nicht daß ich den leisen Wind übertöne
Dies Paradies
Auf unserm Berg über den neusten Reben
Siehst unter uns die Siedlung der Studenten
Und der Fachleute von andern Kontinenten
Siehst dich selbst, daß ich dich anschau nämlich
Und was ich denk | von dir

Hast Du lang gebraucht mich zu finden
Frag ich das treue Licht
Vernünftiger Mythos im Vorschimmer jüngerer Lügen
Keine verstehet es also die liebliche Laute zu rühren,
Singend der Artemis Lied und der Männin im Busen, Athene,
Wie es die Helena thut, all was da hold ist im Blicke.
Aber jetzt müssen wir, weil es schon Tag wird, hinunter
Fort aus Natur von Geschichte wegen, ein Abstieg vielleicht
In unsre Chance, unsre Lust, unsre Angst
Es fängt an es geht weiter fahr fort im Zeichen
Der flinksten Schwester Apollos

Fundbüro

Der Ort ist einzigartig in Mitteleuropa, vielleicht überhaupt auf der Welt. Man findet ihn im Regen; die Sonne und der Mond scheinen hier nur verdattert, am zerkratzten Himmel. Mal wehen feuchte Vorhänge, mal schüttet wer bleigraue Güsse aufs Dach, mal setzt es Trommelfeuer von perfekt gerundeten Wasserkugeln, als hätte einer über allen Wolken ein Riesenschmuckkästchen umgeworfen. Sonne, Mond: Erstere, selbst wenn sie da ist, scheint hier stets verschwinden zu wollen; letzterer, wie spät es sein mag, wirkt über dem Gebäude allezeit wie eben angekommen. Eigentlich wird's immer gerade Abend, wo das Fundbüro steht.
Nach Westen hin scheint sich ein Wald vor dem Grundstück zurückgezogen zu haben, aus Furcht. Als äußerster Waldaußenposten auf dem Gelände, das zum Fundbüro gehört, wacht eine einzelne Eiche.
Ein Regisseur, der ganz aus Geld gemacht ist, hat dieses Diorama erschaffen. Hinter der Eiche, als Auffangtruppe, gibt es ein paar Birken, die treiben Fingerfuchteleien. Das soll, so will's der Regisseur, ablenken von dem kleinen Streifen Asphalt am Rasenrand, direkt zwischen dem Schotterparkplatz für Fundbüro-Gäste und dem dunklen Waldaußenbezirk.

Auf diesem Asphaltstreifen steht ein kantig buckelndes Objekt unter einer bienengelben, im ewigschwammigen Licht nur als Summe von Faltungen und Wölbungen erkennbaren Plane. Unterm Planenrand sind Spitzen von etwas wie Kufen oder einem Rädergestell zu erkennen, die kühlmetallen blitzen wollen, aber nicht genügend Leuchtkraft empfangen, aus der diesigen Atmosphäre. Die Abdeckung ist schmutzig; ihr Zweck ist es auch. Der Wald dahinter nadelt eher, als daß er laubt.

Dies alles gehört einem Mann, von dem die Nachrichten kaum etwas wissen. Wovon sie was erzählen, sind nur die Folgen seiner Handlungen und Unterlassungen, fast nie fällt dabei sein Name, und das einzige, was seltener abgebildet wird als sein Gesicht, ist dieser Ort, den er zu seinem gemacht hat. Das Fundbüro, so verborgen es ist, stellt dabei das Schaufenster dar; es ist immerhin zugänglich, wenn man weiß, wo man's findet. Was im Wald geschieht, dazu muß man eingeladen sein, um es zu kennen.

Selbst Google Earth hilft nicht; die Bilder der Region sind von Expertenhand zurechtgefingert. Wäre das nicht geschehen, könnte man sich die Gegend um Bruchsal ansehen und würde dann das Fundbüro womöglich zwischen Bensheim, Lorsch und Heppenheim entdecken, auf einer Fläche, die von denen, die in Deutschland Autobahnen planen, links liegengelassen wurde, etwa zwanzig Minuten Fußmarsch landeinwärts entfernt von einem Autohof, zu dem unter anderem der sterilste und schlechtestbesuchte McDonald's des deutschsprachigen Raumes gehört.

Das Gebäude, um das es geht, wurde nicht von dem Grundstücksbesitzer erbaut, der einen Zipfel Land auch an den Autohof verpachtet, sondern steht seit dreißig Jahren hier. Es ähnelt, wenn man davorsteht und die Augen zukneift, einem Werksverkaufbau für Schuhe oder einem kleinen Möbelhaus. In Amerika wäre so ein Objekt vielleicht die Turn- und Schießübungshalle einer rechtsradikalen Miliz.

Auf der Westseite gibt es etwas, das man einen Eingang nennen muß. Hier öffnet sich, wenn die Türsteher das zulassen, dem Gast eine schmale Flügeltür (der andere Flügel ist dauerhaft verschlossen, vielleicht in den Rahmen geschweißt). Dahinter hängen schmale Fahnen aus einem

Stoff, der leichter ist als Seide. Die regen sich im heißen Wind von innen leis, die wölben sich und zittern fein, streifen die Haut beim Eintreten wie vorsichtige Finger. Innen ist Platz für jede Sünde.
Malefikale Lichtlein zwinken Hokuspkus; jeder Likör, den Menschen kennen, wird hier ausgeschenkt; ein Krachteppich liegt teddyweich unter aller Rede. Man denkt, wenn man nicht genau genug hinguckt und die Raumeshöhe übersieht, zunächst an einen Keller für Motorradrocker: Das Mobiliar ist stabil, hölzerne Wagenräder mit Öllämpchen dran hängen von den stählernen Deckengerüsten. An den Wänden, zwischen sehr hohen, sehr breiten Bücherregalen – aber seit wann lesen Motorradrocker in ihren Kneipen Bücher? – hängt erotische Fotokunst, dazwischen leuchten ein paar nicht minder lüsterne Gemälde. Das Essen ist streng vegetarisch.
BummTx – BummTx – BummTx: Ein Schlagzeug legt schnurgerade Gleise in den Boden, auf denen ein gemütlicher Zug rastlos gutgelaunt zwischen Bar und Tischen hin und her fährt, der AC/DC heißt. Neu ist an der Platte, die hier läuft, daß sie erst vor ein paar Wochen in den Verkauf gelangte. Alt wie Satans Matratze ist daran alles andere.

Der gepflegte Radau drängt sich so wenig auf, daß Unterhaltungen mit nur wenig erhobener Stimme möglich sind. Geredet wird hier einiges. Über die Kunst zum Beispiel, die da zwischen den Büchern lockt, wird laut nachgedacht: »Gehört das nicht verboten?« – der rosaweiße, von Federchen und Vogelmustertüchern umschmeichelte Po auf dem Silkscreen direkt gegenüber der Bar ist fester, unverschämter, fröhlicher und jünger, als erlaubt sein sollte. Er gehört der Tochter von Irina Ionescu, die ihn für ihre Serie »Eva – Eloge de ma fille« fotografiert hat.
Erdrot zersiebte Menschenkörperdrahtgeflechte von Hans Bellmer, die sich von der Südwand her ins Unbewußte der Betrachterinnen und Betrachter wölben wollen, würden diesen Bemerkungen von Herzen zustimmen, wenn sie reden könnten. Ihr Beruf ist es aber bloß, sexuellen Drehschwindel hervorzurufen. Sie sind ihr Geld wert.
Lilien- und lavendelfarben streckt sich unweit davon ein »Erwachen«,

das der unanständige alte Bonbononkel Balthus gemalt hat. In Kätzchenpastell ißt über der Tür zur Küche ein mit der Feder von Yoji Fukuyama auf Karton gekritzeltes Schulmädchen mit hochgeschobenem Uniformröckchen ein Orangeneis. Über dem Schnapsregal planscht und tanzt ein Rudel Schwimmnymphchen auf einem riesig hochgezogenen Szenenfoto aus Lucile Hadzihalilovics Wedekind-Verfilmung. Die hohe Halle scheint von nichts als fieser Lust erleuchtet; in Wirklichkeit gibt es in fast völlig blickverborgenen Winkeln zwischen den Stahlträgern Strahler in Blau, Grün und Magenta, die den Öllampen an den Wagenrädern Flämmchenhilfe spenden. Zwischen den Effekten, die diese Lichtquellen an die Wände zaubern, zieht Rauch aus Zigaretten, Zigarren und Pfeifen flüchtige Spuren von Drachenatem durch die von sich kreuzenden Blicken erzeugten Kleinräume im großen ganzen.
Die Bücherwände aus glänzendem Schweigen halten das unbeschadet aus; sie sind die Küste, wider die der gut abgehangene, klug gedämpfte Krach schäumt. Die Halle ist kleiner, als man annimmt, wenn man das Gebäude von außen sieht. Es gibt Hinterzimmer; sogar auf zwei Stockwerken. Alles ist in jungem Holz gebaut, wie eine Filmkulisse, aber stabil genug, die nächsten zweihundert Jahre zu überstehen. Die Hinterzimmer sind zum Vergnügen besonderer Besucher eingerichtet.
Ins Restaurant passen rund hundertsiebzig Gäste ohne Drängeln; siebzig sitzen, wenn es voll ist, an den Tischen. Jetzt sind kaum vierzig hier, das übliche Publikumsaufkommen zu dieser Zeit, halb elf Uhr abends. Einen Unterschied zwischen Werk- und Feiertagen gibt es im Fundbüro nicht. Hier ist immer Samstagabend.
Zwei Zwillinge, Asiaten in teuren Mattsilberanzügen, sind an der Bücherwand neben dem Eingang damit beschäftigt, einige besonders kostbare Bände herauszuziehen, durchzublättern, einander zu zeigen. Halblaut lesen sie einander blätternd vor, neigen dem je andern den Kopf zu, lachen zärtlich und höflich. Eine Frau in teils ahornbraunen, teils hirschroten Ledersachen, mit einem roten Tuch um den schlanken Hals und einer kunstvoll unregelmäßig geschnittenen Knabenfrisur, sitzt auf dem Barhocker direkt gegenüber der Fukuyama-Zeichnung und ist, ohne daß jemand in Ohnmacht fiele, so schön, daß eigentlich je-

mand in Ohnmacht fallen müßte. Die Leute hier sind einiges gewöhnt. Die Frau ist entweder Anfang Zwanzig oder Anfang Dreißig, je nach Lichtwinkel; ihre Gesichtszüge sind nicht weich, aber von anmutigstem Ebenmaß. Das Licht wechselt, jetzt ist sie vierzehn. Ihr Lebensalter, kann man daran erkennen, hängt davon ab, wie ihr innerer Glanz und die Strahler miteinander einig werden. Wahrscheinlich hält man sie bei Sonnenschein für eine frühreife Neunjährige. Ihr Blick deutet an, man müsse sie zwar ein wenig bitten, Menschen zu beschützen, ihnen zu helfen oder sie zu retten; täte man es aber, so könnten diese Menschen wahrhaft von Glück sagen. Man merkt, daß sie weiß, wie man jagt und tötet. Was in ihren Augen blitzt, wenn sie blinzelt oder etwas – ein Bild, einen Menschen – genauer betrachtet, beschämt die Rotglut in den Zigarettenspitzen hustender Gäste. Die Leute würden sie, wenn man das wagen dürfte, nicht mit Namen nennen, denn den kennt hier kaum wer. Sie hieße, wenn man von ihr spräche, wohl nur »die Jägerin«.

Im Augenblick sieht und hört sie einem katholischen Priester zu, der die ersten Ingmar-Bergman-Filme noch als Uraufführungen erlebt hat. Er redet auf eine gelangweilte Schwarze ein, die einen Herrenanzug trägt, der noch dunkler, noch vornehmer, noch zeitloser geschnitten ist als seine Priesterkluft. Die beiden sitzen an einem Tisch auf der ersten der drei Stufenplattformen in der Mitte des Raumes. Die Jägerin an der Bar studiert ihn mit ihren Polarlichtaugen; sie kriegt nicht jedes Wort mit, das er sagt, es dringt nur in Fetzen bis dahin, wo sie hockt: »Ja, Wegerich, da hast du recht, aber man braucht ein feuerfestes Becherglas, und ich persönlich bevorzuge Ringelblume … Löwenzahn …« Die Bequatschte gähnt so kräftig, daß man schier Lust bekommt, von ihr verschluckt zu werden.

Wie aus linder Luft verdichtet erscheinen jetzt im östlichen Halbdunkel der schmalen Hallenrückseite sieben Frauen, die hier die Tugenden heißen, erfrischt von langen Bädern, Massagen und etwas Sport. Es sind wohlerzogene Mädchen aus Skandinavien, Norddeutschland, der Tschechischen Republik und diversen englischen Gegenden wie Wales und

Schottland. Der Wirt beschäftigt am liebsten blasse Grazien; besonders mag er Sommersprossen, die wie Zimtstreuselchen aussehen, in hellen Gesichtern und auf bleichen Armen. Jede dieser Frauen kann und weiß mehr als die meisten der Gäste, welche doch auch keine Torfstecherinnen und Sauhirten sind. Die Damen wirken nicht, als ließen sie sich von irgendwem ohne weiteres ansprechen oder berühren; der gewöhnliche Swinger oder Escortservicefreier wird, wenn ihn ihr Blick streift, fürchten, daß sie silberne Schamhaarbüschlein aus Stacheldraht haben, mit denen er sich besser nicht einläßt. Gern aber mischen sie sich unter die Anwesenden und setzen sich zu Männern und Frauen an Tische oder an die Bar, wenn ein ausreichend verspielter Augenkontakt oder rasche, winzige Wortwechsel sie dazu einladen.
Die Mädchen nutzen die drei Ebenen der Holzbodenabstufung kunstgerecht als Bühnen; aber sie kreisen nicht knapp bekleidet im Spotlight mit den Hüften, fassen sich nicht gegenseitig an die Hintern, streicheln ihre Brüste nicht. Zurschaustellungen dieser Art gehören, findet der Wirt, auf den Jahrmarkt.

Kleine lebendige Vorführungen anspruchsvollerer Art allerdings, schweigsam und schwer zu deuten, kommen hier dennoch vor, wenn etwa eine der Stolzen sich auf die Bar legt, wo man sie dann nicht behelligen darf, die Augen schließt, die Arme um sich schlingt und träumt, als höre sie eine Musik von innen.
Vor ein paar Tagen erst kam Caitlin, eine der beiden Schottinnen, unbekleidet aus den Bädern, nicht nackt – eine rote, klebrige Flüssigkeit bedeckte sie wie heiße Himbeersoße weißes Eis; es war nicht Blut noch Sirup. Der Stuhl, auf dem sie, abseits der Tische, unter den dezent neugierigen Blicken der Gäste ein bis zwei Stunden schweigend saß, als meditiere sie, steht noch immer ungereinigt da. Spuren der Flüssigkeit, jetzt schwarz, haften an Sitz und Rückenlehne. Wäre die Substanz etwas Verderbliches, so hätte der Wirt den Stuhl reinigen oder verbrennen lassen. Vielleicht handelt es sich um überhaupt keine grobstoffliche Tatsache; womöglich ist das Rote, das Schwarz wurde, nur eine Idee.
Es paßt hierher, zum Dekor wie zu den Gästen.

Man nennt den Ort, weil altgriechische Ausdrücke zu geschwollen wären, einen Club. Der Name lautet Fundbüro, weil der Sohn des Wirtes den Sänger Meatloaf mag und dieser ein Lied über ein Fundbüro gesungen hat, wo sich um Mitternacht die merkwürdigsten Menschen treffen.
Wer nicht dazugehört, darf hier nicht rein; dies regelt ein System geheimer Losungen, die man am Eingang aufsagt. Unter denen, die dazugehören, finden sich heute abend eine Dame aus der türkischen Milliardärsdynastie Hasoglu, drei hochvermögende und sehr diskrete afrikanische Kunstsammler namens Serequeberhan, Mudimbe und Obierika, die zwei japanischen Zwillinge, deren Namen nur der Wirt weiß, und ein Geheimdienstmann aus Argentinien, der auch unter schwerster Folter kaum verraten würde, wie er heißt.

»Mein Pilzrisotto – erinnert sich noch jemand dran?« beschwert sich die sichtlich erschöpfte Dame mit dürren Armen, hoher Stirn, scharf hervortretenden Wangen und schweren Lidern, Gespenst im scharlachroten Kleid, das ein etwas zu großes Stück vom Lippenstift der Tochter Satans abgebissen hat.
»Wird schon, Schatz«, pampt sie ein engelhaft schöner Mann an. Der hat weizenblondes schulterlanges Haar, sein Teint ist mittelmeerisch, den Oberkörper trägt er herausfordernd nackt und glänzend unter breiten, eierschalenfarbenen Hosenträgern, die seine engen schwarzen Jeans festhalten. Der Junge bewegt sich, weil ihm das Spaß macht, in blauen Sneakern zwischen Küche, Bar und den Gästetischen hin und her, als wär's eine Eispiste. Der Junge ist vierundzwanzig Jahre alt und heißt Klaus Kiwus.
Sein Vater leitet den Laden.

Günther Kiwus steht am Ausschank, Denkmal zu Lebzeiten: Die Glatze schimmert, größte Perle aus König Salomons Kronschatz; den Drahtwollebart, der sich bis hinunter auf die Lederweste über dem schwarzen T-Shirt kräuselt, hätte Michelangelos Moses auch gerne gehabt; die Brust sprengt jedes vorstellbare Männermieder, der Bauch ist ein Hünengrab, und die beiden stämmigen Beine, in nachtschwarzes Motorradleder eingepackt, könnten den Mond aus der Erdumlaufbahn treten. Woran der Mann glaubt, verraten Tätowierungen auf seinen mächtigen Armen, in seinem Nacken und an Stellen, die man jetzt nicht sieht, sowie das große Kruzifix aus Edelstahl, das ihm als Gürtelschnalle dient: Er ist gerettet worden, er lobt den Herrn. Seine ganze Erscheinung legt Zeugnis ab. Die volle Baßstimme, die zu diesem stämmigen Propheten gehört, donnert durch den Raum: »Laß die Marie, Klaus. Bißchen weniger heftig! Die Sanftmütigen werden die Erde erben!«

»Können haben. Scheißerde, soll ich 'n damit?« mault der Junge laut genug, daß ihn zwar die Frau versteht, die sich um ihre Steinpilze sorgt, nicht aber sein Alter Herr, der, wenn es sein muß, die Sache mit der Sanftmut schnell vergißt.

Die Klapptür zur Küche schwingt auf. Durchs Bullauge ließ sich eben schon erkennen, daß die indischen Fachkräfte drinnen selbstvergessen und geschwind mit ihren Töpfen beschäftigt sind. Einer der Derwische reicht Klaus Kiwus einen Teller; der nimmt ihn entgegen, als wäre das Ding schwerelos.

In der heißen Gewürzhölle hinter der Klapptür spritzt und zischt es. Salz wird dort Wasser, Wasser wird Salz; alchemisch geht das zu.

Zischen und Spritzen lispeln auch draußen, vor der Tür des Fundbüros, im vor sich hin faselnden Regen. Die Maßanzüge der beiden Schläger, die hier auf besseres Wetter warten, haben mehr gekostet, als die gesamte Leibwache des Papstes wert ist. Die Schläger schauen geradeaus, als leuchte dort ein Zeichen. Es ist aber bloß ein Taxi, das auf den Knirschkieseln vorfährt. Adam Sladek steigt aus.

Er hat sich von Karlsruhe hierher chauffieren lassen, weil das Anweisungen, die er in Berlin erhalten hat, ihm empfehlen. Mit dem Zug nach Karlsruhe, mit dem Taxi weiter. Der Dichter fragt sich lieber nicht, was das für einen Sinn hat.

Weil er Umschweife ablehnt, schreitet er entschlossen auf die Gorillas zu. Dann sagt er, was er sagen soll. Die Losung: »Chikamatsu Monzaemon«. Die Monster lassen ihn passieren; er spürt, daß er ihnen gefällt, groß, kräftig und mit leicht soldatischem Gehabe, wie er auftritt. Seinen Mantel gibt er in der Schleuse nicht beim Garderobenmädchen ab, sondern legt ihn sich übern Arm. Sonst hat er, bis auf ein wenig Lektüre, nichts bei sich.

Auch das hat ihm Dath nahegelegt: »Gepäck brauchen Sie keins. Man holt Sie ab.«

Im Saal angekommen, zögert er, sich einen Platz zu suchen – wie geht's weiter?

Er erblickt die Zwillinge, fühlt sich von denen angezogen, lächelt unverbindlich. Aber sie ignorieren ihn. Er sucht den Raum ab, betrachtet den einsamen Stuhl mit den schwarzen Spuren, von dem er sich abgestoßen fühlt.

Die scharlachrote Frau gabelt versiert in ihrem Risotto herum; eine der Tugenden, die Waliserin, hat begonnen, sich über einen Mais-Kartoffel-Salat herzumachen. Schlingen kann schön sein, sieht der Dichter, wer hätte das gedacht?

Eine Gelehrtengruppe sitzt unterm Balthusbild – unverkennbar Wissenschaftler, denkt Adam Sladek: die Brillen, die Seitenscheitel, die Pullowerwesten, du liebe Zeit. Es sind Biologen, aber das weiß der Dichter noch nicht. Sie blinzeln zurück; es kommt ihm vor, als wollten sie ihm zufunken, er solle sich zu ihnen setzen. Es hat etwas Anzügliches, Schmieriges, er schaut rasch woanders hin.

Orientierung: Etwas in Adam wähnt, er täte am besten, sich vor eins der Regale zu stellen; der Schreiber bei den Büchern, das verspricht eine vage Sicherheit.

Die Zwillinge fühlen sich gestört, senken die Köpfe, saugen sich an dem Buch fest, das sie aufgeschlagen haben. Adam Sladek niest.

Sein Geruchssinn nimmt weder die Himbeer- noch die Aprikosenkerzen recht wahr, auch nicht den Essensduft aus der Küche, eher reizt ihn etwas wie frisch aufgeschüttelte Kopfkissen, reines Leinen – seine Rechte greift nun ins Regal, nach einem Buch, fast beliebig, Hauptsache alt, Hauptsache nicht allzu dickleibig. Er zieht es heraus, hält es fest, dreht es in den Händen.

Die Goldprägung ist beinah ganz verblaßt, dennoch läßt sich ablesen, womit Adam es zu tun hat: »L'Occasion perdue recouverte«, Pierre Corneille.

Der Dichter schließt die Augen, um im Erinnerungsfundus nachzugucken, was er darüber weiß – war das vor oder nach Shakespeare, siebzehntes jedenfalls, ein Gedicht, Musenkabinett, Geschichten vom untreuen Weibe Cloris, wo tu ich's hin, was will es meiner –

»Herr Sladek?« Leise und bestimmt spricht ihn eine Stimme an, die wie ein junger Mann klingt, der eine junge Frau spielt. Angesprochener hat Adam sich überhaupt noch nie gefühlt; fast läßt er darüber das Buch fallen.

Es ist die Jägerin mit den lichtblauen Augen. Sie studiert sein Gesicht, er fühlt sich durchsucht bis ins Hirn. Klaus Kiwus, eben wieder unterwegs Richtung Küche, beobachtet seinerseits aufmerksam die Jägerin, die das nicht zu bemerken vorgibt.

»Ich soll Sie zur Villa bringen.«

»Und wie machen wir das?« fragt der Dichter.

Sie lächelt, fast ohne Humor – »lächelt sich erst ein, ist noch nicht soweit«, denkt Adam. Dann bewegt sie ihre Finger wie auf dem Klavier, ganz kurz, auf dem Buch in seinen Händen. Sie trägt hauchdünne Handschuhe, in denen die Finger gelenkig sein dürfen; Handschuhe aus glattem Leder, was die wohl kosten? Dumm denkt's in Adam herum, dann begreift er, als sie sich abwendet und zur Schleuse geht, daß er ihr folgen soll. Einmal noch läßt er den Blick durchs Lokal schweifen – die Scharlachrote stößt mit der vornehmen Schwarzen an, die sich von ihrem Pfarrer um so leichter hat befreien können, als der jetzt einer der beiden Schottinnen aufs Zimmer folgt; die Zwillinge haben sich, jeder ein Buch unterm Arm, zu einem Tisch verfügt, unweit des Stuhls, auf dem Caitlin ihr Nichtblut hinterlassen hat; viele der übrigen Sanftmütigen wollen einander und haben begonnen, das deutlicher zu zeigen als früher am Abend.

Er stellt Corneille zurück und folgt der Frau durch die Tür, in die Schleuse, an den Schlägern vorbei.

Die Jägerin gleitet durch den Sprühregen wie ein altägyptischer Nachen durch Mondnachtnilwasser. Er folgt ihr, muß sie mehrmals suchen, als verschwände sie immer wieder aus seinem Blickfeld, obwohl er sie sieht – was macht sie da mit ihrer Frisur, aha, setzt eine Kopfbedeckung auf, eine Haube, aus Leder wie Schuhe, Jacke, Handschuhe, oh laß mich dir den Lederstrumpf ausziehen. Im Schreiten fühlt sich Adam Sladek ein wenig wie Bryan Ferry in seinem Lieblingsmusikvideoclip »Slave to Love«, wehende Eleganz.
Er denkt: Warum komm' ich mir so bedeutend vor auf einmal? Das ist ihr Kielwasser, das Echo dieser Frau, durch das ich gehe. Endlich schließt er zu ihr auf. Da sind sie vor der verwachsenen Eiche angelangt, am gedrungenen Gestell unter der bienengelben Plane.
»Uhmm would ya ... können Sie mir mal bitte helfen gerade, das cover zu ... like that, ja«, sie ist ums Gerät herumgegangen, hat den Planenrand unten angefaßt, und als er es ihr gleichtut, ziehen sie gemeinsam die Abdeckung von der länglichen Maschine. Die entpuppt sich dabei als ein winziges Flugzeug, nein, ein Hubschrauber, falsch, irgend etwas dazwischen. Ein Wort für dieses Ding besäße er jetzt gern. Sie scheint ebendies an seinem Gesicht ablesen zu können, trotz Dunkelheit, in die nur ein paar Neonreflexe der Lampen vor dem Fundbüro noch bunte Fragezeichen kleckern.
Die Jägerin sagt: »Es nennt sich Autogyro. Ein Tragschrauber. Two seats ... ein Sitz hinterm andern, sehen Sie?«
Eine Amerikanerin, behauptet ihr Akzent.
»Ich nehme an«, er sagt das mißbilligend, »ich soll mich da hinten reinzwängen, damit wir in diesem ... Autodings ...«
»Yeah«, sie verliert keine Zeit und nimmt ihren Platz hinter den Instrumenten ein.
Mein Name, denkt Adam Sladek, ist Blöd, James Blöd, als er seine Beine so zusammenfaltet, daß die Knie ihm das Kinn zerschmettern werden, wenn das Gefährt in der Luft Turbulenzen begegnet.
Die Jägerin setzt den Motor in Gang.
Der klingt erstaunlich. Beim nur sacht schaukelnden Abheben fällt dem Dichter »Robbi, Tobbi und das Fliewatüüt« ein, und wie oft er das an-

geschaut hat, mit seiner jüngeren Schwester, unter dem Vorwand, aus lauter Reife und Charakterfestigkeit mit »dem Kind« ein bißchen dessen Vergnügungen teilen zu wollen. In Wirklichkeit war er von dem Puppenkram erheblich stärker fasziniert als sie.

Und daraus lernt man was genau? Warum bin ich hier? Weil ein Mensch, den ich kaum kenne, den ich nicht mag und dem ich mißtraue, eines Nachmittags vor vier Wochen bei mir in meiner Berliner Wohnung vorstellig wurde, mit einem Exemplar eines Gedichtbandes, in welchem, zugegeben, meine besseren Sachen standen, gedruckt auf handgeschöpftem Bütten der Firma Renker aus Zerkall, gebunden in gegerbte Hirschhaut von der Offizin Chr. Scheufele in Stuttgart, gesetzt in der schönen Caslon, benachwortet vom Boten selbst. Der hat mir erklärt, daß dieses Buch, das nicht in den Handel gelangen solle, eins von sehr wenigen sei, »Pfänder für einen Auftrag, der Sie zum reichen Mann machen wird, wenn Sie ihn annehmen. Ein König, könnte man sagen, wünscht sich, bedichtet, auch gerühmt zu werden, und gibt daher einen Auftrag von epischem Umfang und religiöser Würde in Ihre Hand, denn er denkt sich, Sie sind und sollen sein, was er sucht. Sie, Herr Sladek: der Kallimachos unserer Tage.« Das, und der erste Scheck, waren genug.

Nicht Ruhmgier, nicht *curiositas*, nur die Ausweglosigkeit des Berliner Lebens, der Schrecken mit Mischa, das war's gewesen.

Die Nieselnässe, die jetzt seine Wangen netzt, als er, Fluggast der Jägerin, über Waldwipfeln hin zur Villa des Mannes getragen wird, den sein Lakai einen König nennt, ist angenehm.

Adam Sladek lacht; eine Erkältung, nimmt er an, wird das mindeste sein, was ihm dieses Abenteuer schenkt. Mit etwas Glück springt eine Lungenentzündung dabei heraus. Rilke, Lautréamont, hat euch der Teufel auch gekauft, bevor ihr eingegangen seid? Die leuchtstärksten Sterne, zwischen den Regenwolken oben, kommen dem Dichter vor wie sehr kleine, sehr genau geplante, sehr deutlich artikulierte Lügen. Wie meine Wörter, denkt er, und hört auf zu lachen.

Zwischen Kissen Bergen

Hinterher teilt ihr euch schweißglänzende Schwestern
Die Zigarette traditionell | Ihr ist nach Reden nach Erzählen:
Alte Geschichten, ich war, sagt sie, nicht immer lieb,
Zwar immer Göttin, aber | und sie zögert.
Was warst du, Artemis, fragst du die Göttin.
Ich war mal Mörderin. Und das ging so:

Eine Titanin namens Leto mochte Gaben
Von allen Sterblichen. Vor allen Dingen
Brandopfer wollte sie am liebsten haben.

Niobe wollte keine Opfer bringen
Als Manto, eine Seherin in Theben
Die Frauen dort mit Sagen | Singen

Und Deuten darum bat. Das Leben
War dunkler damals | Opfer mußten sein
An Leto. Doch Niobe, im Bestreben

Sich aufzublasen, sagte einfach: Nein
Die Manto, Tochter eines Blinden
| das war Teiresias | ist uns zu klein

Als daß wir hören | will sie was erfinden
Von Opfern. Für die Leto! Stellt euch vor!
Eine Titanin. Daß wir uns noch binden

An diese Schrumpfgottheit. Die hat Humor.
Ich werde aber meine Kinder nehmen
Und alle zählen vor des Tempels Tor.

Und sind es mehr als Letos, dann bequemen
Wir uns zu keinen Opfern. Denn als Frau
Kommts auf die Kinderzahl nur an. Was schämen

Soll sich die Leto dann. Und der Radau
Um Opfer und um Gaben ist am Ende.
Sie zählte ihre Kinder | sehr genau.

Es waren vierzehn | wie mans drehe, wende.
Je sieben Jungen, sieben Mädchen. Seht!
Es reichen nicht die Finger beider Hände

Sie abzuzählen. Das gehört gedreht.
Sie ging ins Fernsehn mit dem Dreck.
Schriebs in den Blog. Kein Aufzeichnungsgerät

War vor der Dame fortan sicher. Kein Versteck
Ließ sich noch finden, wo man sie nicht sah
Und hörte. | Maus und Speck

Gehörten weniger zusammen als Mamá
Und ihre Medien. Der Kindersegen
War allseits Thema jetzt in Theben. Ja,

Es warfen jetzt die Weiber ohne Überlegen
Andauernd Bälger, hei die Niobiden
Sind unser Vorbild. Und so stand im Regen

Die gute Manto. Daß der Götterfrieden
Niemals gebrochen werde | hatten wir geschworen
Olympier alle. Und so ward entschieden

Was wir zu tun gezwungen waren. Alle Ohren
Der Götter klingelten von Thebens Schnattern
Man hatte die Kontrolle wohl verloren

Über den Zeugungstrieb. Sie zu vergattern,
Sich zu beherrschen, hatte keinen Sinn.
Und so beriet ich mich mit den Gevattern

Weil ich ein Weib mit vielen Brüdern bin
Und mit Cousins. | Apollo sah, der Gute,
Wie nun die Lage war. Wir mußten hin

Um zu ersäufen gleich in ihrem Blute
Niobens Kinder. Und so schlug er zu,
daß alle Söhne starben. Mutterauge, flute,

Du findest auch bei Töchtern keine Ruh.
Denn die nahm ich mir vor. Bis diese Bande
Vernichtet war. Nun sag, wie findest du

Diese Geschichte. Ach, der Mutter Schande
Sühnten wir noch per Zauber. Denn in einen Stein
Ward sie verwandelt. Immer wenn ich lande

In Thebens Gegend, geh ich ganz allein
Und guck mir diesen Felsen an.
So muß der Hochmut stets gezüchtigt sein.

Wie, Hochmut, fragst du da die Göttin, sie hat,
Wenn ichs richtig sehe, nur kein Opfer bringen wollen,
War eine Freiheitsheldin gegen euren
Götterquatsch und den Titanenterror.
Mit welchem Recht? Wer irgendwas verweigert,
Sagt die Göttin, stützt sich auf die Ellenbogen
Und sieht dir damit gleich wieder ganz reizend aus,
Also, wer nein sagt, muß doch Gründe haben. Was waren ihre?
Daß sie Kinder hatte. Daß es viele waren.
Siehst du, das Recht der stumpf

Sich bloß reproduzierenden Natur.
Und das den Göttern | den Titanen und der Seherin!
Die doch von einem Recht leben, das Setzung heißt.
Von dem Beschluß im Himmel.
Also, der Streitfall ist dann der:
Was gilt wohl stärker
Biologie oder Mythos,
Genetik oder Erfindung,
Das Tierische oder das Göttliche?

Ich, Artemis, sagt sie, laut kehlig wie sichs gehört,
Beschütze Tiere. Aber weil sie schwach sind
Und ich ein Herz hab. Nicht, weil sie mir lieber
Als Menschen wären, oder gar als Götter.

Nein, Respekt
Verlangt nackte Biologie zu Unrecht,
Wos höhere Belange gilt,
Wie Mythos, Dichtung, Gesetz | Ordnung.

Du bist beeindruckt.
Versprichst, nachzudenken,
Und machst etwas ganz anderes als das:
Du faßt sie wieder an,
Und diese Göttin, immerhin, die hat das gern.

Auf Vaters Knie, da war sie grad drei Jahre
Und er, der höchste Gott, Zeus, über allen
Fragte das Mädchen: »Was wär dir die wahre

Und schönste Freude? Was kann dir gefallen?
Ich wills dir schenken, kannst du es mir sagen.«
Ein Menschenkind | das drei ist, kann bloß lallen.

Nicht aber Artemis. Die durfte wagen
In schönster Sprache, wohlgeformten Sätzen
Sich zu erklären auf die beiden Fragen:

»Mich sollen Männer mögen, lieben, schätzen
Doch will ich Jungfrau sein und Jungfrau bleiben.
Ein Ehemann würde mich nur vergrätzen.

Und wenn sie von Apollos Namen schreiben
Und sagen, daß er viele hat, so furchtbar viele,
Will ich genauso viele. Und sein Treiben

Mit Pfeil und Bogen, daß er alle Ziele
Ganz einfach trifft: So will ich es auch halten
Und Licht besitzen möchte ich. Neue Spiele

Will ich mit Feuer spielen. Und verwalten
Mag ich, was immer leuchtet: Mondenschimmer
Und Silberfunkeln in den Händen halten.

Wer mich erscheinen sieht, erkennt mich immer.
Das hätt ich gern. Ein Kleid mit rotem Saum,
Aus gelbem Stoff das Kleid. Nicht schlimmer

Als Aphrodite bin ich, was den kühnen Traum
Von Zauber angeht, den ich, wo ich gehe
Um mich verbreite, so wie Duft im Raum

Leicht schwebt und gaukelt. Was ich gerne sehe
Sind Nymphen, aus dem Fluß. Gib mir
So zwanzig, und in deren Nähe

Noch sechzig aus dem Ozean. Wenn dir
Das recht ist, schenk mir Felsenschluchten
Und ein paar Städte. Etwa diese hier

Wo Bagger graben, Kräne Träger wuchten
Für Wolkenkratzer, ragende Moderne
Und Dellen sich in Wellenbuchten

Von Stahlbeton einfalten. Äußerst gerne
Mag ich das Bauhaus, Ghost Lab, das Tetsukahaus
Und zwar von nahem wie auch aus der Ferne

Ich finde, sowas sieht erbaulich aus.«
»Willst du vielleicht auch angebetet sein?«
»Von wem denn, Vater? Ist das nicht ein Graus

Wenn sie dich anflehn, denkst du da nicht: Nein!
Die Schwachen, Dummen| Haltlosen und Faulen
Sollen mein Jüngervolk bestimmt nicht sein.«

»Wenn sie das hören könnten, würd es sie vergraulen!«
Lachte der Vater. »Aber, meine Kleine,
manchmal gefällt mir das. Ihr Flennen, Jaulen,

Es sagt mir, daß ich stark bin. Und ich meine
Auch du kannsts brauchen. Sag mir noch
Wer soll dich so verehren? Hast du keine

Idee davon?« »Die hab ich, doch.
Hat meine Mutter Leto nicht ganz ohne Schmerzen
Mich auf die Welt gebracht? Drum, wo im Joch

Der biologischen Zusammenhänge Frauenherzen
Bang ans Gebären denken, sollen sie mich nennen.
Und wenn sie sichs mit mir dann nicht verscherzen

Wird diese Anrufung, bevor sie flennen
Und schreien müssen, ihnen helfen.
Wenn eine Kinder kriegt: Die muß mich kennen.«

Was sie erbat hat Zeus ihr gern geschenkt.
Wißt das von ihr | wofern ihr an sie denkt.

Sein Glücksdesaster

»Hotels«, sagt er viel später am Telefon zu der Frau, als sie bereits genug von ihm hat, »haben uns am Anfang zusammengebracht, und ein Hotel hat uns auch wieder auseinandergerissen.« »Pipifax. Du willst immer Symmetrien sehen und irgendwelche Formen, am Ende Reime, wo in Wirklichkeit einfach zwei Leute versagt haben.« Er erwidert nichts; ihm ist zu klar, daß sie recht haben könnte.

Adam nennt die Frau »die Agentin«, weil sie beruflich in der heimtückischen Welt des Radios und Fernsehens sowie im Internet zu tun hat und dabei Ränke überlebt, die er nicht einmal in Diagrammform würde begreifen können. »Du bist naiv, das stößt mich ab«, sagt sie manchmal, »aber du kämpfst zugleich dagegen, das zieht mich an.« Er mag sie, weil sie ihn, wenn sie mit ihm schläft, fast auffrißt; er braucht dieses Aufgefressenwerden als einen möglichst häufigen Tod, den er jedesmal gegen jede Intuition überlebt. Das passiert zunächst wirklich in Hotels; er lernt sie bei einer Radiogeschichte kennen, man arrangiert bald Treffen, zunächst noch unter griffigen Vorwänden wie »seine Lesung« oder »ihr Auftrag«, später nur, um einander zu sehen. Die Agentin ist, vor Mischa, seine in jedem Sinn gewaltsamste Liebeserfahrung, und als es zwischen ihm und ihr, weil sich die Gewalt nicht dauerhaft von der Zärtlichkeit bändigen läßt, die ebenfalls da ist, schließlich zu Zank und Hader kommt, verliert er viel.

Das passiert im Jahr 2006 in den Räumen des Kölnischen Kunstvereins bei einer Ausstellung der deutsch-amerikanischen Malerin Jutta Koether, die Adam Sladek mehrere Jahre später durch Johanna Rauch sogar flüchtig persönlich kennenlernen wird, an deren Schaffen aber vor allem die Agentin ein anhaltend lebendiges Interesse pflegt, was der Hauptanlaß für den gemeinsamen Ausstellungsbesuch ist. »Die Bilder sind schön groß, schön grün, schön orange«, sagt er beim ersten gemeinsamen Durchgang; das nervt sie schon, denn sie glaubt, er wolle mit der Einfachheit dieser Feststellung andeuten, daß er aus lauter Verknalltheit in sie bereit sei, sein rhetorisches und kritisches Vermögen von den lichten Höhen dichterischer Inspiration auf ihr blödes Medientussiniveau abzusenken; die schlimmste Sorte Herablassung ist also, was sie da wittert, die schöne, kluge, von den vielen Kämpfen aber eben auch recht hart geschmiedete Frau – sie wittert dieses Übel ganz zu Unrecht: Er kann über die Kunst, die er hier sieht, tatsächlich nicht viel reflektierter reden, als er's gerade tut. Grün, orange: Das fällt ihm auf, weil es so einen kraftvollen Kontrast hergibt zu den tiefschwarzen Haaren und der adlig blassen Haut der Agentin, die sehr schön ist. Im Erdgeschoß verschwindet er für länger in einem Raum, in dem Farben und Gestalten an die Wand projiziert werden, während die Agentin nebenan in einer sehr großen Halle herumläuft, die an diesem frühen Donnerstagvormittag so leer ist, daß sogar das helle Sonnenlicht auf den Gemälden aussieht, als fröstele es ein bißchen vor Einsamkeit.

Die Agentin fühlt sich wohl in diesem Schweigen und bemerkt nicht, daß Adam, groß genug, um ihr längster Abendschatten zu sein, der sich aus Versehen in die Morgenkühle verirrt hat, hinter sie tritt. Das Bild vor ihr ist mit etwas beklebt, behängt, belastet, das wie bauchiggeschmolzenes Glas oder erstarrter Honig aussieht; die Agentin streckt, ehe sie weiß, warum sie das tut, ihre rechte Hand danach aus und berührt das Objekt. Da sagt Adam leise hinter ihr: »Du, das würde ich aber nicht machen, die Kunst anfassen. Wenn das eine von diesen Aufseherinnen sieht …« Sie zuckt nur deshalb nicht zusammen, weil sie nie zusammenzuckt. Statt dessen läßt sie das Objekt wieder in Ruhe, dreht sich langsam zu Adam um und sagt: »Und ich weiß also nicht, wie man die Kunst richtig behandelt, wie man sich in einer Ausstellung benimmt, ja, mit den schönen großen grünen orangen Bildern, ja?« Das Murmeln des Angeklagten, das darauf antwortet, ist so dunkel wie von da an der gesamte Tag; man kauft Bücher und Platten, geht essen, redet wenig, liegt schließlich auf einem großen Hotelbett, mit Bauchschmerzen, vielleicht von verdorbenem Fleisch im Restaurant.

»Wir sind schon zwei Leichen, was?« versucht Adam Sladek es mit einem bläßlichen Witz.
Da wird sie wütend: »Leichen, wie? Weil das so lustig war, dieser Tag mit dir, dieses Schmollen, diese verdeckte Rechthaberei … du bist ein ganz stumpfer Mensch, Adam, das ist die Wahrheit, die du mit deiner Poesie und Sensibilität und dem Zeug nur zudeckst. Du bist nicht, wie du schreibst, sondern wie du aussiehst: ein Grobian. Ein Rausschmeißer.«
»Ein Basketballer?« versucht der Angegriffene zu scherzen.
»Nee. Nicht einfach großgewachsen. Eckig. Knüppelartig. Du bist … du bist immer der Soldat geblieben, der du warst.«
Schön, denkt der Dichter, dann verwende doch gegen mich, was du über mich weißt. Es kann mir nicht viel tun: Du weißt zu wenig. Daß er ihr, statt sich schweigend an diesem Trotz zu wärmen, auch einfach erzählen könnte, daß sie dort drüben, heute morgen, im Kunstverein zwischen Koethers Werken, so schön ausgesehen hat wie das pure Licht selbst, fällt dem Dichter nicht ein.

Mischaballade Eins

Mischa, die promiske Freundin
Deren Liebling eine Frau ist
Die mit einem Manne wohnt
Der aus transgressiver Triebwut
Hin und wieder in den Puff geht
Hat eine Geschlechtskrankheit.

Gar kein Drama, denkt die Mischa
Sie wird morgen fünfundzwanzig
Und sie schenkt sich zum Geburtstag
Keinen Detektiv, der rauskriegt
Wo die blöde Krankheit herkommt
Ob vom Mann, der in den Puff geht

In der großen Stadt Berlin
Ob von seiner Wohngenossin
Die aus anhänglichster Freundschaft
Hin und wieder mit ihm vögelt
Oder von ner andern Lieben
Oder noch einer Bekanntschaft
Ist egal. Jedenfalls fast | Für später.

Sondern Mischa, die ja achtgibt
Aber eben in Berlin lebt
Wo sie, wenn sie zuviel aufpaßt
Ganz alleine sitzt | versauert
Geht zu ihrer guten Ärztin.
Sitzt ganz lang im Wartezimmer
Und muß auf die Toilette.
Wo sie lacht, weil sie ein Schild sieht
Das vor Humanismus wackelt:
»Liebe Patienten! Falls Toilettenpapier
Oder Handtücher fehlen sollten
Wenden Sie sich bitte an unser Praxisteam.
Auch für andere Hinweise
Sind wir dankbar.«

Also gut, denkt lachend Mischa
Ders beim Pieseln leider wehtut
Einen Hinweis, liebe Ärztin
Dir und deinem Team | sehr gerne
Oder mehrere, von mir aus,
Will mal sehen, was ich habe.

In meiner Eigenschaft als schöne junge Frau, die gerne liebt
Wen sie will und wo und wie oft es ihr zusagt, weise ich,
Mischa Hoffmann, Sie liebe Restmenschheit drauf hin –

Was machen wir, sobald wir die Geschlechtskrankheiten
Wieder in die mistige Naturecke zurückmediziniert haben
Aus der sie sich in unsere Angelegenheiten wagen wollen?
Wir nehmen uns die Verursacher des Elends vor,
So sage ich | Mischa Hoffmann | und dann geht es ihnen
An die ganze große Unverantwortlichkeit

Wir treiben sie in die Enge ihrer Herzen
Wir begraben sie unter ihrem niedrigen Horizont
Wir rösten sie auf der Flamme ihrer Hirnverbranntheit
Und treten gleich in jeden Hintern, in dem sie zu verschwinden suchen.

So steht Mischa Hoffmann endlich
Unter kleineren Beschwerden
Auf von dieser Toilette
Knöpft sich ihre Hose zu
Geht zurück ins Wartezimmer.
Wartet weiter.
Wartet. Wartet.
Wird zuletzt hineingerufen
Zu der fabelhaften Ärztin
Die auch Hilfe weiß | und schnelle.

Denn man soll den Frauen trauen
Die Zusammenhänge schauen
Und den Menschen Hilfe schaffen
Mit den wunderbaren Waffen
Der Vernunft und der Erfahrung
Zwecks der Heilung und Bewahrung
Dessen, was da Lüste will
Lieber lacht und keucht statt still
In der großen Stadt zu leiden
Und mit Frust sich zu bescheiden
In der großen Stadt Berlin
Wo man festsitzt. Kannst du fliehn,

Mischa Hoffmann, Heldin, Freundin,
Deren Liebling eine Frau ist
Die mit einem Manne wohnt?

II. Er soll sich, sprach ich, zeigen

Gesichter, nach fremdem Gedächtnis gemalt

Johanna Rauch sitzt auf dem Boden vor dem Backofen, schaut durch dessen Frontscheibe ins Innere und kneift ihre Augen zusammen, bis die nur noch ganz mausknopfige Äuglein sind.
180 Grad Celsius sollen da drin bei der Vorheizarbeit schwitzen. Die Künstlerin versucht, diesen Vorgang zu sehen. Kann man das angukken, so eine Hitze? Schaut die irgendwie aus?
Schließlich ist ja auch was zu riechen, denkt Johanna, und ein leises elektrisches Summen hört man außerdem, das von der kriechenden Erwärmung im Feuerverlies kommt, also warum bitte sieht man nichts? Auf dem Herd gart rote Bete, die Gänsebrüstchen für Adam und Johanna liegen, gitterförmig angeschnitten, mit Salz und Pfeffer eingerieben sowie vorschriftsgemäß pfannengebraten, schon in der feuerfesten Form. Den Orangenlikör hat Johanna in der Hand, vielleicht zum Kochen, eventuell auch, um einiges davon zu trinken, »damit ich die Hitze besser sehen kann«.
Das sagt sie laut, aber zu niemandem, denn obwohl es schon langsam Mittag wird, ist ihr Adam den ganzen Morgen noch nicht untergekommen. Der Hausgast hat, was sie nicht weiß, die Nacht durchwacht, auf der Matratze aus weichem Toastbrot, direkt unterm Dach, umstellt von Johannas Bildern, weil sie zur Zeit da oben nicht malt, sondern im Keller zeichnet und Fotos bearbeitet.
Das Fenster über ihm, dessen Schräglage ihm sonst einen trapezförmigen Rahmen für sein Sichverlieren in endlosen Sternbetrachtungen geschenkt hat, kam ihm in diesen langen Stunden nur noch wie eine Membran zwischen dem inneren Kleinknast und dem kosmischen Großknast vor, im Hinaufblicken zu den Blinklichtern von Flugzeugen, in verlegen

heimatlosen Gedanken daran, wie es wohl wäre, dort jetzt mitzufliegen, nach Sydney, Kobe, Rio.

Wie, Nachtflugverbot?

Gilt das auch für Engel aus Metall, die man sich sehnsuchtshalber einbildet, mit Schattenpassagieren drin?

Sterne. In der Villa hat er die nie gesehen; da hingen immer Regenwolken überm Dach.

Die Zeit zwischen drei Uhr und dem ersten Dämmer hat Adam erst über der füchterlichen neuesten Nummer der erzunlustigen unpolitischen Berliner Spaßzeitung verplempert, die früher mal eine viel lustigere politische Berliner Ernstzeitung gewesen war. Wütend wurde er dabei, verflucht, da kann sich Colin Kreuzer wieder gratulieren, wenn das die Linken sind, die er fürchten soll, jetzt schreiben sie schon gegens kleine Einmaleins, es wird immer dämlicher. Um sich zu läutern, schlug er danach »Burn this« von Tom Disch auf und fand sich gerührt, bald wie zerrissen von Trauer, in alten Krämpfen des Herzens, über die kleinen, gar nicht unschuldigen Scherze, die Disch sich erlaubt, in seiner Joyce-Kilmer-Parodie, und wie er dabei das Lyrische veralbert, um indirekt den Eingeweihten zu verraten, daß er es liebt, ach, die schöne Stelle des empörten Vorwurfs an die Holzarbeiter und die Vögel, die das Naturschöne der Bäume, anders als die Poeten, nicht zu würdigen wissen – diese Alltagsgeschöpfe, tut Disch beleidigt, wissen nichts vom Erhabenen,

And tend to look at any tree
In terms of its utility.
And so before we give our praise
To pines and oaks and laurels and bays,
We ought to celebrate the poems
That made our human hearts their homes

Um neun Uhr morgens, kurz bevor Johanna aufsteht, zieht es Adam schließlich mit Macht nach draußen. Im Garten vor Johannas Haus murkst Gold-Flattergras an Windversfüßen, raschelt, fusselt Staub in

den Wind, kennt sich, dämmert's dem Dichter, deutlich nicht recht aus, weil es eigentlich Mullboden gewohnt ist und nah bei Laubbäumen wachsen will, nicht auf Gartengrund.
Sladek verläßt das Gelände, läuft den Berg hinunter. Lange kaut er einen vor Ewigkeiten in seinem Mund verstorbenen Kaugummi. Endlich spuckt er ihn aus und geht zu Edeka, um sich ein Bier zu kaufen. Vielleicht macht ihn der Alkohol, hofft Adam unscharf, müde genug, daß es ihm, wenn er sich gleich am Hang auf die Wiese legt, tatsächlich gelingen kann, den Vormittag wegzuschlafen, ohne sich irgendwelchen Tatsachen stellen zu müssen.
Der Laden, eingeschlagener Schädel eines Titanen, klafft leer. Die Frau hinter der Kasse ist erkennbar bereits besoffen: »Fürstenberg isch teurer g'worde, habe sie's g'sähe? Da kann ma glei Rothaus trinke.«
Sladek verneint undeutlich abweisend, er weiß nicht, was sie meint und was sie will, ist aber aus Prinzip dagegen. Die Derangierte versteht sein verschlossenes Gesicht als Aufforderung, ihre These zu belegen, und holt aus irgendeiner Hölle unterm Registrierautomaten einen Zettel vor, auf dem handschriftlich (oh, großer Gott) notierte Bierpriese stehen: »Da, schaue Se, Rothaus koscht jetzt genau gleich.«
Er überlegt fast verspielt, ob er ihr, die nichts dafür kann, wer und was und wie sie ist, einfach ein bißchen mit der Faust ins Gesicht schlagen soll, damit sie aufwacht und er schlafen gehen kann. Weil er noch nicht verrückt und böse genug für solche Heldentaten ist, entscheidet er sich dagegen. Sie endigt, da sie sein unversöhnlich starres Gesicht sieht, ihre Preis-Leistungs-Reflexion eher versöhnlich: »Aber ich nehm' an, jeder hat sei' G'wohnheit.«
Es ist wahr, denkt der Dichter.
Daran liegt ja alles; die Katastrophe, die wir darstellen. Er trollt sich, wie geplant, auf den Berg, wo er sogar erlöst wird, nämlich einschläft, als Johanna gerade aufbricht, das Fleisch einzukaufen.

Zwei Stunden später sitzt sie also vor dem Ofen und denkt: Festmahl für zwei. Die Dankbarkeit dafür, daß Adam ihr hilft, die Zeit rumzubringen, fühlt sich leicht angebrannt an. Aber man hat Fortschritte ge-

macht, zusammen. Sie weiß jetzt, seit drei Tagen, was er für sie Faßliches, Wirkliches tun kann. Sie wünscht sich Geschichten; die erzählt er gern; denn Adam ist ein guter Mensch, der immer gibt, was er kann, Johanna aber ein böser, also hart im Nehmen.
Die neue Arbeit, die sie zusammen begonnen haben, fing an mit der Räuberpistole von einer Messerstecherei wegen Lyrik, bei der Adam zugegen gewesen zu sein behauptet. Die wüste Erzählung hat der Künstlerin so gut gefallen, daß ihr ein Spiel eingefallen ist, nein, ein Plan, ein Grundriß für ein Werk von beiden, ihm und ihr: »Erzähl mir von Dichtern. Ich meine nicht technisch, nicht literaturkundlich, und nicht als Kollege ...«
»Also keine Schauermärchen von der Angst, beeinflußt zu sein?« hat er gefragt, aber den Faden wollte sie nicht aufnehmen. »Nee, laß. Anders: Ich will's verwerten, ich erklär's dir gleich, aber dazu mußt du, wie soll ich sagen ... also, ich will hier nicht für so'n männlich belehrendes, mich als Frau, als Weibchen belehrendes Fachgespräch mit ähm alltagssprachlichen Verschleifungen ... Ich will was vom Leben dieser Leute wissen. Von diesen Dichterinnen, Dichtern, die dich, weiß nicht, wie sagt man, geformt haben oder wie das heißt. An denen du dich abarbeitest. Und dann ...«
»Dann, ja?«

Der Name für das Werk oder besser: den Werkzyklus war schnell gefunden: »Gesichter, nach fremdem Gedächtnis gemalt«.
Johanna will Phantombilder zeichnen, später Gemälde draus machen, auf denen Leute zu sehen sein sollen, die sie selbst nie gesehen hat. »Wenn sich das nicht durchhalten läßt, wenn doch mal ein Goethe oder Rilke dabei wäre, die ich natürlich kenne, dann schleicht sich in die freihändige Arbeit eben der eine oder andere Rest Schulbildung ein, nicht schlimm.«
Sie hat ihren Schützling aber, wie sich in der kurzen Zeit der Arbeit an dem Ding bereits beweisen ließ, durchaus zutreffend im Verdacht, hauptsächlich von Leuten angeregt worden zu sein, von denen sie noch nie etwas gelesen oder gehört hat – »Und sonst gibt's ja im schlimmsten

Fall ein Namensvetorecht, beziehungsweise umgekehrt – wenn eine oder einer besonders anregend klingt, als Name, dann will ich darüber vielleicht mehr hören als über Eugen Roth, Wilhelm Busch oder Heinrich Heine.«

»Ich kann mir noch nicht vorstellen, wie dir das helfen soll. Ich fühl' mich zwar geschmeichelt, aber ...«

»Zwaraber!«

»Schon gut. Doch. Ich versteh's. In einen anderen Vorrat greifen, drin rumwühlen, bis einem neues Material neue Aufgaben stellt. Geht mir auch oft so, daß ich das brauche. Muß manchmal drei Tage lang in fremden Sätzen und Versen und Bildern rumsuchen, um überhaupt auf die sprachliche Entscheidungshöhe zu kommen.«

Sprachliche Entscheidungshöhe – Johanna muß lächeln bei der Erinnerung an diese Unterhaltung. Dann wird ihr kurz mulmig: Darf ich das eigentlich, mich so für ihn erwärmen, wo ich ihn doch eigentlich in einer Angelegenheit an der Nase herumführe, die ihm sicher nicht unwichtig ist? Na, wenn er's nie erfährt, wird's ihm auch nicht wehtun. Armer Adam Sladek, von allen ausgenutzt, angezapft, manipuliert, und wenn er ahnen würde, warum ich ihn so bereitwillig bei mir aufgenommen habe, er nähme die Beine in die Hand und ... ja, was macht man dann eigentlich, mit den Beinen in der Hand? Sich überschlagen und mit dem Gesicht auf die Erde knallen? Johanna denkt: Schon komisch, zwar gibt er sich eifrig Mühe, mir von den Dichterinnen und den Dichtern zu berichten, aber die Gesichter sind mir noch kaum gegenwärtig, während mir Adams eigenes Gesicht immer vertrauter wird; so vertraut, daß –

Ihr Handy spielt drei Takte Händel. Sie träumt erst um die Melodie herum, als gälte die gar nicht ihr. Dann fällt ihr ein: Moment, das bedeutet, daß lebende Menschen mich erreichen wollen, nicht tote Komponisten.

Also greift sie nach dem Ding. Es liegt zwischen Kochbuchseiten. »Unbekannter Anrufer«, aha. Sie drückt die Taste.

»Johanna? Bist du das? Hörst … hörst du mich?«
Die Stimme, die da spricht, hält alle Zeit an, schärft jede Wahrnehmung: der Griff am Ofen, wie kalt er glänzt, der Geruch des gewürzten Fleisches, das Ticken der Uhr auf der Anrichte.
Die Frage wird wiederholt: »Hörst du mich?«
»Der Empfang ist gut«, sagt sie und hofft, daß es sarkastisch genug klingt, statt, wie sie fürchtet, schrecklich ängstlich.
Paul Debus.

Der Schuldige, der Ausbüchser, der Kerl, mit dem sie beim Familiespielen gescheitert ist.
Nicht einmal alle seine Sachen hat er mitgenommen. Auf keine SMS, keine Mailboxnachricht hat er reagiert, sechs Wochen lang, bevor sie es schließlich aufgeben mußte, weil sie sonst nach eigener Einschätzung verrückt geworden wäre. Paul Debus: Und sie hatte schon den Nachnamen im Kopf drauf abgeklopft, ob der vielleicht mal ihrer werden könnte, schon damit angefangen, im Gesicht des Kindes, das eine andere Mutter hat, nach Zügen zu suchen, die sie, Johanna, als ihre eigenen würde wiedererkennen wollen, so unmöglich das biologisch gesehen auch ist. Er hustet, summt kurz, sammelt irgend etwas ein, sich selbst vielleicht, das hört sie ungern, er braucht eine Weile.
Endlich sagt er: »Hör … hör mal, weißt du …« Ihr ist nach Losprusten, wenigstens aber Schnauben: Viel scheint die Flucht nicht übriggelassen zu haben von diesem Mann, außer seinen schwächsten alten Phrasen: Hör mal & weißt du, dagegen ist Adams Zwarabisch Nachtigallengesang.
»Ich muß hier … es ist schwierig, Johanna. Ich kann gar nicht wirklich drüber reden.« Er ist jetzt arg leise geworden, ein gemeiner Trick, denkt Johanna, mich zu ihm rüberzuziehen, ich muß mich sozusagen mit meiner ganzen Aufmerksamkeit nach vorn lehnen, auf mein nichtvorhandenes Gegenüber zugehen, damit ich überhaupt was mitkriege. Auf die Idee, daß er leise wird, weil er sich schämt, kommt sie nicht.
»Kann … kann nicht drüber reden und, das heißt, ich soll's auch nicht.

Ich bin ja einfach los, bei Nacht und Nebel, weiß schon, daß dich das sehr … verletzt hat, konnte nicht mal alles mitnehmen und erst mal nicht mit dir in Kontakt treten, weil …«
»Interessiert mich gar nicht, du Geheimagent. Wie geht's der Kleinen?«, sie versucht, Gleichmut zu heucheln, ihm soll's wehtun, er soll denken: Das ist alles, was sie interessiert.
Paul reißt sich zusammen, wird offensiver: »Ich hab' sie noch nicht verkauft, wenn du das meinst. Ich kümmere mich um meine Tochter. Auch wenn's für uns beide vielleicht einfacher wär', für dich und mich, wenn du dir vorstellen könntest, ich wär' ein pädophiler, drogensüchtiger Neonazi.«
Dissoziiert, verweht, verzettelt. Sie spielt mit dem Finger in der Bratensoße, während sie denkt: Gänsebrust, Gänsehaut – wie ist eigentlich meine Beziehung zu diesem Menschen so gruslig geworden? Johanna mault: »Nee, Paul, laß mal. Pädophiler, drogensüchtiger … dazu fehlt dir das Format. Du bist bloß, verstehste, ein ganz normaler Ausnutzer. Du wußtest nicht, was du mit dir anfangen sollst, als Nicole verschwunden ist, da hast du dich bei mir eingenistet und das Mädchen als Druckmittel be… obwohl, weißt du was, hol dir deine Strafpredigt woanders ab, du arme Wurst. Schänd doch am besten wirklich irgendwelche Kinder, wenn du willst, daß man dich wegsperrt oder dir einen Psychiater schenkt, der mal nachsieht, was bei dir nicht stimmt im Oberstübchen. Ich mein', ich zum Beispiel weiß ja nun überhaupt nicht, was die Pädophilen dran finden. Ich hab' nur ein paarmal mit einem Kind gevögelt, und das fand ich dann hinterher so eklig wie nichts in meinem Leben – zumal das Kind schon lange volljährig war und sogar schon selber Vater.« Das sitzt, hofft sie.
Sie leckt den Finger ab, die Soße schmeckt sehr gut.
»Okay. Schlag zu. Ich halt' still.« Er klingt nicht aufgesetzt nonchalant dabei, wie früher oft beim Streiten, sondern abgekämpft, vom Grabenschock betäubt.
Eher erstaunt als zornig hört Johanna sich sagen: »Ich bin dir nachgelaufen, ist dir das klar? Weißt du, wie lange ich niemandem mehr nachgelaufen bin? Ich mein', diese SMS-Scheiße, und dann hab' ich

alle gemeinsamen Freunde und Bekannten durchtelefoniert, denen gemailt, ich weiß nicht, ob's dir wer erzählt hat ... Reza und Nathalie bin ich auf den Wecker gegangen, dann hab' ich dein altes Institut aufgetan und ... hab' ich alles gemacht, war alles im Preis inbegriffen. Scheiße. Du Drecksack.«

»Danke, daß du dir ... daß dir das so wichtig ist.« Sie lacht tonlos, schüttelt den Kopf, streicht sich die Hand geistesabwesend an der Hüfte ab, so daß die Jeans ganz fettig wird.

»Johanna, schau, es geht mir um ...« setzt er an, aber sie fällt ihm ins Wort: »Dir, dir, scheiß drauf, worum's dir geht. Weißt du, worum es *mir* geht? Hm? Warum ich dir nachgelaufen bin? Mir geht's ... ging's drum, eine Wunde zu schließen, und das mache ich dann meistens so, daß ich denen, die mich verletzen, mehr Chancen gebe, als eigentlich vernünftig wäre, verstehst du das, du Hammel? Wenn dann definitiv alle Gelegenheiten verpaßt sind, die Sache zu richten, dann, verstehste, erst dann, aber dann wirklich, kann ich mir sagen: Diesen Menschen hast du überschätzt. Das Geschnulze, das du mir erzählt hast, während deiner ganzen dummen Krisen, nachdem Nicole weg war, das hast du mir aus freien Stücken aufgetischt, Herr Debus, dazu hat dich niemand ... ich wollte dich mit diesem Zeug, das du an mich rangetextet hast, diesen pathetischen Liebeserklärungen, hörste, ich wollte dich damit konfrontieren, als ich dich gesucht hab', damit du es dir wenigstens wirklich noch mal überlegen mußt: Bist du dir tatsächlich sicher, daß du diesen Menschen komplett loswerden willst und nicht einmal bereit bist, einen Weg zu suchen, wie man wieder miteinander reden kann, abgehauen oder nicht? Ich glaube, du bist nicht, wer du sein willst. Ich hab' in dir einfach zu lange was gesehen, was du sein wolltest; daß dahinter letztlich eine ziemlich dünne Substanz steckt, das muß ich jetzt raffen, Schatz, sonst kann ich nicht weiter. Das desinfiziert, so hart es klingt, meine Verletzung und zerstört eine Illusion. Ich kann und mag diese bescheuerten Hoffnungen nicht mehr aushalten. Diese schönen Worte von tiefem Einverständnis und so weiter, davon, wie ähnlich wir uns sind, wie unzerstörbar das Band ist, diese ganze Scheiße, die du gesagt hast ... weißt du, das trägt alles der Wind davon. Diese Worte, die sind leichter als Luft. Reden kann ich alles. Machen? Du machst, was zu dir paßt. Du stiehlst dich aus der Verantwortung. Das war zu beweisen.« Er spricht nicht mehr, was sollte er darauf erwidern?

Sie atmet tief durch, findet ihren eigenen Wutausbruch von gerade eben schon wieder zu therapeutisch, zu sozialpädagogisch. Also noch mal ein anderer Ansatz: »Ich wollte mich nicht mal mehr verlieben, glaubst du das? Nie mehr. Und dann das. Als ob es nicht gereicht hätte, damals vor dem Abi… bevor ich das eine Jahr in Amerika war … wie wir da schon …«

»Ich verbock' es immer wieder, Johanna. Ich weiß. Aber es ist nicht so, daß ich … ich bin nicht vor dir davongelaufen, weißt du?«

»Wieso nicht, ganz neue Variante«, Johanna, die jetzt erst bemerkt, daß sie schon vor ein paar Minuten angefangen hat, im Haus umherzugehen, als wäre sie ein Gespenst, sieht auf dem Flur im Spiegel zwischen den Kleiderhaken, daß sie weint, ohne verzerrte Züge, ohne Rötung, es laufen einfach nur Bächlein an den Wangen runter, schmal und zittrig, »gibt's ja sonst eher andersrum, daß ein Typ eine Frau mit Kind sitzenläßt. Daß ein Typ mal … mit Kind … einer Frau … also, das Kind mitnimmt, wenn …«, es wird jetzt schwieriger, zu sprechen, da ist was im Hals, das gehört dort nicht hin.

Seine Stimme scheppert: »Johachhhh …«, ein langgezogener, durchdringender Pfeifton fährt ihm in die Rede, als er sagt: »Hör mal, es … ich wollte dir … pfhhhiiiiii … daß weil du …« »Was? Weil ich was?«, sie zieht die Brauen zusammen. »Also wenn du mich da aus irgendeinem verhagelten Eisenbahntunnel anrufst, nee, bitte mach dir wenigstens die Mühe, mich mal ordentlich im Festnetz …«

»Pfhiiii …«

»Hörst du mich? Blödmann!«

Nur Splitter noch, durchschossen von Knacksen und Knittern: »Nicht … chsschhhhh … weggelaufen von … pfhiii … scheißkalt hier meine … pfffhiii … doch folgen, hättest du auch ge… phiii …brechung, abge… phffiii … ruf dich wie …«

Sausen, dann hackender Takt von Klopfzeichen, Stille.

Ruf dich wie. Er ruft mich wieder an, ist es das? Und: Er will mir sagen,

daß er nicht vor mir weggelaufen ist, sondern weggezogen wurde – etwas anderem hinterher? Jemand anderem?
Nicole.
Er hat eine Spur, oder irgendwer hat ihn auf eine Spur gebracht.
Es geht um die Verschwundene, Totgeglaubte, um Cathrins Mutter.
Johanna klappt das kleine Telefon zusammen und geht betäubt zum Ofen, um endlich das Mittagessen hineinzuschieben. Sehr große Hitze schlägt ihr entgegen. Arme und Gesicht fühlen sich an, als hätte ein Drache dran geleckt. Johanna schließt erschrocken die Ofenklappe.
Bevor sie die Stimmen in ihrem Kopf sortieren kann, um sie nach Chor und Solisten zu trennen, hört sie eine von draußen, die rasch näher kommt: »Na wonach riecht's denn hier so gut? Hast du gekocht, was gibt's denn?« meldet sich der Dichter.
»Gänsebrust mit Rote-Bete-Salat und Freudentränen über gelungenen Trennungsschmerz«, sagt Johanna, während sie sich das Gesicht mit Haushaltstüchern abtupft.
Er sieht sie so, als er die Treppe hochkommt, und denkt, obwohl er nicht versteht, was er da sieht, daß er sehr froh ist, diese merkwürdige Menschin zu kennen.

Mädchenfrau

Erdbeere essen
Oder nur dran lecken
Großer Unterschied
Ich nenne dich verliebt
Du bist entdeckt

Glaube an ein Mädchen
Warte auf eine Frau
Hat mich allein gelassen
Weshalb genau

Es gibt keine richtige Wahl keine verkehrte
Nur ein paar Entscheidungen
Nothing to figure out here
Es gibt nur, was du dabei spürst,
Also gut: Angst
Aber manchmal ist Angst das Signal
Das uns verrät
Daß die Sache, die wir fürchten
Wert wär| daß wir sie wagten

Nach meiner Lesung aus dem Liederlied
Sah ich dich nicht direkt an Mädchenfrau
Und sagte mehr zu mir und *for the record*
Uns wirklich anzufassen
Das können wir auch lassen
Hieß wohl | muß passen
Aber du sagtest:
An den Hormonen liegts jedenfalls nicht,
Daß noch nichts passiert ist
Und ich wiederhole heute
Wie zum Gebet
Daß aus uns nichts geworden ist
Werde ich nie hinnehmen nie

Liebt nicht die sind
Wie ich liebt sie nicht

Und das nach Auswahl und Erläuterung
Und Abfuhr
Diese Schöne ist verboten
Unmöglich
Die allgemeinste Erniedrigung
Hast du lang gebraucht mich zu finden
Frag ich das treue Licht

Hast du lang gebraucht mich zu finden
Und bleibst du heut nacht | oder nicht?

Meine Ordnung ist nicht von Natur
Mein Name ohne Adel
Ich will die Zufahrt geregelt
Ich bin Polizist
Vertrau uns, geltend machen

Was bleibt mir, als zu warten? Bei dem Haus
Das aus den Hölzern rausgewachsen ist
Im Schutz der Nacht
Wo schwangere Uhren mir
Beim Warten zuschaun wollten
Da durfte ich üben für später
Für ein Leben lang Warten auf dich
Horch das alte Handy
Aus totenfelsgrauem Steinplastik
Hörte dich sagen: »Ich komme«, ganz laut
Damit ich mich schon mal freuen durfte
Du auf dem Fahrrad pudelnaß
Von mir geführt ins Dunkle aber Warme
Ich neben dir her treuer Hund, du, lachend,
Daß der Regen dachte, die mach ich naß, die zwei,
Damit sie neue Kinder sind | getauft

Novemberregen wie besungen
Aber besser weil gespürt
Auf aller Haut
Ins Haus rein, schnell, das
Aus den Hölzern rausgewachsen ist
Im Schutz der Nacht. Die Bibel auf dem Bord da,
Und deine Zweifel: Muß das alte böse Buch denn sein,
Ich aber wußte gute Stellen und las sie dir vor

Aus dem Liederlied
Du hattest die Augen geschlossen
Du hattest die Augen geöffnet um
In mir rumzuleuchten frech
Ich auf dir in dir du in meinen Armen in mir
Wie zum Gebet

Du liebst die so sind wie du
Die liebst du bitte bin ich denn

Nicht wie ich war ich je anders als wir zwei uns sind
Auf dir in dir. Du für mich: »Ich komme«, ganz leise
Mit offenen Augen blau, liebe Körper liebt euch
Vom Blut das du in mir geweckt hast
Vom Feuer das du da entdeckt hast
Vom Zweifel den du noch versteckt hast
Zu mir zum Mund warum weg
Weshalb genau

Dein Gesicht das schönste
Am Fahrrad beim Abschied, wir
Bedankten uns beieinander für Sex
Ganz höflich | aus eleusinischer Sittlichkeit
Und ich hatte nicht zugehört
And then she turned
And, as the ray of sun
Als du, nackt an mich geschmiegt, still
Gesagt hattest: »Ich will dich nicht verlieren«
Ich hatte mich gefreut,
Weil ich nicht wußte, was das hieß
Das hieß du wolltest
Schon nicht mehr bei mir sein
Das hieß du warst schon mit Üben beschäftigt
Abschied üben mir unmöglich

Verboten und ganz allgemein die allgemeinste
Von dir von deinem Blick
Vom Gesicht dem weiblichsten Spiegel
Den ich je sah
Du bist ich und gehst weg | was bleibt mir dann?

Glaube an ein Stündchen
Sitzt vor der Oper auf mir
War ihr zeitweiliger Liebster
Wie geht es ihr?

Sie liebt die sind
Wie sie die liebt sie

Komm wieder, Mädchenfrau,
Ich hab dir noch nicht sehr den Kopf gestreichelt
Den du dir angeschlagen hast dort unterm Dach
Und meinen bisher noch
In deinen Schoß nicht so gelegt
Nach den nötigen Mühen
Und mit gebeugten Knien
Wie zum Gebet
Hast du lang gebraucht mich zu finden
Frag ich das treue Licht
Hast du lang gebraucht mich zu finden
Und bleibst du heut nacht | oder nicht?

Daß einer sagte:
Dies ist mein lieber Sohn
An dem ich verzweifelt bin
Still schwant der See
Leise rieselt
Wippen deren Wedel
I'm a cop. I'm a cop
Würde nur alles | alles wieder gut.

Glaube an ein Händchen
Taste nach einer Hand
Will zurück auf dein Meerchen
Nicht mehr an Land

Im Gästehaus

Der Regen strömt und rauscht so reißend, daß sich Adam Sladek vorkommt, als wäre er ein Insekt unter einem voll aufgedrehten Badewannenwasserhahn. Wasser schwappt hoch aus allen Pfützen, in die Adam tritt, ihnen auszuweichen ist unmöglich. Vorhin, auf dem Parkplatz vor dem Fundbüro, war's schon nicht einfach, der Frau zu folgen. Jetzt ist sie endgültig ein Phantom geworden, das zwischen den Regentropfen umhertanzt, halb unsichtbar.
Der irre Guß hat kurz nach dem Aufsetzen des Tragschraubers auf dem kurzgeschorenen Rasen angefangen, der die freie Fläche vor dem schmalen Flüßchen bedeckt. Hinter dem steht, auf einer sanft aus dem Boden himmelwärts gekippten Anhöhe, das Gebäude, in dem der Dichter erwartet wird.
Der Rasen ist blau. Das liegt an den Strahlern auf hohen Betonpfosten, die im Halbkreis die Landefläche heller machen. Adam wundert sich, daß dieses Licht nicht weiß ist und kaum halb so grell, wie er sich die Beleuchtung auf einem Landeplatz vorstellt.
Die Frau (meine Entführerin, denkt Adam merkwürdig lüstern) hat nicht einmal den Stillstand der Rotorblätter ihrer obskuren Maschine abgewartet, sondern sich aus dem Cockpit gestemmt, als wären Sprungfedern in ihren Beinen. Jetzt weicht sie der schmalen schwarzen Holzbrücke übers wildschäumende Flüßchen aus und springt statt dessen auf glitschige Steine, dann ans andre Ufer, daß Adam bereits meint, er könne in der Hundertstelsekundenzukunft sehen, wie sie ausrutscht und sich den Hals bricht. Das passiert aber nicht.
Die Pilotin dreht sich vielmehr, drüben angekommen, nach ihm um und winkt ihm durch die Regenschleier mit einer armemporwerfenden

Geste, mit der Eroberer ihre Trupps hinter sich her befehligen, wenn ihnen die Landung an der Küste von El Dorado geglückt ist. Über ihrem Kopf leuchtet ein Streifen warmes Glas in einem breiten Riegel Felswand. Das ist der erste Eindruck von der Villa seines Gönners, den Adam Sladek empfängt.

Stellungnahme aus Stein, überlegt er, die mitteilt: Ein Haus wie mich, so schmal zwischen Waldrand und Wiese geklemmt, hat es bisher noch nicht gegeben; rat nur, wie teuer es gewesen sein muß, meine Fundamente hier, am wahrscheinlich noch nicht lange gerodeten Platz, in die Erde zu versenken. Mit meiner Villenhaftigkeit zu protzen, fällt mir gar nicht ein, kein steiler Turm könnte den Himmel so dreist herausfordern wie die Faulheit, mit der ich im Regen liege.

Adams Augenmaß kann die Tiefe hinter den rund sechs Metern Breite nicht erkennen, schätzt aber, daß man es mit vier- bis fünfhundert Quadratmetern bewohnbarer Fläche zu tun haben könnte, und versucht sich einen Keller vorzustellen, vielleicht für erotisches Dekadenzentheater eingerichtet, mit Spiegeln, Damast und Weißderhenker. Bevor er die Phantasie zu Ende geträumt hat, gleitet er auf dem Feuchtfilm aus, der die Brücke bedeckt, und kriegt nur mit Mühe das nasse Geländer zu fassen. Die Frau vor ihm nimmt derweil die Steigung, ohne noch einmal zu ihm zurückzusehen. Adam flucht, hustet und spuckt erkältet dicken Speichel in den Fluß, ja, gurgel du nur, Wildwasser, mir ist auch nach Gurgeln.

Im verheulten Wind neigen sich Schilf und Röhricht unter der Brücke dem Wasser zu, in dem der Dichter einen Zitterreflex erblickt – was ist denn das, etwa die Sonne in der Nacht, von der Peter Maffay gesungen hat? Oder sind es Bodenscheinwerfer in diesem dann wahrscheinlich künstlich hierher umgeleiteten, ach was, wahrscheinlich gleich von vornherein künstlich angelegten Fluß – andere legen Teiche an, diese Leute einen Fluß, was mach' ich hier, wär' ich doch bei der Bundeswehr geblieben.

»Was machst du da? Komm her! Komm ins Trockene, Mensch!«

Adam bellt noch mal, blickt hin zu ihr, die ihn von der Veranda her jetzt anduzt, ganz zu Recht, er muß jämmerlich wirken. Immerhin klärt sich, als er weiterstolpert und vorwärtsrutscht, die Perspektive ein bißchen: Ein Teil des Scheinfelsens ist also die Überdachung, sieht man von vorne gar nicht gleich so gut, verdammte vorgetäuschte Zweidimensionalität. Adam wischt sich den Mund mit Regenwasser ab und stapft durch sumpfiges Gelände die Anhöhe hoch, bis ihn die Knabenhafte unters Betondach ziehen kann.

Adam hechelt, hält sich mit Mühe aufrecht.

Die Glaswand gleitet zur Seite, als betrete man ein Raumschiff; sofort gleitet sie wieder zurück.

Hinter Mauern aus Watte schlägt jemand weit weg große Glocken an, ein Mal, zwei Mal, drei Mal. Irgendwer, vermutet Adam, erfährt so, daß wir hier sind. Hängt dafür ein buckliger Glöckner irgendwo im Labyrinth aus meterdicken Gesteinsschichten an einem Seil?

Zwei livrierte Frauen, Feen in Dienstboten-Drag, mit, du lieber Gott, roten Mützchen, treten von rechts (ah: backstage?) herzu, ziehen ihm den Mantel aus, überreichen ihm ein Handtuch. Die Schöne wird in Ruhe gelassen (wahrscheinlich, mutmaßt Adam, hat sie so einer Bedienten mal mit dem Buschmesser die Hand abgehackt, als die nach ihr greifen wollte). Als seine Ohren wieder zu sich kommen, kriegen sie mit, daß auch hier drinnen etwas sprudelt, plätschert, gluckst, ein flüchtiger, noch nicht orientierter Blick ahnt Wasserschatten an der Decke, rund um die Öffnung, in die eine Treppe hineinragt. Da werden also unter dieser Treppe wohl Aquarien sein, flach wie das Flüßchen draußen. Tiefe Wasser mögen die Leute nicht, denen das alles gehört.

Adam sagt: »Der Witz ist, weißt du«, in einem Anfall von Tapferkeit hat er nämlich beschlossen, der Lederdame das unverschämte Geduze einfach mit gleicher Münze heimzuzahlen und sein aufkommendes Schlottern durch aufgesetzte Beredtheit zu kaschieren, »wie ich das vor mir rechtfertige, daß ich mich auf diesen Wahnsinn hier eingelassen habe. Es geht ganz leicht, im Grunde, genau wie Dankesreden bei Preisverleihungen, Aufenthalte in Stipendiatshäusern, Gespräche mit jungen Literaturmagazinen – indem ich mir sage: Junge, hab dich nicht so, du könntest auch bei Edeka Flaschen ins Regal räumen müssen, da hast du's doch noch gut getroffen.«

»Eine Überzeugung, an der Sie festhalten sollten, weil sie Ihnen sonst spätestens beim Studieren der Amazon-Leserkritikern Ihrer Werke schnell abhanden kommen wird. Da draußen, lieber Herr Sladek, laufen nämlich gerade unter Lyrikinteressierten vermehrt Geschöpfe herum, an deren Denken und Schreiben recht bald das Abendland zuschanden werden muß. Ich bin froh, daß ich mich mit Prosa bescheide.«
Der Mensch, der so gedrechselt redet, kommt, während er das tut, ruhigen Schritts die elegant geschwungene Halbschraubendrehtreppe in der Mitte des Raumes herunter und faltet sich dabei in mehrere Schatten auseinander, die sich an den himmelblauen Wänden auf und ab wiegen.
Adam Sladek kennt den Mann. Sie sind Kollegen, haben teilweise an denselben Orten veröffentlicht, was den Umgang nicht eben leichter macht, denn Adam mag nicht besonders, was er von diesem Dath bis jetzt gelesen hat. Seit Dath im Auftrag des Besitzers dieser Villa Adam in Berlin besucht und ihn hierher eingeladen hat, kämpft Adam mit dem unangenehmsten Gefühl, das Autoren füreinander empfinden können: Er fühlt sich bewundert (wenn's nicht Heuchelei ist, was er heimlich hofft), ohne zurückbewundern zu können.
Das strengt an.
Die Schöne macht immer noch keine Anstalten, ihre Abenteuermontur abzulegen. Adam fühlt sich von ihr beobachtet, obwohl oder weil er's nicht wagt, sie anzusehen. Statt dessen wendet er sich Dath zu: »Ich habe mich strikt an Ihre Anweisungen gehalten, sehen Sie?«, er zeigt die offenen Handflächen. »Nichts dabei, keine Kleidung zum Wechseln, keine Zahnbürste.«
»Aber doch mindestens ein Buch im Mantel, nicht? Wie sollten Sie sonst die Zugfahrt ertragen.«
Die Lichtverhältnisse auf Daths Gesicht, Schimmer von den künstlichen Teichen, scharfe Schatten, erinnern an alte Horrorfilme, nur daß sie blau und gelb sind statt schwarzweiß – auch auf den Himmelswänden erkennt Adam jetzt das leichte Wellenwabern, unter dem die Rükken von Clownfischen und kleinen Karpfen verschwimmen. Der Stellvertreter des Gastgebers versucht, freundlich auszusehen, aber davon

läßt sich Adam nicht täuschen. Spuren eines ungeregelten Lebens sind den hageren Zügen des Verdächtigen reichlich und sichtbar eingeschrieben. Etwas zwischen der immer weiter absackenden Kraftlosigkeit eines eingefleischten Landstreichers und dem überspannten Idealismus eines Don Quijote schwebt um seine Backenknochen und seine, wenn er nicht eben gewinnend lächelt, eher mißmutig herabhängenden Mundwinkel. Ein wenig zucken manchmal die Wangen unter seinen eingefallenen Augenhöhlen, und diese Besonderheit, gepaart mit einem listigen, beinahe verschlagenen Schwung um die Lidfalten, hebt sich verwirrend von seinem Augenausdruck selbst ab. Dieser Ausdruck, findet Adam, erinnert an einen ganz bestimmten Blick, und zwar den eines seelenlosen Meereswesens, wie ihn H. P. Lovecraft geträumt hat.

Unentschlossen deutet Adam auf seinen Mantel, den eine der beiden Livrierten (unterm Hostessenmützchen ist sie fast ganz kahlrasiert, nur ein Löckchen guckt vorn heraus; mein Gott, denkt Adam, das sind doch alles Zeichentrickfiguren hier) gerade wegtragen will: »Tscha, einen Band Disch hab ich drin, wenn Sie's unbedingt wissen müssen. Den mit den Aufsätzen über Lyrik, seine Rezensionen ...«

»Disch, ah, sehr schön. Hat mein Nachwort Sie drauf gebracht?«

Soweit kommt's noch, denkt Adam und antwortet mit der nötigen Kühle: »Nein. Ist nur ein treuer Begleiter.«

Tatsächlich verabscheut – doch, so kann man es sagen, das Wort ist gerade stark genug – der Dichter Daths Nachwort in der vom geheimnisvollen Gönner veranstalteten Privatauswahl seiner Gedichte. Und die Stelle, an der Tom Disch vorkommt, ist eine der ärgerlichsten überhaupt: Von einer »Äquidistanz« ist da die Rede, welche Adam Sladeks Arbeiten »zwischen zwei Werkstrategien zweier unterschiedlicher Dichtertypen gleichsam im Ortlosen suspendiert, so, wie der Unglaube der Leser an Werwölfe, überlichtschnelle Raumschiffantriebe oder Einhörner bei der Lektüre phantastischer Werke suspendiert ist«.

Jene beiden Typen, so Dath, seien »der heroische und der tragische«. Als Beispiel für den heroischen nennt der Nachwortschreiber dann Thomas M. Disch: »Hochproduktiv, als Romancier, Lyriker und Kritiker gleichermaßen authentisch wie durchreflektiert, um keine Vermitt-

lungsleistung verlegen und ein Lehrer für alle, die ihm zuzuhören gewillt sind.« Als Beispiel für den tragischen führt Dath danach den Fall eines Irren an. Dieser ist der asiatisch-amerikanische Science-fiction-Spinner Kenneth Che Tew Eng, der seine Abstraktionen und Verbohrtheiten, seine rassistischen und zoologischen Wahnideen »anders als Disch seine steilen Konstruktionen am Ende ernst nahm und daran zerbrechen mußte. Der Anspruch, Kunst zu erzeugen, fiel fort, und so endete Eng als unwichtiger individueller Fall für die Psychiatrie.«
Zwischen beiden Modellen die Balance zu halten sei, so Dath vielleicht sogar absichtlich unhöflich, die Leistung Sladeks. »Weder macht er aus seinem Wahnsinn nur Unmengen von Kunst, wie Disch, noch macht er aus seiner Kunst reinen Wahnsinn, wie Kenneth Eng.« Vielmehr interessiere Adam Sladek, so Dath schon völlig entfesselt, »der Kippschalter selbst, die Membran. Wenn Genie und Irrsinn, wie die Binse lehrt, dicht beieinander siedeln, so will Adam Sladeks Lyrik nichts anderes sein als eben die Grenze.« – Eine Unterstellung, die Adam noch jetzt, in der Erinnerung an die mitunter physisch schmerzhafte, insgesamt vor allem peinliche Lektüre des Nachworts, wie der übelste Fall von *damning with faint praise* vorkommen will, den er sich denken kann.
»Nun ja, jedenfalls – herzlich willkommen«, sagt Dath. Er verharrt auf dem Treppenabsatz.
Die Pilotin verabschiedet sich: »Be seein' y'all in the morning. After the hunt.«
Dath, warm und freundlich wie der cremefarbene Teppichboden, auf dem Adam dreckigste Fußspuren hinterläßt, ohne sich dafür zu schämen (wahrscheinlich reißen sie ihn nachts raus und verlegen ihn neu): »Sure, get some rest, Amelia. We'll call on you if anything should … go amiss.« Und dann, zu Sladek: »Wenn Sie mir bitte folgen wollen.« Damit dreht er sich um und geht die Treppe langsam wieder hoch.

Adam ärgert sich schon wieder – und weiß nicht einmal recht, warum, was ihn nur noch unleidiger zwickt. Er versucht, den vor ihm Hertrödelnden aus der Reserve zu locken: »Eine erstaunliche Frau.«
Dath zuckt mit den Schultern, macht ein unverbindliches Geräusch

dazu und sagt: »So erstaunlich wie alles, was Colin Kreuzer im Laufe der Jahrzehnte zusammengerafft hat. Obwohl«, ein angedeutetes Kleinstlachen stiehlt sich in die gleichmütige Rede, »ich ihr das nicht ins Gesicht sagen würde, wenn sie mit ihren Messern spielt oder den Bogen gespannt hält. Irokesin.«

Im oberen Stockwerk, das direkt in den höheren Hügelkammboden gesprengt worden sein muß, empfängt die beiden ein großer ovaler Raum, in dessen Rundung mehrere Türen eingelassen sind, die zu verschiedenen Gemächern führen. Die hohe rückwärtige Wand, vor der man beim Verlassen der Treppe mit Abstand steht, wird fast zur Gänze vom schönsten Gemälde eingenommen, das Adam Sladek je gesehen hat.

»Es ist das Original, müssen Sie wissen«, sagt Dath mit dreister Beiläufigkeit; er ist Adams Blickrichtung gefolgt und hat diesen Moment wahrscheinlich so oder ähnlich schon mit anderen Gästen erlebt. »Das Museum in Silkeborg hat bloß eine Kopie, wenn auch eine, die so gut ist, daß der Maler selbst sie nicht entlarven könnte.«

Das Original: eine rechteckige, liegende Tafel, Feld der Farben und gleichzeitig der Farbvergessenheiten, dominiert, nein: gesättigt von rauch-, sand- und schmutzgrauen Verwehungen, dem »Schnee des Vergessens«, denkt Adam Sladek, der Eliot sonst haßt, schon weil er Empson liebt. Wie von Verzweiflung zerschossen ordnen die schieferschwarzen Schindeln unten den Vordergrund, während sich in der Mitte ein irres Hellgelb weigert, nach oben hin ein Cremegelb oder Chromgelb zu werden, obwohl die sanften Deckenstrahler ihm schmeichelnd genau das entlocken wollen. Das, was unten rechts – vorn? Wie ist der Bildraum gemeint? – kein Gesicht ist, muß wolfsgraue Höhen auf seinen koksschwarzen Figurenlinien aushalten und löst in Adam einen seltenen Schauder aus, wie nennt man denn dieses Gefühl? Liebe? Fast möchte er sich mit diesem Nichtgesicht identifizieren, in es hineinkriechen, aus ihm herausschauen und durch es hindurchatmen. Ein ewigkeitsnahes Innehalten strahlt von dem Bild ab; der Dichter wünscht sich: Flockengestöber aus dem weißen Blinzeln soll ihn bedekken, soll ihn hinüberziehen, ins Einfachste, das schwer zu machen war: die Kunst.

»Gut, nicht? Der hatte was drauf«, Dath riskiert, erkennbar aus Kalkül, die größtmögliche Vulgarität, »trifft einen direkt in der äh Seele.« Adam ignoriert das gern: Oh, im Gegenteil, Herr Nachwort! Das hier ist, wie die besten Pollock-Sachen, eben nicht einfach Seelenerguß, das Expressive daran fast zu banal, um extra benannt zu werden (wenn auch unerläßlich: Es stößt die Tür zum Größeren auf, zum Wichtigeren), dies hier ist Historienmalerei, da sieht jemand mit der Klarheit der Künstlerschaft die Zeitläufte, das Politische.

Adam wundert sich fast selber über den Begriff, der da in ihm klingelt wie ein Glöckchen: das Politische. Wo hab' ich denn das jetzt her? Und irgendein (ich muß auf den Boden der Tatsachen zurück, herrscht der Dichter sich an, ich will nicht in meiner nackten Begeisterung neben diesem Menschen stehen) reicher Dummkopf hängt es sich in seine Spielzeugräuberhöhle; wo leben wir bloß, wann werden wir frei sein?

»Na gut«, der wegwerfende Ton, in dem Dath den Dichter jetzt anredet, ist Adam plötzlich ganz recht – vielleicht ein unschöner, aber doch wirkungsvoller Versuch, ganz ausdrücklich die Distanz zu Adams Bewegtheit beim Anblick des Gemäldes zu wahren –, »ich überlass' Sie dann mal Ihren Inspirationen. Es ist schon spät.« Er schaut demonstrativ auf seine Armbanduhr, die Adam seltsam damenhaft vorkommt: schmales schwarzes Lederband, keine vierfach wasserdichte Taucheranzeige, sondern irgendein Fotomotiv ist den Zeigern unterlegt, ein Popstar? »Heute abend passiert nichts mehr, der Hausherr wird Sie morgen früh begrüßen. Sollten Sie Hunger haben, wählen sie die 1, dann meldet sich eins von den Mädchen und bringt was hoch. Speisekarte braucht es nicht, die haben fast alles, was Ihnen einfallen kann. Ansonsten stehen Schnittchen da, auf dem selbstkühlenden Tablett. Im Schrank finden Sie jede gewünschte Kleidung, Pyjama, Frack, Taucheranzug. Das Bad ist ebenfalls mit allem ausgestattet, Kämme, Bürsten, Zahnpasta, Cremebad, lassen Sie nur Wasser ein, das hört niemand. Natürlich stehen Ihnen Bücher zur Verfügung, leider noch nicht elektronisch, aber die Wände sind voll davon. Die Filmbibliothek erreichen sie übers Menü auf dem Plasmaschirm. Die Deckenfensterdurchlässigkeit können Sie selbst regulieren, die Konsole ist auf dem Nachttisch, ich empfehle, das Ding ganz abzudunkeln über Nacht, es gibt eine Flutlichtstreuung von der Garage hinterm Dach, die nervt, selbst wenn's bewölkt ist wie jetzt. Musik, ach, finden Sie auch allein. Ich glaube, das war's, wenn Sie mich nicht mehr brauchen – ähm, Ihr Zimmer wäre dann das da drüben, das dritte von rechts. Türcode ist drei Mal die Drei, den können Sie innen sofort ändern, dann kann niemand mehr rein, wenn Sie's nicht wollen. Sollten Sie morgen früh wünschen, daß aufgeräumt wird, schalten sie aufs ›C‹ unten, dann ist der Zugang wieder 333. Noch mal, machen Sie sich keine Gedanken über die Lautstärke, falls sie fernsehen wollen oder Musik hören. Die Räume sind alle absolut schalldicht.«

»CDs sind ...«

»CDs und DVDs gibt's hier nicht, das läuft alles über einen Server im Keller, sie werden die Menüs an den Displays leicht verstehen. Wenn Ihnen das besser gefällt, können Sie aber auch hier stehenbleiben und mit dem Bild reden. Wir verstehen so was hier. Hab' selber schon Stunden davor verbracht. Schön. Gute Nacht.«

Adam grummelt was, das die beiden letzten Worte des Menschen wiederholen soll, möglichst undeutlich, fraternisiert wird nicht. Das Bild zieht Adams Blick noch einmal auf sich, aber mit ihm zu bereden gibt es nichts.

Würde Adam jetzt den Mund auftun, wäre das mindestens so unangemessen wie ein Theatergast, der während eines Shakespearemonologs aufsteht und sich Richtung Bühne vernehmen läßt: »Also hörnsema, Herr Hamlet, so jeht dat ja nu nich, wat Se da saren!«, doch, Berliner Dialekt müßte schon sein. Ach Mischa. Fehlst mir.

Ihr fehlt mir beide: du und deine gräßliche Hauptstadt.

Das Zimmer, das Dath ihm zugewiesen hat, ist größer als die meisten Wohnungen, die Adam Sladek bis jetzt bewohnt hat, ausgenommen die seiner Eltern und eine, in der seine kleine Schwester mal WG-halber mit drei andern hauste. Adams agitiertes Worthirn, vom Erlebten überfordert, veranstaltet semantische Turnübungen zur Selbstvergewisserung:

Nennt man das hier jetzt eine Zimmerflucht, oder bezieht sich das Wort auf mehrere Zimmer, wie war das genau, und ist das nicht überhaupt ein interessanter Wechselbalg von Wort, ja, Zimmer, da fliehe ich hin, *a room of my own*, danke Virginia, aber so ein Kämmerlein kann natürlich auch zum Knast werden, aus dem ich dann wieder fliehen will, Gadir oder erkenne dich selbst, und während es in ihm so rumrattert, damit ein Kettenhemd aus Worten gestrickt werde, das er anlegen kann, um sich nicht ungeschützt all diesen Eindrücken auszusetzen, findet er die Stereoanlage, eine schwarze Säule mit einem kleinen Flüssigkristallmonitor als Gesicht, auf dem ihm bei der leisesten Berührung Hunderte, vermutlich sogar Tausende Titel angeboten werden, wie ein erstes Scrollen zeigt, das ihm sofort die Lust auf jede Musik verleidet.
Der schwarze Riesenflachbildschirm, den Dath versprochen hat, ist in die Wand eingesenkt; Adam will erst später damit spielen. Die angekündigten Schnittchen auf dem, natürlich, Silbertablett (alles andere wäre nicht abgeschmackt genug) sind kleine Baguettescheibchen, mit Butter drauf und Honig; im Honig schwimmen ein paar Körnchen Salz, die Butter schmeckt besser als jede Eiscreme. Das gute Leben? Adam zieht die Spiegelwand auseinander, am dafür vorgesehenen Griff – neben Hemden, Hosen, Sakkos, Mänteln, einem Frack und drei Trainingsanzügen hängt tatsächlich, ernstester Witz dieser Nacht, ein Taucheranzug. Adam denkt an seinen Mantel und daran, daß er nicht weiß, wo der jetzt ist – ich bin nicht auf der Höhe, ich lass' mir hier mitspielen, wie die wollen, das muß aufhören.
Um sich an sich selbst zu erinnern, überlegt er kurz, was Mischa wohl gerade macht, und daß er sie jetzt anrufen könnte, oder ihr wenigstens eine SMS schicken; schließlich hat er sich ja geschworen, ihre komische Blockadepolitik nicht zu respektieren. Redest nicht mehr mit mir? Mag sein, aber du kannst mir nicht verbieten, mit dir zu reden. Er fischt sein Handy aus der Hemdbrusttasche. Es ist eingeschaltet, aber ohne Empfang. Hätt' ich mir auch denken können; wird wahrscheinlich absichtlich gestört, hier draußen, hier drinnen.
Adam legt sich aufs Bett, dreht das Licht heller und dunkler am Kontaktfeld über seinem Kopf. Einmal ist es ganz aus, da leuchtet nur noch,

grünlich, der Sensorstreifen für das große Deckenfenster. Auch damit spielt der Dichter: Durchlässigmachen, man sieht zwei, drei Sterne, der Regen hat aufgehört – dann Opakmachen, man sieht nichts mehr, das heißt: Er ahnt, sehr schwach, sich selbst als Reflex, auf dem Bett, Andeutung eines Menschenleibs, aus gefrorenen Hautsplittern zusammengesetzt, mit schwarzen Perlen als Augen. Meine armen Augen, meine schwache Sicht. Ach meine lieben Wörter, die alles sagen können, was ich sehe. Licht wieder an, jetzt möglichst strahlend, grell gar. Aus dem Bett geschwungen, im Raum herumgetigert, ein Kicker, der sich am Spielfeldrand warm läuft. Ein Gefühl dafür kriegen, was hier wo steht, damit ich nachts, wenn ich pissen muß, nicht gegen irgend etwas laufe.
Auf einem Baumstammtisch mit polierter, von rundem Glas bedeckter Stellfläche in ungefährer Raumesmitte stehen ein paar Karaffen, schlank und bauchig, mit Milch drin, Wasser, Säften. Die Glasbehälter sind kühler, als sie der Raumtemperatur nach sein dürften. Adam legt die Handknöchel drauf und denkt: Das Glas ist wahrscheinlich irgendeine supertechnologische Kühlplatte, wie's bei normalen Menschen Herdplatten gibt.

Die lange strapaziöse Nacht beginnt damit, daß sich der Dichter bis auf Hemd und Unterhose auszieht, sich ins Bett legt, die Lichtleiste dimmt und zunächst sofort einschläft. Sanft wiegt der Schlaf ihn freilich nicht. Der Traum, in den er den Erschöpften wickelt wie in Stacheldraht, schleift unangenehme Tagesreste mit sich – so läuft etwa die Jägerin drin rum und mißt ihn abschätzig, dann wieder findet sich Adam plötzlich in den Wänden zwischen den schalldichten Räumen des Kreuzerschen Gästehauses, umgeben von muhenden Möbelratten, und bald durchlebt er abstrakte Formen von Spuk, die gleichsam die umgestülpt realisierten, zu ektoplasmischen Würmern in seinem Hirn verdickten Gegenprinzipien zu denen sind, nach denen das großartige Bild im ovalen Raum gemalt wurde. Ein Floh ficht ihn an. Gelbliche Eiszeit bekleckert ihn mit Pferdejoghurt.
Adam erwacht, fragt sich benommen, was eigentlich Pferdejoghurt sein soll, schaut auf seine sehr solide und (im Gegensatz zur Dathschen)

überaus männliche Armbanduhr und stellt fest, daß es erst halb zwei ist, er also höchstens vierzig Minuten geschlafen hat.
Enttäuscht vom inneren Rhythmus rollt er von der säuerlich angeschwitzten Schlafstatt, schlurft zunächst an die Musikkonsole und überprüft den Bestand noch einmal – »Herzlich willkommen, Adam Sladek«. Das Ding zeigt sagenhaft viele Titel an, darunter unverantwortlich große Mengen Neuer Musik, von Pärt bis Lutoslawski, um Himmels Willen, sogar Cardews »Treatise« haben sie komplett da, sechs verschiedene Einspielungen, gibt's das überhaupt auf CD? Gleich danach dümmster Siebziger-Jahre-Rock, dann die alten SST-Sachen, für die Adam eine Weile das offenste Ohr der Welt hatte, Country and Western, HipHop – nur, weil es hier anscheinend alles gibt, was es überhaupt gibt (und einiges, siehe Cardew, was es eigentlich NICHT gibt), versagt sich der Dichter die Frage, ob die Auswahl beziehungsweise Bestückung dieses Menüs womöglich in beunruhigend genauer Kenntnis seiner persönlichen Vorlieben erfolgt ist. Was fehlt, vermisse ich nicht, schon klar, aber ebendas ist ja das Unheimliche, zugleich nicht Überprüfbare … Um sicherzugehen, daß die Titel auch wirklich abgespielt werden können, befiehlt er dem Gerät, ein paar möglichst vernagelte Heulorgien in engen Jeanshosen brutal dicht hintereinander weg zu dudeln, nicht allzu laut, aber dumpf pochend genug, um seinen Fuß zum Wippen zu bringen und ein breites Grinsen auf sein Gesicht zu hexen: Foreigner, »Hot blooded« (mit dem für Lyriker besonders hinreißenden, weil blödesten Reim der Musikgeschichte: »Mind« auf »Mind«, Einfallsüberschuß war jedenfalls nicht Lou Gramms Problem damals), Rainbows »Since you been gone« und endlich, als kompakte Krönungsmesse des Schwachsinns, Journeys hohlbrockenwerfende Schmalzeruption »Don't stop believing« – »Just a smalltown girl, living in a lonley world …« krächz, pfeif. Die unreflektierteste, hemdsärmeligste, einfach doofste Kunst der Welt ist ja oft die mit den glühendsten Wahrheitsspuren drin: »Some will win, some will lose, and some are born to sing the blues«, da singt Adam Sladek doch wenigstens versuchsweise ein paar Takte mit, um den Erwartungsdruck etwas zu mindern, der auf ihm lastet, wenn er wieder dran denkt, was die hier von ihm wollen.

Er ist vor Ort als Dichter, Seher und Künder, es geht hier um irgendeine Berufung im durchaus mystischen, sakramentalen Sinn, steil hochgeistig, und dagegen hilft nur, daß er sich dazu anhält, so ungezogen rockerdumm wie möglich zu denken und zu empfinden, eine kleine hurtige Eidechse zu sein, die unter einem heißen, hirnlosen Stein verschwindet, statt sich greifen zu lassen – »oh, the movie never ends / it goes on and on and on and on …«

Als sich der angenehme Juckreiz der Musik verliert, geht Adam ins Bad, das er vor dem Schlummerepisödchen nur kurz, staunend, fast überwältigt inspiziert hat. Er läßt Wasser und Schaumbad ein, dreht dabei den Hahn allerdings nicht ganz auf, weil er der Schallisolation aus langer Mietwohnungserfahrung denn doch nicht ganz traut. An der Bücherwand fragt er sich, während die Wanne volläuft, ob ihm die Buchauswahl, wie möglicherweise schon das Musikangebot, vielleicht etwas sagen soll. Doch, diesen Leuten hier, dem bis jetzt verborgenen Herrn Kreuzer vor allem, wäre zuzutrauen, daß er für einzelne Gäste Wegwerfbibliotheken einrichtet. Was haben wir da, direkt auf Augenhöhe? Die vom Kollegen Michael Lentz ausgewählte Pastiorauswahl, einen noch in Folie eingeschlagenen Creely, zwei Petrarcas (die obligatorischen Gedichte nämlich, aber, weniger obligatorisch und spannender: »Secretum meum«), zahlreiche Dath-Werke (das soll mir nicht passieren, daß ich die durchlese, vielen Dank auch für die gesalzenen Honigschnitten) und als Eckenschmuck dahinter das Ergon eines gewissen »Eckart Peterich«: »Die Theologie der Hellenen«, für Adam, den Wörterprüfer, natürlich besonders anziehend wegen »Hellenen« statt »Griechen«, also in die Hand damit und näher untersucht, gedruckt 1938 in Leipzig, aha.

Das zerlesene und angegilbte Buch darf mit in die Wanne. Schon der Titelaufdruck löst höchste Freude aus, so was wäre heute auf dem Umschlagrücken oder in der Klappe, und ist umbrochen, als wäre es Lyrik: »Dieses Werk gibt eine übersichtliche, vollständige / Mythologie und darüber hinaus ein Gesamtbild / der griechischen Religion. Die Mythengeschichte / wirft ein neues Licht auf die bisher fast nur archäo- / logisch durchforschte vorhomerische Zeit. Die / vorsokratischen Den-

ker werden als die großen / Theologen einer althellenischen Religion gezeigt, / deren Götter gedankliche Mächte sind. Die so- / genannte Naturphilosophie verhüllt eine faßbare / Metaphysik, und neben der griechischen Dies- / seitsfreudigkeit steht ausgeprägt der / Glaube an ein Jenseits und an eine / überweltliche Gerechtigkeit.«
Wahrscheinlich handelt es sich um Nazidreck, vermutet Adam im heißen Wasser, aber dieser Tonfall, schwanger von einer ganz rührenden Biederkeit im Ernstnehmen uralter Welttatsachen, der ist extrem verführerisch, tut mir leid.
Er wirft das Buch auf den Handtuchstapel, taucht unter, blubbert, taucht auf. Schön brühbrutal, dieses Wasser. Hinreichend erfrischt und hitzebedröhnt, mit knallrotem Kopf und dem Gefühl, zu seinem größten Nutzen gründlich frittiert worden zu sein, nimmt sich Adam nun doch die Bücher des Herrn Dath vor. Fehlt da nicht eins, gab es da nicht irgend so ein Pamphlet über Sozialismus, Aufstand und dergleichen Wahngebilde, das der Kerl damals, bei der ersten flüchtigen Begegnung mit Adam auf der Leipziger Buchmesse (2008? 2007? Adam erinnert sich nicht genau), bei irgendeiner Pressekonferenz des Verlags beworben, erklärt oder warum nicht gleich live verhökert hat? Auf dem Podium war der Mensch, daran erinnert sich Adam noch, neben Durs Grünbein gesessen – sie hatten dauernd was zu tuscheln, wenn sie gerade nicht dran waren mit Reden. Adam nimmt an, daß das Gemurmel von Dath ausging, der ohnehin den Eindruck machte, als könne er grundsätzlich nicht lange stillsitzen und einem Gedanken folgen.
Diese Auswahl hier – sein Ausstoß gilt als unkontrolliert, das war mit das Früheste, was Adam über ihn wußte – enthält aber kein derartiges Pamphlet, nur einen Band mit Zeitungsartikeln, der Rest sind Romane, in denen Adam jetzt ein bißchen blättern will.
Der Eindruck, der sich herstellt, ist ganz wie erwartet: Man bekommt viel zu lesen, bevor einem die Augen rausfallen. Was, denkt der Dichter leicht gereizt, soll ich denn mit so einem Dialogsatz anfangen, mitten in angeblicher Belletristik: »Als Abdruck – irgendwann müssen Wesen wie du oder ich ihn einatmen oder trinken, und dann verändert er zunächst unsere Mikrophysiologie, dann das, was wir denken, und

kommt schließlich durch uns wieder zu sich, falls er das für ein Weilchen braucht. Wenn er dann wieder verschwindet, weil seine Geschäfte im Diesseits erledigt sind, wird der anfängliche Diffusionsprozeß einfach wiederholt.«

Wenn das nicht einfach Quatsch ist, sinnloser Silbenzauber, dann ist es günstigstenfalls Jean Paul unter Lachgas; das Kreischende, vermählt dem Gewundenen. Und blättern, suchen, testen: Man kommt kaum rein, ab und zu mal eine etwas ausgeruhtere, luftigere Passage, aber dann wieder andauernd Meinungen, Statements, Behauptungen, Feuilleton eben (denn da kommt er her, der Mann). Die Poetik, falls es eine gibt, lebt von nichts als vom sogenannten Erfindungsreichtum, bei dem Adam, der lieber in Ruhe etwas Vertrautes anguckt, bis es seine Fremdheit enthüllt, Zahnfleischziehen kriegt: Physiker, die durch die Zeit ihren Parallelweltzwillingen Warnungen vor der Fiktionalität des Tatsächlichen zufunken, fliegende Untertassen, sprechende Tiere, Maschinen, welche die Kommunikation zwischen Gott und den Menschen stören, also lauter kindische Requisiten, Endkämpfe zwischen Gut und Böse, japanischer Animequalster, atemlos runtererzählt, dann wieder mit Reflexionseinschüben überfrachtet.

Was zum Teufel will der eigentlich? Adam Sladek beschließt, das nicht unbedingt herausfinden zu müssen, *vita brevis.* Bis auf den in seiner kreglen Totalverstrahltheit schon wieder anregenden Band im epilepsieförderlich neongrünen Brüll-Einband, in dem die Tiere zweitausend Jahre nach der Gegenwart per Geruch über Jurisprudenz streiten oder so ähnlich, räumt Adam Sladek die Dinger alle wieder ein. Das kleine Grüne legt er auf den Sekretär neben der Stereoanlage, zur späteren Zweitkontrolle. Als nächstes, beschließt der Dichter, muß ihm der Fernseher beim Ausruhen helfen; schon, weil das ein so gigantischer Schirm ist, daß daneben einige der Kinoleinwände völlig verloren wirken würden, die Adam in den letzten Jahren vor sich hatte.

Aus dem Menü, dessen sachgerechte Handhabung Adam in knapp zehn Minuten lernt, sucht er sich schließlich »Kurze Features« aus – das sind, wie Experimente ergeben, Spielfilme, die offenbar nicht länger als je eine

Stunde dauern und von denen Adam durchaus für möglich hält, daß sie außerhalb dieser Mauern nie jemand zu Gesicht bekommen wird – von Kreuzer für dessen Gäste finanziert, ansonsten nicht einmal als Gerücht vorhanden. Adam trinkt Milch und Orangensaft, dazu knabbert er markennamenlose, in nichts als durchsichtige Folie verpackte Schokoladenriegel, die er im Nachttisch gefunden hat, und sieht sich zuerst einen Film aus dem Jahr 2006 von Mick Garris an, in dem es um einen Mann geht, in dessen Körper sich allmählich die Seele einer weit entfernt lebenden Frau einschleicht. Das Ding ist, was die Handlung angeht, wenig bemerkenswert, ein Astralprojektionsschinken eben, aber Garris hat ein paar hübsche sinnliche Einfälle – Optik und Sprache (Adam sieht den Film im englischen Originalton), Geräusche und Farbe sind stimmig: Da erinnert den verlassenen Familienvater ein Buch, das neben seinem Bett liegt, an seinen kleinen Sohn, denn zwei Seiten darin wurden herausgerissen, mit bunten Kinderwachsmalereien verziert und dann wieder eingelegt (eine weniger kluge Regie wäre nicht darauf gekommen, die Glaubwürdigkeit der Kinderdarstellung durch den Hinweis auf die unschuldige Destruktivität von Kindern zu erhöhen). Da schmeckt der Visionär plötzlich die Schokolade im Mund, auf der die Seeleninvasorin viele tausend Kilometer weit weg soeben herumkaut – zartbitter, sagt er, sagt sie, mit einem Hauch von Jasminteeblättern –, da hält sich der Held einmal die Ohren zu, und die Filmmusik ist in diesem Augenblick so gedämpft, daß der Zuschauer die verstopften Gehörgänge wirklich mitempfinden kann. So läßt Adam sich in der surreal durchpoetisierten Geschichte ein bißchen treiben und bekommt, weil er, in Einzelheiten versunken, schon wieder leicht zu dösen angefangen hat, die blutige Pointe des Films gar nicht richtig mit – irgendwer erschießt irgendwen, na schön, mag sein. Geweckt wird er erst von der großen türkisen Raute auf dem Schirm wieder, die ihn fragt: »Choose another feature?« Wie beruhigend: Der Automat weiß nicht, daß der Mensch, der sich da eben einen englischsprachigen Film angesehen hat, eine andere Muttersprache spricht; Gedankenlesen nicht inklusive, na also. Das bringt Adam auf seine nächste Idee: Wenige Daumenbewegungen führen ihn zu französischen Filmen; auch hier traut

er sich die Originalsprache zu, wählt aber außerdem die deutschen Untertitel an, die er, wie sich zeigt, auch nötig hat, um die reichlich wirre Geschichte, die eine gewisse Yvonne Chabon ihm hier zumutet, einigermaßen zu verstehen. Im unscharfen Zentrum der Fabel steht ein verheirateter Journalist, der in Paris an einem Buch über avantgardistische Filme recherchiert und durch eine Exfreundin, mit der er vor seiner Ehe zusammen war, eine Regisseurin kennenlernt, die von der tatsächlichen Regisseurin des Filmes, den Adam sieht, selbst gespielt wird. Diese Regisseurin ist lesbisch und in die Exfreundin des Journalisten verliebt, der sich nun aber seinerseits in die Lesbe verliebt und, um dieser näherzukommen, unter komischen Verrenkungen versucht, seine Exfreundin mit ihr zu verkuppeln, während jene ihrerseits alles unternimmt, um die Lesbe und den verheirateten Exfreund zusammenzubringen. Zwischendurch sind in das Ding mehrere Szenen aus einem alten Schwarzweißfilm hineingeschnitten, dem die berufliche Obsession des Journalisten gilt, das heißt: Der soll im Mittelpunkt seines geplanten Avantgardefilmtraktats stehen. Dieses Insert ist unfaßbar prätentiös, beinhaltet unter anderem das Abschneiden von Engelsflügeln, heißt pompöser- sowie lächerlicherweise »La fin absolue du monde« und stammt von einem angeblich hochberühmten Hans Backovic, von dem Adam noch nie das Leiseste hat läuten hören. Wahrscheinlich, mutmaßt der übermüdete Dichter, hat sich Frau Chabon den Herrn ebenso freihändig ausgedacht wie den ganzen anderen Kram.
Das einzige wirklich Bedauerliche an der Veranstaltung, von deren Schwerverdaulichkeit und Weithergeholtheit Adam Sladek ganz langsam, während er zugleich nur noch die Hälfte mitbekommt, immer bessere Laune kriegt, ist, daß man sie nicht offen als Komödie zu drehen gewagt hat. Dann wäre sie nämlich ein Klassiker, ein Abräumer, ein ungeheurer Brüller.
Er steht den faulen Witz, obwohl der leider steinern ernst gemeint ist, bis zum Ende durch.
Danach hat er das Fernsehen vorerst satt.

Was also will ich?, fragt ihn seine Seele.
Nicht in die Dunkelheit fallen. Nichts träumen. Nicht bei mir sein, da ist es gerade sehr … ja, was? Lila? Wie war das noch? Wenn man nicht glaubt, daß die andern und das große Ringsum existieren, sondern nur sich selbst für wirklich hält, dann heißt das Solipsismus. Aber wie nennt man die Empfindung, man selber wäre nicht vorhanden, alles andere schon? Da bin ich gerade. Da will ich allerdings nicht sein.
Adam Sladek zieht seine Socken an, danach die Hose, greift sich, in einer Art Trotz, tatsächlich eins der Hemden im Schrank, die er zunächst nicht anrühren wollte, streift es über, knöpft es sorgfältig zu. Geht hinaus auf den Flur, läßt die Tür offen, legt sogar ein Buch – den Petrarca, »Secretum Meum« – zwischen Tür und Rahmen, damit die Tür nicht zufällt. Stellt sich vor das immense, das kaltwarme, das nahferne Bild. Will, daß die Membran zergeht, daß der Wind des Bildes ihn erfaßt, daß die vielen freien kleinen besiegten unbesiegbaren toten unsterblichen zähen lebhaften Farben herauskommen, ihn berühren, damit er wieder wirklich wird, damit er einen Umriß kriegt, einen Farbwert. Oder will er etwas anderes? Will er, daß es ihn hineinsaugt in diesen markiertesten Raum, den er je gesehen hat?
Nichts passiert mit ihm, alles passiert in ihm.
Mischa, übrigens, liebt mich nicht, was mich aber nur stört, weil ich sie unbedingt lieben will. Ich bin mir nicht mal sicher, daß ich das kann. Womöglich hab' ich da nur so eine Selbstzweifelphantasie im Genick sitzen: Wenn ich der bin, der sie aus ihrer furchtbaren Erstarrung befreien, der sie zu sich holen kann, dann gibt es mich vielleicht doch noch. War das mit der Mädchenfrau nicht ähnlich? Nein. War es nicht. Bei der Mädchenfrau konnte ich mich nicht fragen, ob ich sie liebe. Die Mädchenfrau nicht zu lieben, ist gar nicht vorstellbar.
Warum atmet dieses Bild hier wärmer als je ein Körper neben mir? Bin ich krank, bin ich böse, bin ich Literatur? Mit dem Bild reden, hat Dath gesagt.
Schwachkopf.
Die Armbanduhr behauptet, es wäre fünf Uhr früh. Adam kennt diese Uhrzeit: Das ist, denkt er, normalerweise der Moment, an dem alle

Filme, die ich sehe, alle Texte, die ich lese, jede Musik, die ich höre, alle Kunst sich endlich anfühlt, als sei sie direkt an mich gerichtet. Und dieser Wahn, der hilft mir manchmal wenigstens ein bißchen, das ist ein ganz spezieller Trost: Zwar gibt es mich nicht, aber die Leute, die diese Kunstwerke gemacht haben, scheinen davon auszugehen, ja, darauf angewiesen zu sein, daß es mich gibt. Sie müssen sich mich einreden, damit sie arbeiten können. Ich bin, heißt das, ein Vorwand für Götter zu wirken, auch hier und jetzt, auf diesem eierschalenfarbenen Teppichboden, vor dem Bild aller Bilder, und neben der griechischen Diesseitsfreudigkeit steht übrigens, ihr Hornochsen, ausgeprägt der Glaube an ein Jenseits und an eine überweltliche Gerechtigkeit. Adam Sladek hätte jetzt gern einen Hut, den er vor dem Bild ziehen könnte, bevor er sich zurückzieht. Er hat aber keinen, also nickt er nur einmal kurz mit dem Kopf; das hat er bei der Totenfeier für einen verunglückten Kameraden der Einheit damals erlebt; militärisches Zeremoniell, hilflos, zakkig, würdevoll.

Er geht zurück zum Zimmer, zieht den Petrarca aus der Tür, räumt ein bißchen auf – gedichtfähiger Gedanke, für später notiert: Aufräumen ist, alles so hinlegen, als wäre ich noch nicht hiergewesen –, legt sich schließlich wieder aufs Bett und schaut, so auf dem Rücken dösend, halb zerstört nach oben.

Adam löscht alle Lichter bis auf sein Handy, dessen schwach mistelgrüner Schimmer den Raum erleuchtet und die auf durchlässig gestellte Glasscheibe da oben – und was das grüne Licht ihm dort zeigt, das sind Fußsohlen. Nackte, schlanke. Adam hält den Atem an, verschluckt fast seine ganze Seele mit einem Haps: Da oben geht wer, wirklich. Geht übers Fenster. Auf dem Dach. Barfuß. Schöne Füße, schnelle Füße. Die machen kein Geräusch. Sie bleiben stehen, leicht versetzt, in Wartestellung. Rühren sich nicht, minutenlang. Wenn jetzt die Person da oben auf die Knie sinkt und das Gesicht gegen die Scheibe drückt, wenn sie mich anschaut, wie ich hier unten liege, dann fange ich an zu schreien, wie ich noch nie geschrien habe. Aber die schönen Füße gehen schließlich fort, zum Rand der winzigen rechteckigen Glaswelt, und drüber hinaus, da sind sie weg, so daß sich Adam Sladek drei Sekunden später schon fragen muß, ob er sie wirklich gesehen oder sich bloß eingebildet hat. Leichtes Sodbrennen beschäftigt ihn ein Weilchen, ebenso die Frage, ob er onanieren soll (und also schon zum dritten Mal in dieser Nacht an Mischa denken, nein danke, wirklich nicht). Der ganze Gedankenmüllstrom mündet in die üblichen Selbstzweifel an der Tragfähigkeit seines Geisteszustands. Ein Gedicht machen könnte man mal wieder. Titel: Ad Sigmund Freud. Etwa so:

Ich, Es oder Über-Ich,
Kann mich nie entscheiden
Wird wohl die Psychose sein,
Muß ich drunter leiden.

Leis lacht Adam Sladek, um nicht laut zu lachen, ein Grund, der mit sich Fangen spielt und sich nicht kriegt.
Dann wird es draußen, im Naturschönen, allmählich erlösend hell. Als der Raum schließlich von genug Licht erfüllt ist, daß Adam Sladek die meisten Aufschriften der Buchrücken im Regal lesen kann, fängt es erneut zu regnen an. Adam sieht die Tropfen auf das Sichtrechteck prallen, er weiß, daß es ein prasselndes Geräusch geben müßte, aber da prasselt nichts – absolut schallisoliert, Dath hat die Wahrheit gesagt.
Adam fühlt sich einen Augenblick lang wie ein ganz alter Mensch, der alles weiß, es aber nicht sagen kann. Dann rührt er sich, steht auf, um nachzusehen, ob es noch andere Menschen gibt, oder halt, nein: nicht »noch«, eher »schon wieder«, in dieser jungsenilen Frühe, und da verschwindet die Allwissenheit, nur der Rentner bleibt übrig, mit den ganz leichten Knochen, dem sehr schweren Kopf. Er zieht sich an, vollständig, inklusive Sakko, und geht hinaus, vors Bild. Schließt diesmal die Tür und hofft einen verrückten Augenblick lang, daß sie ihm nun versperrt bleiben würde, weil er sich an Daths Anweisungen betreffs die Verriegelung mit dem Zahlenquadrat nicht mehr erinnert. Aber die Tür läßt sich, er probiert es wie unter Zwang aus, ganz leicht öffnen; schließen; wieder öffnen. Da steht er, im seltsamen Oval, und weiß nur äu-

ßerst ungefähr, wer er sein soll. Adam hat plötzlich eine Art Angstschwächeanfall und ruft, erst zaghaft, dann lauter, im vollen Bewußtsein der Unhöflichkeit eines solchen Auftritts morgens um sechs, aber gekränkt von der unbegreiflichen Nacht: »Hallo? He? Hallo, bitte? Hey! Ist hier irgendwer? Leute laufen übers Dach, wissen Sie das? Man wird von oben … hallo? Hallo?«, und dabei setzen sich seine Füße wie von selbst in Bewegung, führen ihn zur Treppe, die Treppe hinunter, auf ein Leuchten unten zu.
Das Waberlicht ist, sieht er jetzt, die Aquarienbeleuchtung, von vorn mischt sich kühles, irgendwie röntgenstrahlenartig riechendes Tageslicht durch das breite Frontfenster hinein.

Dort auf der Veranda kniet die Pilotin im Regen und zerlegt mit einem langen scharfen Messer ein riesiges Tier. Das tote Geschöpf ist in der Mitte des Rückgrats eingeknickt, durchgebrochen, alles daran glänzt braun, grellt rot, das Blut läuft in die großen Pfützen. Die Muster verraten, daß das Gestein hier nicht so eben ist, wie Adam es gestern abend auf der Schwelle empfunden hat. Im Hals des Tieres stecken zwei Pfeile, lang wie Kinderarme, und die Jägerin, die mit ihrem rechten Arme jetzt tief im Tier wühlt und nach etwas greift, es dreht, daran reißt, trägt, mit breitem Riemen festgeschnallt, einen langen Bogen auf dem Rücken. Wasser tropft ihr vom Kinn und den Wangen, Blut vom Oberarm. Adam ist fasziniert und abgestoßen, sein Magen erinnert sich daran, wie es gewesen ist, im Autogyro zu fliegen, geschaukelt, entführt zu werden von dieser Frau. »Es sieht grausam aus, was sie da tut, und barbarisch. Aber in Wirklichkeit ist es Handwerk von Ehre. Eine ganz raffinierte Arbeit, so wie Ihre.« – Die Stimme, voll und in sicherer Baßlage, selbstgewiß und ausgeschlafen, macht Adam hellwach. Um nicht vom Drehschwindel erfaßt und umgeworfen zu werden, dreht der Dichter sich langsam um. Der Mann im pfefferminzgrünen Schlafanzug unter schwarzseidenem Morgenmantel, der in der Mitte des breiten Foyers zwischen den beiden flachen Aquarien steht, ebenso barfuß wie die Jägerin draußen, ist fast so groß wie Adam selbst, kommt ihm aber größer vor, weil die Augen so ruhig sind, die Konturen des Gesichts so klar, die Haare so

dicht, schulterlang, tiefbraun, die Bartstoppeln so präzise rasiert, mit vielen grauen drin. Der Mann kommt auf ihn zu, streckt seine Rechte dem Dichter entgegen: »Guten Morgen, Herr Sladek. Ich bin Colin Kreuzer und freue mich sehr, Sie kennenzulernen.«
Das ist, denkt Adam Sladek und gibt gehorsam Pfötchen, doch gar kein Mensch. Das ist ein verkleideter Löwe.

An Offer I Dare Not Refuse

Sag mir das Wort, O Göttin, das ich dem zornigen Reichen,
Dem, der den Bilderbergern zu trotzen den Mut aufbrachte
Deren Vertrauen er selbst noch vor kurzem genossen
Damals hätte entgegnen sollen nah Bruchsal beim Treffen,
Ihm widersprechend, ihm den Gehorsam aus Gründen verweigernd,
Seine Gründe entkräftend, der die entfesselten Fresser
Fürchtete, weil er, wie alle Berechnungen eindeutig zeigten
Selbst den Verfall der Rate der neuen Geburten
Unter die Quote von zwei komma eins pro Paar in den Ländern
Japan, Vereinigte Staaten, Frankreich, Deutschland und England
Nicht mehr als günstiges Zeichen zu lesen den Mut fassen konnte
Sondern die sechs Komma sechs Milliarden der lebenden Leute
Rechtens als Zeichen sah | für einen kommenden furchtbaren Großtod:
Kriege erahnte der Trotzige, Seuchen, Hunger und Durst.
Grimmig zitierte er darum für mich den zahmen Kollegen
Den er bereits im Streit aus seinen Verträgen entlassen
Und gegen Feinde, die beiden gemeinsam, nicht länger verteidigt
Ja sogar öffentlich | durch die Eignen | abgestraft hatte:
»Birth control technology is available that can do the job,
And it could be further improved by focusing studies
On male contraception. Financial assistance in reaching
An agreed-upon goal would be provided by wealthier nations
As the magnitude of the problem became fully appreciated.«
Das ist das Übel, sagte mir damals in Bruchsal der Reiche,

Diese Betulichkeit, diese vernünftige | kraftlose | zaghafte Stimme
Handeln statt reden, und ich besaß nur gerade den Mut noch
Ihn zu fragen, was denn ein Schreiber wie ich beim Handeln
Mochte den Handelnden helfen, so daß er laut und lang lachte –
Hast du, mein Dichter, fragte er, mir seine Hand auf den Rücken
Väterlich legend, niemals zuvor je das Wort Propaganda
Oder doch wenigstens Predigt, Anfeuern, Aufrütteln, Hetze
Sagen gehört von politisch tätigen, praktischen Menschen?
Schreib du nur auf, am besten in gültigen, leuchtenden Versen
Was wir hier tun und warum, daß innerhalb unserer Reihen
Zweifel nicht greifen, Ängste nicht hemmen, dann sollst du gewiß
Mehr noch getan haben als unsere besten und treusten Soldaten
Daß unsrer Sache, der Strafe für Niobes Kinder, am besten
Und auch am schönsten gedient ist. Widerrede war zwecklos.

Fronde

Auch Politik, leider, schon auf dem Olymp –
Die Rechte: Hera, Ares, Demeter
Die Linke: Apollo, Athene, Artemis
Die Anarchisten, mal rechts, mal links | immer albern:
Aphrodite, Dionysos
Aber Zeus? Ein Absolutist | doch ohne Rat von Hacks
War das ein schrecklich angefressner Fürst

Ihr Glücksdesaster

Ein halbes Jahr nach dem gemeinsamen Einzug ins schöne Haus am Hang kommen sowohl Johanna wie Paul plötzlich auf je eigene Ideen zur Verschönerung des Wohnumfelds, die anfänglich durchaus vereinbar wirken. Die Künstlerin hält es dabei mit dem Lebendigen; der vorübergehend arbeitslose Informatiker will eher auf Architektur und Zimmermannshandwerk hinaus – »Wußtest du«, sagt Johanna Rauch, »daß ich mir damit einen alten Traum erfülle? Also, eigentlich einen Ausweichtraum …«

»Ausweichtraum?«, der Vater hält das schlafende Kind Cathrin an der Brust, wiegt es sachte, spricht nicht laut.

»Ja, Ausweichtraum. Als ich Mitte der Neunziger die schwersten Zweifel hatte, ob aus der Künstlerei …«

»Künstlerinerei,« berichtigt er lächelnd, sie nickt: »Genau, also aus dem Malerinismus … daß da noch was draus werden könnte, hab' ich mich ernsthaft mit dem Gedanken getragen, statt dessen Gärtnerin zu werden. Und siehe: Ich kann das eine tun und muß das andere nicht lassen.« – Mit dieser markigen Absichtserklärung beginnt Johanna die Arbeit nicht etwa mit Orchideen oder Rosen, sondern mit Gräsern, für die sie jeweils die sonnigsten, halbschattigsten, dann wieder dunkelsten Winkel im teilweise schon bepflanzten Boden vor dem Haus ausfindig macht. Sie läßt ein paar Profis kommen, das Zeug rauszugraben, das schon da ist – die Sträucher findet Johanna doof, die Ranken albern, die Blumen blöd –, und dann finden Scheinzypergras-Segge, sommergrüner Perlfarn, sogar ein Büschel Silberfahnengras, das sehr nach einer Zusammenrottung verrückt gewordener Pinsel ausschaut, ihre neue Heimat unterm breiten Balkonfenster.

»Sieht aus wie aus der Phantasie von Sheri Tepper, oder wie diese Dschungelsachen von Jutta, Anfang der Neunziger …«, stellt sie befriedigt fest.

»Jutta?« fragt Paul.

»Na, Jutta Koether, weißte nicht mehr? Die Malerin, die ich dir in Berlin …«

»Ach so«, er winkt ab, ein bißchen zu schnell, findet Johanna; aber andererseits ist sie zufrieden damit, daß er sein eigenes Projekt zur Haus- und Grundstücksverbesserung verfolgt, unter demselben Balkonfenster, das den schönen weiten Blick auf Johannas Gräserlandschaft ermöglicht, von ihr mehr als nur geduldet und bezahlt, nämlich aktiv ermutigt: »Das muß«, sagt Paul Debus, »eine Holzdiele werden, eine Terrasse wie von Frank Lloyd Wright – nicht nur du hattest deine Gärtnerinnenträume, Süße, ich wollte auch mal was anderes werden als Programmierer für faule Physiker … Umwelttechnik, das fand ich im Studium das Allergeilste, da wollte ich hin, Sonnenenergie besser nutzen durch präzisere Berechnung der Strahlungsmenge, durch Eliminierung von Abwärmen und … na, wurde nichts draus.«

»Dafür kriegst du jetzt deine Terrasse aus Baumrinde oder woraus immer du sie haben willst.«

»Aus Tropenholz.«

»Tropenholz, okay. Mit Tukanen und Riesensalamandern.«

»Bitte ohne.«

»Ist notiert. Einmal ohne Viecher.«

Die Tropenholzterrasse wird »verlegt, gebrettert und versiegelt oder was immer man mit sowas macht« (Johanna), und dann, am dritten Tag des Vorhandenseins dieses wahrgewordenen Wunsches des ansonsten lange Zeit ungut antriebsschwachen, fast etwas verloren wirkenden Kindsvaters, kracht es, aus Gründen, die Johanna später nie wird begreifen wollen.

»Komm … he, Paul, komm mal raus, das wirst du nicht fassen, das kannst du … Paul?«

»Ja?«, von drinnen, nicht gereizt, eher erschöpft; das Mädchen schläft jetzt oben, zum Glück, denkt Johanna, ist dieses Haus groß genug, daß man unten rumschreien kann, ohne schlafende Kinder in anderen Gebäudeteilen zu wecken. Sie wiederholt's, aus Freude an diesem Umstand wie überhaupt am Leben: »Das wirst du nicht fassen!«, aber was sie eigentlich meint, ist, daß sie es selbst nicht fassen kann, wie richtig hier in ihrem Grasweltchen alles geworden ist, die aufrecht, locker graugrün versammelten Horste, die schmalen Blätter, Klingen, Pinselstriche, und daß das hier und da jetzt auch noch alles blüht, aus den Ährenrispen raus, die sich zurückziehn, damit die reichen Blütenstände richtig prangen können: alles wie gewollt, nein, schöner. Sie hört den Mann im Küchenbereich zögerlich rumoren, das soll nicht sein, geht ihr nun doch zu langsam, also stapft sie aus dem Wuschelwunder raus und die zwei Treppenstufen hoch auf sein heiliges Tropenholz und fällt ihm so fast in die Arme, als er das große Fensterglas zur Seite schiebt und sie, was ist das hier, wie kann das sein, anschaut, als ob sie eben einer Latrine entstiegen wäre – »Paul? Ist was? Ich wollt dir zeigen, was im Garten …«

»Garten, was denn?«, auf der Stirn zickt eine Zornesfalte. »Da deine wirre Wiese? Mensch, schau doch«, und seine Hand wischt nach ihr, das heißt ihrer Hüfte, wieso, warum?, er bellt und deutet auf sein Werk, das heißt, das Werk der von ihm beaufsichtigten Zimmerleute, »guck doch, wo du läufst … siehst du das nicht, Johanna, da die Tapsen! Diese Tapsen auf dem Tropenholz! Alles hast du verdreckt, weißt du denn nicht, wie …«

»Was, Tapsen? Ich kann dir«, sie braust gar nicht richtig auf, es ist eher ein mißhandeltes Quengeln, in dem ebensoviel Liebeswerben mitsingt wie eine beinah leicht frivole Gekränktheit, »den ganzen Holzschamott rausreißen lassen, wenn er dir zu dreckig wird, und sofort einen neuen …«

»Ach darum geht's, ja? Dein Geld, dein Besitz. Klar. Also kannst du auch draufrumtapsen und alles verdrecken, wie du willst.«

Was?, will sie sagen, und: Wie bitte? Spinnst du jetzt?, aber statt dessen sagt sie: »Hör mal, das ist aber jetzt nicht schön, du, das darfst du nicht machen. Ich wollte dir doch nur was zeigen, wie hier …«

»Jetzt nicht noch diese Tour. Das arme Mädchen. Manchmal … echt, manchmal machst du mich ganz bekloppt mit deinen koketten Nummern hier, mit diesem Theater.«

»Theater?«, jetzt wird sie doch noch laut.

Beim restlichen Geschrei geht es nur marginal um Inhalt.

Als sie endlich heult, haut er nach innen ab. Die Tränen fallen auf die Tapsen, die Tapsen verschmutzen weiterhin das Holz.

Fünf Tage redet er danach nicht mehr als das Allernötigste mit ihr.

Sie denkt über eine Trennung nach, darüber, daß sie erst einmal ausziehen sollte, als Warnung, obwohl dies Haus ihres ist. Soll sie sich nachts davonmachen, damit er beim Erwachen einen vielleicht heilsamen Schock erlebt? Der Gedanke findet nicht schnell genug zur Tat.

Paul kommt ihr zuvor.

Epitaph for Heath Ledger

Ein schwuler Cowboy hat sich ausgerottet
Denn Michelle Williams ist ihm weggerannt.
Jetzt wird er ausgestopft und eingemottet
Oder verbuddelt | fortgeschwemmt | verbrannt.

Ohne die Maus war alles für ihn Leere
Jetzt ist sein Pferd allein grad wie sein Hut.
Da ich auch selber meine Braut entbehre:
Wie gut ich ihn verstehen kann. | Wie gut.

Erstes Messersonett

Der mit dem Springmesser das Fleisch zerschnitt
Des manialschen Tiers das er gefunden
Gab ihr neun Starke, als sie auf dem Ritt
Durch ihre Berge | auf der Spur von Hunden

Zu seiner Hütte kam. Sie nahm auch an
Was er ihr schenkte, dieser Flötenspieler
Der unten Bock war, oben aber Mann
Und als Verführer Gegenstand sehr vieler

Lustiger Lieder. Schneller als der Wind
Sind diese Hunde, rühmte er die Gabe.
Wenn sie nur schnell genug zum Jagen sind
Will ich sie haben, sagte sie. Ich habe

Den Wind nicht nötig, nur den schnellen Hund.
Da nickte Pan | und hielt sehr klug den Mund.

Mischaballade Zwei

Blasser Morgen grüßt die Mischa
Blau und rosa überm Stadion
Als sie, nur ganz leicht betrunken
Auf dem Weg nach Hause strauchelt
Nah beim Stadion, auf der Wiese
Schön war diese Partynacht.
Mischa setzt sich auf den Steinblock
An der kleinen Feuerstelle
Wo die Hippies und die Punker
Gestern abend lang zusammen
Auf den Trommeln an dem Feuer
Ihren Stumpfsinn voller Freude
Blank kaputt zertrommelt haben.

Klarheit holde | Licht im Schädel
Morgenkühle wunderschön
Spürt die Mischa, nah beim Stadion
Ganz allein im Mauerpark.
Freut sich jetzt schon auf zuhause
Muß nur noch ein bißchen gehn
Will gleich aufstehn, denn im Bettchen
Wartet eine | wohl auf sie.
Mischa, die promiske Elfe
Deren Liebling eine Frau ist
Die mit einem Manne wohnt
Der aus transgressiver Triebwut
Hin und wieder in den Puff geht
Weiß daß dieser Liebling heute
Wegen Wohnungsrenovierung
Zweifellos bei Mischa schläft.
Mischa Hoffmann spürt in Armen,
Beinen und im Herzen drinnen

Wie sie sich nach diesem Körper
Der bei ihr | zuhaus im Bettchen
Auf sie wartet, langsam sehnt.
Da stört Bellen, als sie aufsteht
Denn im Mauerpark heut morgen
Ist sie gar nicht so alleine
Wie sie eben noch geglaubt hat.

Junge Männer, dicke Arme,
Tätowiert und mir rasierten
Kantenköpfen stehn jetzt vor ihr
Mit zwei Pitbulls, die sich mopsen
Zähne fletschen, Seiber sprühen
Und ans Fleisch ihr gehen möchten
Wie die schrecklich dummen Herrchen.
»Eh guckma voll kaputt die Fotze«
»Kann kaum stehen pffhaa.«
»Sagma legse halt wieder hin«

Ganz unmöglich, denkt die Mischa
Ist es, ethnische Profile
Dieser Männer herzustellen
Denn ob Nazis oder Polen
Oder Kurden oder Russen
Bleibt sich gleich, selbst Marsianer
Könnten diese Typen sein.
Was nur feststeht, weiß sie sicher,
Ist, daß diese vier Gestalten
Aus dem Land | wo Schwänze sprechen
Hier in diesen Park gelangten
Und sie lacht bei dem Gedanken
Wenn auch leis und fast mit Schluckauf,
Daß sie lacht ist aber unklug,
Und kommt von dem leichten Räuschlein

Weshalb jetzt die Hand von einem
Der vier Männer ihr Gesicht trifft

Und der Schlag, mit schweren Ringen
An den Fingern dieser Hand
Ist so kräftig, daß die Mischa
Rückwärts auf den Steinblock fällt
Und sie stößt sich hart das Steißbein
Während beide Hunde bellen,
Dann sind zwei der Männer bei ihr,
Rollen sie ins viel zu trockne
Gelbe Gras und zerren | reißen
An dem T-Shirt an den Strümpfen
Ziehen sie, mit bösen Worten
Soweit aus wie sie das wollen
Und die Mischa, deren Körper
Hier und da jetzt ziemlich wehtut
Von den Griffen und den Schlägen
Merkt jetzt viel zu spät was los ist
Und kriegt Angst, sehr große Angst.

»Auf die Fresse.«
»In die Fresse.«
»Haltma fest.«
Es riecht ganz schlecht.

Nach den Hunden nach den Männern
Nach Hormonen, die sie schwitzen,
Und weil Mischa würgt und wimmert
Gibt es immer noch mehr Schläge
Und dann spürt sie an den Beinen
Innen an den Oberschenkeln
Warme Nässe durch die Hose
Die geöffnet ist | zerrissen

Mischa schämt sich als die Männer
Bellend lachen wie die Hunde

»Hat sich bepißt ich fasses nicht«

Aber endlos ist die Marter
Mischa Hoffmann denkt an Ohnmacht
Wie in Filmen oder Büchern
Leider unwahr: Keine Ohmacht
Zieht sie hier aus dem Geschehen
Aus Gerüchen aus Befehlen
Aus der Scham und aus den Schmerzen
Bis aus Grunzen Bellen Stöhnen
Plötzlich Schreien wird und Japsen
Denn da sind jetzt andre Hände
Die nicht mehr nach Mischa greifen
Sondern nach der Wut der Täter
Nach den Kehlen und den Armen
Silberhände | Engelshände
Hände einer Jägerin
Hundert Hände starke Hände
Daß auf einmal Knochen brechen
Daß das aufhört was so wehtut
Daß die Männer und die Hunde
Jetzt mit ihren Schmerzen zahlen
Für die Schmerzen, die sie Mischa
Unter Johlen und Gelächter
Eben noch bereitet hatten.

Schwarze Schlieren rote Schatten
Schnelles grelles Durcheinander
Rachegöttin Jägermesser
Mischa fühlt sich hochgehoben
Fortgetragen aufgefangen

Knochenbrechen Zaubersprüche
Schlimme Rettung gute Rettung
In der großen Stadt Berlin.
Stunden später | Heckenschatten
Erste Sonne stark und stärker
Weckt die Mischa, der ist übel
Daß sie unter eine Bank kotzt
Da am Spielplatz. Keine Zeugen.
Denn: »Wo bin ich?« ohne Antwort
Kriechen ächzen und sich krümmen
Daß ich das vielleicht geträumt hab
Denkt die Mischa, aber Hose
Hemd und Schmerz und blaue Flecke
Wissens besser. Mischa schüttelt
Ihren Kopf aus wie von Flausen.
Steht jetzt auf. Und blinzelt müde
Hinkt drei Schritte, ihr ist schwindlig
Was war eben | wo ist hier jetzt
Mauerpark: noch immer nahe
Diesem Ort, an dem das Schlimme
Mir passiert ist heute nacht.
Und sie stolpert, will nach Hause,
Wo ihr Liebling | ihre Frau schläft,
Wegen Wohnungsrenovierung
Wo ist jetzt der blöde Schlüssel
Und sie wankt und schwankt, ihr schwindelt
Daß da einer ist auf einmal
Der soeben, nach der Arbeit,
Nämlich schreibend, in der Nacht,
Um den armen Kopf zu retten
Beim Spazieren und beim Denken,
Mischa auffängt Mischa festhält
Die er gar nicht kennt, persönlich.
Dieser Mann, der kranke Dichter,

Adam Sladek, der geschickt ist,
Mischa, die aus Wunden blutet,
Festzuhalten und sie hinlegt
Auf die nächste lange Bank
Und sein Handy sofort rausholt
Um die Polizei zu rufen
Sowie auch den Krankenwagen
Weiß von nichts und will das Beste.

So sind sich die zwei begegnet
Daß ein anderes Kapitel
Unserer Geschichte anfängt
Wie die Göttin es gewollt hat.

III. Den größten Dienst, ich seh ihn schon vollbracht

Sastrugi

»Alles wird weiw«, sagt das kleine Mädchen in dem futuristischen knallgrünen Kindersitz neben Paul Debus, und der weiß, weil er nicht dumm ist, sofort zwei Dinge: Erstens ist das Wort »weiw« für die farblose Farbe da draußen ein so viel besserer Begriff als das geläufig deutsche »weiß« und alle *whites* und *blancs* sämtlicher anderer zuhandener Sprachen, daß sich die Erfinder des Sprechens, die Schöpfer der Nationalsprachen, die Begründer der Dialekte und am besten auch noch der alte Affe Noam Chomsky vor Pauls kleiner Tocher Cathrin gefälligst zu verneigen hätten. Zweitens aber ist, was sie da sagt, übers sachlich Richtige daran auch geradezu ein Ausweis mystisch unmittelbarer Weltschau: Alles wird weiw da draußen, in der Tat, und der Pfad zu Nicole, den man Paul Debus angewiesen hat, ist vermutlich eine Lüge, so weich wie die beiden »w« im Kinderwort; eine ontische Schneeverwehung.

Wieso bin ich in Alaska, was mache ich hier, in diesem gottlosen Mietwagen, mit einem viereinhalbjährigen Kind, das schon heute doppelt so schön ist wie seine unglaublich schöne verschollene Mutter? Das Kind macht, was seine sogenannte Entwicklungsstufe von ihm verlangt: Es frißt neugierig das ganze Universum in sich hinein, es beobachtet den seit der Abfahrt aus Anchorage unaufhaltsam, trügerisch langsam um sie herum aus den Wäldern und den Straßengräben, den Flüssen und von den hohen Bergen her heraufziehenden Winterqualm, als wäre der das Versprechen großer Abenteuer.

Am Hang haben hartnäckiger starker Wind und pulverlockerer Schnee zu Formen gefunden, die man hier, das hat Paul, der gerne Reiseführer kauft, im Flugzeug gelesen, Sastrugi nennt.

Der Computerprogrammierer, dem die deutsche Justiz das Sorgerecht für dieses Kind zugesprochen hat, sieht das Wetter hier weniger neugierig als vielmehr in Sorge, er hat ja schließlich das Sorgerecht. Vorgestern, nach der Ankunft in diesem Endland der Welt, hat er mit Cathrin einen Ankunftsspaziergang gemacht, um sich und sie auf eine Gegend einzustimmen, wo es Parks gibt, die größer sind als die Schweiz. Er hat sie auf der Brust getragen wie früher, in ihrer Säuglingszeit, nur jetzt ohne dieses Indianertäschchen mit den Tragegurten. Beide waren dick eingemummelt in Wintersachen, die im Hotel für sie bereitlagen, in den passenden Größen, eine Aufmerksamkeit des unerforschlichen Gönners, der ihn mit Nicole wieder zusammenzubringen versprochen hat. Daß jener das kann, ist bewiesen mit dem verblüffenden kleinen Video, das Nicole in der »Gruppe besonderer junger Frauen« zeigt, der sie sich angeschlossen haben soll. Die Bilder, das sieht man, sind vor kurzer Zeit aufgenommen: Die Schönste schaut älter aus, als Paul sie kennt, trägt kurze Haare jetzt und scheint auf unbestimmbare Art erwachsener.

Auf dem Spaziergang, im kalten Meerwind – Pazifik, ein Ozean, an dem Paul zuvor in seinem Leben nie auch nur gerochen hatte – wurde eine Erinnerung wach, die Paul aus der Kindheit kennt, von der Ostseeküste her: Stimmt, ein kalter Wind herkömmlicher Art ist gar nichts Großes, verglichen mit einem kalten Wind, der von einem klaren riesigen Wasser herkommt.

Er spürt diesen Wind immer noch in den Knochen, hier im Auto, wo sie auf Serpentinenbrezelpfaden fahren, die ihn noch müder machen als die gerade dumme deutsche alte Autobahn. Schon kommen sie den Lentikularwolken hoch überm Gulkana River zum Greifen nah, es geht Richtung Valdez, sie werden belauert von Bäumen, die aussehen, als wollten sie jederzeit vor dem Wagen auf die Straße fallen, und hinter ihm, damit er eingekreist sei. Die Karte, die vor Cathrin aufgefaltet ist, da aber schon wieder schwer lesbar geknickt liegt – das Auto ruckelt fürchterlich –, behauptet, man sei jetzt nicht mehr weit von da, wo man hinsoll. Die Mutterschiffgletscher vor Glenallen und Valdez, der eingeschneite Heckendreck, die ganze Heimtücke der Gegend setzen Paul Debus zu. Seine Lider werden schwer und schwerer. Das Mädchen, brav und süß, schlummert schon ein. Der Vater denkt im Dämmern: Ich hätt's nicht machen dürfen, ich hätt' nicht herkommen sollen, auf dieses erpresserische Geraune hin, von wegen »mit niemandem sprechen«, »sofort aufbrechen«, »die Tochter mitnehmen«, das sind keine Bedingungen, denen man sich beugen darf, zu harsch, zu finster, zu mafios. Alaska, Flugkarten in die Hand, wo sind wir denn, was soll das?

In Wahrheit hat Paul einfach ein schlechtes Gewissen, weil er natürlich, kaum war man in Anchorage eingetroffen, kaum war der Spaziergang am Tony Kowles Coastal Trail bewältigt, das Schweigegelübde verletzt und von einem Münzfernsprecher aus einen ziemlich sinnlosen Anruf bei Johanna riskiert hat.

Wochen, Monate der Funkstille waren dem Versuch der Kontaktaufnahme vorangegangen, leere schlimme Zeit, die ihn die Suche innerhalb Europas gekostet hat, nachdem der Gönner anfing, ihn bald hierhin (Milano), bald dorthin (Provence) zu locken, Cathrinchen immer im Schlepptau.

Die Gespenster, die ihm helfen zu wollen vorgaben, hatten die Zeigefinger auf den Lippen: »Pssst, Herr Debus, wenn Sie mit jemand anderem darüber reden, ist es aus mit unseren Hinweisen. Mal sind die Mädchen hier, mal dort, wir können selber nichts dafür, daß Sie die Gruppe so oft verpassen. Ach, wir tun unser möglichstes. Lieber Debus, Sie wissen gar nicht, wieviel abgehört und abgefangen wird auf der Welt, und wenn sie die Suche durch so etwas gefährden, wenn Sie unsere Feinde, die, das nur nebenbei, doch auch Nicoles und Ihre Feinde sind, auf die Spur der Mädchen locken, dann müssen wir Sie über Nacht zurücklassen, ja, fallenlassen, als hätten Sie nie existiert.«

In Europa war das einzusehen, auch noch in Marokko, aber eine Welt weit weg von da, wo Nicole verschwunden ist, zwischen nichts und nirgends, mitten in, man muß das Wort zwischen Schneeflocken aus Hölzchen bauen: A*l*a*s*k*a?

Und wenn er jetzt alles zunichte gemacht hat, das Gelübde gebrochen mit den schlimmsten Folgen? Wenn er jetzt einschläft, dem Mädchen ins Weiw seiner Träumchen folgt und dort mit ihm verschüttgeht? Gefährliche Wasser, warnen die Schilder, und daß er hier nicht angeln kann.

Überm Auto sieht er einen Adler aufsteigen, ein großes, herrliches Tier. Er friert und irrt sich sehr darüber, daß ihn das wach halten wird. Er fürchtet sich, das zieht ihm noch mehr Kraft aus seinem Willen. Paul Debus steuert träge, blinzelt auf die Karte und dann auf die Straße, wo ewigweit nur Straße ist, hinten und vorn, kein Auto, und beginnendes Zwienichtlicht, das sich selbst aufheben will, kann ich mir nicht ein waches Hirn bestellen irgendwo, sag' den Preis, ich schlafe ein, alles wird –

Er kommt zu sich, weil er schief im Raum hängt und Cathrin an seinen Haaren und an seinem rechten Ohr herumreißt, nicht unzärtlich eigentlich, aber von dringenden Ängsten geschüttelt, und noch von was anderm – Handschuhhände patschen an die Scheiben, die ruckeln und rütteln heftig am Auto, das schräg in einer Schneedüne hängt. Stimmen regen sich auf: »Hallo? Hello? Somebody in there? Bitte? Hey?« Kinderplapperpanik greift den Benommenen an: »Papapapa muß etz papa, mußu aussehn, Papapapa!«
So so, aussehen muß ich, na, da seh' ich doch aber bestimmt nicht besonders gut aus, wenn ich jetzt aussehe, denkt Paul Debus blind und versucht, seine Gliedmaßen einzusammeln und irgendwie – bloß womit? – wieder am Körper zu befestigen, zu dem sie gehören. Gar nicht leicht, diese physische Selbstfindung, wenn man so eng von Sicherheitsgurten eingeschnürt ist, daß die einen, hinge man nur noch etwas ungünstiger drin, genausogut auch ersticken könnten.
Man greift ihn, man zieht ihn ins wuschige Wasser, nein, falsch, das ist Schnee. Er rollt sich, er klappt zusammen und auseinander, er liegt auf dem Rücken. Von oben gucken ihn zwei Gesichter an, gerötet, frisch wie lachende Gänseblümchen, junge Frauen. Eine hat schwarz angemalte Lippen, die andere violette Haare, die unter einer neonblauen Kapuze ins Eislicht stechen. Zwei Punk-Engel, na, das gab's im »Faust« auch noch nicht.
Paul Debus hustet. Ein drittes Mädchen, wieselflink und echsenwendig, holt Cathrin sicher aus dem Wrack.
Paul brummt raspelheiser: »Chhha … ich heiße … my name is Paul … Debus …«

»Claudia Starik«, »Valerie Thiel«, sagen die Retterinnen. Deutsche also. Hier draußen. Kein Zufall. Er setzt sich auf, das Steißbein tut weh. Seufzend erkundigt sich Paul Debus: »Und jetzt?«
»Na, jetzt,« sagt durchaus vorwurfsvoll Claudia Starik und spielt mit der Nasenspitze des darüber ganz entzückten Kindes, das die dritte junge Frau ihr gerade hinhält, »jetzt bringen wir dich zu deiner Frau, was denn sonst?«

Nach Dowson: Ozeanographie

Bei den traurigen Trennungsmeeren
Wo wir diverse Absprachen fanden
Hab ich nur Schatten und Nachahmung
Von den Gedenktagen behalten
For every love letter written
There's another one burned

Musik harmonisiert mir nichts
Formatio reticularis | da blüht keine Rose blaß genug
Das Rauschen der Trennungsmeere
Will, daß ich Rosen und Melodien vergess

Bei den traurigen Trennungsmeeren
Hör ich trüb | von Nebenreizen
Seufzen will ich mich zu mögen
Kann kaum dein Gesicht erinnern

Bist du tot, kann nichts erklären
Was dort herkommt über die Wasserwüste:
Lebendig, aber Trennungsmeere
Scheiden deine Seele ewig | von der meinen

Kein Mensch kennt unser Verlassensein
Erinnerung verliert altes Entzücken
Während ach die Trennungsmeere
Uns in die letzte Nacht forttragen.

Der indische Gelehrte

Sie stehen um die beiden, die hier friedlich in Sesseln lesen, im Halbkreis auf der hochabsichtsvoll ungepflegten Tropenholzterrasse herum und scheinen sich schamhaft darüber zu freuen, daß sie so klugen Leuten derart nahe sein dürfen, trotz Stacheln. Es sind Grasliliengewächse mit fleischig dicken Blättern, sie stammen von Kalksteinklippen und Felswänden, das einzige, was diesen zu einer Art bescheidener Blüte aufgesprengten Blattkakteen fehlt, um für außerirdische Echsentiere gehalten zu werden, sind ein paar Augen, Beine, Krallen.
Johanna sieht von ihrer Zeitschrift auf und denkt: Der fühlt sich wirklich wohl an seinem Buch, der wohnt da, glaube ich, noch lieber als bei mir. Adam scheint Johannas Blick zu spüren, denn auch seiner verläßt jetzt das Gedruckte. Adam schaut sie an und denkt: Da lesen wir, wie lang Verheiratete, stundenlang miteinander, und es kommt mir nicht nur natürlicher vor als die viele Zeit, die ich im Fundbüro bei den Büchern des alten Kiwus verbracht habe – ein Puff, in dem man studieren kann, was wird der Menschheit als nächstes einfallen? –, es macht mir nicht nur, auch der komischen Pflanzen wegen, die sozusagen ärmere Verwandte von Grünzeug sind, das sich auch Kreuzer hält, einen fast naturnahen, urlaubsartigen Spaß, sondern es ist so, daß die sanfte Geräuschkulisse dazu von mir ausgesucht wurde, das heißt, Johanna läßt sich inzwischen meine neureiche Musik gefallen, wir hören Rzewski, vier Stücke fürs Pianoforte von 1977.
Ein Idyll, und keiner klagt.
Statt dessen fragt Johanna jetzt was aufrichtig Neugieriges, das ihr gerade so in den Kopf gerät von wer weiß woher: »Aber dieser Dath, von dem du immer erzählst, der klingt ja doch wie ein … interessanter Cha-

rakter. Ich meine, solche zwiespältigen, irgendwie unerträglichen, irgendwie interessanten Naturen sind ja für Künstler … na, wenn du jetzt Dramatiker wärst oder ich weiß nicht Romanmacher …«

»Zwar bin ich kein«, er räuspert sich gespielt beleidigt, »Romanmacher, sowenig ich ein Liedermacher bin, und auch Dramatiker werd' ich erst sein wollen, wenn ich zum Versdrama dasselbe Zutrauen gefaßt habe, dem Hacks …«

»Der DDR-Mensch mit den schönen Liebesgedichten«, sie sitzt bereits an einem Porträt aus Adams Gedächtnis. Der aber fährt fort, als hätte er's nicht gehört: »… aber daß ich auch in diesen Fällen, also wenn ich es mit der Bühne oder der Prosa hielte, dankend darauf verzichten würde, diesen Lügner …«

»Halthalthalt, nein«, Johanna wedelt mit ihrer Zeitschrift, als wäre Adam ein Mückenschwarm, der es aufs Fleisch der armen Grasliliengewächse abgesehen hat, »Moment falsch, lieber Zwaraber, also Lügner sind doch ein sehr wichtiges Studienobjekt für Künstler wie uns, oder nicht? Sie haben ja Fähigkeiten, die … ich meine, systematisch lügen, das müssen wir ja auch, nur ohne Vorwände. Wie man Lügen miteinander verknüpft, wie man ein Gespinst aus Lügen, eine Gegenwelt herstellt, das ist doch gar nicht weit weg von der ähm *selective recreation of reality according to an artist's metaphysical value-judgments*«, Adam verzieht das Gesicht, denn er erkennt das Zitat, wohl ein bewußter kapitalistischer Kontra-Anschlag wegen des »DDR-Menschen«, den er bemüht hat, »also diese Fertigkeiten könnte man sich ja abgucken. Diese Talente, die …«

»Ja, schön, meinetwegen, aber vergiß doch nicht die pathologische Grausamkeit. Willst du die auch abgucken? Ich meine, es braucht schon einen kranken Mangel an Empathie, um jemanden mit Reichtümern zu bestechen, wenn du von vornherein vorhast, denjenigen hereinzulegen, auszunehmen, zu benutzen, denjenigen zu …«

»Oder diejenige.«

»Ja. Diejenige auch«, trauriges Lächeln, weil Johanna ihn beim Selbstmitleid erwischt hat. Sie ist ein böser Mensch und weiß deshalb, wie Menschen sind. Er ist ein guter, weil er das nicht wissen will.

Um etwas anderes zu tun, als nur ertappt herumzusitzen, schlägt er, nicht eben laut, sein Buch zu, legt es auf den Boden zu sehr vielen anderen, steht auf und geht zur Anlage, wo er die Rzewski-CD, die eben fertig abgespielt ist, herausnimmt und gegen eine mit Cello- und Klaviersachen von Beethoven tauscht.

»Im Ernst«, setzt er dann, für einen Mann seiner Körpergröße sehr geschickt zwischen den Kaktuspflanzen zurück zum Sessel manövrierend, neu an, »es gab dort auf Kreuzers Anwesen einige Leute, von deren – wie sagst du – Fertigkeiten und Talenten ich in der Tat gern was gelernt hätte. Zum Beispiel die Wirtschaftsbosse und die Gelehrten, die sich da immer zu Gruppensitzungen in irgendwelchen Projektions- und Sitzungssälen trafen, Krisenstab, ich war nicht direkt ausgeschlossen, aber oft hat es mich dann auch gelangweilt, wenn ich bei den Essen dabeisaß und diese ...«

»Was waren das denn für ...«

»Ach, das kann man eigentlich gar nicht alles ... ich meine, Wirtschaftsjournalisten würden mich wahrscheinlich in Gold aufwiegen wollen, nur damit ich ihnen erzähle, wie vor und während der ganzen Bankenzusammenbruchsscheiße da so ein Schweizer Großaktionär beim [redacted]konzern [redacted] sich von Kreuzer eine [redacted] hat [redacted] lassen, oder welche [redacted] von seinen [redacted] in Derivate-Musterdepots für [redacted] wurden, oder warum [redacted], während dieser Georg Funke von Hypo Real Estate auf [redacted] in [redacted] bei der [redacted]. Dann hat Kreuzer natürlich auch [redacted] bis hin zu [redacted], so daß China Shenshua Energy oder China National Building als Staatsfirmen, die [redacted] Korruption [redacted], [redacted]. Und für das Bioprojekt, das ja [redacted] im eigentlich niemals erlaubten [redacted], wo dann kognitive Effekte von Modafinil, das ist ein Medikament der [redacted], für einen Riesenversuch in Absprache mit [redacted] und regierenden [redacted] in [redacted] eine Großfinanzierung über JP Morgan, die Citigroup und die Bank of America durchaus [redacted]

[redacted] längst keine Rolle mehr, da dieser Chip-Typ, den Kreuzer für [redacted] Bio [redacted] nie mehr [redacted] angebliche High-Tech-Ventures [redacted]! [redacted] Softwarebetrug [redacted]. [redacted] sogar selber die Hacker und Cracker, die [redacted]. Ganz konkret, selbst Nahrungsengpässe für [redacted] daß also ärmste Länder deshalb [redacted] Düngemittel [redacted] Gentechnik höchstens [redacted]. [redacted] britischen Markt [redacted], [redacted], [redacted] Waffentests [redacted]? [redacted] Bevölkerung kein [redacted], [redacted], [redacted] aber die Krise hat den Staaten, auf deren [redacted] Rekorddefizit [redacted]! [redacted] weltweite [redacted] Hang Seng [redacted].«
»Wow. So schlecht ist die Welt«, Johanna meint das ernst, sagt es aber angemessen lakonisch.

»Mir schwebte«, nimmt Adam seinen Gedanken ein bißchen sehr grandios wieder auf, »also eine Weile lang vor, alle diese Leute immer am Rand dieser sogenannten dreitägigen Intensiv-Seminare mal so ein bißchen auszufragen, anzuzapfen, und das in Heftchen zu notieren, die vielleicht ein großes Epos zum politischen und wirtschaftlichen Geschehen unserer Zeit …«
»Bäh«, Johanna schüttelt sich und nimmt gegen das Grauen erst mal einen starken Schluck aus der Colaflasche.
»Eben«, sagt Adam, der weiß, wie furchtbar die Idee ist.
»Aber dann gab es noch die andern. Die Geheimnisvollen. Die Wissenschaftler. Die kamen zusammen, um über, ach, wenn ich's noch alles wüßte … über Strahlenemittanz und Luminosität von neuen Rechnerdisplays zu reden, wir hatten ja überall diese Versuchscomputer und Tastbildschirme und Kontaktfelder in der Villa, für jeden Fernseher, in jeder Dusche, ein echtes Labor der neuesten … es gab dann Leute, die haben mir piezoelektrische Materialien erklärt, beim Abendessen, magnetische Funktionswerkstoffe … mein Lieblingswort war irgendwann ›Formgedächtniswerkstoffe‹, so wollte ich sogar ein Gedicht nennen.«
Sie lacht.

»Nein, der Vergleich geht weiter, als du meinst … und Dath und Kreuzer haben sich dafür aktiv interessiert, daß ich an diesen Meetings teilnehme, die ja oft auch einfach so eitle Gastgebergeschichten waren, da hat er Leute aus aller Herren Länder kommen lassen, damit sie seinen Reichtum schmecken können, aber soweit es halt Wissenschaftler waren, sollte ich das, was sie mir erzählten, gleich mitpoetisieren … einer kam mir vor wie absichtlich auf mich losgelassen, ein reizender Mann aus Indien, Vinma … nein, Vinod K. Wahdawan hieß er, der war, ich hab's auswendig gelernt, Raja Ramanna Fellow am Bhabha Atomic Research Centre in Mumbai … und also dieser Mann, der setzte sich, als es mal warm und sonnig war und ich unten am Fluß hockte, mit den Füßen im Wasser, und nur so eichendorffisch vor mich hin sinnierte, zu mir und fing, eigentlich ohne große Ouvertüre, wie einer, dem man's eingeflüstert hat, sofort an, mir von seinen kleinen Biomaschinen und smarten Strukturen zu erzählen, davon, daß biologische Netzwerke gerade ganz neue Sorten von Rechnern inspirieren, davon, daß der Unterschied zwischen Lebendigem und Leblosem gerade zergeht wie Zuckerwatte in heißem Wasser, daß die Erforschung von Ferrofluiden, von Polymergel und anderem Irrsinn neues Licht auf die Selbstorganisation der Materie wirft … und wirkte dabei so milde brahmanisch, daß … na, und am Ende erzählt er mir also von seinem Heiligen Gral und sagt, daß auch Kreuzer seit vielen Jahren, wo nicht Jahrzehnten, eine Menge Taler reingesteckt hat, weil das eben so ein Gipfelpunkt der technischen Designgeschichte sein soll: Computer, die sich selbst rekonfigurieren können. Und ich denke schon, ist ja alles wahnsinnig interessant und auch ein bißchen einschüchternd für einen kleinen Stöpsel wie mich, der da bloß solche zarten gläsernen Gedichtwürmchen in den Sand setzt … da schaut der mich an, lächelt sein unbeschreibliches Peter-Sellers-Lächeln und sagt, als wäre er direkt aus dieser Bollywood-Oper von John Adams rausgefallen, mit dem butterweichsten Akzent: ›Self-reconfiguring, you know, just like your poems. If we could do with machines what you do with inferences in poems, we would have something that could put all the doubters in AI to shame. It would be more than thinking machines. It would be … dreaming machines.‹«

Eine Weile schweigen beide still und lassen das Zitierte in der grünen Haut der Grasliliengewächse nachkräuseln: So also ist die indische Weisheit, gar nicht vedisch und vorgeschichtlich, sondern technisch und zukunftsschwanger. Adam horcht den Händelvarianten hinterher, die Beethoven von Klavier und Cello spielen läßt, und denkt zögerlich zurück an die allererste Zeit hier im Malerinnenhaus, als er einmal zu ganz ähnlicher Musik dachte, es sollte da einen Text geben, ein Gedicht. Es muß doch, hatte er da gedacht, immer Texte geben, Worte zu allem, in meiner Welt. Sonst kann ich nicht schlafen. Nicht wachen. Nicht leben.

Ihm fällt ein, daß es diesmal aufgeht – zu diesem Händelding gibt es ja wirklich einen Text, *see the conquering hero comes.* Aber Beethovens Bearbeitung, was tut sie? Sie musiziert den Text weg, sie vertreibt ihn aus der Musik. Sie ist, wie sagt man? *Self-reconfiguring,* genau.

Johanna sagt schläfrig: »Weißt du, so gut, wie wir miteinander auskommen hier, könnten wir uns eigentlich auch ineinander verlieben.«

»Na ich weiß nicht«, lügt Adam, um nicht zu verraten, was beide wissen, nämlich, daß das längst passiert ist.

Dank

Ich danke Dir, Göttin mit der Mondsilberspange,
Für diesen Alptraum in der letzten Nacht,
Aus dem mich die Sonne gerissen hat
Durch die blutigen Vorhänge | die Lider
Ein Glanz zum Sterben matt
Die Mädchenfrau mit ganz unmöglicher Frisur
Verklebt vom lebenden Dämonenschweiß
Und meine Frage, ob da noch was sei
Ein Rest vielleicht von etwaigem Begehren
Rief kein Erkennen wach in ihr es war
Als ob sie selber mich betrachtete
Mit Augen, die sie nicht erst schließen mußte

Um mich nicht mehr zu sehn Adieu.
Artemis Apolloschwester, nimm mein Opfer an

Ich danke Dir. Du die Du Deine Hunde
Mit Klee fütterst, für die allererste Nacht
Im Dachzimmer sternzählend staunend
Auf den beiden Rücken, sie, ich,
Daß ich endlich wissen sollte
Was eine Muschi sei Büschlein buschig
Waldig weiblich wir ich junger Mann
Sie von der Mutter | ganz falsch instruiert:
Es wird dir keinen Spaß machen, er wills
Drum soll ers kriegen, falsch, es macht
Ihr Spaß den meinen mehr zweifarbig
Und danach gingen wir auf die Straße nachts
Und stellten Teller hin mit Milch für echte Katzen.
Artemis Apolloschwester, nimm mein Opfer an

Ich danke Dir, die Du die kretische Amnisos-Ebene,
die Du den Diktynna-Berg umschreitest
She'll be coming round the mountain when
She comes (when she comes) wenn sie kommt:
Sex, übrigens, ist auch nur eine Technik
Um den Schmerz loszuwerden
Und sich einen schlimmeren abzuholen
Und am Böcklein sich die räuberischen Wölfe freuen
Vier Arten Vorstellung | untötbar
So sagt Farah Mendlesohn, die Priesterin, erstens die Pforte
Zweitens das Eintauchen
Drittens der Eindringling
Viertens die Grenze
Artemis Apolloschwester, nimm mein Opfer an

Ich danke Dir, Zeustochter in hirschrotem Leder
Daß Du Dich nicht ernster nimmst als eine Göttin muß
Und der Versuchung zum Zungenpiercing
Bis heute widerstanden hast; es würde Dich
Weniger unsterblich machen und wäre
Eine Unmöglichkeit | wie ein Kratzer
Auf einer CD aus Wasser. Jägerin Beschützerin
Der weltlosen Tiere vor dem Principium individuationis
Das ausgeschrieben heißt: Ich muß sein.
Man hält es schwerer im Kopf aus | als alles
Aber meine Eine, zu der Du mich führtest, ist besser
Als die andern (und sie sagt, auch ich sei besser,
Das genügt mir bis ich nicht mehr sein muß).
Artemis Apolloschwester, nimm mein Opfer an

Ich danke Dir, Jägerin mit dem Regenhaar,
Für das Spiel mit der Superposition: Sie liebt
Mich, sie liebt mich nicht, sie liebt mich
Sie liebt mich noch nicht mehr
Für das Auszuwürfelnde | in steter Hoffnung
Auf den Zusammenbruch des Zustandsvektors
Für den Anruf mit der Anzeige: Unbekannter
Anrufer, von dem ich bibbernd hoffen mag
Daß das ein Systemschreibfehler sei für
Unbekannte Anruferin. Sie liebt mich,
Hier Variationsnäherung einsetzen,
Und das Schönste am Spiel | mit der Superposition:
Ich habe nicht das letzte Wort dabei.
Artemis Apolloschwester Mitternacht, nimm mein Opfer an

Ich danke Dir, die Du auf den Höhen der Berge ausruhst
Wenn wir unten Dir zu klein werden
Und Deine Gegenden nicht zu schätzen wissen
Im Landesinnern finden wir

Die wärmsten Zonen und die kältesten
Die großen klimatischen Unterschiede
Zwischen den Jahreszeiten
Rühren von den immensen Entfernungen her
Und davon, daß Deine Berge | zwischen dem Landesinnern
Und dem Ozean als Weltentrenner ragen
Im Winter sind die Winde leicht hier
Und im Sommer mild und die Wolken leuchten am Abend
Artemis Apolloschwester, nimm mein Opfer an

Ich danke Dir, Wildhüterin in Dantes Wald,
Daß ich mehr von Dir sehen durfte
Als selbst Ovid wußte, vom älteren Hören und Sagen
Erzählt sein Register bloß weiter,
Daß du den Actaeon hießest, Hirsch zu sein,
Niobe bestraft, den calydonischen Eber geschickt
Und Iphigenie | zum Beweis von Geschmack
Als Opfer verlangt hast. Nichts steht bei ihm
Über den Geruch von Kokos | Banane
Und meerischen Salzen, der die Luft ändert,
Bevor du erscheinst, und nichts weiß er
Über Deine Neigung zu Deb Talans wundervoller Stimme
Wie Dus liebst, Göttin, wenn sie singt | *my love so dear will it be faith or fear*
Artemis Apolloschwester Mitternacht, nimm mein Opfer an

Ich danke Dir, Pfauenzähmerin, daß Du mir
Deine Hundetötungsmesser gezeigt hast,
Das mit den beiden flammenartigen Klingen
Gefiel mir am besten, wegen der Brücke
Zwischen den Flämmchen, wie flüssig, und Du hast mich
Dran lecken lassen und mir erklärt,
Warum Du Hunde tötest, die Du
Unachtsamen Herrchen und Frauchen

Von der Leine schneidest: »Es gefällt mir nicht,
Wie sie so dankbar sind für ihren Stand
Als Bürger zweiter Klasse mit Scheinmenschenaufgaben.«
Den Katzen tust Du nichts, die deshalb
Vor Dir ihre Köpfe neigen | selbst die Tiger.
Artemis Apolloschwester, nimm mein Opfer an

Ich danke Dir, Bronzene mit dem schmalen
Ring um den rechten Daumen, für den Abend
Am Hang oberhalb der Rebenreihen
Des Staatsweinguts Blankenhornsberg
Mit freiem Blick auf die Agipgarage
Wo wir uns später noch Pfirsichsaft geholt haben
Und wie Du auf die Straße unten zeigtest:
»Da, wo die Feuerwehr blinkt, ist das nicht dein Haus?«
Daß ich mich fragen mußte: Wenn jetzt dort
All meine Bücher verbrennen, bin ich dann tot
Oder fange ich plötzlich | unversehens | an zu leben?
Welche Namen hast Du mir in dieser Nacht gegeben,
Aus Wahrheit und Dichtung: »Severian, kleiner Folterlehrling«
Artemis Apolloschwester, nimm mein Opfer an

Ich danke Dir, deren Wort die Amsel weiß
Und zwitschert: grammata ephesia,
Daß Du Dein Waldwissen in meine Stadt gebracht hast
»Dies von den Hölzern: Nußbaum ist wie Liebe,
Zu hart, um von allein Feuer zu fangen.
Unten muß Pinie liegen, weiche Schicht,
Drauf dann die Eiche, und in die Ecken
Etwas Papier, vielleicht die FAZ von gestern,
Oder auch eine, die schon sieben Jahre alt ist.«
Noch älter ist das Herkommen des Wissens
Das Du im Wald erwerben konntest:
Pantheismus Panmixie

Panpsychismus Panspermie
Artemis Apolloschwester, nimm mein Opfer an

Ich danke Dir, schnellste Zunge heiligster Sprache,
Für ein anderes Stirb und Werde als das mir bekannte,
Für das Mysterium Deiner immerlüsternen Jungfräulichkeit
As of mountain lakes in the dawn
Denn man kann auf zwei Arten unsterblich sein:
Entweder man stirbt nie, oder jeder Tod ist immer wieder
Nur die Pforte zu erneuter Auferstehung. So kann man auch
Entweder jungfräulich sein, indem man nie
Berührt wird, nie wen berührt,
Oder indem man jedesmal zurückkehrt
In den sanften Stand der zitternden Erwartung
Von immer noch kommenden Nächten in Armen von Leuten
Die ebenfalls jungfräulich werden, wo Du sie lieben lehrst
Artemis Apolloschwester, nimm mein Opfer an

Ich danke Dir, Du mit den schmalen Händen
Aus denen die Warnung in klassischer Schrift
Aufs Papier fließt | vor den Frauen
Die locken und irreführen und trösten und töten
Elenaus Elenarke Eleptolis
Und sich mit mir in die Wolken legen
Die nachts leuchten
Im von Eis gerahmten Bett
Wo die Schneewehen Decken werden wollen
Und die Eiszapfen Glasharfe spielen altes Lied
Pantheismus Panmixie
Panpsychismus Panspermie
Artemis Apolloschwester nimmt mein Opfer an

Das sei alles, was man von ihm wolle, wird ihm treuherzig bedeutet. Er solle dichten. Sich langsam an dem Ort einzugewöhnen wird ihm freundlich nahegelegt. In den vier Ecken seines Deckenfensters blüht jetzt Wiesenklee.

Notizbücher, Dateien, alle bekritzelten Papierchen, auf denen hier in Kreuzers Haus Bedeutung produziert wurde, solle der Dichter zurücklassen, jedesmal, wenn es wieder Zeit sei, aufzubrechen. »Nichts, was in Colin Kreuzers Villa geschrieben wird, soll sie verlassen – nun, vorerst«, sagt Dath und lächelt verbindlich.

Man werde Adam Texte zu lesen geben, man werde ihm Bilder und Filme zeigen. Davon könne er sich bewegen, rühren, ärgern lassen oder nicht, das stehe ihm frei. Man nehme – »offen gesagt«, so Dath bei einem der ersten Gespräche zu dritt, mit Kreuzer und Adam – ja an, daß diese Anregungen »nicht verfehlen können, irgendeine Wirkung« auf den Dichter zu tun, aber wenn es nicht der Fall sei, so liege die Schuld bei ihnen, bei Kreuzer und Dath, und er solle sich »weiters keine Gedanken machen«. Am Ende werde alles, was er schreibe, doch veröffentlicht – »In einem Gedichtband, der zweifellos seine Wirkung tun wird«, sagt Kreuzer, fast ein bißchen müde, die Augenbrauen hängen traurig runter.

»Nicht Massenwirkung natürlich«, fällt ihm sein Helfer da ins Wort, beim Essen in einem Musiksaal, an dessen Wänden Palmen in Bodentöpfen stehen und auf dessen kleiner Bühne, etwa einen halben Meter über der Ebene, auf welcher der lange Eßtisch am Boden festgeschweißt ist, ein kompaktes Orchester zusammen mit einem Perkussionisten aus Fernost eine seltsam perlende, von überaus keuschen Pausen beherrschte Tafelmusik spielt, die zwar mehr Lärm macht als das, was die Stereoanlagenfetischisten »Zimmerlautstärke« nennen, sich aber in dem großen Raum dennoch bald verliert, nicht ohne vorher freilich leise ans Geschirr zu rühren wie Tinkerbell an den Blumenkelch.

Von so was wird mir sonst ja immer schlecht, denkt Sladek. Teure Zartheit nämlich ist dem unabhängigen Dichterleben eigentlich ferner als billige Roheit: Kosten darf die Schönheit nicht viel, außer Herzblut und endlose Arbeitsstunden, man soll ihr jedenfalls nicht ansehen, daß sie einen Tauschwert hat.

»Keine Massenwirkung, okay«, sagt der Dichter mit nicht eben feiner Ironie. Dath pariert: »Nein, wir stellen eben sicher, daß ein ordentlicher Verlag das Buch druckt, vielleicht ja der, den Sie ohnehin schon überzeugt haben – und mischen die Sachen, die hier entstehen, editorisch unter bewußter Vernachlässigung sämtlicher Gebote der internen Chronologie mit allen ihren alten Werken. Es wird die erste Gesamtausgabe, verstehen Sie – wir nennen das Buch«, er hob sein Glas in Richtung des Mäzens, der das, erschöpft wie er von seinen unnennbaren Innerweltlichkeiten ist, schlicht übersieht, »einer alten, reinlichen Tradition folgend ›Sämmtliche Gedichte‹ mit zwei m.« Musik in gleichschwebender Temperatur, ein tafelkammerorchestrales Spiel webt dem Ironiker einen plätschernden Hintergrund. Der Dichter mault: »Zwei m. Wie affig.«

»Gar nicht,« freut sich Dath, »wir wollen nur ins achtzehnte Jahrhundert zurück, den letzten großen Umbruch der allgemeinen Zeitläufte. ›Sämmtliche Werke‹, Wieland: ein Aufklärer, und ein Mann, der das Künftige erspürt, dadurch aber eben auch vollbracht hat. Und das mit den Mitteln der Griechen, mit denen des Gewesenen, aber Klassischen. Ein heiterer Autor. Ein Stil- und Formexperimentator. Kurz, ein Kallimachos, ein Theokrit.Und, wie gesagt, das Künftige ... Wieland war der erste, der gesehen hat, daß ein erster Konsul nötig wird in Frankreich, und dann obendrein genau den benannt hat, der es werden mußte, den kommenden Kaiser, diese Weltseele«, er sah zu Kreuzer hin, auf eine Art ehrerbietig, die schon wieder anmaßend war. Und fuhr fort: »Man hielt Wieland sogar für einen französischen Spion deswegen, weil er Napoleon prophezeite. Kann man alles bei Hacks nachlesen. Sämmtliche Vorhersagen ... na, in den beiden m ist doch das Sammeln viel deutlicher als Tätigkeit bewahrt, als wenn man etwa ...«

»Außerdem«, setzt der reiche Mann schläfrig hinzu, »kann man auf diese Weise gleich die Unkundigen von den Verständigen sondern, wenn über das Buch geschrieben wird. Ich meine, wenn irgendwo von ›Finne-

gan's Wake‹ die Rede geht, mit Apostroph, statt, wie's korrekt wäre, ohne, dann weiß man doch sofort, hier braucht man nicht weiterlesen. Ein Lackmushilfsmittel: Wer Ihr Buch mit einem m schreibt, verdient nicht, daß er gelesen werde. Zeitersparnis!«
»Und wenn ich das nicht will?«, Adam Sladek schämt sich, kaum daß das gesagt ist, sofort für den patzig-weinerlichen Kindertrotztonfall und schiebt, unter Beimischung eines angedeuteten Gähnens, rasch hinterher: »So eine Ausgabe? Wenn das gegen alles geht, was ich ... es klingt ja fast so, als sollte das schon eine Ausgabe letzter Hand sein, als wollten Sie mich ermorden geradezu.«
Kreuzer hebt eine seiner müden Brauen und gibt ein ganz haarfeines Kopfstimmengeräusch von sich.
Er ißt, als wären die esoterischen Köstlichkeiten, das Muskatnußentchen mit heißen Orangen und Pflaumen, das Safranwasser, die unaussprechlichen Nüßlein tatsächlich bloß irgendeine Nahrung; das paßt, weil er ja auch sein Baumwollhemd mit Lederkragen von Yohji Yamamoto und sein Kaschmirjäckchen trägt, als wären's irgendwelche Fetzen, damit man nicht frieren muß.
Dath lacht freakoid, schüttelt den Kopf: »Ach was, das letzte Buch von Adam Sladek wird's schon nicht sein. Aber mein letztes. Anders: das letzte, mit dem ich etwas zu tun haben werde. Meine letzte Hand, nicht Ihre.«

»Das fände Günther jetzt blasphemisch«, murmelt der König des seltsamen Reiches, etwas gereizt vielleicht, zugleich aber wieder wie erledigt.
»Bitte?«, Adam Sladek kennt sich kaum noch aus.
»Na da, Witze mit der Hand. Mit der letzten Hand. Mit dem Wort. Mit der Idee. Hände. Findet er wichtig, unser Günther.« Die dunkle Rede, meint Adam zu erkennen, spricht in ganz bewußtem Gleichmaß mit dem leisen Trommeltakt, so als empfinde Colin Kreuzer, dieser durchaus sehr schöne, schmale und hagere, drahtige und vornehme Mensch, sich als Sänger der Rolle eines bösen Zwergs in einer intimen Dinneroper. »Günther, hff«, prustet Dath leis. Günther Kiwus, richtig, so heißt

der hünenhafte Wirt vom Fundbüro, aber was der mit Händen, letzten Händen gar, zu tun hat, ist Adam nicht klar – es handelt sich wohl um einen der zahlreichen Privatwitze des eigenartigen Paares Dath/Kreuzer. Mal ging es dabei um den Wirt, manchmal um seinen Sohn, oft um die Pilotin und Jägerin Amelia. Ein Rituälchen. Eine Macke. Etwas, das mich verunsichert, denkt Adam. Vielleicht mit Absicht? Wie neulich die Bemerkung des Herrn Krösus beim Spaziergang am Fluß: »Sie lernen, sich mit Dath zu arrangieren, ja? Gut. Er ist ein Lügner, aber manche seiner Lügen könnten für Sie günstig sein. Zum Beispiel das mit dem senkrechten Strich in Ihren Gedichten: Daths viel zu komplizierte Theorie darüber, wozu der Strich da sei, ist Ihnen sicher angenehmer, als wenn ich Ihnen auf den Kopf zu sage, daß dieser Strich die Brüche auf dem Glatteis darstellt, aus welchem Ihre Gedichtformen alle gemacht sind. Wenn Sie Angst bekommen, es könnte klappern, leiern, zu glatt oder einfach nur zu gelungen sein, dann setzen Sie den Strich. In Panik. Die aber, glauben Sie mir, kann Ihnen der Mann vertreiben, bei mir macht er's ja auch.«

Colin Kreuzer entschuldigt sich auf einmal brüsk, mit einem fast unhörbaren Satz. Etwas geziert tupft er sich den Mund mit der königsblauen Serviette ab, steht auf, geht weg, wahrscheinlich, mutmaßt Adam, in die Tiefkühltruhe.
Die Musiker hören augenblicklich auf zu spielen, packen ihre Sachen völlig geräuschlos zusammen und verschwinden durch eine Seitentür zwischen zwei Palmen nach Niegewesenhausen.
»Sämmtliche Gedichte, mit zwei m«, wiederholt Dath schnurrend. »Und wissen Sie, was, ich beneide Sie jetzt schon um das Buch. Denn wirken wird's, das ist sicher.«
Auch er steht nun auf, was Adam demütigenderweise tatsächlich veranlaßt, mit seinen letzten Kratz- und Schaufelwinzmanövern auf dem Teller nicht weiter fortzufahren, keinen Bissen und keinen Schluck mehr zu riskieren, sondern sich selbst vom Platz zu erheben und Dath zu folgen, als wäre der sein Herrchen, aus dem Saal auf einen der endlos langen Flure im riesigen Leib der Steinfestung.

»Wieso ist das so sicher, daß es wirken wird? Das Buch?«, Adam wirft den Satz hin wie eine Mischung aus Drohung und Flehen – daß es diese Mischung gibt, hat er vorher auch nicht gewußt.
»Na weil ... nun, weil bestimmte nützliche Mißverständnisse nach den Gesetzen der Natur und der Menschennatur, was bekanntlich zwei verschiedene Dinge sind ... sich gar nicht vermeiden lassen.«
»Mißverständnisse«, wiederholt Adam, es soll bohrend sein, ist aber merkwürdig kraftlos, wie weggeworfen.
»Sicher. Nützliche Mißverständnisse. Kommt andauernd vor. Zum Beispiel ... na, nehmen wir die Entstehungsgeschichte der schönen Musik, die wir gerade gehört haben. Es handelt sich da um eine Musik, wohlgemerkt, die Sie«, er stochert mit dem schlampigen Zeigefinger seiner Rechten in der erstklassig klimagefilterten Luft herum, »nirgendwo anders je werden hören können als in diesem Bunker hier. Sie ist von Toshio Hosokawa, geboren 1955. Die Musik stammt aus dem letzten Jahr. Und ist Exklusiveigentum des Herrn Kreuzer, eine ganz klassische Auftragsarbeit, die unser Gönner auf meine Anregung machen ließ, gegen ein schier unvorstellbar hohes Honorar, na, und da fängt das Mißverständnis, bitte sehr, schon an – ich hatte ihn, grch chh ...«, der Erheiterte schaut nach links, sie gehen an einer breiten Glaswand vorüber, in der ein riesiges Fenster den Blick in ein halluzinogenes aquatisches Traumland öffnet: gewellte Riesenmuscheln, aus denen weißes Pulver geysirartig schneit, große metallischrote Felsbrocken, an denen sich Seehasen mit ihren Bauchflossen festgesaugt haben, vielarmige Korallen, zwischen denen ein Epaulettenhai durch die Stille gleitet, als suche er aufmerksam neue schwarze Flecken für sein Rükkenmuster.
Dath räuspert sich, fährt fort: »Also, ich hatte ihn ein bißchen in die Neue Musik eingeführt, um ihn auf diese Weise vorzubereiten, wissen Sie, auf einige Ihrer Vorlieben, denn Sie, lieber Herr Sladek, sind nun mal ein wichtiger Ideengeber für seine weitherzigsten Absichten ... ja, und da waren wir dann bei unserem Rundgang durch die Musiklandschaft der Gegenwart und jüngeren Zeitgeschichte, ich meine, Kreuzer ist ja jemand, mit dem man sehr gut systematisch arbeiten kann, das

ist seine … Natur …«, wieder das Wort, bei dem Dath sich scheinbar immer beherrschen mußte, nicht laut loszulachen, »… da waren wir also bei Toru Takemitsu angekommen.« Er schließt die Augen, wie um in sich etwas nachzusehen; Adam liest derweil die ihm völlig unverständlichen Angaben auf zwei Kleinmonitoren neben dem Aquarienpanoramafenster, neben Balken- und Törtchengrafiken, die sich beim Anschauen ständig um Winzigkeiten verändern:

PHOTOHETEROTROPHS 23.444.555
LITHOTROPHS 2.88.708
ENTERIC FERMENTERS AND RESPIRERS 66 N.A.

Dath seufzt: »Na, der Schwarm, der im fünfeckigen Garten landet, mit den Bostoner Symphonikern, ich denk' bei den Vögeln da immer an Schwäne … und ›Valeria‹ aus den Sechzigern, und die Lieder … Walzer heißt auf japanisch Warutsu, wußten Sie das? Natürlich nicht. So schöne Lieder. Wirklich, für mich ist Toru Takemitsu eigentlich primär Liederkomponist. Diese herzzerreißenden Titel allein! ›Ungesehenes Kind‹, ›Flug in die Wolken‹, ›Schwingen‹. Richtige Pilotinnenmusik. Vogelmusik. Und ›Ran‹ von Akira Kurosawa haben wir uns dann auch angeschaut, hinten im großen Kino, das Sie sicher noch genauer kennenlernen werden, wenn wir Ihnen dann Filme zeigen. ›Ran‹, wissen Sie, da hat …«
»Takemitsu die Musik geschrieben, ich weiß.« Adam verliert wieder einmal die Geduld mit dem Menschen; er nimmt sich aber vor, das nicht gar so offen zu zeigen. Ein träger Blaufleckenstechrochen gräbt sein Gesicht in den Sand und guckt dann mit empfindsamen Augen aus dem Dreck hoch. Dath sagt: »Ja, also, das hat ihm alles sehr, sehr gut gefallen – viel besser als einige der anderen Sachen, bei denen ich eigentlich schönere Hoffnungen gehabt hatte, die allerschönsten, Rihm, Stockhausen, der eine oder andere Adams … nichts da, der Japaner sollte es sein. Der sollte ihm sofort was schreiben; einer wie Kreuzer eignet sich ja Sachen grundsätzlich durch Kaufen an.«
Ich weiß, denkt Adam Sladek säuerlich, bei Gott, das weiß ich nun

wirklich. Der Blaufleckenstechrochen flunscht mit seinen Fischlippen; vier verblödete Florida-Kärpflinge segeln verträumt über ihn hinweg; dahinter wundern sich Korallen blind darüber, daß sie bei aller Farbenpracht gar keine Seele haben.

»Und da fiel mir denn die traurige Pflicht zu, unserem Krösus zu erklären, daß Toru Takemitsu ihm nichts schreiben wird, weil der nämlich tot ist. Als Pragmatiker hat Kreuzer das sofort eingesehen, aber natürlich stehenden Fußes einen Plan B erfunden, wie das Macher machen: Finde mir wen ähnlichen ...«

»Und da«, Adam Sladek steigt, sehr widerwillig zwar, aber doch flink genug, aufs Spiel ein, »haben Sie ihm einfach einen anderen Japaner angedreht, egal, ob dessen Schaffen nun wirklich besonders auffällige Übereinstimmungen mit ...«

»Selbstverständlich – die rassistische Lösung schien mir die naheliegendste.«

»Das ist barbarisch.«

»In der Tat. Alles, was hier geschieht«, er deutet auf die Korallen, das Sandgesicht, die Kärpflinge, die Muscheln, Algenvorhänge, Seepferdchen, Schönflößler und Sardellen, »ist barbarisch. Die Zukunft wird immer so geboren. Das Verfeinerte gehört nicht an den Anfang. Die ursprüngliche Akkumulation war auch kein Elfentanz. Am Schluß, ja, da können wir zärtlich werden, zu unseren Wurzeln. Unsern Taten. Egal«, er winkt ab und bricht wieder auf, den Dichter erneut wie ein unverschämt braves Schäfchen hinter sich her ziehend, als wäre Dath ein Windwirbel und Adam Sladek ein Stäubchen. »Lassen Sie sich«, sagt Dath über die Schulter, kaum verständlich, Adam muß sich strekken nach den Worten, »von Günther Kiwus jedenfalls wirklich mal das mit der Hand erzählen. Es ist der Schlüssel zum Ganzen – zu dem, was wir hier ahnen und planen und vorhaben.«

»Das mit der Hand«, ich bin, denkt Adam, als er's sagt, dazu verurteilt, gerade das Kryptischste, was diese Leute faseln, zu wiederholen.

Verurteilt.

Verhext.

Der letzte Fisch, den er im Sichumdrehen zu sehen kriegt, ist ein blauer

Schilderwels mit albernen Antennen vor der flachen Fresse. Er gähnt betroffen; als hätte er den beiden Menschen zugehört.

Mischaballade Drei

Nichts besondres tasten Finger
Eines noch recht jungen Arztes
An der Mischa gegen Mittag
In der Notfallklinik ab:
Schürfverletzung, leichte Wunden
Dann Reflexcheck | Augenprobe
Schließlich wird es ernst, forensisch.
Adam Sladek wartet draußen
Auf die Frau, die er gefunden
Und hierher verfrachtet hat.
Kennt sie nicht | und fragt sich beinah
Was ihn hierhält, während drinnen
Papanicolaou-Abstrich,
Spermaspurentest nach Vorschrift,
Such die Saure Phosphatase,
Außerdem Geschlechtskrankheiten
Gonorrhoe und Syphilis,
HIV | alle Schikanen
Und die Mischa grinst ganz komisch
Daß dem Arzt sehr seltsam wird
Weil sie deplazierterweise
Sich an ihr Problem erinnert
Das sie neulich erst gehabt hat
Weil ihr Liebling eine Frau ist
Die mit einem Manne wohnt
Der aus transgressiver Triebwut
Hin und wieder in den Puff geht.

Unterwegs, sagt ihr der Doktor,
Sind auch Polizisten schon
Wegen Protokollabfassung
Und auch Anzeigeerstattung
Wieviel Täter warens denn
Mischa fragt sich | Mischa schämt sich
Mischa merkt, daß wohl ihr Grinsen
Irgendeine Abwehr ausdrückt
Und sie findet langsam raus
Daß, was sie hier grad empfindet
Keineswegs zusammenpaßt
Nicht nur wegwill von den Fakten
Sondern auch, wie soll man sagen?
Immanent nicht richtig sitzt,
Weil das in ihr alles brüchig
Und gefaltet und zerrissen
Und zum ganz laut Schreien aussieht.

Als der Arzt ihr schließlich klarmacht
Daß in ihrem Interesse
Innert zweiundsiebzig Stunden
Es sich unbedingt empfiehlt,
Daß sie, die ja nicht verhütet
Mit geeigneter Chemie
Weil ihr Liebling eine Frau ist
Die mit einem Manne wohnt
Der aus transgressiver Triebwut
Hin und wieder in den Puff geht,
Eine ganz bestimmte Pille
Jetzt noch einnimmt, wegen Abwehr
Ernster Folgen, die womöglich
Einzutreten sich gestatten,
Fängt sie endlich an zu heulen
Und zu heulen und zu heulen

Und ein bißchen auch zu schreien
Was dem Arzt höchst überraschend
Sogar fast mehr hilft als ihr
Weil er sich, wenn die Patientin
Angesichts der | schlimmen Sache
Wenigstens ein bißchen durchdreht
Im Kontrast dazu als Profi
Und Beschützer fühlen kann.

Adam Sladek hört sie schreien
Und hat ganz verrückterweise
Das befremdliche Bedürfnis
Seinerseits auch loszuweinen
Über was ach weiß der Satan
Denn er kennt die Frau ja gar nicht
Aber eben deshalb grade
Oder aus ganz andern Gründen
Wobei allerdings der Dichter
Sich dann wieder schnell im Griff hat
Gutes Timing | denn soeben
Treffen zwei sehr ruhige Frauen
Von der strengen Polizei ein
Stellen Adam Sladek Fragen
Und der Mischa Hoffmann auch
Beide geben fleißig Antwort
Bis im Grunde nichts geklärt ist
Wie auch | was auch
Geht nicht
Gar nicht

Bär und Bach

Manchmal geht Adam durch die Felsenburg wie durch sein allzu weitläufiges eigenes Grab; dann findet er stets Dinge, die sich nicht gehören, und vor denen man sich fürchten kann.
Nur eine einzige Tür ist verschlossen, aus aschgrau lackiertem Metall, und darauf hat man ein Schild montiert, das ein Symbol zeigt, bei dem sich Adam alles denken kann und nichts:

Adam steht lang davor, wie abgeschaltet, in der Hoffnung, daß sich vielleicht eine definitive Bedeutung einstellt und daß die dann, wenn sie im Hirn einrastet, die Tür telekinetisch öffnet. Aus felsverpackter Ferne vernimmt der Dichter leises Jubeln, Wehen, Singen wie von Orgelpfeifen – stimmt, die unteren Räume sind ja nicht alle schalldicht. Adam geht dem erhabenen Geräusch nach, bis er an einem Gangende eine turnhalleneingangsgroße Flügeltür findet, die sich ihm vor lauter Orgelkrach entgegenwölbt. Er zieht sie auf, da sitzt Colin Kreuzer und spielt ergriffen (aber doch auch ein bißchen robotisch, kann das sein? Zu schnell, zu präzise?) Bach, auf einer gewaltigen, prunkvollen Orgel. Der reiche Mann beugt sich auf seinem Schemelchen und wiegt sich, legt sich in die Klangböen wie eine Schwalbe in hohe Winde.
Adam lehnt sich, weil ihn die Musik aus dem Raum zu drücken droht, an die Wand in seinem Rücken und vergißt sehr bald die Zeit.
Als Kreuzer fertig ist mit seinem glückskühlen Spiel, steht er auf, dreht sich um, schaut Adam direkt ins Gesicht, mit dieser abgekämpften Würde, die sein Blick so oft hat, und sagt, wie ein braver Schüler, der ein in zäher Heimarbeit beendetes Projekt dem Lehrer so knapp wie möglich erklären möchte: »Der Schluß der ersten Triosonate. Stimmt mich heiter, jedesmal, BWV 525«, ein Unmensch, tatsächlich. In seinen Augen nämlich, um seinen Mund, ist nichts Heiteres, nichts Schönes. Adam schaudert, aber er nickt.

Der sehr reiche Mann geht an ihm vorüber, als ginge er durch ihn hindurch.

Zweites Messersonett

Daß ich die Messer lobe, weil sie mir die gab
Ist meine Ehrenpflicht im Dienst der Dame
Ich nehme diese Messer | mit ins Grab
Denn sie gehören zu mir wie mein Name

Nicht nur das Einsatzmesser, blau, aus Stahl
Mit schöner Grifform und mit blanker Klinge
Ist mir ein Lied wert, daß ich ihr bezahl
Was sie mir gab | indem ich davon singe

Sondern das zweite auch mit Schor und Schneid
Ist ein Geschenk, das ich | von Herzen | ehre
Wer sowas nicht besitzt, der tut mir leid
Und wenn er sonst auch sehr vermögend wäre.

Wer sie beschenkt, der sieht sie nie erröten.
Was sie mir schenkte, eignet sich zum Töten.

Meinungsverschiedenheit

»Es gibt keine Dichtung. Weil es keine Kommunikation gibt. Alle Rädchen laufen wie vorher ausgemacht, zwischen Satan und Gott, sie rasten ein, wo sie wollen, der Rest ist Geräusch«, sagt Dath, und fährt fort: »Ach ja, Wissenschaft und Politik: Winzige Spielräume eröffnen, um sich vor dem Rädchen, das dich zermalmen kann, in ein Zinkental in Sicherheit zu bringen.«
»Unsinn«, sagt der Dichter. »Wissenschaft und Politik müssen den Vor-

rang der Dichtung anerkennen – sie sind vielleicht wirklicher, vielleicht wahrer, aber wenn dabei nicht mehr Zeit herauskommen soll, in der man in Konjunktiven schwelgen, sich neue Subjektivitäten ausdenken, die Begriffe in neue Konstellationen bringen kann, kurz, dichten, dann ist das alles Käse.«
Einigkeit wird darüber nicht erzielt; sie lassen den Versuch bald bleiben.

Kein Wohnrecht

Adam ist höchst betrunken von sehr feierlichem Fusel.
Das Fundbüro macht seinen lüstern üblichen Lärm um ihn her; Adam wartet auf seine Pilotin, länger als sonst, sie müßte schon da sein. Jedesmal dasselbe, denkt der Dichter: Zug nach Karlsruhe, Taxi, Fundbüro.
»Und spießig seid ihr hier – keine Schwulen!« kläfft er den Wirt an.
»Nein, das stimmt nicht«, sagt Günther Kiwus gütig, »die haben hier nur nicht soviel Auswahl wie die Kunden und Kundinnen, die sich mit unseren sieben Tugenden vergnügen. Die Schwulen – und die seltenen Frauen, die wegen Männern herkommen – müssen mich nehmen; das ist die strenge Variante, oder ...«
»Oder?«, das ist der Junge, Klaus, der Adams Kopf mit schlanken Händen faßt, zu sich dreht, den Dichter küßt, nicht übertrieben lang.
»Amelia kommt gleich, sie duscht noch«, sagt Klaus Kiwus und läßt den Dichter mit einer mittelerfreulichen Erektion zurück – stimmt, das hat sich angedeutet, die letzten paar Male schon, die hat was mit dem Jungen. Der aber ansonsten offenbar als Prostituierter im Geschäft seines Vaters arbeitet, oder wie seh' ich das?
Morbid zwinkert der Dichter seinem Schnapsglas zu. »Tom Disch, verstehen Sie«, sagt er zu Günther Kiwus, der unverbindlich nickt, was Adam als Aufforderung begreift, weiterzureden, »einer der Besten, einer der ... ein Dichter, der mich, ohne den ich ... der könnte noch leben. Der hätte sich nicht umgebracht, wenn er nicht bedroht gewesen

wäre, wenn er nicht hätte fürchten müssen, seine Wohnung zu verlieren, die … ich meine, da hatte er Jahrzehnte mit Naylor gewohnt, und dann ist Naylor gestorben, und Disch … er hatte kein Wohnrecht, weil die beiden nicht legal … Männer können einander nicht heiraten, im Staat New York. Da hat sich Disch eben umgebracht.«
»Eine Schande«, sagt der starke Wirt die Wahrheit.

Reproductive Rights

Schwierig zu sagen | wie Herrschaft Geburten verbucht in den Konten
Schwerer zu wissen | was Herrschaft im Biologischen heißt

Rote Zora und andre Kommandos
Trafen die Herrschaft stets sicherer als im lebendig Privaten
Vorn an der Front, wo die Ausbeutung wirtschaftend wütet
Läden in denen bedruckte Textilien zu billigen Preisen
Westlichen Weibern zum Kauf als Ergebnis scheußlicher Arbeit
Armer Frauen in früh erbeuteten Ländern
Hingen und lagen mochte ein Brandsatz zerstören
Wie aber trifft man die rechnenden Zentren der Macht | übers Leben
Ingrid Strobl sogar wußte da nichts zu empfehlen
Mag ihr Buch zum Thema,
»Strange Fruit«
Auch zeitig erschienen, klar geschrieben, sachlich gerecht sein,
Widerstand nämlich gegen die herrschenden Klasse
Wird, wo Macht Biomacht wurde, zur Probe aufs taktische Denken
Denn Eugenik der Herren begnügt sich leider mitnichten
Schon beim Erzwingen steriler Familien in den erniedrigten Ländern
Umgekehrt fördert vielmehr die Herrschaft gern das Gebären
Wo es Reservebestände an abhängig arbeitend Armen
Oder Soldaten und anderen Facharbeitern des Tötens
Sicher bereitstellt, und als im Kernland des Geldes
Nordamerika | Anfang der frühen zwanziger Jahre

Jenes Jahrhunderts, das Flandern Hiroshima Auschwitz erlebte
Margaret Sanger die Freiheit der Frauen
Klug zu befördern suchte mit billigen chemischen Mitteln
Wehrend ungewollter Empfängnis | von menschlichem Leben
Trat mit Hetze, Gewalt und auch Tücke die Reaktion ihr entgegen
Die allschon wußte, daß weiße Frauen mit leidlichem Leben
Rasch zu den Mitteln zu greifen kaum Skrupel verspürten
Während die Armen aus allerlei rohen Abhängigkeiten,
Wo der gleiche Zugang zu Sangers Segnung gesetzt war
Ihre Vermehrung nicht rasch zu beschränken sich wünschten.
Daß also eher irrtümlich das ökonomische Glacis
Abzuschmelzen gefährdet schien | in den Augen der Züchter
Hieß sie, Frau Sanger das Leben so gut sie nur konnten
Harsch zu verleiden, wogegen die mutig sich wehrte
Emanzipierend zumindest den ihr erreichbaren Anteil
Derer, die Mächtigen taugen zur Züchtung von Populationen
Daß nur genug zur Arbeit Verdammte jederzeit da sind

Und auch wohl ausreichend Mieter | daß im Kampf um den Wohnraum
Frechstes den Nichtbesitzern der Häuser aufgebrummt werde
Während, wenn Knappheit an neuem Menschenvieh doch einmal
herrschte
Löhne wohl stiegen, Mieten wohl fielen | im Kernland des Geldes
Wie in den andern Provinzen, wo die Profite regieren.
Wissend um den Zusammenhang zwischen gedrosseltem Walten
Reproduktiven Triebs und Wohlstand der Menschen | auf Erden
Fiel so nicht wenigen ehrlich menschenfreundlich Gestimmten
Seit der Erfindung der schwierigen aber nützlichen Kunst
Richtigen Bildens statistischer Größen aus klar erhobnen Befunden
Gar nichts anderes ein als politische Macht an den Orten
Und zu den Zeiten wo sie solche nach Kämpfen
Endlich errungen mit Eile und Plan zu benutzen
Eigene Maßnahmen zur Reduktion der Populationen
Durchzusetzen, die mit eugenischer Wut | der herrschenden Klasse

Nicht zu verwechseln sie denen beibringen wollten
Die diese Maßnahmen anzunehmen befehligt sein sollten.

Zwang, so klagten bezahlte Agenten der herrschenden Klasse
Dort, wo die Macht des Profits von bewaffneten Humanisten
Nichts zu befürchten und keine Strafe je zu erwarten hatte,
Zwang und Verbrechen sei, was etwa Mao befahl,
Und was sich weniger Mächtige anderswo nachzuahmen beeilten,
Was gar innerhalb großer Lenkungsinstitutionen
Zwischen kapitalistischen und sozialistischen Staaten
Bald von der Linken
Deutlich befürwortet wurde: Zwang und, wirklich, Verbrechen,
Hetze erneut, wieder Gewalt und besonders auch Tücke
Bei Propaganda gegen die Wege, auf denen dem Leben
Neue, weniger blind in den Kreislauf von Zeugen und Sterben
Urtümlich gezwungene Wege zu weisen die Besten versuchten.
Echo fanden die Hetze | Gewalt und auch Tücke rasch bei den Kirchen
Die verstanden von Haus aus und alters her viel von
Irrer Fruchtbarkeit, niobidischer Rache an allen
Die, als Freie, sich aus der Umklammrung dumpfer Natur
Jemals zu lösen die Kraft sich zugetraut hatten.

Leicht fiel den Kirchen, waren sie doch Agenturen
Ältester Bosheit, die keinen Vorteil je übersah
Den sich zu sichern sie ihr Geschick irgend vermochte,
Die zu beschimpfen und deren Bemühn zu verketzern
Denen die Arbeit zufiel, am menschlichen Wesen
Das zu bessern, was Bessrung am wenigsten leidet.
Fehler nämlich mußten sie machen, die Bessrer, und schwere,
Mao zum Beispiel solche der Härte | gegen die selbst
Schorfig verhärteten, stumpfen Verkehrsweisen riesiger Gegenden
Die zu beherrschen er und die Kommunisten
Schließlich in China das Vorrecht und die Bürde erwarben.
Andere, häßliche, hießen, als wäre das Hohn, mit Namen

Hilfe zur Selbsthilfe, praktiziert von Idealisten
Folgenreich, furchtbar, die Populationsreduktion als Idee
Wirksam nicht nur bei Linken laut zu diskreditieren
Bis denn die Rechte, im lange erprobten Haß auf schier alles
Flächendeckend Vernünftige, das nicht den Kleinkram gefügig
Ständischer Herkunft | enger Nationen und strammer Familien,
Alle Versuche, weltweit den Fortpflanzungsdruck zu vermindern
Leicht als die Spielart nur einer besonderen Sünde
Die sie der Linken von Anbeginn an gern unterstellt hat
Nämlich der Unzucht, der Lüsternheit, lockerer Sitten
Öffentlich anzugreifen den eklen Spaß sich gestattete,
Schrecklicherweise dabei mit Fakten versorgt
Die es etwa den stolzen amerikanischen Rechten
Heute gestatten, mit deutlichen Worten wie hier Tammy Bruce
Schimpf zu laden auf die Vereinten Nationen
Denen kein waschechter Unilateralist in Amerika
Je einen Dollar zu gönnen sich hinreißen ließe:

»On what has been dubbed the UN's ›Sex-for-Food‹ scandal,
The ›London Times‹ reports at least 150 allegations
Of sex crimes by UN staffers in the Congo,
Replete with pornographic videos and photographs
Of UN staffers raping little girls.
In another instance, two Russian UN pilots
Paid young girls with jars of mayonnaise and jam
To have sex with them. Allegations of UN staff in Liberia
Offering women sex for food or sex for jobs
Are commonplace. (...) After the initial reports
Of the rapes of children in Congo, the UN insisted
The issue was an isolated incident. Now they admit
They fear that sex abuse by UN peacekeepers
Is a problem
In every single one
Of its sixteen missions around the world.«

So also sieht er aus, sagt die Rechte,
Euer | sexueller Internationalismus
Eure guten Gaben, neben denen gewiß
Trockene grausame Worte wie die des klugen Herrn Hayek
Menschlicher aussehn und rechtlicher, ja reinlicher wirken:
»Gegen die Überbevölkerung gibt es nur die eine Bremse, nämlich
Daß sich nur die Völker erhalten und vermehren,
Die sich auch selbst ernähren können.«
Fortschritt nämlich, der anders als Hayeks Härte gedacht ist,
Zeigt nur, so zürnen die Rechten, menschenverachtenden Gleichmut
Gegen das Ungenügen des großen Plans am einzelnen Schicksal.
Dies zu belegen mögen sie sich inzwischen berufen
Auf die Erfahrung, die ärmere Länder mit planendem Eingriff
Grausam erlebten:

»By the early 1970s, Bangladesh was spending
One third of its entire health budget on family planning
And India was spending 60 percent. These programs brought
Services to many people who wanted them, but
Sometimes did so while ignoring other needs,
Like the safety of those services, as well as
Other health care, food education, dignity
And humane treatment.
[Matthew Conelly's Book ›Fatal Misconception:
The Struggle to Control World Population‹] shows
That between the 1960s and 1980s, millions of people
In India and other Asian countries were sterilized
Or had IUDs, as well as other contraceptives,
Inserted in
Unhygienic conditions.
Numerous cases of uterine perforation,
Excessive bleeding, infections, and even
Death
Were reported, but these programs made little effort

To treat these conditions, or even determine
Their frequency, so we don't know precisely
How common they were.«

Schreibt die gewissenhafte Helen Epstein
Der man eine Abneigung gegen rationale,
Freie, emanzipatorische biopolitische
Initiativen nicht wird nachsagen können
Sichtlich | angewidert und wütend
Im Artikel »The Strange History Of Birth Control«,
The New York Review of Books vom 14. August 2008,
Aber verschweigt auch an andrer Stelle des mutigen Textes
Keineswegs, was die Antwort einer authentischen Linken
Damals wie heute hätte auszeichnen müssen
Vor der kryptogläubigen Mutterkreuzpropaganda
Wie dem imperialistischen Zugriff auf weibliche Körper:

»The key to lowering birthrates and improving
›Population quality‹ (...) lies not in contraception alone
But in education, health care, and in empowering women.
Educated women have fewer, healthier children,
And healthier children generally grow up to be
Stronger, taller, and more intellectually capable adults,
Who themselves
Have smaller families.«

Schwierig zu sagen | wie Freiheit Geburten verbucht in Gedichten
Schwerer zu wissen | was Freiheit im Biologischen heißt.

Der britische Gelehrte

Einmal setzt sich, als Adam sehr belämmert ist vom viel zu langen Warten auf Amelia, die diesmal elend spät im Fundbüro erscheint, ein

Mann, der fast nur aus langen braunen Haaren und Bart besteht, neben den Dichter an die Bar. Er stellt sich vor, das ist ein mumpfiges Gemurmel, der Name bleibt Adam nicht im Gedächtnis. Der Mann spricht englisch, mit britischem Upperclass-Akzent, und mahnt den Müden, den Betrunkenen, der solle, wenn er auch Schriftsteller sei, doch nie etwas von dem, was zwischen ihnen beiden nun geredet werde, aufschreiben oder irgend weitersagen, zumindest nicht in wörtlicher Rede. Was sie denn miteinander zu bereden hätten, fragt der Dichter. Der Mann spielt mit den Fingern, an denen Silberringe wie lange Vogelschnäbel blitzen, ums schlanke Bierglas, daß das leise klimpert. Er sagt, Adam solle sich hüten, vor Askion, Kataskion, Lix, Tetrax, Damnameneus und Aision. Adam lacht und fragt, ob der Mann Schauspieler sei, geschickt von Kreuzer oder Dath, nein, verbessert sich der Dichter lachend, nicht geschickt: ganz ungeschickt, weiß die Göttin. Der Fremde sagt, Adam solle sich überlegen, was William Burroughs damit gemeint habe, als er behauptete, Sprache sei ein Parasit und ein Virus, und was Aleister Crowley damit habe sagen wollen, als er verkündete, Magie sei eine Erkrankung der Sprache, und worauf Adorno habe zeigen wollen, als er meinte, Kunst sei Magie, befreit von der Lüge, Wahrheit zu sein, und wie dies zu dem anderen Gedanken Adornos passe, Fremdwörter seien die Juden der Sprache und der Haß auf sie verrate den autoritären Charakter, und ob es denn Wörter gebe, auf die unser Begriff vom Fremdwort besser passe als die dichterischen, und unter denen besonders die rätselhaften, Voces Magicae, Askion, Kataskion, Lix, Tetrax, Damnameneus und Aision oder Aisia, sechs Stück, deren Ordnung nicht feststehe, wenn er wolle, so der Fremde großzügig, könne Adam sie ja zu einem Hexameter arrangieren. Adam sagt, er wolle dies nicht und überhaupt wisse er keineswegs, was es mit all dem seltsamen Zeug, das der Fremde hier äußere, eigentlich auf sich habe. Das irritiert den Fremden nicht; er fühlt sich im Gegenteil sogar ermutigt – Ephesia Grammata, sagt er, oder Grammata Ephesia, manchmal: Ephesiaka, darauf käme es nicht an, und es sei nicht einmal gewiß, ob jene Worte der Kraft wirklich von Ephesus hergekommen seien, ihr Beiwort könne auch vom babylonischen Wort epêsu kommen, das »verzaubern« oder »verhexen« bedeute, gleichviel, es seien Worte, die keinen direkten griechischen Sinn ergäben, sehe man einmal davon ab, daß Damnameneus angeblich der Eigenname eines der zwergenhaften Helfer des Schmiedezaubergottes Hephaestus gewesen sei, sehe man ferner davon ab, daß Worte, welche an die ersten dieser sechs Worte erinnern, auf einem Plättchen aus Selinus gefunden wurden, aus dem vierten Jahrhundert vor unserer Zeitrechnung, Worte, die durchaus sinnvoll seien, »eske kata skieron oreon«, »wenn unterm schattigen Berg«, so bleibe immer genug Raum für den Gedanken des Iamblichus, daß fremde Namen, Barbara Onomata, die magische Kraft besitzen, diese gerade ihrer Unverständlichkeit verdankten, daß also mit ihrer Übersetzung der Bann gebrochen werde, und wenn man nun begreife, daß der geheime Zentralstreit der modernen Sprachphilosophie von den Analytikern bis zu den Strukturalisten und Poststrukturalisten gerade auch vor dem Hintergrund der Massen- und Bildermedien, der Allgegenwart von populärer Musik und abstraktester bildender Kunst, der Rap-Lyrik, der Textformate von SMS und Tweet und Twitter, ein Streit um die Deixis und deren Übersetzbarkeit sei, um die Frage, ob es zu jedem Ausdruck, jedem Zeichen notwendig etwas geben müsse, worauf man zeigen könne und sagen, dies sei gemeint, so biete doch der Umstand, daß ein Zauberbuch, also ein sogenanntes Grimoire, ein Name, der sich vom altfranzösischen Ausdruck gramaire herleite und die gleiche Wurzel habe wie das Wort Grammatik, stets gewisse Qualitäten mit Werken der Poesie … hier aber stockt der Fremde, denn die Hand der Jägerin Amelia liegt mit einem Mal auf seiner rechten Schulter. Er dreht sich nach ihr um, und Adam erkennt, daß der Blick, mit dem sie das Bartwesen anschaut, eine sehr eindeutige, gar nicht indirekte, vielmehr sehr leicht mit wörtlicher Rede auszudrückende Äußerung meint: »Hau ab.«

Der Fremde schließt kurz die Augen, als nehme er sehr konzentriert etwas Wichtiges in sich auf.

»Well«, sagt er dann, zu Adam, Amelia, sich selbst oder niemandem, »I guess I should be moving along now.«

»You do that«, bestätigt Amelia milde.

Der Fremde trollt sich.

»Und wir zwei, wir sollten mal los«, teilt die Jägerin dem Dichter mit. Der weiß keinen Einwand; man bricht auf.

Vom Büchermachen

»Das letzte Buch, hast du gesagt.«
Sie lehnen überm Geländer der Veranda, der Dichter und der Impresario, und dürfen einander jetzt duzen. Das ist seit einer Woche so; Adam Sladeks Widerstand gegen die Einsicht in den Umstand, daß er mit Dath als gleichfalls Abhängigem des Herrn Kreuzer viel gemeinsam hat, ist gefallen. »Dein letztes. Wieso eigentlich?«
Dath pafft verhalten glücklich vor sich hin, die Zigarette darf nur hier draußen sein, im herbstlichen Wetter. Kreuzer haßt Qualm; das gilt auch dann, wenn er, wie meist, nicht hier ist. Er haßt ihn aus der Ferne, das ist Gesetz genug.
»Na ja«, sagt Kreuzers Helfer, »ich denke, ich muß mit Anfang vierzig auch mal langsam erwachsen werden. Die kindischen Dinge weglegen, wie der Apostel sagt. Das Büchermachen ... ist wohl alles so eine Art Kindertraum gewesen, eine von diesen absichtlich nicht deutlich fokussierten Ideen: Ah, wenn ich einmal die Geschichte werde erzählt haben, dann ändert sich's. Das hat dann eine ... das verwandelt was. Am liebsten, glaube ich, hätte ich Comics gemacht. Geschichten, die man liest und sieht.«
Adam Sladek hat diese Vorliebe des Unterteufels in den letzten Wochen und Monaten kennenlernen können; in Daths Quartier, drei Zimmer im hinteren Burgbereich, hängen einige Originale vorwiegend amerikanischer Zeichnerinnen und Zeichner: Jo Chen, Dave Sim, Kalman Andrasofszky, die breite Rückwand von Daths Schlafzimmer wird von drei großen Hochformaten dominiert, auf denen Joshua Middleton ausgerechnet Supergirl ins Bild gesetzt hat – »Ist das nicht wunderschön? Unschuld der klaren Linien, aber dabei Hintergedanken vom Digitalsten ... Das Ganze ist von einer schwer zu greifenden Ironie hinterlegt, die aber das Dargestellte nie entwertet, sondern mit einer weite-

ren Sinnebene versieht … Ich denke manchmal, diese ganze neue amerikanische Schule, Middleton, Alina Urusov, Ross Campbell, das ist die Wiederkehr der Nazarener ohne den ideologischen Krampf. Wenn man sich nur mal die Line Drawings anguckt, das ist Julius Schnorr von Carolsfeld, das ist Franz Pforr, Johann Friedrich Overbeck … nur daß der Universalismus, der die Klarheit hervorruft, die genau berechnete Stellung der Figur im Raum, bei den Nazerenern eben ein religiöser war, ein ausgedachtes Zeug, während es hier der reale Universalismus der Kulturwarenwirklichkeit, na: des Pop ist. Und da könnte man dann wieder sekundär Inhalte einspeisen, denn dieses universale, allseitige Gefäß … ich meine, wenn man die Ikonographie der Freiheit von solchen Leuten entwerfen ließe, und dann als Ornamentik die Pfeile der Artemis, die Worte der Macht, das griechische Zauberspruchwesen … große Rosine! Supergirl! Ach, Joshua Middleton, wie ich ihn liebe … Der wird auch deinen Umschlag malen, wenn Kreuzer das bewilligt«, hat Dath den Dichter aufgeklärt – das war, hofft der Dichter, wohl eher ein Scherz; welche Superheldin sollte denn vorn auf einem Gedichtband abgebildet sein?

Adam spielt mit einem Gänseblümchen, dreht es zwischen Daumen und Zeigefinger der Rechten und sagt versonnen: »Was verwandeln mit Büchern. Und wie hat …«

»Na, die ersten paar Male …«

»Paar Dutzend Male«, sagt Adam, der Scherz ist zwischen ihnen erlaubt. Das Produktivitätsgefälle, das sie trennt, erkennen beide an, mit allerdings sehr unterschiedlichen Hintergedanken.

»Also die ersten paar Male hab' ich mich dann gar nicht richtig gefragt, ob es eigentlich passiert ist. Diese Transformation, dieses *je-ne-sais-quoi.* Bin weitergestolpert, um die Veränderung, im Fall, daß sie passiert wäre, gleich noch weiterzutreiben, um mich vom Anfangszustand, dem verhaßten, nur um so rascher zu entfernen.«

»Das würde bedeuten«, sagt Adam und raucht dabei passiv aktiv mit, das heißt, er saugt den Qualm ohne Abscheu, eher voll Neugier durch die Nase ein, zusammen mit der ewigkühlen Regenluft hier oben, »dein

Erzählen ...«, er wundert sich selbst über diese neue Laune, den andern über seine Arbeit verstehen zu wollen, werde ich jetzt Literaturkritiker?, na, gleichviel – »... deine ganze Arbeit hätte den Sinn und Zweck, zu ... na, du willst die Welt einfach so lange mit anderen Möglichkeiten konfrontieren, bis sie gar nicht mehr anders kann, als sich nach den neuen Vorbildern auszurichten, das war, denke ich, dein Plan. Romantisieren hat Novalis diese ebenso friedliche wie langfristige Weltveränderungsstrategie genannt. Du aktivierst alle Möglichkeitssinne des ...«
»Nein, Sekunde mal, stopp. Da war ich dann wohl ungenau«, Dath schnickt die abgerauchte Kippe in den Nieselregen, »die Welt, nein, um Himmels Willen, so dick haben wir's dann doch nicht. Ich wollte nicht ... das mit der Veränderung, das meint gar nicht die Welt. Ich wollte mich verändern. Mich selber. Sonst nix. Mit jedem Buch etwas weniger das jämmerliche Zufallsprodukt von Genen und Erziehung und Glück und Pech werden, das ich anfangs war. Aber ... na ja ... ich hab' davon nie was gespürt, ich wurde immer mehr bloß ich selbst. Und bevor ich's ganz und gar bin, werde ich aufhören. Das soll erreicht werden, indem mein letztes Buch schon gar nicht mehr von mir ist. Sondern von dir.«
Adam zuckt mit den Schultern: »Puh ... kommt drauf an, ob ... ich meine, woher weißt du, daß es nicht doch geklappt hat? Wenn du dich wirklich verändert hast, gemäß deinem Ziel, vielleicht sogar verbessert, denn das hör' ich schon raus, daß du das für wünschenswert ... dann wärst du naturgemäß der einzige, der das nie merken könnte. Der Alte, an dem du den Neuen messen kannst, der ist ja nicht mehr da.«
»Doch, in den früheren Büchern. Und die sind halt doch nicht so verschieden von den späteren, daß die Hoffnung daran Nahrung finden würde, man wäre ...«
»Na und, dann hat es eben nur einmal geklappt, vom Nichtbuchmenschen zum Buchmenschen. Beim ersten Schritt. Und die restlichen Werke stottern einfach eine Dankesschuld der Literatur gegenüber ab.«
»Literatur, *my fanny.* Laß uns reingehen, was trinken.«
Armer Kerl, denkt Adam, jetzt fast wieder so gereizt wie anfangs ständig

im Umgang mit Dath. Es liegt natürlich an der Epik und am Journalismus; das sind beides die falschen Ansätze heute, wir müssen lyrischer und poetischer werden, wenn wir mit diesem ganzen Internet und Gottweißwas fertigwerden wollen. Aber es ist nicht nur das Methodische, auch das Charakterliche hängt schief bei Dath. Ich kenne, denkt der Dichter, einige dieser Leute im Metier. Läppisch tragisch: Niemand geht so ungetröstet durch die Welt wie ein Narzißt, dessen Eigenliebe von ihm selbst nicht erwidert wird.

Spensers Lilienhand

Mein Sex ist eine Blüte sagt die Schöne
Und meint es metaphorisch | diese Pflanze!
Sie soll nicht glauben, daß ich sie verhöhne

Wenn ich ihr sage | Gern ging ich aufs Ganze
Und wäre dir ein Vogel, Picaflores,
Und wenn ich dann um diese Blüte tanze

Nah deinem Dufthaar, daß mich deines Ohres
Geschärfter Sinn als Boten gleich erkennt
Dann lehr ich dich was Besseres als Mores:

Wer seinen Sex schlau eine Blüte nennt
Verneint das Tierische | die Grausamkeiten
Die dazu führen, daß so häufig trennt

Was zwei vereint, und daß sich Liebste streiten
Um das, was ihnen Lust macht | wie verrückt!
Man findet wen und will ihn gern begleiten

Oder auch sie, dahin, wo uns entzückt
Was wir uns werden können | Aber blinder
Und schaler Eifer wird daraus. Selbst wo es glückt

Hat uns der Trieb im Griff. Und Menschenkinder
Reizt er zur Überdosis ihrer Selbst. Paßt auf
Und Dauerlust wie Dauerangst | nicht minder,

Kann noch beim allergünstigsten Verlauf
Der Paarung alles Blut aussaugen –
Das ist es, was ich Glücksdesaster tauf.

Schuld am Glücksdesaster,
Wo es sich begibt, ist immer die Seele,
Sind Seelen in der Mehrzahl,
Schuld ist, das zwei davon
Einander fressen, wo sie
Einander schmecken,
Und das Sichlosreißen
Ihnen bald so bitter werden kann
Wie das Einanderfesthalten –
Die Biologie
Hat fleischliche Sinnbilder dafür:

Beim Raubtier gibts die Drüse *bulbus glandis*
Nah beim Penisende, wird groß nach der Ejakulation
Das Tier kann sich nicht zurückziehen
Lachhafte Stellung peinlich zu betrachten
Hunde Katzen Wiesel Marder Waschbär
Da hat das Ding einen knochigen Halter, *baculum*
Mit Namen, und die Evolutionsbiologen
Streiten noch (manierlich: Nach Art der Wissenschaftler)
Wozu das da ist
Ovulation nicht gleichzeitig mit Estrus
Größenunterschiede
Holly Menino referiert die Raterei
Aber es wird wohl ein metaphysisches *baculum* sein
Darwin hin | Darwin her

Das es mir verbietet, mich einfach aus unserer
Komischen kleinen Geschichte zurückzuziehen
Kein Mensch ist eine Dawkinsel
Immer an der samtenen Wand lang
Reich mir die Hände | zu unsrer Goulderie
Zum Tanz
Wenn Perlen nicht auf der Haut getragen werden
Verlieren sie den Glanz

Berühr mich
Es gibt keine richtige Technik

Meine Blüte
Ist Sex bist du.

Muskulöser Rücken

»Mich stört's schon. Dieses Spiel, das ihr mit dem Typen treibt.« Klaus Kiwus mault, was er zu maulen hat, aus nicht ganz lauteren Motiven. Er will im Grunde gar nicht seinen Unmut über Kreuzers und Daths Hinterhältigkeiten wider Adam Sladek kundtun, sondern nur eine Reaktion aus der Schönen herauskitzeln, die auf seiner Bettkante sitzt und mit großer Sorgfalt ihre Lederjacke anlegt, wie ein Ritter seinen Panzer. Die schweren Schuhe stehen unterm Spiegel. Bis die geschnürt sind, wird's noch länger gehen.
»Pff wieso«, sagt sie, damit er mit seinen aufgewühlten Emotionen schön allein bleibt. Ein paar Muskeln sieht er sich auf ihrem Rücken bewegen, als die Jacke drübergleitet, der ganze Körperbau, findet Klaus, ist ein Lied, eine Verschiebung in der Wolkendecke bei der Morgendämmerung, klares Wasser, das über schlanke Steine fließt: Wie schön sie ist.
»Was wieso? Drogen im Essen, Täuschungen mit den Oberlichtern, daß das … immer neu beleuchtet wird alles in der Villa, Winkelverän-

derungen – der Arndt von der Wartung hat's mir erklärt, als Sladek nicht da war, und die Musik, ganz knapp oberhalb der Hörbarkeitsschwelle, die Duftgeschichten, Belüftungsanlage, und dann der architektonische und innenarchitektonische Wahnsinn: wechselnde Festverglasungen, die heimlichen Verkürzungen oder Verlängerungen beim Swimmingpool, immer nur ein paar Dezimeter ... wenn Sladek nicht da ist, verlegen sie die Ankleide und ... von den auffälligeren Umbauten mal ganz abgesehen: Mal klebt der Eingang am Hang, mal steht er schwerelos dagegen, mal gibt's über der Terrasse 'ne Dachterrasse, dann wieder nicht, wird eingerissen, mal hat die Flanke Mosaikfliesen, mal nicht, dann wird das Dach innen abgesenkt, bis es 'n Satteldach ist ...« Sie schweigt, er hustet, fährt dann fort: »Dath hat's mir ja erklärt, verstehst du, ich kapier's schon: Er soll sich nie richtig daheim fühlen, Verfremdung, Desorientierung, alles Bestandteil seiner ähm ... Dath sagt: Dissoziation, Dekonditionierung, damit sein Verstand so neuformatiert wird, daß er wirklich an die Stellen kommt im Hirn, wo die Dinger sind. Diese Zaubersprüche. Ephesia Grammata. Die gerade dann wirken, wenn sie niemand versteht.«

»So they told ya. So ya know. Where's the problem?« schmatzt die Jägerin.

Roter Zorn beginnt in Klaus zu pulsen: Er liebt die Frau, das wird ihr heiß genug serviert, und doch muß sie er sie um alles extra bitten, es gibt nie ein Ja von ihr, zu nichts, aus Freundlichkeit läßt sie bloß auch das Nein bleiben, da darf er sich dann begrüßt fühlen. Sie steht auf. Als hörte sie ihn brodeln, wirft sie achtlos hinterher, mit der Indolenz, von der er so sicher zu wissen glaubt, daß sie nichts anderes ist als einstudiertes Rollenspiel: »Du solltest dir Daths Kopf nicht zerbrechen. Und noch viel weniger den von Onkel Dagobert, weil ...«

Scharf schneidet er ihr das Wort ab, steht jetzt auch auf, greift dabei nach der Cola Zero auf dem Nachttisch, als wollte er sie damit erschlagen: »Du solltest ihn nicht Dagobert nennen, sondern Scrooge. Unca Scrooge. Scrooge McDuck, so heißt die Ente, die du meinst, im amerikanischen Original. Sonst glaubt dir bald niemand mehr, daß du wirklich die seit 1937 verschollene Superpilotin bist, die ...«

Sie dreht sich um und schenkt ihm einen Blick, vor dem sich Giftschlangen unterm kältesten Stein verkriechen würden. Er triumphiert, häßlicherweise: endlich eine Reaktion. Klaus kippt einen Riesenschluck Cola runter, wischt sich den Mundwinkel und sagt: »Den Tanz haben wir jetzt seit Wochen, du und ich. Alles ist Maske. So geht's nicht mehr.«

Sie zuckt mit den Schultern, die Kampfeslust verläßt ihre Mimik so schnell, wie sie gekommen ist. Amelia geht zu ihm, umarmt ihn, sie stehen kurz ruhig beieinander. Lassen einander los, weil sie nicht so genau wissen, was sie aneinander haben. Er guckt sie traurig an, bittet um er weiß nicht was: »Hey. Ähm. Du. Ich mein', wenn du mich hier unbedingt falsch verstehen mußt … sei einfach nett zu mir, okay? Ich hab' alles gemacht, was ich konnte, für uns, dich …« Sie nickt nicht richtig, nur fast; er soll sehen, daß sie ihn reden lassen will. »Schau, wenn ich das alles hier beschimpfe und angreife, wenn ich uns … wenn ich davon rede, daß wir abhauen könnten und dieses scheußliche Theater … bevor abgeräumt wird, vor der Sperrstunde, ich mein', irgendwann zahlt Kreuzer Papa aus, dann ist die Show zu Ende, dann … ich bitte dich doch um nichts, was ich selber nicht machen würde. Ich hab' gleich gesehen, daß du … so hart du rüberkommst, ich seh', daß du verletzt wurdest. Du bist auch ein Glückskind, irgendwie, und älter als ich, aber gleichzeitig, na ja, viel jünger … warum sollen wir das hier mitmachen?«
Sie entzieht sich wieder, indem sie zwei Schritte zurückgeht, sich abwendet und damit anfängt, die schweren Schuhe anzuziehen.
»Wieso sollten wir das mitmachen, frag' ich dich? Wozu? Diesen Leuten zur Unterhaltung, die uns ins Gesicht lachen, und diese ganzen Gründe, die sie uns sagen, daß das ein Projekt ist, das ähm allen Menschen helfen soll, daß dieser Dichter da … ich meine, diese Gründe sind doch total ausgedacht und … Ich hab' gar keine … es ist doch keine Frage, ob das aufrichtig ist, was ich für dich empfinde, es ist das einzige, es paßt so genau, und ich such' einen neuen Anfang mit dir, das ist alles. Hör zu: Weg hier, wir zwei, vergib dir ähm einfach selber für deine Rolle in dem Scheiß und komm mit, sonst verlierst du …«

»Hör mal, ich liebe dich auch«, sie wendet sich ihm wieder zu, streckt die Hand nach ihm aus, »und du hast recht, irgendwie ist es meine Schuld, wenn das alles hier so weitergeht. Aber ich muß jetzt wirklich zur Arbeit.«
Er wischt die Hand weg, wird laut jetzt: »Was? Hey! Hör mal! Hör dir nur mal selber zu! Was würdest du denn sagen, wenn ich dir sagen würde, schon okay, ich bin schuld an allem, ist mir egal, was würdest du machen, wenn du dauernd sehen müßtest, wie ich vor anderen so tu, als ob es uns nicht gibt, wo würdest du hingehen, wenn ich dir sagen würde, daß ich dich liebe, und dann einfach zur, zur, zur Arbeit gehen ... Was soll denn das? Was denn für 'ne Arbeit? Zu wem soll ich mich noch ... wem kann ich denn noch vertrauen außer diesem dummen ... den du hier in sein Unglück jagst, du ... du, du Jägerin du, anstatt ihn zu retten ... ich hab's dir schon gesagt«, sie macht »pfft, yeah, whatever«, zuckt mit den Schultern, aber er ist nicht aufzuhalten, in Rage: »Ich hab's dir gesagt, als ich dir das erste Mal begegnet bin, wenn es Zweifel gibt, dann solltest du sorgfältig sein und ... ohne Angst solltest ... und jetzt bist du komplett umzingelt von den Sachen, die du angestellt hast für Dath, für Kreuzer, und alles, was wir noch haben, ist da diese sogenannte Liebe, diese perverse Nummer hier, die nur aus Schmerzen von ... Scheiße, wenn du das, was ich sage, unbedingt falsch verstehen willst und und und ... und zu dem Schluß kommst, daß ich was von dir will, das du nicht aushältst, dann verlang nicht von mir, daß ich das hier mitmache mit so einer ... frag dich doch mal, warum ich hier die Nutte mache, das viele Geld vielleicht, oder find' ich das geil? Ach ja. Du solltest dich wirklich mal 'nem anderen Herzen zuwenden als deinem eigenen. Ich hab' dir gesagt, als ich dir das erste Mal ... ich hab', hör mir zu, Scheiße, ich hab's dir ...«
Die Tür, die zuschlägt, ist laut genug, sein Geschrei zu erschlagen.

A Family Affair

Zwei Brüder schenkten Götter mir
Ich habe beide verloren
So daß ich mir nur wünschen kann
Ich wäre nie geboren.
Der eine | vor mir auf der Welt,
Erstickt an seinem Kummer,
War über sechzig, als er starb.
Was für ein grausam dummer
Und eitler Gott bist du, Apoll
Daß du | als deinen Narren
Diesen zerstörten Mann dir nahmst
Daß Fremde ihn verscharren.

Wie er nach seines Liebsten Tod
Allein in leeren Zimmern
Nach seiner Dichterstimme sucht
Und findet nur ein Wimmern.
Der Mietherr droht mit Klage ihm
Er aber will nur trauern
Und flieht die Wohnung | um sich selbst
Woanders zu bedauern
Und zieht aufs Land | mit viel Papier
Elegisch will er schreiben
Um seinen Schmerz mit einem Text
Und Schimpfen zu vertreiben

(Transcendentalism:
Auf Walden Pond verlorengehen
Wie an Dir eine Amerikanerin verlorengegangen ist
Du hättest es mehr mit Worten sagen sollen statt anders, dann
Hätt ichs verstanden
Suizid, sagte sie mir ohne Worte | Blödsinn

Trennung ist Blödsinn
Du kannst einen Traum nicht beenden
Du kannst nur draus erwachen)

Er denkt an den geliebten Mann.
Es waren dreißig Jahre
An dessen Seite, jeden Tag,
Und falls es nicht die wahre
Die große Liebe war, dann ist
So etwas nicht zu haben.
Dann ist die Schöpfung einfach Mist
Dann fressen uns die Raben.
Und er beginnt ein letztes Buch
Mein armer alter Bruder
Und steigt dann in sein letztes Boot
Und faßt mit Kraft das Ruder
Und steuert auf dem tiefen See
Das Boot dort in die Mitte
Er gleitet | leise | über Bord
Und seine letzte Bitte
Ist | daß man liest | der Hoffnung bar
On Wings of Song | Die Zeilen
In denen bleibt was niemals war,
in denen wir verweilen
Wenn man uns aus der Welt vertreibt
Muß eine andre reichen,
Die Welt der Kunst, für uns gemacht,
Mit nichts sonst zu vergleichen.

Der andre Bruder | Kolumnist
Im unbekannten Schundblatt
Haßt Leute und schreibts leider auf
Weil er auch einen Grund hat:
Die Leute sind gemein zu ihm

Seit er »Ich bin ein Drache
Und komm aus einer andern Welt.«
Behauptet | Rein aus Rache
Weil er so groß und kräftig träumt
Schickt man ihn zum Psychiater
So wird er unten eingeräumt
Im Fach. Und unser Vater

Sagt nur, in seinem weißen Turm:
»Der Irre und der Tote«
Und mich benagt im Schlaf der Wurm
Als unerwünschter Bote
Der von den andern beiden sagt
Was ihnen hier geschehen
Daß Vater zuhört und uns hilft.
Er will mich | nicht verstehen.

Faulheit Feindschaft Freundschaft

»Der Pinsel ist ein faules Instrument«, zitiert Johanna Rauch den großen Neal Adams.

Adam sieht zu, wie sie ihre Tuschvorstudien zu den Porträts nach fremdem Gedächtnis zeichnet, mit dem faulen Instrument: Sie taucht den Pinsel in die Tinte, dann rollt sie ihn auf einem Testblatt und rollt ihn und rollt ihn und rollt ihn, bis er spitz genug ist, daß sie damit arbeiten kann. Ein, zwei, drei, vier federfeine Linien. Dann macht sie den Pinsel sauber, mit einem alten Tuch. Taucht ihn wieder in die Tinte. Und rollt und rollt und rollt. Irgendwann, während der geologischen Zeitalter, die sie braucht, um Ernest Dowsons rechtes Ohr und den ersten Schatten seiner Frisur auf diese erzmühsame Weise zu erfinden, fängt das Telefon in der Küche an zu klingeln. Es klingelt, und Johanna rollt. Es klingelt, während sie Dowsons Augen zeichnet, neugierig, streng, weich, traurig, zart, es klingelt, während sie seine Nase erschafft, sein Kinn, seinen Halsansatz und – eine Linie, zwei, drei – seinen Adamsapfel. Es klingelt, sie rollt und putzt und zeichnet. Adam steht wie gebannt von diesem stillen innigen Eifer und freut sich mit zuvor ungekannter Erregung.

»Das Telefon«, sagt Johanna schließlich, und zitiert dabei den großen Dave Sim, »ist der Feind.«

Adam Sladek fragt sich, ob das unaufhaltsam anwachsende stürmische Knuddelnwollen, das er für diese Frau empfindet, schwächer werden muß, wenn er es ausspricht. Er will dieses Liebenmögen heimlich spüren, das macht es, ahnt er, im Augenblick nur immer stärker.

Das Telefon hört auf zu klingeln.

Johanna Rauch lächelt, zündet sich eine Zigarette an und gönnt sich eine Pause.

Mein Junge

Mit starken Harfenspielerfingern fährt Adam Sladek seinem lieben Klaus durch das lange weizenblonde Haar. Der schöne Junge liegt nah bei ihm. Sie waren in der Sauna, die zum Fundbüro gehört, haben sehr kalt geduscht und einander dann hier, im großen blauen Zimmer, lang geliebt, ein bißchen angestrengt, in Formen, die zuerst von Kämpfen handelten, dann aber doch noch Musik geworden sind. Jetzt ist beiden heißer, als die Sauna weiß. Sie atmen ruhiger, auch wenn Klaus sichtlich aufgewühlt ist von dem, was er zu erzählen beginnt – sein Lieblingsthema, denkt Adam, nicht eifersüchtig, sondern fürsorglich. Seit Wochen spricht Klaus in jeder Minute, in der Adam und er einander nicht anfassen, küssen, ablecken, von seiner Sehnsucht nach der geheimnisvollen Amelia, die sich, so sagt er, von ihm abgewandt und ihm damit das Herz gebrochen hat. Adam wünscht ihm aufrichtig, daß noch was draus wird; die Geschichte geht ihm so nahe, wie einem Dichter solche Geschichten nahegehen sollten.

»Und ich weiß nicht, warum sie sich nicht mal verabschiedet hat. Man kann natürlich sagen ...«, Klaus seufzt niedlich leise, gerade laut genug, daß der, dessen von Zuneigung genährte Aufmerksamkeit die ganze Rede fesseln soll, die kleine Theaterpause auch wirklich wahrnimmt, »... also es ist schon so, daß ich ... ich hab's in ihren Augen gesehen, daß es ... ja, aber was, ich meine, war da zu sehen, daß es aus ist, oder gerade das Gegenteil: daß es so einfach gar nicht aus sein kann?«

Adam nickt verbindlich und denkt: Er hat angefangen, sich die Haare wachsen zu lassen, nachdem wir das erste Mal miteinander geschlafen haben. Das Haar ist also sozusagen jetzt so lang wie ... wir? Gibt es das Wort, wir? Ist das eine Beziehung, eine Affäre, sind das »Services Rendered«, die auf irgendeiner Rechnung an Colin Kreuzer auftauchen, zum Monatsende? Nicht einmal dieser letzte Gedanke ist etwas anderes als freundlich, denn Adam weiß auf eine Art, die sich nicht mitteilen ließe, weder mündlich noch schriftlich, daß sogar Prostitution als Anlaß (wenn schon nicht als Grund) ihres Zusammenseins keine Beschmutzung dieser seltenen Süßigkeit wäre; es gehört eben irgendwie zu Klaus, daß der sich gern prostituiert. Moment: Gern? Na ja, oder liebevoll, oder ... na, ihm ist diese Arbeit eben wichtig, und das auf eine Art, die von meinem Schreiben nicht so verschieden ist, daß ich mir damit das Recht auf irgendeinen Nichtnuttendünkel erwerben könnte.

»Und es ist wahrscheinlich ganz wahnsinnig«, fährt der Junge mit den heißen Wangen, die der Dichter jetzt wie geistesabwesend zu streicheln begonnen hat, in seinem eigenen schmerzhaft-wundervollen Traum zu flüstern fort, »aber ich muß einfach dranbleiben. Pathetischer Ausdruck, ich mein', was heißt das schon, dranbleiben, ich tu' ja nix – ich sprech' sie nicht an, schick' ihr keine SMS – das wäre verkehrt, es ist ja, ... ich meine, nicht aus Stolz, nicht, daß irgendeine Sturheit mir das verbietet, ich glaube nur, daß es ...«

»Sozusagen taktisch falsch wäre. Nichts bringt. Sie muß den ersten Schritt tun«, sagt Adam in dem Tonfall, der für Gespräche mit Leuten reserviert ist, die schon auf der Brücke oder an der Reling stehen, zum Sprung bereit. *Ah, Hart Crane, we hardly knew ye.*

Noch so ein reizender Seufzer, dann ein neuer Anlauf des Jungen: »Dranbleiben heißt vielleicht einfach, diese ganze Liebe, verstehst du, die ich für sie empfinde, die hier drinnen ist«, er legt die Hand auf seine nackte glänzende Brust, wie man jemand anderem, den man liebt, die Hand auf die Brust legen würde, »die kann ich eben nicht einfach leugnen. Das heißt dranbleiben. Ich kann es nicht sterben lassen, weil ich irgendwie weiß, ihr Herz ist doch genau wie meins. Also, wenn du mich fragst, wieso sie nicht Aufwiedersehen gesagt hat, oder Lebwohl, dann sag' ich, irgendwo in ihr ist da auch noch ... dasselbe Licht, und das scheint hell und ... sogar wenn es sonst ganz finster aussieht, kann sie's eben auch nicht verleugnen irgendwie.«

Er läßt seinen Kopf zurück aufs weiße Kissen fallen und schließt die Augen und fängt noch einmal ganz anders an zu reden, daß Adam jetzt in neuer Scheu die Hand zurückzieht: Nein, das darf ich nicht stören, Himmel, was ist denn das, es klingt ja wie ... woran erinnert's mich?

»Also wenn sie hier irgendwo in der Nähe ist und Papas lieber Gott wirklich existiert, dann wünsch' ich mir von ihm, daß sie mich hört, weil es niemanden sonst gibt, Adam, bei dem ich mich so lebendig fühle wie bei ihr. Das ... ich hatte gehofft, als wir zusammenkamen, daß sie nie weggeht, lieber Gott, glaub mir das, ich würde das ganze Universum durchsuchen, um ... ich hab' es wirklich durchsucht, und dann hab' ich ... mich ... gefunden, in ihren ... in ihrem Blick, so doof das bestimmt ...«

Jetzt hab' ich's, denkt Adam, zugleich erschrocken und mit sich selbst hochzufrieden: Natürlich, das ist ein Gebet.

Der Junge rollt sich von Adam weg, springt abrupt aus dem Bett, steht auf, geht zum Spiegel, vor dem seine Sachen auf dem Boden liegen, die er vor der Sauna hier einfach abgestreift hat wie in einem Windstoß eine Glockenblume ihren Ballettkleidchenkelch. Er beginnt, sich anzuziehen.

Adam schaut ihm mit milde trauerndem Voyeursbehagen zu und schweigt, während der Verliebte weiter nach Worten sucht und diejenigen stammelnd wegwirft, die er findet: »Und, und ... Aber so sehr ich mich abmüh', es ... alle sagen, ich bild' mir diese Riesenliebe ohnehin nur ein, also daß sie beiderseitig wäre und im Grunde schon meine eigene, daß das eine Obsession ist, die ... eine Lüge. Ich komm' mir bei

allen … außer bei dir«, Adam sieht ihn im Spiegel lächeln, was den Dichter angemessen rührt, »bei allen andern komm' ich mir, wenn ich davon erzähle … bei den Mädels, bei Papa … vor, als ob ich ein Verbrechen gestehe, eine Untat aus Leidenschaft, die nicht wiedergutzumachen geht … aber wenn sie …« Der Dichter versucht sein Glück mit der Sprache: »… wenn sie noch irgendwo ist, in diesem Raum, den ihr zusammen betreten habt und den du vorher nicht kanntest, dann hoffst du, daß ihr euch da ein zweites Mal begegnen könnt.«
Kurz schweigen beide, es ist, als hätte Adam in einem Gedicht von fremder Hand die fehlende letzte Zeile ergänzt. Die Möglichkeit wird sichtbar, daß Adam seine poetische Stimme diesem Jüngling leiht, daß er, ihm zu gefallen, ihn zu ehren, das Liebesgedicht auf Amelia verfaßt, das Klaus schreiben würde, wenn er könnte.
Der Junge kommt zum Bett zurück, in seiner engen weißen Hose, der rechte Hemdsärmel flattert unzugeknöpft.
Klaus klettert durch die Kissenlandschaft wie durch unsichere Argumente, auf allen vieren, und küßt den fremden Freund.

Neujahrsgrüßchen

Ihr tappst im Wald rum fast wie blind
Die liebe Schwester kriegt ein Kind
Dann gibt es Kölsch | und FAZ
Danach 3 Tage nur im Bett
Und jetzt kommt gleich 2008
(Genaugenommen: diese Nacht).
Liebe und lustigen Radau
Wünscht Dir dazu Dein Hund | Wau Wau.

Hauptstadtfragwürdigkeiten

Zurück in Berlin freut sich Adam über das neidische Gesicht der jungen Nachbarin, die ihm rund dreißig postalische Sendungen, meist flach, oft groß, auf die Gabelstaplerarme legt.
Der Dichter trägt den ganzen Segen im hochspannungsleitungssummenden Vollgefühl der eigenen Dichterwichtigkeit rüber in seine kleine Wohnung. Dort aber wird er schon auf dem Sofa, am Coffeetablechen, Opfer der erwartbaren Ernüchterung: Haus der Kulturen der Welt, American Academy, seine diversen Verlage, Goethe-Institut, all diese verheerenden Absender sind innen komplett hohl und einander in unbesiegbarer Gleichgültigkeit ihrem Adressaten gegenüber waffenbrüderlich verbunden. Mischa hat sich nicht gemeldet, auch auf seine obskuren Postkarten hin nicht, die er gewöhnlich morgens der Jägerin Amelia übergeben hat, wann immer die sich »nach draußen«, i. e. doch wohl in die nächstgelegene Stadt, aufmachte, oft in Kreuzers Limousine, mal mit Kreuzer (oder seltenen Gästen) drin, mal ohne.
Leicht mißmutig wendet er sich Umschlägen in verschiedenen Brauntönen zu, die er methodisch und der Reihe nach aufreißt, um den Inhalt, den er daraus zutage fördert, jeweils zwei bis drei Minuten einzeln zu verachten – was mach' ich eigentlich noch hier, in dieser quatschigen Hauptstadt? Einmal hat er sich vertippt, bei einer Tagebuchnotiz zu diesem Thema: Hautstadt. Hätte ein Gedicht werden können. Richtig, hier hatte ich den meisten und folgenreichsten Hautkontakt. Wörter machen dumm. Und sind mein Beruf. Warum aber diese Wohnung behalten, wo Kreuzer doch seit vier Wochen, sowohl direkt wie aus dem Mund seines Gehilfen, immer deutlicher wird mit seiner Einladung, ich könnte auch Vollzeitbewohner der Villa im Wald werden?
Nähme ich das an, wäre ich fortan freilich ohne jeden Halt – der Kasten, ich wäre bereit, das zu beschwören, verändert sich baulich zwischen den Besuchen, hab' ich den unheimlichen Umstand schon notiert? Nie wird gebaut, wenn ich da bin. Soll ich tatsächlich glauben, daß die Kräne und Bagger, die Glaser und Schreiner aufs Signal warten: Der Dichter ist abgereist, ihr könnt hämmern und bohren, nur um, sobald sich

das Autogyrovögelchen mit mir und der geheimnisvollen Amelia drin ein weiteres Mal dem Anwesen nähert, sofort heinzelmännchenspukhaft zu verschwinden?

Ich bin ein Berliner, weil ... nun ja, das erste Dreivierteljahr ist es so gewesen, daß Adam Sladek als seinen Hauptwohnsitz jederzeit »Berlin« genannt hätte, wenn er mitten in der Nacht durch einen Taschenlampenstrahl ins Gesicht von der Inquisition geweckt und mit glühenden Kneifzangen über seine persönlichsten Lebensumstände befragt worden wäre. Dann hat sich das langsam in so eine Art Pendelverkehr zwischen gleichberechtigten Polen verwandelt: mal Wald, mal Hauptstadt, mal Weltmediathek der Jetztzeit in Kreuzers Bunker, mal Buchbestand der Humboldt-Uni, Abteilung Römischgriechisches. Die Artemis-Spur, Pfad der Göttin, in deren Namen die magischen Wörter gesprochen wurden, Ephesia Grammata, der ganze Weg, auf den der Milliardär den Dichter angesetzt hat, ist ergiebiger als vorab vermutet. Die Route verfolgt Adam inzwischen mit wahrem Jagdhundeifer weiter; das Spiel ist, was ich in all den Jahren der Arbeit an den Texten gerne gehabt hätte, gesteht er sich ein: ein Suchpfad, der mich, ohne daß dies das Ziel ist, mit den Dichtern der Jahrhunderte ins Benehmen setzt, von Sappho über Vergil bis, na, warum nicht Hacks, wieso nicht Grünbein? Lebten und leben ja auch hier, die jüngsten beiden, in meiner Hautstadt.

In letzter Zeit wird Kreuzer, das heißt, werden die Materialien, Buchexzerpte, Filmausschnitte, Fotos von Grabungsstätten, immer konkreter. Adam Sladek weiß noch nicht, ob ihm auch dies gefällt oder ob er irgendwann die Hand heben und abwehrend sagen wird: Bis hierher und nicht tiefer in mein Schaffen, bitte, das *proprium* wird sonst beschädigt, ich bedarf keiner Hinweise mehr, *omnia mea mecum porto*, danke fürs Anschubsen.

Aber einstweilen – einstweilen verkürzt die Schnitzeljagd zum Beispiel die Wartezeit auf ein Wort, eine Mail, eine SMS von Mischa, bei der Adam immer noch nicht weiß, ob er sich jetzt von ihr oder sie sich von ihm getrennt hat, ob hier überhaupt getrennt wurde, ob da eigentlich was Trennbares verbunden war. Das Hauptproblem, denkt er, als er

sich in der Küche einen indischen Tee bastelt, um sich dafür zu belohnen, daß er seinen blöden Postbestand schon zur Hälfte geöffnet und weggeschmissen hat, ist ja nicht, daß diese Frau und ich einander unter so unglücklichen Vorzeichen kennengelernt haben wie überhaupt nur möglich – man liest Menschen nicht an Tatorten von Verbrechen auf, die an ihnen begangen wurden, das ergibt üble Konversationsgelegenheiten –, sondern der Altersunterschied, ist doch wahr.
Denn diese ganzen jungen Menschen unter dreißig, ruminiert der Dichter, während er laulieblichen Minzgeschmack in den Mund saugt und dazu die unten am Kiosk erstandene neuste »Zitty« durchblättert, aus welcher er das erste Mal in seinem Leben etwas über die Künstlerin Johanna Rauch und deren seit gestern eröffnete Ausstellung in der Galerie seines höchst oberflächlichen Bekannten Torsten erfährt, diese ganzen Grashüpfer da, die von überall her nach Berlin geweht werden und sich dort dann sofort in die allerdünnsten Blätter der schönsten Scheinselbständigkeitsbäumchen verbeißen, sind, na, wie sagt man?
Der Ärger mit ihnen besteht darin, daß die alle nicht mehr wissen, wie man soziale Beziehungen knüpft, pflegt, festigt, weil sie durch etwas vergesellschaftet sind, das nicht mehr die Beständigkeit von … verkehrt, bitte neu formulieren, denkt das juckende Hirnchen.
Zweiter Versuch: Bis jetzt war es doch so, daß die Mehrheit der Menschen in einer Riesenstadt wie dieser, das heißt: alle Menschen, die nicht gerade Freejazzer oder Dichter waren, ihre Zugehörigkeit zur *Gattung Homo sapiens* daran erfahren konnten, daß sie irgendeine Miete zahlen mußten und sich das Geld dafür aus irgendeiner Lohnarbeit kratzen durften. Ich bin wer, weil mich wer beschäftigt und ich davon wen bezahlen kann, der mich vor Wind und Wetter schützt, sowie einen andern, der mich mit Kettwurst und Tiefkühlpizza ernährt, außerdem einen, der mir bunte Stoffplünnen um den Bauch wickelt, damit ich draußen nicht friere, ferner einen, der meine Haare wuschig schnipselt etc. usw.
Jetzt aber, im neuen Leben der digitalen Boheme, passiert das alles nur noch, wie sagen sie? Situativ, heute kommt ein Auftrag dorther, morgen daher, so richtig rechnen darf man mit gar nichts, und daß manche das,

was man für sie tut, nicht einmal bezahlen (können), was man dummerweise oft ein Eckchen zu spät erfährt, muß dann eben unter Erfahrungen verbucht und künftig wie die schwarze Pest gemieden werden. Woran, wodurch, womit sollen solche Leute lernen, daß Freundschaften mit Zähnen und Haaren gemeinsam haben, daß sie ausfallen, wenn man sie nicht pflegt? Grummelgrummelgrummel. Der Dichter trotzt dem Weltlauf vergleichsweise ohnmächtig und merkt es auch: Klug krittle ich herum an Mischa, weil sie meine kryptische Liebespost ignoriert, und messe das an der Elle der Freundschaft, die ich wiederum von der Idee des Vertrags hernehme, den ich mir nach dem Bilde der Lohnarbeit denke. Dabei will ich in Wahrheit, daß zwischen uns mehr gewesen sein soll, als in Verträge paßt, also wie haben wir's, beides geht ja wohl nicht? Er setzt sich wieder zu den noch unversorgten Umschlägen. Er findet einen, der von Kreuzer kommt – man erkennt's am fehlenden Absender, an den teuren, ja pretiösen Briefmarken (nix wie Sondermarken mit Hermesköpfen, Apollobusen und so fort) sowie, vor allem, am Inhalt: Wieder sieben Tonnen Material über den Artemiskultort Ephesus und die besonderen Zauberephemera, die man dort gefunden hat, aha – Täfelchenfotos, hochauflösend, Inschriftenabschriften: askion, kataskion, lix, tetrax … aski kataski, das Hokuspokus der Antike, fünftes oder sechstes Jahrhundert vor Christus.

Daths stehende Rede: »Man hat sie für bedeutungslose Worte gehalten, für retrophilologische Erfindungen gar, aber auch für authentische *words of power*, die einzigen vielleicht, von denen die Geschichte Genaueres weiß. Sie sollen auf Pergament oder in Gürtel geritzt worden sein, mächtigster Zauber … und natürlich hochinteressant für die Erforschung des Halls im Hirn, den Wörter, zum Beispiel liturgische oder, später, lyrische, in historischer Zeit erzeugt haben … was dann, wie Kreuzer meint, zurückgreift in prähistorische Zeit, in die Phylogenie. Geheimstes. Psst.«

Adam schaut sich an, was da über Selinous, Phalasarna, Lokroi Epizephyrioi, Himera an uns gelangt ist: Lokrianischer Text, Hesychianischer Kodex … Hier ein griechisches Pronomen, dann ein attisch-ionisches, da ein Versende, das eigentlich nicht paßt, womit hat der Schreiber

gearbeitet, wie korrupt sind die Fassungen, die uns vorliegen, Fragenüberfragen …
Hineingesogen in das ganz ganz Alte findet sich der Dichter, als stachle ihn sein Gönner dazu auf, zu denken: Die Archäologen tappen im dunkeln, weil sie sich nur auf Analysen verstehen, statt wie unsereins auf Synthesen, und deshalb ist das so eine schlaue Investition, die Herr Kreuzer da getätigt hat, denn bevor die Altertumskundler je dahintergestiegen sind, was es denn nun wirklich auf sich hat mit diesen Worten der Macht, werde ich sie dem Kapitalisten entschlüsselt haben, übersetzt, erneuert, poliert, damit er sie gebrauchen kann, zu … ja, wozu?
Valentine Ackland:

To Pan, to Demeter, to sweet-voiced Apollo,
Long dedicate my flocks, my ploughland were,
And too, my orchard and my shady trees,
My smooth grass verges by the riverside:
But the old-fashioned offerings are mocked
And worthless found when all gods worship fire.

Wohin will er, der reiche Mann? Bau' ich ihm Waffen, *when all gods worship fire*? Und keine Nachricht von Mischa. Blaß regt sich eine Art Scham in Adam darüber, daß er jetzt am liebsten Sex mit Klaus Kiwus hätte, weil nichts die Melancholie des von der kleinen promisken Berlinerin zurückgestoßenen Seelchens so schnell beruhigt und heilt wie das Zusammensein mit dem merkwürdigen Christensohn aus dem Fundbüro.
Adam überlegt, ob er sich einfach in Berlin auf die Piste wagen soll, was immer das bedeutet, und ertappt sich bei einem von Thomas Mann geliehenen Gedanken: Es gibt doch auch in dieser Stadt Homosexuelle, das habe ich jedenfalls irgendwo gelesen. Treffen die sich nicht, wie sagt man, an so Orten da? Soll ich mir eingestehen, daß es mich, außer zu Mischa, im Augenblick auch stark zu diesen Orten zieht? Gehe ich mit der, ich weiß auch nicht, wie ich das nennen soll, vielleicht: Befreiung?, jedenfalls Veränderung, die Klausens Hände, Zunge, Schwanz

und Freundlichkeiten mir eröffnet haben, nicht völlig lieblos um, wenn ich den Reiz, den solche Männerliebe für mich hat, so exklusiv bei ihm allein suche?
Er verläßt die Wohnung, traut sich dann aber doch nicht recht an einen jener mythischen Orte, das heißt: Einen findet er, mit himmelblauer Glasscheibe, auf die in Gelb geschrieben steht, dahinter sei eine Gay-Sauna zu finden– wie im Naschladen fühlt sich der Dichter, als er die Liste der angebotenen Attraktionen von der Scheibe abliest: Kaltwasserdusche, Bar (klimatisiert), Finnischsauna, Schwimmbad, Dampfsauna, Ruhebereich, Tepidarium (was das wohl ist? Mein armer Wortschatz! Die Weltsprache Genuß, ich sprech' sie nicht, so griechisch auch die Texte sind, die ich studiere), Solarium, Whirlpool, Internet, Hamam (Weltsprache:Sladek – 2:0) und Garten. Ach, Garten! Aber er traut sich nicht, denn der Naschladen weckt seine Angst vor Zahn- und Bauchweh.
So geht er schließlich nicht hinein, sondern bloß in den nächsten Sexshop, drei Blocks weiter, wo er unter Blicken voll Verwunderung und Mißtrauen, die er sich samt und sonders einbildet, die vier ersten schwulen Porno-DVDs seines Lebens kauft. Damit der Wagemut nicht überhandnimmt, ist auch ein bisexuelles Filmchen dabei: Erobimax, in Adams privater zwangsneurotischer Kontoführung, auf dem Heimweg mehrfach durchgerechnet, heißt das: drei Schwule und ein Unentschieden.
Wild entschlossen, sich auf die Dinger sogleich einen nach dem anderen runterzuholen, erlebt der Dichter eine mittlere Epiphanie: Man kann Pornos auch einfach angucken, ohne gleich Hand an sich zu legen, jedenfalls dann, wenn das, was sie einem zeigen, für den Trottelverstand noch so neu und unerschlossen ist, daß die pure Neugier darauf, wie diese Filme organisiert sind, ob sie eine Handlung kennen, was deren spezifische Dramaturgie ist und so fort, die Brunft ein Weilchen besiegt.
Erst als in einem Film, der von ausgesucht niedlichen, meist blonden, oft, abgesehen von den schnittigeren, windgestreichelten Frisuren, durchaus an Klaus Kiwus erinnernden jungen Russen handelt, diesel-

ben ihre Marineuniformen schließlich ausziehen und einander so ernst und mit wollüstigen Engelsgesichtern stundenlang in die schönen Hintern vögeln, daß der Fernseher zu schmelzen droht, hält Adam es nicht mehr aus, holt den Schwanz aus der Hose und wartet nicht einmal den Moment ab, an dem es dem ersten der Jungs kommt, sondern ruckelt und schaukelt sich tot, bis es wieder geht.

Adam geht duschen, ganz allein (Reue und Sehnsucht. Wo bist du, Klaus? Wo bist du, Mischa?), und denkt dabei über das eben Gesehene mit etwas klarerem Kopf nach: Warum haben die Jungs in jeder Analverkehrszene Kondome an, wenn doch zum Beispiel in dem Bisexfilm, und bei jedem heterosexuellen Analverkehr, den Adam je auf Video gesehen hat, diese Dinger völlig fehlen – als könnte sich ein Mann die Seuche bei einer Frau grundsätzlich nicht holen, und eine Frau nicht bei einem Mann, als wäre dieselbe Sexualpraktik mal gefährlich – bei Schwulen nämlich –, mal unbedenklich – bei Heteros. Ist das nicht, wie sagt man: Diskriminierung? Doppelmoral? Ratzinger? Sollten schwule Pornos am Ende homophob sein, oder, korrigiert das schräge Schreibhirn, wenigstens introjizierte ... internalisierte? ... immanente? ... homophobe Züge aufweisen? Der Dichter kleidet sich in seine exquisiteste Abendgarderobe und faßt sich ein Herzchen.
Ausgehen, doch, jetzt muß es sein, damit ich den Unterschied zwischen der Klausurzeit in Kreuzers verwunschenem Zauberwald und der freien Wildbahn der Hautstadt wenigstens noch spüre. Bloß wohin? Ein Blick in die noch immer aufgeschlagen neben dem letzten unerledigten Postdrittel liegende »Zitty« verrät's ihm: Diese Ausstellung da, von dieser Johanna Käsekuchen oder wie sie heißt, das ist jetzt genau das Richtige.
So geht der überzeugt nichtschwule Dichter, den Kopf voller schwuler und antiker Zweifelfragen, zur bildenden Kunst, um sich neue Unlösbarkeiten aufzubürden.

Dort lernt er die Künstlerin kennen, die, wie sie sagt, »mal sehen will, wie das Zeug kommt, wenn lebendige Menschen dazwischen herumirren«. Solche Sätze, die davon verratene Einstellung und das auch sonst sehr einnehmende Wesen der Dame sind es, die den Heimatlosen eine Sorte Vertrauen zu ihr fassen lassen, welche bald die allerartigsten Folgen haben wird.

Drittes Messersonett

Der Griff aus Hirschhorn ist mir fast entglitten
Bei meiner schweren Arbeit | an dem Opfer
Es hat nicht schwer, aber sehr lang gelitten.
Dies ist ein Mordwerkzeug, kein Pfeifenstopfer.

Ein schlanker Schnittkeil, eine scharfe Schneide
Es sollte einfach gehen und ohne Schmerzen
Aber du siehst ja, wie ich weiterleide
Das ist zum Weinen eher als zum Scherzen.

Wenn mir auch seltsam scheint, daß ich in einem
Priester und Opfer bin und | mich erkenne
Als der, der beides sein will, denn in deinem
So hohen Namen leide ich und nenne

Dies meinen Dienst, ganz wie du es dir dachtest.
Das nächste Mal will ich, daß du mich schlachtest.

Geldquelle

Vielleicht sind es die starken Düfte hier im Rosenhag, die dem reichen Mann die Zunge lösen.
Dichtgefüllte Blüten, die manchmal stärker nach Veilchen, Zitrone oder Mandeln riechen als nach Rosen, stehen auf Stielen, Ranken, kippen, nicken, und das alles könnte so, wie es ist, von Disney sein, wenn

nicht die technischen Seltsamkeiten wären, die das Bild verfremden: Plättchen, die rechnen, mit den Trieben, dem alten dünnen Holz verbunden, Biocomputing, flache Flüssigkristallschirmchen im lockeren Boden. Der Hag als solcher, wie manches Gartenartige hier, ist, so haben Dath und Herr Wadhawan dem Dichter verraten, »eine Art Computer«. Sich darin zu ergehen, macht Colin Kreuzer ungewohnt gesprächig; Nachforschungen darüber, woran dies liegen mag, spart sich der Dichter. Denn endlich geht es einmal um Kreuzers Reichtum selbst und darum, woher der stammt, nach all den Monaten, in denen es, soweit Konversation zwischen dem Gönner und seinem Schutzbefohlenen überhaupt möglich war, immer nur um Aitien statt Aktien gegangen ist, um Grammata Ephesia, Zauberpapyri, seltsame Filme von unbekannten Amerikanern, Kanadiern und Franzosen, die Berge der Göttin, Domitians Tempel der Sebastio in Ephesus, den Bischof von Antiochien sowie die altphilologische Frage, ob die Göttin ihren Namen nun vom Wort »artemes« herhat, was diesem dann die Bedeutung »die mit den starken Gliedern« gäbe, oder die »hochstehende Versammlerin« ist, von »airo« und »themis«.

»Ich hab' mit der großen Industrie zunächst nichts am Hut gehabt«, sagt der Milliardär.

»War Biowissenschaftler mit Leib und Seele. Gut, es gab ein Angebot von Schering, recht früh, nach den ersten Papers, aber ich hab' das entrüstet zurückgewiesen. Prostitution, verstehen Sie.« Adam denkt an Klaus Kiwus und daran, wie er sich überlegt hat, ob der reiche Mann den Jungen für seine leidenschaftlichen Gefälligkeiten bezahlt.

Jetzt erst fällt ihm ein, daß die Ephebenliebe natürlich auch wieder was Griechischs hat, also Bestandteil des Arrangements, des lebendigen klassizistischen Theaters sein könnte, das Kreuzer hier mit ihm veranstaltet. Der Dichter schiebt den Gedanken weg und lauscht dem reichen Mann: »Als ich in der Ausbildung stand, wissen Sie ... 1981 gab es natürlich auch schon Biotechfirmen, da kostete ein Wissenschaftler so einen Laden vielleicht hunderttausend Dollar pro Jahr. Gut, sagen wir, Einstiegskapital vier Millionen, dann richtet man sich Laborräume ein, eine Million, dann Material, Versorgung, Reisen, ungefähr dieselbe Summe noch mal ... ein Laden mit zwanzig Leuten hält das ein Jahr lang durch. Bis dahin muß was rumkommen. War mir zu nervenzerrend, hab' ich vorher im Kopf überschlagen – die Aussicht auf eine Niederlage ...« Er winkt ab.

»Aber die Leute, nun, wenn man so war wie ich und wirklich wissen wollte, woher das Altern kommt, wie man Krebs in den Griff kriegt, ob sich etwas gegen Alzheimer ausrichten läßt ... da waren die Pharmamenschen einfach vifer als die Universitäten. So hat man mich schließlich rumgekriegt. Verstehen Sie, ich wollte diese Dinge nicht aus hochstehenden philanthropischen Motiven klären.«

»Sondern?«

»Na, aus Angst. Angst vor dem Tod, vor dem Siechtum, vor dem natürlichen Bösen ... Ich bin, wie viele, überhaupt nur Wissenschaftler geworden, weil ich denke, je mehr man versteht, desto weniger hilflos ist man dem Gang der Dinge ausgeliefert. So denken ja auch Magier«, ein Augenzwinkern – wirklich? Oder nur eingebildet? »Einige der Großen hab' ich dann schnell kennengelernt. Alejandro Zaffaroni, der in Mexiko die ersten Maßnahmen zur Geburtenkontrolle ... natürlich Arthur Kornberg, der 1959 den Nobelpreis gekriegt hat für die DNS-Synthese, großer Enzymkenner, Carl Djerassi, den Erfinder der Antibabypille, wie sie damals sagten.Und Hugh Andrade, ein Businessman, der mir das erste Schering-Plough-Angebot gemacht hat, feiner Kerl, später entscheidend dabeigewesen, als ich Kredit brauchte, zum Loslegen. Schauen Sie sich diesen Kelch an! Man möchte wirklich dran nippen!« Die moschussatte cremerosa Penelope ziert sich ein bißchen vor den beiden, das Lachsorange im Innern will von Menschennasen nicht viel wissen; Adam hält sich denn auch zurück, nickt nur ganz höflich (höfisch?) in die ungefähre Richtung. Colin Kreuzer atmet tief durch, dann sagt er: »Mählich, sehr zögerlich und zierlich wurde mir dann klar, daß und wieso ich meiner besonderen Neugier ... verstehen Sie, nicht Ruhmsucht, nicht Geldgier, sondern wirklich Neugier ... auf den Spielfeldern der Industrie eher würde nachgehen können.«

Spielfelder, denkt der Dichter, und daß das eine ganz verkehrte Welt ist hier im Sonnigschönsten, weil draußen Kurzarbeit, Abschiebung von

Flüchtlingen, armutsgefährdete Inhaber von Vollzeitjobs, Bundeswehreinsätze im Ausland, Krankenkassenerosion und Dreckwetter die Regel waren, nicht Spielfelder und die hauchzarten Näschenkitzel, die von Petite Lisette, Penelope oder Fantin-Latour ausgehen. Er behält's für sich, Adam Sladek ist nicht Brecht.

»Dann kam der Goldrausch der achtziger Jahre, nicht nur bei den IT-Geschichten. Man datiert das, wenn von New Economy die Rede geht, alles immer erst von den Neunzigern an, vom WWW her, aber im Computerbusiness wie bei uns in der Biotech läßt sich sagen: Wer in den Achtzigern nicht dabeigewesen ist, der ist nicht dabeigewesen. Die Zytokine!«

»Die wer?«

»Kleine ... das waren die Beschleuniger meiner ganzen Industrie, des gesamten ... na, im wesentlichen sind es zuckerhaltige Proteine, die das Wachstum und die Differenzierung von Körperzellen regulieren. Es gibt grob zwei Sorten: die Interferone, die den Zellen die Anweisung erteilen, Proteine zu erzeugen, und die Interleukine, die das Verhalten von Immunabwehrzellen untereinander vermitteln ... in den Siebzigern hat Donald Metcalfe, ein Australier, diese Dinger gründlich erforscht, und als erstes dingfest machte man dann die CSFs, koloniestimulierende Faktoren. Den für die Granulozyten haben die Jungs von Amgen 1991 als Neupogen auf den Markt geworfen, das erste richtige Präparat dieser neuen Sorte Pharmawirtschaft, einen Wirkstoff für Granulozyten und Macrophagen, gab es dann als Leukine von Immunex, das war 1991, und als Leucomax ein Jahr später von Schering-Plough. Man isoliert die Kameraden, beschreibt sie, klont sie. Presto. Wobei natürlich die Beschaffenheit des Marktes, die Besonderheiten der Risiken heute ganz anders sind als in der Goldrauschzeit.«

»Wegen der allgemeinen Wirtschaftskrise?«, es marxt ganz schwach aus Adam Sladek, das ist sein Feld nun wirklich nicht.

»Allgemeine Wirt... Ach Papperlapapp!«, die Unduldsamkeit ist echt. »Humbug. Nein, denken Sie an die Summen, die ich Ihnen vorhin erzählt habe, für die Zeit, in der das noch so eine niedliche Stöpselwirtschaft war. Da hat sich alles geändert, alles. Sie müssen heute für die

Entdeckungsphase fünf Millionen Dollar veranschlagen, für die präklinische Phase, sagen wir, noch vor den vorläufigen Tests zur Sicherheit bei der Anwendung auf Menschen – das sind noch mal rund zehn Millionen. Sie können, bis Sie sicher sind, daß das Zeug überhaupt einen Effekt auf Patienten hat, der statistisch signifikant über reinen Placebolösungen oder beliebigem anderem Quatsch liegt, gut und gerne fünfundzwanzig Millionen Dollar ärmer sein, dann müssen Sie, wenn Sie das Zeug international verkaufen wollen, also vor allem auch in Amerika, die Zustimmung der Food and Drug Administration kriegen, dann ...«

»Das sind die, die die Bücher und Orgonkisten von Wilhelm Reich verbrannt haben, richtig?« Der Dichter ist Enzensbergerleser. Sein Gönner wischt die Bemerkung weg: »Also das kostet auch noch mal fünf Millionen.« »Sie meinen, um die zu schmieren, die Food and ...?« »Woher denn, schmieren, der ganze Testvorgang, dieses Verfahren, wenn man's brav nach dem Regelbuch durchzieht, ist so teuer ... und bis Sie eine Droge haben, die Sie verkaufen können, na, sagen wir einfach: Hunderte von Millionen Dollar. Venture Seed, Venture Growth, Public. Ich hab' das in der heißen Zeit, also in den späten Neunzigern, frühen Nullern, wohl ein halbes Dutzend Mal alles mitgemacht, und allein die Fehler, die einem da unterlaufen können, sorgen beim ausgeglichensten Charakter für graue Haare und wacklige Zähne.«

»Fehler.«

»Im Anschub schon meldet sich die Versuchung«, der Milliardär rollt romantisch mit den Augen und macht eine herzige Krallengeste mit den Fingern der Rechten, »wer sich packen läßt, hat ausgesungen. Wir durften damals noch rumstolpern, aber heute – die Versuchung: Wenn man aus der Wissenschaft kommt und einen Laden gründet, dann vergißt man schnell, es ist eben ein Laden, kein Labor. Man darf das Startkapital nicht nur dazu nutzen, die Forschung voranzutreiben, man muß auch ins Betriebsmäßige des Betriebs investieren. In die Deals.«

Adam denkt an die vielen ihm bekannten Schriftsteller, die sich vor lauter Experiment und Schriftsog früher oder später in der geschriebsten Schriftlichkeit des Geschreibsels verloren haben, und nickt halbwegs weise. Die Deals nicht vergessen, richtig. »Umgekehrt kann es passieren, daß man gerade als Nichtbusinessmensch so berückt und verstört ist von der Aussicht auf Knete Knete Knete, daß man irgend so ein kaum ausgegorenes Gemisch in die nächste Phase prügelt, noch bevor man seine Biologie richtig verstanden hat. Oder man fühlt sich von alledem überfordert, geht zu einem Pharmariesen, schließt einen Lizenzvertrag ab und ist danach praktisch rechtlos – inadäquate finanzielle Entschädigung, so was. Und in der Reifezeit ... Nun, ich habe Leute erlebt – selbst bin ich da nicht schuldig geworden«, er betont das seltsam, melancholisch: da nicht, wenn auch vielleicht sonstwo, »die haben ihre Versuche an Menschen und Tieren einfach auf das vorhandene Bargeld zugeschnitten, statt auf die klinischen und statistischen Erfordernisse ordentlicher Arbeit. Oder sie begreifen nicht, daß das Ziel früher Tests erst mal ist, das Ausmaß der Effekte, der Nebenwirkungen, der Freiheitsgrade abschätzen zu lernen, und nicht gleich der Beweis, daß das Produkt auffallend besser ist als eins von einem Konkurrenten. Doseneinstellung. Placebogegenproben, Schwächen. Furchtbar das alles, ich bin froh, daß ich's vom Hals hab' ... seit zehn Jahren entwickle ich nichts Neues mehr, jedenfalls nicht zu kommerziellen Zwecken, und lasse auch nichts Neues mehr entwickeln. Ich streiche nur noch ein: Erntezeit. Erntedank. Ich würde mich komplett aufkaufen lassen, wenn sich das jemand leisten könnte.«

»Aufgekauft wird viel?«, Adam denkt: Was reimt sich eigentlich auf Monopol?

»Na, sie sollten es tun, die Riesen, wenn sie nicht auf tönernen Füßen stehen wollen. Aber der Schock der, wie sagten Sie, allgemeinen Wirtschaftskrise – eine Art Weckruf für Schlamper und Naivlinge eigentlich, eine Anpassung an längst gegebene Realitäten – macht sie jetzt seit ein, zwei Jahren alle wuschig oder timide, also hypernervös oder apathisch. Jeffrey Immelt, Gott segne ihn, ein guter Freund, der Boß von General Electric, der hat noch Hosen an – anders als sein Pfennigfuchservorgänger, dieser Trompetenfisch Jack Welch. Immelt hat gesehen, daß es seiner Firma, immerhin dem zweitgrößten Konglomerat der Welt, gut ansteht, den Markt für Material, Technik, Maschinen, Ausrü-

stung in den Lebenswissenschaften möglichst zu dominieren – Amersham Biosciences, damit fing es an, Leute aus Großbritannien, diagnostische Bildgebungsverfahren – zehn Millionen Dollar, zack, in den Sack, dann Wave Biotech, danach Whatman im Februar 2008, als alle andern schon kopfscheu wurden … die Leute denken plötzlich: Lebenswissenschaften, das ist doch auch so ein New-Economy-Zeug, lieber die Finger davon lassen. Aber GE, Ruhm und Ehre, gibt immer noch eine Milliarde pro Jahr für Forschung und Entwicklung in diesem Bereich aus. Denn es ist ja nicht so, Kinder, als läge die Zukunft irgendwo anders als eben da, nur weil jetzt ein paar Hypothekenschummler auf den Bauch geknallt sind. Possen.«
Kinder, denkt Adam Sladek.
Wen meint er?
Alle?

Nach Dowson: Die Geschlossene

Mit zarten irren Händen | hinter Schloß und Niedergeschlagenheit
Hat er noch Blümchen Schlafstörung, daran er zupft und die er flicht
Geruchloser Atem von Stroh, Mißtrauen grundlos
Sein festgeschnallter Käfig | Kosmos, alle gaffen rein

Pedantisch, mitleiderregend, Krieg seines Blicks,
Vom Stimmenhören her, mit ihrer Dummheit. Kennen sie
Die Träume, die seine Lebensangst | zu Wein wandeln
Und sein blockiertes Denken zu den Sternen heben?

Armer Bruder schwerste Depression, du tust mir leid
Und was verspricht mir das, wie du mich anschaust
Ein Königreich für die Beknackten | Konzentrationsprobleme
Allgemeine Lustlosigkeit, aber uneitel? Besser als Sterbeblümchen
Sind deine mondgeküßten Rosen | besser als Schlaf und Liebe ist
Die Sternenkrone deiner Verfolgungsideen!

IV. Er macht dich gottgleich

Hundssternmann

Eigentlich lösen private Vorführräume, Kasperpuppenstuben und Bühnenbaracken bei Adam Sladek gewohnheitsmäßig Fluchtreflexe aus. Auf einem Berliner Poetry-Slam hat er sich, unerfahren in diesen Dingen, wie nur Lyriker sein können, vor lauter Klaustrophobie einmal fast totgestottert und krankblamiert. Bei einer Schultheateraufführung am Gymnasium seines vierzehnjährigen Neffen wäre er am Gelächter des übrigen Publikums über die Possierlichkeiten der lieben Kleinen fast erstickt. Im Kölner Pseudokino auf der Matthew-Barney-Ausstellung hat er es trotz riesigem Interesse am dort gezeigten Film »Cremaster 3: The Order« kaum ausgehalten; die Beklemmung quetschte seine Kunstaufmerksamkeit minutenlang zu wutroter Haßpanik zusammen, weil jenes Kino eben kein Kino, sondern eine unglaublich lächerliche und affige Kunstausstellungskinoattrappe war.

Hier aber, in Kreuzers dunklem Filmsaal, der wohl nie voll besetzt sein wird – das kann man sich ja nicht denken, daß dieser Mann mit rund hundert andern Menschen auf Plüschklappsitzen hockt und einen Film anschaut –, geht es dem Dichter unbegreiflich gut. Vielleicht liegt's an der Umkehrung von Bühne und Publikumsbereich – der Star ist ja eigentlich er. Adam nämlich kann hier machen, was er will – sich über den Film freuen, auf seinem mitgebrachten Block mit Leuchtleiste schreiben oder auch einschlafen und schnarchen, es ist immer das Richtige.

Adam mag den Film, den er gerade sieht.

Wieso das so ist, weiß er nicht; es mangelt ihm sogar jedes Bedürfnis, das zu wissen. »Etwas auf sich wirken lassen«: Himmel, das gibt es also wirklich, im Umgang mit Kunst. Adam hat das bislang für ein Privileg amusischer und illiterater Menschen gehalten, die diesen seltsamen formlosen Ehrgeiz des ästhetischen Subjekts nicht kennen, sich an Schönem immerfort irgendwie messen zu müssen, gar nicht im Sinne von Konkurrenz, eher so, daß man sich sagt: Bin ich dieses Erlebnis wert, oder sollte ich mich mal wieder dringend verbessern?

Das alles wird sonst ja mit den Jahren eher schlimmer als besser, hat Adam lernen müssen – je weniger das große »Es ist geschafft« noch zu erwarten steht, das er irgendwann mal, als Teenager, bei den ersten Verslein in irgendwelchen Brunnen-Notizheften sich selbst in nebelhafte Aussicht gestellt hat, als fernen Köder, je klarer also wird, daß der Erfüllungsgedanke sowieso immer schimärisch, absurd, lachhaft gewesen ist, desto provozierender, widriger, ja fast ekelhafter ist ihm das Vollendete an fremder Kunst manchmal, die Gelungenheit als solche, und desto häufiger fühlt er sich davon persönlich, wie soll man sagen, nicht einmal mehr angegriffen oder herausgefordert, sondern einfach degradiert, ach was: ausgelöscht. Und bei ungelungenen Sachen leidet Adam erst recht, die erträgt er gar nicht, da schafft er's nicht über die ersten Sätze, ersten Bilder, ersten Töne hinaus.

Der Film, den er jetzt sieht, ist alles andere als ungelungen. Aber der Demütigungsstachel fehlt ihm auch.

Das Ding ist, ja, was? Richtig? Weise?

Es gibt keinen Ton.

Dem kleinen Programmblatt, das wie die Speisekarten, die man Adam hier jeden Abend vorlegt, auf »Wegwerfbütten« (den Begriff hat Adam durchaus zögerlich erfunden, vorher gab es ihn zum Glück noch nicht) gedruckt ist, entnimmt er, daß der Künstler den Ton mit Absicht wegläßt, weil es beim Film darum geht hinzusehen, und Geräusche davon nur ablenken können. Ein fast zu simpler Gedanke, aber dafür dann auch schon wieder ganz schön tückisch – so wie eben schon die Titeltafel, »Dog Star Man«, in eigenwilliger Typographie, weiß auf schwarzem Grund flimmernd. Das hat Adam gleich gemocht, diese ans hebräische Alphabet und kalligraphischen Schmuck in Kinderbüchern erinnernden Schriftzeichen.

Gleich danach, schön größenwahnsinnig. BY BRAKHAGE.

Der Filmemacher, Stan Brakhage, verzichtet in diesem Zusammenhang auf Vornamen.
Vornamen sind was für Nieten, wie Ton.
Milch tritt aus der Brustwarze, die Welt ist aus Gelée Royale, der Mann mit dem Hund kämpft sich den bleichen Abhang empor. Adam bekämpft die Neigung, Worte zu diesen Bildern zu assoziieren, sonst rottet sich da ganz schnell ein Gedicht zusammen. Unerbeten indes melden sich zum Kampf des Mannes mit den Elementen, dem weißen Bildergeflocke, dem Nichts im Nirgends, doch ein paar Worte: Alaska, Kupfertal, Schnee weht, weh bläst, blast, Winde, seid ihr all von Stein?
Man sieht jetzt Straßen, die sind blau, drüber zuckt neue Werbung – das Tollste an dem, doch, jetzt ist sich Adam sicher, absolut phantastischen, ganz großartig somnambulen Film sind diese Rhythmen. Man hört sie geradezu, zwischen den Schnitten, und eben dafür ist der abwesende Ton das ideale Hilfsmittel – das Ohr hat solchen Durst, solche Sehnsucht nach dem, was ihm entzogen wurde, daß das Hirn von allein eine Hallwelt ergänzt. So taktet sich die Farbe durch Film, Berge, Wald, immer wieder erblinden die Konturen, dann bricht Sonne durch die Zweige, dann ist die Leinwand ein Kratzbild, wie Adam es als Kind bei den katholischen Schwestern aus Blättern mit mehrfarbigen Wachsschichten herausgekratzt hat, jetzt ziehen sich lange Tropfen immer länger oh so rot, dann bläht sich Blumengrund und Witznacht und Hätschelangst, grelle Punkte tanzen auf der Schwärze, Sterne wimmeln, Weh schneit wieder, schnei doch weiter weit, Mann mit Bart und langen Haaren, Bart ist Fussel, Haar ist höhlenmenschenartig unfrisiert, sieh, nun fällt der Regen nieder, und der Nebel nebelt jeglichen Tag, hier ist die Spur des Tiers, hier geht der Luchs mitten durch den Film.
Nur eins hat man Adam aufgetragen, eine Bedingung gab's, vor dem Ansehen: Nimm keine Uhr mit rein / und guck den Film allein.
Fürs Insichgehen, Außersichgeraten. Wie in einem dieser Isolationstanks, das tun sich Amerikaner an.
Kratzen schaut blau, dann wieder oh so rot. Mondnacht, Andacht, Mond nah und fern im Farn. Menschen, Haut. Der Penis oder die

Augenbraue, keine Frage. Es wird dann alles immer schneller, bis es auf einmal wieder aus ist.
Als Adam, angenehm bedröhnt, den Vorführraum verläßt, gibt ihm eine der unaufdringlich durch die Gänge spukenden Paginnen eine zweite Menükarte, auf der diesmal nur steht, was er gesehen hat, und wie sagenhaft lang das, nehmt alles nur in allem, tatsächlich war:

Dog Star Man 1961-1964
Prelude 25 min
Part 1 30 min, 34 sec
Part 2 5 min, 36 sec
Part 3 7 min, 37 sec
Part 4 6 min, 1 sec.

Sechs Minuten, eine Sekunde. Wahnsinn. Toll. Konsequent.
Alaska. (Obwohl: vielleicht ja doch eher Kanada oder Montana. Er denkt nur, wenn er den Hundssternmann da vor seinem inneren Auge wieder den Hang hochkraxeln sieht, irgendwie zwanghaft an Alaska, einfach, weil er das so ein einleuchtendes Wort findet: die vielen As, und das eisrutschig glatte Übergängchen von »l« und »sk«. Ach Dichterchen, wie immer wieder wortverwundert spinnst du doch dein Ding zusammen, dieses Leben.)

Gegen die Götzen

Ischtar mit dem blauen Stab | die schützt Soldaten.
Aber Schönheit wie von Bergseen in Deinem Geist
Verrat verbietet sich | auch nicht für Brigit Feuerfrau
Die liebt Poeten | lebt in deren Versen aber nicht
In Canticum Canticorum Liederlied
Wie zum Gebet
Gehet aus und schawet an
Ir Töchter Zion

Chalchiuhtlicue | wo Wasser fließen.
Aber Schönheit wie von Bergseen | ich wags nicht
Dich zu verdrießen.
Tlazolteotl singt alle Sünden | nicht zu ergründen
Du bist schön meine Freundin | wie Thirza
Lieblich wie Jerusalem
Schrecklich wie Heerspitzen
Hast Du lang gebraucht mich zu finden?

Kuanon die Gnädige küßt die kleinen Jungen
Artemis schenkt Zungen
As of mountain lakes in the dawn
Wende Deine Augen von mir
Denn sie machen mich brünstig
Bastet mit dem Katzenkopf
Bringt Glück beim Spiel | Gehet aus und
Schawet an
Du allein, Artemis, kennst mein Ziel.
Isis die Wandelbare
Leibesfrucht den Frauen
Wie von Bergseen im Dämmer
Dir, Artemis, will ich vertrauen.
Nephthys fordert Treue
Von Reichen und Toten
Andre sind mir verboten
Von Toten und Reichen
Millionären und Leichen

Tefnut stürmt | Hochhäuser zu Trümmern
Und der Jungfrawen ist kein Zal.
Ilmatar Allmutter sitzt sinnend
Du aber, Artemis, wirst mich | dem Feind | verbergen.
Loviatar bringt Kummer und Qualen
Nicht zu sagen nicht zu singen

Was die andern Götzen bringen
Nicht zu bezahlen.

Aphrodite geht herum auf den schönsten Beinen.
Deine Wangen sind wie ein Ritz am Granatapfel
Wenn Du fern bist muß ich weinen.
Askion Kataskion Lix Tetrax
Damnameneus Aision
Wo Hecate spricht | geschieht Magie.
Verlaß mich nie.
Und bleibst Du heut nacht | oder nicht?
Kali die Blauschwarze | Geschmack von Blut
Menander sagt: Man sprach »Askion Kataskion«
Vor dem jungverheirateten Paar
Als Schutzzauber

Was Du nicht gut nennst, Artemis, | ist nicht gut.
Wie die Morgenröte
Schön wie der Mond
Mondschaum
Auferwecket wie die Sonne
Schrecklich wie Heerspitzen wie
Lakschmi, Wischnus eitle Frau, golden glänzt ihre Haut
Lichtreflex auf Wandmalerei: Tempio von Malatesta
Ratri hilft Dieben | auch ein Gewerbe.
Schütze mich, Artemis, daß ich nicht sterbe.
Ich bin ab in den Nußgarten gegangen
Zu schawen die Streuchlin am Bach
Zu schawen ob der Weinstock blühet
Ob die Granatepffel grüneten

Freya knüpft zum Zeitvertreib lose Liebesbande.
Frigga, Odins hohe Frau, schützt die Atmosphäre.
Hel führt ein scharfes Schwert, trennt Licht von Schatten

Iduna spricht den Segen aus, schickt uns Frühlingsflor
Sif spendet Huld denen, die sich im Wettstreit beweisen
Inanna mit der Doppelaxt führt sieben große Wächter
Alle falsche Göttinnen | Götzen
Keine Lieder, keine Wohnstatt
In Canticum Canticorum | Liederlied
As of mountain lakes in the dawn
Als Schutzzauber
Wie zum Gebet

Pirsch

Wenn sie die Innenhand gegen den Griff des Bogens senkt, erlebt sie die Beugung des Ellenbogens als die schönste Form, die sie an ihrem Körper selbst je erfahren hat.
In diesem Augenblick fühlt sie sich sicherer als ein Kind im Mutterleib.
Die Jägerin lebt seit Monaten für Gelegenheiten, durch diesen Wald zu laufen, das Geduckte und Geheime, Duftige und Flinke darin zu suchen, zu finden, zu sehen, zu hören, zu schnuppern. Oft legt sie an, oft zielt sie, selten schießt sie. Nur wenn sie weiß, daß sie töten will, läßt sie den Pfeil fliegen. Manchmal hält sie den Bogen lange sehr ruhig. Einmal setzt sich ein Abendpfauenauge auf ihre Hand, die an der Sehne zieht. Der Schmetterling scheint nachzudenken, flattert philosophisch träge, schweigt wie erfüllt verliebt.
Hier ist kein Gequatsche, hier riecht es nach der hängenden weißen Birke, nach dem riesigen Strauß im Moor, nach dem weißen Gänsefuß und der nickenden Lichtnelke, hier weichen Zuckmücken dem Blick der Jägerin aus, weil der sie trifft wie der Pfeil die größeren Tiere, hier kriecht die gelbe Raupe des Mondvogels mit glänzendem schwarzem Kopf und schwarzen Längsbinden über den Fuß der Jägerin, wenn er ganz kalt und unbeweglich in den weichen Boden sich eingräbt, weil sie still dasteht und lauert und denkt. Hier hat sie vorgestern ein Hasel-

huhn geschossen und einen prächtigen Reiher in Ruhe gelassen; hier grüßt sie nachts die Abendsegler, hier verscheucht sie den Marderhund, wenn der sich zu nah an Colin Kreuzers Anwesen wagt, und tötet, wenn es sein muß, Wildschwein, Reh und Rothirsch. Um die Schwarzerle schleicht sie, die letzten Johannisbeeren entdeckt, pflückt und ißt sie. Nur hier, beim Geschmack, beim Geruch, bei den Erden und Winden ist sie bei sich, in den Räumen des reichen Mannes nie. Da spielt sie Spiele, in die man sie hineinsetzt wie eine Schachfigur. Hier aber kann sie nachdenken, außerhalb der Sprache, innerhalb der reinen Geschehnisse, hier wird die Fadenscheinigkeit der Ansprüche anderer Menschen an ihre Zeit, an ihren Körper und Geist offenbar. Außerhalb der Sprache: Aber das stimmt ja gar nicht, denkt sie grimmig und duckt sich und läßt die harten Spitzen der Zweige ihren Lederhemdrücken streifen und sinkt noch tiefer auf den dampfenden Boden hinunter, damit die Zweige kein Geräusch machen. Außerhalb? Nein, hier gilt nur die andere, bessere, die Jägerinnensprache, wo man wittert (nicht twittert), aufs Spiel des Birkwilds achtet und den Stoß der Fasanen, aufs Abstreichen, auf die Spur im Gestüber, die Losung und Äsung, das Schlagen, das Flüchtigwerden des Haarwilds, das Hochwerden des Schalenwilds, dem man nur mit Blicken folgen darf, sonst bemerken sie dich und sind weg.

Die Teile vom Ganzen heißen alle eigen: Das weibliche Geschlechtsmomentchen des Wilds ist das Feuchtblatt, die Haarbüschel, die das Reh dort hat, heißen Schürze, die Schlafstellen nennt man Bett, Lager oder Kessel. Der junge Kiwus, denkt die Jägerin und rollt sich über einer Mulde ab, um nicht vom Dachs erkannt zu werden, der keine fünf Meter weit weg sich aus dem Dunkel gräbt, ach, Sohn des Wirtes: Der sagt, er liebte mich. Das soll ein Geschenk sein, aber natürlich ist es vor allem eine Erpressung, denn wie kann ich mich ihm jetzt entziehen, wo ich ihn doch geküßt habe?

Heiraten, sagt sein Gesicht, wenn er sagt, daß er mich liebt: Ich habe mich küssen lassen, jetzt darf ich ihn nicht verletzen. Immer dieser Mist, und andere Spiele mit Sprache, die genauso verdreht funktionieren – die Jägerin schließt die Augen: Was lieb' denn ich, wer fragt danach?

Sie liebt die Pfeile, den Spleiß bei der Reparatur, die Herstellung der Schäfte, das Begradigen, das Cresting, das Wickeln, sie liebt die Messer im Rückenköcher, sie liebt, nicht unkokett, wie alle Liebenden, auch den Blick, den ihr die Leute manchmal nicht zeigen wollen, wenn sie ein Tier öffnet; sie liebt's, wie der Dichter sie angesehen hat, an seinem ersten Morgen. Ein Geschenk, das sie will: der Respekt fremder Leute, die Achtung, die diese Fremden dazu bringt, einen großen, ja, eben: Bogen um sie zu machen, ihr den Raum zu gewähren, den sie so gut wie jedes andre Tier braucht, um sie selbst zu sein.
»Ich liebe dich« – wen denn, woher denn? Wie heißt die Sorte? Pandorageschenk, Danaergeschenk, irgendwelche alten Griechen – sie zieht verschnupft kalten Atem in die Nase, weil sie sich ärgert, daß sie den Mist nicht weiß, wo Dath sie doch ständig mit größter Penetranz dazu anhält, so was zu lernen, falls der Dichter mal … was soll's.

Jetzt geht sie hoch, erst aufs rechte Knie gestützt, dann in die Hokke, gerade wie die Kerze, deren Wachs die Sehne gesäubert hat, heute nachmittag. Die Jägerin hockt und wartet. Die Stunde ist fast da, zu der die beste Beute erscheint, klare Stunde, frühste späteste Stunde – die Jägerin erinnert sich an etwas, das der alte Kiwus ihr öfter zitiert hat: »Die wilden Tiere gehen in die Höhle und legen sich auf ihr Lager. Aus seinen Kammern kommt der Sturm und von Norden her die Kälte. Vom Odem Gottes kommt Eis, und die weiten Wasser liegen erstarrt.«
Es donnert hoch, den Blitz dazu gibt's noch nicht. Sie nimmt den Bogen von der Schulter, wartet weiter, weiß nicht mit Worten, worauf. Aber der Körper weiß es, die Sehne des Bogens und die Sehnen ihrer Glieder wissen es. Im Magen, unterm Herzen, züngeln Flämmchen: Hat sie Hunger? Es ist ein anderer Instinkt. Ganz wahr nämlich ist das ja doch nicht, daß es hier nur ums Spüren des Tatsächlichen geht; sie tötet nicht nur, um zu essen – das sagt ihr, jetzt, da der Dachs verschwunden ist, 90° südlich von der Stelle, wo er fehlt, ein andres Tier, das glänzt und sich zugleich gegen den eigenen Glanz sträubt. Schöner Backenbart, feine Pinsel auf den Ohren – der Luchs da weckt eine an-

dere Begehrlichkeit als Hunger in der Schützin, die auf ihn anlegt, zielt, und bei der jetzt die Kopfhaut kribbelt. Denn dieser Kopf möchte nicht immer nur die Ledermütze tragen, gegen den Regen, sondern hat sich schon vor Wochen entschieden, übers Fellarmband rechts und die Pelzschuhe hinaus, in denen die Jägerin manchmal durch Kreuzers Villa geht, ihre Fleischfressermode noch etwas weiterzutreiben: Ein Mützchen aus dem Kleid des Tiers da drüben, das sein paläarktisches Näschen jetzt regt, als ahnte es die Gegenwart der Jägerin.
Deren Blick erfaßt nun endlich, was sie schon bei den ersten drei Begegnungen mit dem Geschöpf, wenigstens aber in der langen Zeit danach, beim Ausspähen seiner Aktivitätsrhythmen und Reviergröße, hätte erkennen müssen: Es ist ein Weibchen.
Gott, ich werde unaufmerksam, denkt die Jägerin, und das liegt, fürcht' ich, daran, daß ich mich hier benehme wie im Kaufhaus – statt mir sofort zu holen, was mich anzieht, gehe ich Schaufenstershoppen, lege immer wieder an, finde mich schon zum vierten Mal dem Lüchslein gegenüber, Arm und Bogenhand zeigen aufs Tier, der Pfeil liegt auf der Bogenfensterunterkante, unmittelbar über der Hand, und deutet auf den Hals der Schönen, aber ... In einer Linie, denkt die Jägerin. Nichts tun, aber so, daß etwas passiert: Das wäre Schießen. Man kann es niemandem beschreiben, der nicht schießt. Hier erst, im Akt, ist wirklich die Grenze zu den Wörtern, von der sie dachte, vorhin, schon das Hierhinausgehen überschreite sie.
Die Luchsin gräbt nach was. Steht gerade, guckt hoch. Ungläubig, schockiert, verärgert erkennt die Jägerin, daß das kein nacktes Naturkind ist, sondern schon korrumpiertes Leben: Das Tier trägt ein telemetrisches Halsband.

Es wird also nicht nur von ihr beobachtet, sondern auch vom Forstamt oder von Kreuzers Spinnern, wahrscheinlich hat der längst schon Zoologen in einem der Teams, die immer wieder in die Villa kommen, hinter verschlossenen Türen irgendwas arbeiten, mit den Computern überall im Haus herumspielen, in den Speisesälen abends über Unbegreifliches diskutieren, sich in den zwanzig Betten wälzen, auf seine

Ankunft warten, ihm ihre ominöse Arbeit präsentieren und dann verschwinden, als hätte es sie nie gegeben.
Amelia weiß, daß sie, wenn sie das Tier dort jetzt schießen würde, nicht aus Mützchenlust, nicht aus Blutdurst, nicht aus Hunger aufs Fleisch handeln würde, sondern aus Wut auf Kreuzer.
Dieses Motiv ist unwürdig.
Sie senkt den Arm, das Tier trollt sich ins Unterholz. Die Jägerin ist nicht mehr bei sich, nicht mehr in den Taten, sondern wieder in den Wörtern, in Kreuzers, Daths, Sladeks Revier.
Das erste der Wörter, die sie jetzt eingeholt haben und in Gedankenhaft nehmen, heißt: Enttäuschung.
Etwas, was Dath einmal zu ihr gesagt hat, kommt ihr in den Sinn: »Botho Strauß behauptet, alle Zusammenhänge hätten enttäuscht. Es ist aber genau umgekehrt: Alle Enttäuschungen hängen zusammen.«
Es blitzt, es regnet.
Der Donner folgt viel zu spät.
Dann sieht sie einen Schatten im Regen, der sie zusammensinken läßt und sich eng an den Boden pressen, an die Haut der Erde, daß die sie beschützen möge. Der Schatten knickt Äste und Zweige und Wurzeln und Farne, er ist mehr als doppelt so schwer wie sie selbst, einen Meter achtzig lang und einen Meter hoch, er geht auf allen Vieren, kommt aus Slowenien und riecht, ein Glück, die Jägerin nicht. Das liegt an keinem Schnupfen; er riecht nur nie, was keine Bedeutung für ihn hat.
Der Schatten ist weiblich wie der Luchs, der Schatten ist klug wie wenige andere Geschöpfe hier.
Die Jägerin fürchtet ihn, denn auch von ihr kann man nicht sagen, daß sie dumm sei.
Der Schatten geht vorüber.
Der Wind wird stärker, der Regen heftiger. Die Blitze folgen rascher aufeinander, es donnert lauter.
Die Jägerin tut, was ihr die Tiere raten würden, von denen sie am liebsten lernt: Sie verschwindet.

Glühwein

Schöner Mann es schneit heut nacht
Kalt sind meine Wangen
Hast du drüber nachgedacht
Mit mir was anzufangen?
Schöner Mann | schwul war ich nie
Ich werds werden müssen
Denn es wäre Infamie
Dich jetzt nicht zu küssen

Schöner Mann | mit braunem Haar
Und mit tiefen Augen
Bring mich bitte in Gefahr
Laß mich an dir saugen
Schöner Mann der Wind pfeift laut
Draußen vor der Türe
Gott wie bist du gut gebaut,
Daß ich dich verführe,

Ist, was heut passieren muß
Weil ich sonst verrecke
Gib mir gleich | noch einen Kuß
Komm unter die Decke

Schöner Mann mit rotem Schal
Nimm mich bei den Händen
Schlaf mit mir | und zeig mir mal
Wo solls alles enden
Schöner Mann wie tief die Nacht
Draußen tanzen Flocken
Was hast du mit mir gemacht
Ich bin ganz erschrocken

Schöner Mann | bin heut dein Hund
Faß mir an den Hintern
Steck den Schwanz mir in den Mund
Laß uns überwintern
Schöner Mann, was hast du bloß?
Sag mir, was du leidest!
»Das kannst du haben. Ich leide dieses: Jahrelang
Von Frauen als Geldgeber | Berufsberater |
Seelentrost | Schmeichelquelle |
Inspiration | Herausforderung
Und sexueller Kratzpfosten benutzt,
Ohne daß sich eine davon dafür interessiert hätte,
Wos zwickt in mir. Es langt.«
Na dann komm mal her.
Es wird alles gut. Bussi. Du Süßer.

Du bist total schön

Adams Kopf ist aus angstverpestetem Trockenkuchen.
Er hat die Nacht mit Petrarca und Bishop verbracht, wollte sie in den Schluchten seines Hirns irgendwie dazu zwingen, einander zu küssen, zu berühren, eins zu werden, damit aus dieser Vereinigung, oh bitte, lieber Gott, eine Stimme sich schälen sollte, die plötzlich seine hätte werden können, die er verloren hat, ein Sprachkleid für neue Lieder, neue wohlklingende Entschuldigungen bei der Mit- und Nachwelt. Gedichte: endlich hoffentlich vielleicht oje.
Bei dieser ebenso anstrengenden wie ergebnislosen Beschäftigung ist dann ganz von allein fast der gesamte Inhalt einer großen grünbraunen schottischen Flasche in seinen zitternden Leib geflossen und hat dort winzige Unwahrheiten aus angedrehter Euphorie gepflanzt, die sich, kaum war Adam weggeratzt, im Schlaf in Felsschmerzen verwandelt haben. Doch, Felsschmerzen, das Wort stimmt: Wenn einem Berg sein Bergsein je wehtut, dann fühlt sich das gewiß gerade so an wie dieses tödliche Erwachen jetzt.

Das Grauenhafte pulsiert brüchig, zieht käsig, brennt stumpf und widerspricht sich beißend, während eine andere Empfindung, die mit sanfter Wachheit sehr leise gegen das gigantische Unwohlsein anflüstert, sich schließlich als Musik entpuppt, die von oben kommt und die Treppe herunterfließt wie weißes Wasser.
Die Klänge kommen aus dem Studio, in dem Johanna malt.
Auf Beinen, die ihm nicht gehören – vielleicht sind sie schon Eigentum der Banken, oder das Finanzamt hat einen Anspruch drauf, er ahnt bekloppt Verschiedenstes in dieser Richtung –, geht Adam, wankend, windschief, in Gedanken, nach oben, weil ihn das lockt, was der Chor und das Orchester der Academy of Ancient Music und die Sopranistin Patricia Rosario da lieblich lallend aus dem Morgenglanz der Ewigkeit heraussingen, im Bilde Gottes, in den Staubteilchen über Adams Kopf, im alten Klang Alleluia, bis er plötzlich, wie geht denn das nur zu, im Studio der Malerin steht, im Himmel also, zwischen Blütenblättern einer wilden Blume aus Farben, mit Klecksen allüberall am Boden und auf der schmutzigen zerschlafenen Matratze, wo die Künstlerin liegt, im weißen Herrenhemd, das besprenkelt ist von allen Spuren der langen Arbeit, sandgelben und pastellorangen, lehmbraunen und pflaumenblauen, pfefferminzgrünen und rubinroten. Ein Bild über alle Bilder. Zum Staunen, zum Sichfreuen.

Die Matratze ist umstellt von Mineralwasserflaschen, alle halbleer, aber zugeschraubt, bestimmt acht, eher ein Dutzend. Sie hat ihm neulich erklärt, was das soll: »Ich fang' die an, dann trink' ich lange nichts, dann ist die Kohlensäure irgendwie raus, abgestanden, also brech' ich die nächste auf, schmeckt ja nicht, so fad. Und bring's dann aber ewig lang nicht übers Herz, die alte wegzuschütten. Irgendwann leer' ich dann zwanzig Stück im Ausguß weg, und die nächsten kommen dran. Das ist das einzige Reicheleutelaster, das ich mir gönne – ich mein', ist ja nicht so, als würde ich mir meine Stinkzigarren mit Handschriften von Goethe anzünden.« Reicheleutelaster – Adam lächelt. Sie hat Geld, gut, aber gegen Colin Kreuzer, ach … der Gedanke mag sich nicht, beißt sich tot und löst sich auf.

Die Haltung der Schlafenden ist die der ganz geschafften Seele, sie liegt auf dem Bauch, einen Arm auf dem Rücken, verdreht, den andern angewinkelt neben dem Gesicht, der Mund ist offen, die Augenlider sind dunkel, fast eisengrau, viele blaue Äderchen sieht der Dichter, als er sich neben ihr hinkniet, im Gesicht und auf den Händen. Was er sieht, ist: die Schönheit einer Frau, die kaum je schläft. Er berührt ihr kupfernes Haar mit sehr vorsichtig ausgestreckter Alkoholikerhand. Ihm ist, als ob da ein elektrisches Strömchen knistert, sich auf ihn überträgt, seine Felsschmerzen lindert. Schläft sie wirklich? Er denkt daran, daß er sich in letzter Zeit angewöhnt hat, beim Aufderseiteliegen, im Bett, wenn die hypnagogischen und hypnopompischen Wispergeister sich melden, den Mund mit seiner rechten Hand zu bedecken – er liegt dann mit der rechten Wange auf dem Daumen, die vier Finger liegen auf der linken, und die Nase atmet überm Spannen, so, als wollte er sich daran hindern, zu sprechen, als wollte er zeigen: Ich habe nichts mehr zu sagen, die Träume können kommen.

Johanna braucht das nicht, ihre Träume werden schon von dem Handwerkszeug in den Raum gerufen, das überall herumsteht: den Farbeimern und Tuben und Paletten, den auf Tüchern liegenden Öl- und Aquarellmalpinseln in allen Größen, vielen Stielen verschiedenster Länge und Färbung, von Schwarz bis Gelbbraun, mit im Morgenleuchten blitzenden Zwingen, mit glänzenden Varianten von Besatz: Borste, Synthetik, Haar, den Papieren für Kohlezeichnungen und Aquarell, den Füllfederhaltern, Kugelschreibern und Tuschzeichnern, den kleinen Pulten, Staffeleien, Ablagebrettern, Lesetischen, Tapeziertafeln, mit Firnis und Lösemitteln, auch selbstbespannten Keilrahmen (sogar ungefügte Leisten lehnen an der hohen Bibliothekswand, die Malerin macht fast alle Handgriffe selbst – »Eben weil Malerei gar nicht mein wahres Fach ist, sondern nur Bestandteil einer konzeptuellen Arbeit, reichere ich das Konzeptuelle ständig durch alle Arten von Praxis an«, hat sie ihm erklärt, und ihm damit sogar für ein paar Tage den Floh ins Ohr gesetzt, er sollte vielleicht Gitarrespielen lernen, um seine Gedichte für sich so komponieren zu können, wie das die Griechen und die provenzalischen Vorfahren taten, und vielleicht ein Tonbandgerät, als besseren Notizblock – ah, nein, lieber doch nicht: Der Plan wurde wegen auf der Hand liegender Lächerlichkeit verworfen).

Die Hecke des Zubehörs steht ums Dornröschen auf der Matratze, überlegt Adam: Paßt das Bild? Wie tot. Nein, falsches Märchen: Das war Schneewittchen, oder? Dann fällt ihm ein: Was wäre, wenn sie heut nacht wirklich gestorben wäre? Und dann: So ist das, so amoralisch bin ich, daß ich mir ständig Bilder ausdenken muß, ob ich will oder nicht, um mögliche Empfindungen zu kosten, weil ich nie bleiben kann im Augenblick, verweile doch, du bist so realistisch. Wie das wohl erst bei Erzählern ist? Kriegen die überhaupt noch was mit von der Welt? Aber die Wärme des Körpers vor ihm ist stärker als die Kälte seines Selbstseziermessers. Er guckt schließlich mehr, als er denkt.

Er hört sie sogar atmen; so leise webt Taveners ewiger Sonnenaufgang sich aus der Musikanlage.

Es ist sehr heiß hier drin, sie mag's beim Malen überheizt – die Farben, sagt sie, gehen ihr dann unter der Hand auf wie Orchideen im Gewächshaus. Adam hat Johanna im Verdacht, daß da auch ein synästhetischer Abwehrzauber mit hineinspielt, der nachts die Kälte aus dem Haus drücken will, weil Johanna diese Kälte mit der Dunkelheit verwechselt, da warm und hell für sie dasselbe sind.

Ihre Wangen, ihr Hals: Da glänzt Schweiß. Die Frau, die sich so gern in ungemalte Bilder hineinschläft, um sie dann später beim Wiedererwachen hinter sich her aus der Traumgegend in die Wirklichkeit zu ziehen, sieht anders aus als noch im Herbst, ja: überhaupt nicht mehr so wie im Sommer vor zwei Jahren, bei der Ausstellung in Berlin, beim ersten Kennenlernen.

Wie sieht sie aus? Winterhart, denkt Adam – das Wort ist ein Fachausdruck, den er sich bei einer der Gartenführungen Chez Kreuzer gemerkt hat: Zwischen Opuntien, Dasilyrien und Sägepalmettopflänzchen war das Wort gefallen, vor einer Schweizer Zwergpalme, »die hat mir der Christian Kracht geschenkt, der war hier mal für eine Privatlesung, wollte aber nicht bezahlt werden. Eigenwilliger Mensch. Ja, die winterharten Palmen – man muß selbst bei denen, die so hart im Nehmen sind, wie der Name schon verrät, unbedingt aufpassen, sie können verglasen – das ist ein Kälteschaden –, oder sie vertrocknen, haben Nässeprobleme, wenn der viele Regen hier doch mal eindringt, durch den Boden, auch Stickstoff kann fehlen, Kalium, Phosphor. Man muß sie pflegen, man muß sich auch um die robustesten Lebewesen kümmern. Alles, was lebt, kann eben auch sterben«, dabei hatte der reiche Mann so entzückend altklug ausgesehen, daß Adam nicht umhingekommen war zu denken: Wahrscheinlich sieht er mich genauso, ich bin eine seiner Palmen oder Kakteen, zwar winterhart wie nur je ein Geschenk vom Kollegen Kracht, aber pflegen, tja, muß man mich trotzdem.

Johannas Nase bewegt sich, wie bei einem Häschen, das die Welt mißbilligt. Was stört ihren Traum? Vielleicht der Gedanke: Die wache Welt ist leider doch aus Prosa, nicht aus Versen, da hat mein Hausdichter wieder nicht aufgeräumt, für was füttere ich den eigentlich durch?
Adam zieht die Hand zurück, steht auf, geht zwischen den Wasserflaschen zur Anlage und schaltet die Musik aus, damit Johanna von den lauteren Stücken, die noch kommen, nicht geweckt wird.
Unterwegs zum Treppenabgang sieht er sich noch einmal um: Eine Aquarellstudie des von Johanna auf der Grundlage Sladekscher Einflüsterungen erfundenen Gesichts von Ernest Dowson, mit titanweißen Lichtern in den Augen, scheint ihm zuzwinkern zu wollen, na, Bruder, wie sieht's aus? Das saftgrüne Ichweißnichtwas, das dem armen Engländer aus dem verschnupften Knopfloch guckt, lockt Adam näher ran. Hier ist, fällt ihm jetzt auf, eigentlich alles gemalt, nicht nur die Gemälde, auch die Utensilien; die Bücherstapel; die an die Wand gepinnten Ausrisse, die Zeitschriften wie »Artforum« oder »Parkett« entnommen sind – Anzeigen diverser Johanna-Rauch-Ausstellungen in Beijing, in Israel, Österreich, Argentinien; die abgestreifte Jogginghose am Boden (denn wenn es ihr heiß genug geworden ist, steht sie oft nur noch in Slip und Hemdchen da, was anfangs Genierlichkeiten bei Adam geweckt hat und ihn jetzt zunehmend frechere Gedanken denken läßt, bei denen er sich aber fast nie direkt selbst erwischt); die Turn-

schuhe, vier verschiedene Pärchen, alle geküßt von sämtlichen Schattierungen des Regenbogens, der Johanna ist; das altmodisch dünnwandige Metallwaschbecken an der Südwand des Studios, hinterm Sofa, auf dem Adam sich in den letzten Wochen während langer, von philosophischem Spintisieren animierter Abende allmählich zum Cognacliebhaber gewandelt hat, voller fröhlicher tatzenhiebartiger Schmierstreifen in Scharlach und Umbra … Johanna wäscht sich oft zwischen den Arbeitsgängen, nicht unten in einer der beiden Duschen, sondern hier – »Hände, Gesicht, wird alles davon gar nicht richtig sauber, aber ich mag einfach das Wasserrauschen, das schiebt sich so in den Kopf rein und spült ihn durch, dann kann ich erfrischt wieder loslegen«.

Er lächelt und denkt, daß er hofft, es möchte ihm eines Tages gelingen, sich eine eigene, ganz nach seinem Bilde geschaffene Höhle zusammenzudichten, so wie sie sich ihre gemalt und gezeichnet hat. Auf der ersten Treppenstufe bleibt er stehen, denn er meint, sie plötzlich etwas sagen oder seufzen gehört zu haben.

»Msammfmm?«, das ist es, richtig, sie wiederholt's.

Er dreht sich nach ihr um. Zerknittert liegt sie auf dem Bauch, die angewinkelten Arme auf die Ellenbogen gestützt, das Kinn ruhend auf den Handrücken der audreyhepburnhaft verschänkten Hände, blinzelt mit seelenvollen Augen und sagt verschmumpfelt, als hätte sie leckeren Grießbrei im Mund: »Wmmöhh … wie spät issn?« Adam guckt auf seine Armbanduhr und geht, während er »schon halbzwölf durch, du Arbeitsmonster« brummt, zurück in den warmen Raum. Wasserflaschen, Bilder, Bücher, Zeitschriften, Plattenstapel, Malwerkzeuge: ein Wäldchen. Er nähert sich Johanna, ohne genau zu wissen, was er bei ihr will.

Die zersummste Frau steht auf und schlingt sich dabei mehr unbeholfen als graziös die blaue Decke um die Hüften, schaut auf den Boden, als suche sie was, und sagt, von Gähnen, Schmatzen und reizenden kleinen Zusichkommgeräuschen unterbrochen: »Eh dann gibt's wieder nur noch mmmfff diese öaahhh trockenen Scheißcroissants drüben in der Deckbreck … Dreckbäckerei … mooohhmmm. Menno.« Johanna

schüttelt den Kopf. Dann betrachtet sie den alten Adam, wie der vor ihr steht und sie anschaut. »Na, glotz mich nicht so an, ich bin halt 'ne fette Sau mit teigiger Fresse«, schmollt sie benommen, so daß ihm ein kleiner Ausruf des Erstaunens entfährt, bevor er sich in der Gewalt hat: »Was, Quatsch, du bist total schön!«
Sie erschrecken voreinander.
Es ist, als hätte jemand hier gerade jemanden geohrfeigt. Adam könnte, überlegen seine Nerven ohne Hinzuziehung des Hirns, jetzt aus dem Raum rennen, nein: Er *sollte* jetzt aus dem Raum rennen, aus dem Haus, aus der Stadt, und sich nie mehr umdrehen, das wäre bestimmt das gescheiteste. Vor ihm steht eine tatsächlich wunderschöne Person. Die weiß auch nicht richtig, was sich jetzt gehört. Nur Ausprobieren hilft.
Sie küßt ihn.

Seine Hände legt er auf ihre Arme, in der Hoffnung auf eine Art Sicherheit im Unsichersten, Neuen.
Ihre Lippen sind sehr weich; er denkt kurz und unpassend: Hat man diese Frau allein gelassen, wer war das, und warum?, dann fühlt es sich an, als ob irgendwelche wundersamen, glitzernden, elektrischen Stoffe aus ihrem Mund in seinen wechseln und seine Schultern, seinen Rükken, seine Brust hinunterrinnen wie schnelle Flüssigkeiten aus Glück. Adam vergißt, was er aus Gesprächen von ihren Sorgen weiß, und erinnert sich dafür plötzlich an jedes Detail, das er je wortlos an ihr wahrgenommen hat: Wie sie zwinkert, lacht, duftet.
Zigaretten und abgestandenes Wasser sind in dem Geschmack des Ganzen, aber verwandelt: Plötzlich sind Zigaretten und abgestandenes Wasser die größten Köstlichkeiten der Welt.
Sie läßt die Decke fallen. In unsicherem, schiebendem Tanzschritt führt sie den großen Mann zum Sofa. Viel mehr Arme, als wirklich da sind, greifen nacheinander und den Umarmungen, die sie werden wollen.
Er zieht ihr beim Versuch, sie mit den Händen aufzuhalten, festzuhalten, anzufassen, auszuforschen, mehr oder weniger korrekt das Herrenhemd aus, unter dem sie nichts anhat.

Da sind die Brüste, über die staunt seine Hand, die streichelt er, da lacht sie was, in sich hinein, und schnaubt wie milder Spott, da fängt er an, das Feste, Runde brav zu kneten. Sie beißt ihn rechts ins Ohrläppchen nach Art der Marderinnen, die sich kraulen lassen. Sie atmet schnell und sinkt an ihm auf ihm hinunter und stemmt sich mit den Beinen dabei gegen ihn, so fängt sie mit viel Fingerfummel an, an seinem Gürtel rumzumachen. Er ist aus Erde, findet sie, und sogar auch aus Schnaps und eiligen Absichten. Das gräbt sie alles um, schon auch mit Krallen, die er in seinen Schultern spürt, daß er leicht keucht. Ihre Haut ist sehr glatt und atmet wie ein Kätzchen, das gerade aufgewacht ist. Er nimmt ihre linke Brust in den Mund, da ist ein Nippelchen, das kann er saugen. Da freut es sich und wird ein bißchen härter groß. Ganz vorsichtig vor lauter hungrigstem Respekt beißt er ein bißchen rein, die Zähne sind der spitze Witz der Liebe.

Adam hilft ihr unten beim Gürtel, so daß sie seine Stirn streicheln, sein Haar zerwühlen kann, was sie jetzt laut zum Lachen bringt wegen der Freude. »Ach Mensch«, sagt sie, ein bißchen melancholisch, wie bedauernd, und seine Zähne geben das Nippelchen lieb wieder frei. Jetzt schaut er zu ihr hoch wie ein ganz junger Bär, dem man Honig versprochen hat. Sie wundert sich betrunken, daß er sie liebhat mit diesem Blick, und dann helfen sie einander besser beim Ausziehen.

Er macht, lustig und ernst, mit dem Mund irgendwie heilig unfähig am Bündchen ihres roten Slips herum, das findet sie erst hübsch, dann muß das Höschen aber weg, er sieht begeistert, wie sie es über ihre Füße streift. Das sind ja Füßchen, denkt der Dichter, die Frau ist ja ein Mädchen, das mich mitnimmt wohin, wo ich jung bin wie am Anfang. Dann kommen viele Küsse und Berührungen wie freundliche Schlangen, kribblige Echsen, sehr laute Herzen.

Erst steigt sie auf ihn, mächtig und königlich, schiebt seinen Schwanz, der ihm schon wehtut vor Flugangst, in ihre Muschi, daß der Mann scharf einatmet, als ginge ein Eiswind durch ihn. Er schaut da hin, weil ihre Blicke seine Blicke dazu gleich verlocken. Sie hat so schöne Lippen außen, innen, sie hat weniger Haare, als er dachte, die Haare sind wie Zinn, Schmuckwuschelwolle. Sie preßt die Schenkel auf seine, sie geht

hoch geht runter, reitet so ein wenig. Die Muskeln sind stark, Johanna fängt an zu seufzen in kurzgetaktetem, liedhaftem Lustatem, daß er sie anbetet für den verbotenen Gesang. Die Männerhände hebt er ihr entgegen, sie senkt die vollen Brüste drauf, dann zieht er mal die Rechte weg und legt die Handfläche auf ihrer Bauchdecke, streichelt mit der Zeigerfingerkuppe den Nabel, alles ist wärmer, alles ist Sonne.
Die kleinen Flammen in den Armen Beinen, in den Bäuchen Rücken, tanzen verrückt. Sein Daumen faßt unter ihrem roten Kräuselschamhaar in die schöne Spalte, massiert die Klitoris ein wenig, nicht zu fordernd, nicht zu herrisch, sie japst und beugt sich vor, er muß den Arm wegziehen, um sie mit beiden Armen jetzt umklammern zu können, während das panische Paar vom Sofa rutscht und sich zu wälzen beginnt zwischen Mennige, Pastellorange, Zimtbraun und Schieferschwarz. Dreitausend nasse Küsse essen zwei Menschen langsam auf; die Aufgegessenen kommen sich vor, als kämen sie in ihre richtigen echten Körper zurück, nachdem sie lange in den falschen überwintern mußten.
Man dreht sich, ringt und raschelt, er richtet sich auf, kippt sie zur Seite, legt sie auf einen verschmuddelten, zerknitterten Stoß Aquarellpapier, auf ihren ihm entgegengebogenen Rücken, daß sie sich ein bißchen windet und die Augen nicht von seinen läßt, während er vor ihr auf die Knie geht und wieder zu ihr kommt, in sie hinein. Gerade war schon viel Liebe da, als Klammer um sie beide, jetzt löst die Klammer sich und weht um sie wie Ofenluft und macht sie glutheiß.
Die Augenpaare gucken einander fest an, suchen Vertrauen, finden unglaubliche Lust, zärtliche Angst, so daß Johanna sagen muß: »He du du verrückter … Kerl, mein … mein Arsch auf der Kunst, das … das geht … nicht«, und dabei gar nicht lustig guckt, obwohl's ein Witz sein soll, sondern wie flehentlich so froh um ihn, und er antwortet, ihre Fußfessel an seiner Schulter, die Hände um ihre Fußknöchel geschlossen, und schaut erst zwischen Johannas weitgespreizte Beine und dann in ihr Gesicht: »Dein … dein«, aber er läßt es bleiben, die Wörter können's nicht, die Körper können's so viel besser. Da sind sie durcheinander je sie selbst im Geschenk des schamlosen Kampfs um die größtmögliche Nähe.

Und es geht lang, dieses Einandergefundenhaben, mit Pausen, in denen sie scherzen, aus den Wasserflaschen trinken, sich damit bespritzen. Er massiert ihr Wasser ins Haar, nennt sie Naßkatze und immer wieder schöne Frau, sie sagt, er sei heftig und lieb, sie küssen sich dauernd, es ist nicht vorstellbar, daß je wieder eine Zeit kommt, in der sie es aushalten würden, einander nicht zu küssen.
Als sie das erste Mal kommt, schlägt sie mit der linken Faust auf den Boden und bellt wie ein Hündchen, da ist er so sprachlos stolz wie seit Jahren auf nichts. Als sie wenig später merkt, daß auch er kommt, fordert sie ihn auf, den Schwanz hinauszuziehen und es sich ganz kurz selbst zu machen, was er, weil er jeden Befehl der Flammenden sofort befolgen würde, mit glasigem Blick und brausendem Herzen tatsächlich tut, und dann gar nicht fassen kann, daß sie sich ihm nur entzogen hat, um sich umgekehrt, den Kopf unter seinem Bauch, wieder vor ihn zu legen. Sie nimmt ihm den Schwanz aus den Händen und wundert sich drüber, und denkt ein bißchen tollkühn daran, daß Paul das immer wollte, was sie jetzt vorhat, und daß sie es aber nie mochte, und daß sie es eben deshalb jetzt mag, denn warum sollen alle Motive bei der Liebe immer lauter sein? Warum soll nicht auch Rache und Wut dabei sein, wenn man jubeln will? Sie zieht ihn hinab, nimmt ihn zwischen die Lippen, und macht alles ganz sicher und ruhig mit der Hand, bis er ächzt, in verschobenen Stößen um Atem ringend keucht, und kommt, an ihren wunderweichen, warm und feuchten Küssen, die ihn nicht freigeben, minutenlang.
Adam hält sich verzweifelt fest, oben, am Rahmen, und geht in Schauern fast zugrunde ganz in Stücke.

Johanna klettert an ihm hoch und küßt ihn, daß er noch ein bißchen Rest schmeckt, Nuß und Salz.
Auf allen vieren wie Hund und Katz geht's zur Matratze.
Ein bißchen dösen sie jetzt, dann wachen die Münder auf und die Finger und Beine, schon geht es weiter.
Die Schönheit und Arbeit, die Handlung und Erleuchtung passiert noch drei, vier Mal, sie reden immer wieder dazwischen, machen Quatsch,

schmieren mit den Farben, bis er sagt: »Ich vögel' mit einem impressionistischen Mausemonster«, und sie: »Ich vögel' mit einem expressionistischen Knallfrosch.«
Das geschieht in Licht und scharfen Gerüchen davon, wer die beiden sind. Man wirft Flaschen um, man zerstört Bilder und ist selbst das lebendigste Bild. Als er mit seinem glühend frohen Kopf zwischen Johannas Beine darf, schmeckt das wie lauter Bitte, lauter Danke, er saugt ein Zipfelchen, ein zartes Stückchen ihrer Lippen ein und läßt es los und saugt wieder, und leckt an der langen süßen Spalte und am Poloch, da ist die Zunge drin, da spürt er, wie Johanna so schön bebt, und irgendwie, woanders als in jeder Sprache, die er kennt, ist dieses Lecken, dieser Po und dieses Beben noch intimer, näher, wichtiger und berauschender als vorhin das athletischere Vögeln. Er will, versteht er ganz aus seinem Innern raus, dem Herzen und dem Lieben, eigentlich gar nichts anderes mehr, als weiterzüngeln, weiterschmecken.
Noch mehr passiert, in schweren zarten Wellen.

Schließlich kommt ein Frieden ins Zimmer und wickelt die eng aneinandergeschmiegten Menschen mit kaninchenfelligem Behagen ein. Da sagt sie leise, verwunschen: »Du bist schuld. Du hast gesagt, ich sei total schön.«
Er antwortet: »Ich glaub', es wird bald dunkel draußen.«
»Spinner«, protestiert Johanna halblaut, steht auf und zieht sich den Slip übern Kopf wie eine Taucherkappe. So hockt sie sich neben ihn und guckt auf einen runter, der sie gut ermordet hat, und sie ihn auch.
Er sieht auf die Uhr: »Nee, hast recht, ist erst halbvier.«
»Na also. Dann gehen wir jetzt Mittagfrühstücken, zum Inder oder wem.«
Sie läuft ihm davon: »Ich geh' duschen, so, ätsch!«
Er findet nicht, daß das stimmt, sie geht nicht, sie fliegt. Aber da streckt sie noch mal von unten den Kopf ins Zimmer, hat sich am Geländer hochgestemmt, und ruft ihm zu: »Sag mal, liebst du mich eigentlich?«
Er nickt kräftig; es ist wahr.

»Okay. Okay, ja.« Sie denkt nach. »Dann … dann geht das«, und ist weg.
Ja, denkt er.
Es ist wahr, das geht.

Sexual Rights

Denn es ist die Schuld der Gartenverwüster,
Daß junge Leute in Deutschland
Die kein Geld haben
Jetzt bis zum Alter von fünfundzwanzig Jahren
Bei ihren Eltern wohnen bleiben müssen
Wo es recht schwerfällt | sich zu treffen um sich mal die ganze
Lange Nacht sehr schön zu lieben

Und es ist die Schuld der Gartenverwüster,
Daß in Iran zwei Männer sich nicht küssen
Können auf der Straße, zwei Frauen auch nicht,
Kaum zwei Menschen gleich welchen Geschlechtes

Und es ist die Schuld der Gartenverwüster,
Daß von Nordamerika bis Australien
Sex in Werbung, Kunst und öffentlicher Debatte
Als etwas ausgegeben wird, das nur Leuten unter sechzig
Spaß zu machen hat

Und es ist die fluchwürdige Schuld der Gartenverwüster,
Daß für Bezüge führender Angestellter
Großer Pharmakonzerne
Weltweit sehr viel mehr Geld ausgegeben wird als für die Forschung
Gegen AIDS

Und es ist die widerliche Schuld der Gartenverwüster,
Daß so viele Menschen auf der Welt keinen Zugang
Zu Informationen über ihre sexuelle Gesundheit haben

Und es ist die gottlose Schuld der Gartenverwüster,
Daß immer noch viele Menschen zögern | Gerechtigkeit | zu suchen,
Wenn ihnen sexuelle Gewalt angetan wird

Und es ist die Schuld der Gartenverwüster
Daß die Massenkultur der reichen Gegenden Homosexualität,
Wo sie neuerdings geduldet wird,
Nur in denselben Käuflichkeits- und Angepaßtheitsinszenierungen
Vorkommen lassen kann, die in Frauen- und Männerzeitschriften
Bereits die Heterosexualität zu etwas Ekelhaftem machen,

Und es ist die grauenhafte Schuld der Gartenverwüster,
Daß es als Ergebnis dieser Hetze inzwischen Homosexuelle gibt,
Die keinen Deut weniger kokett
Nach außersexuellen | lieblosen
Vorteilen ihres Liebeslebens fischen
Als ach die andern alle immer schon

Und es ist die unbeschreibliche Schuld der Gartenverwüster,
Wenn Familien oder Armeen
Im kleinen oder großen Maßstab Schwangerschaften erzwingen,
Um den Willen von Menschen | zu brechen

Und es ist die Dummheit und Scheußlichkeit der Gartenverwüster,
Daß sexuelle Autonomie, sexuelle Integrität
Und die Unversehrtheit des sexuellen Körpers nichts gelten sollen,
Sondern Autonomie, Integrität und Unversehrtheit
Von Recht und Gesellschaftslehre und Medizin
Immer noch unter | Absehung davon | definiert werden,
Daß Menschen sexuelle Wesen sind

Und es ist die Lüge der Gartenverwüster,
In die sich ihre Schuld drapiert,
Daß man so tut, als wäre sexueller Genuß ein Luxus,
Ohne den es auch geht

Und es ist das verbrecherische Regime der Gartenverwüster,
Das Staaten das Recht zugesteht,
Sexuelle Gemeinschaften zu registrieren
Und steuerlich, erbrechtlich und auf andere Arten zu begünstigen
Oder zu benachteiligen

So daß Jesus aufstand,
Sich vor den Flachbildschirm stellte,
Den Jüngern die Sicht blockierte und sprach:
»Dies aber sei mein letztes Wort zur Pornofrage –
Der einzige Grund, etwas so Appetitzersetzendes
Wie Schweinefleisch in den Mund zu nehmen, kann
Nur der Priester sein, der es verbietet.«
Und Satan ging hinaus und weinte bitterlich.

Die Hand, die hilft

Vater Kiwus spült Gläser aus und trocknet sie auch selbst ab.
Er steht heute abend allein hinterm Hahn, obwohl der Laden voll ist.
Der starke Mann hat einen Lieblingsgast, das ist Adam Sladek. Der Dichter sitzt heut krummer da als sonst und stellt Fragen, die ihm wichtig sind.
Der Wirt greift sich in den Bart und brummt: »Ich kann dir das schon erklären. Die Hand.« Er lächelt finster, daran ist aber das Gestrüpp um den Mund schuld, er meint es freundlich. »Daß das auf Dath so einen großen Eindruck gemacht hat, daß er dich zu mir schickt, damit ich's dir erkläre, überrascht mich fast.«
Adam, vom Suff und existentieller Liederlichkeit niedergedrückt, sucht

im Gesicht des massigen Mannes nach Fehl oder Tadel, Schein und Zorn, aber der denkt nur nach und wählt bedächtig seine Worte, so daß Adam Sladeks Ohren zunächst anderes hören müssen als die gewünschte Erklärung, nämlich Trümmer und Konfetti aus den Gesprächen des Publikums im Fundbüro.

Ein als Mensch zurechtgezupfter Papagei sagt: »Es war wegen der Malaria, deshalb konnte er nicht bei den Nonnen bleiben und sie vögeln.« Der Papagei versucht, wie ein Zuhälter auszusehen, ist aber zu süß und knusprig, als daß dies gelänge. Eine niedliche junge Frau mit Digitalkamera vor dem rechten Auge filmt den Mann, während der seine Malariageschichte erzählt, es wird wohl eine Dokumentation über Scheinzuhälterei und tropenmedizinische Spekulation. Die Kamerafrau nimmt ihre journalistische Aufgabe ernst genug, um eine Zwischenfrage zu stellen, und die ist gleich noch irritierender als der Satz mit der Malaria und den Nonnen: »Ich hab' die Geschichte aber anderes in Erinnerung, René: Ludwig hat den Jungen mit dem Auto angefahren, als der Junge erst vierzehn war, und ihn dann aus Schuldgefühl praktisch adoptiert, als 'ne Art Haustier. Und Ludwigs Verbindungen zum organisierten Verbrechen waren für die Nonnen dann der Tropfen, der das Faß zum …«

»Nein nein nein, die Malaria hat ihn …«

Adam dreht den Kopf von diesen beiden weg, es gibt ja doch Dinge, die Sterbliche nicht erfahren sollten, geschweige verstehen. In der entgegengesetzten Richtung geht es aber auch nicht übersichtlicher zu – hier weiß einer mit Fadenschnurrbart Düsteres: »Also ein Mädchen wie du braucht den Gürtel, die braucht einfach ein paar Streiche mit dem Gürtel, nicht?«

Der eher träge sexuelle Ehrgeiz der angesprochenen Brünetten gibt ihr ein, gähnend zu erwidern: »Von mir aus.«

Adam versucht, sich für diese Leute zu schämen. Es klappt nicht. Das Spülwasser, in dem Vater Kiwus herumplanscht, riecht nach Limonen und Verschwörungstheorien.

Die Frau in Scharlach, Mutter aller Stammgäste, weint elegisch den jungen Kiwus voll, der mehrere Salzstangen im Mund hat, aus denen

zusammen aber trotzdem nichts wird, das einer Zigarette gleichkäme, auch wenn seine Lippenstellung das andeutet. Die Frau in Scharlach singt und schaut dabei ein paarmal wie mißbilligend zu Adam: »Tänze der ... Tänze des Lasters, sag' ich dir, im Etablissement Ronacher war das ... da ... da damals da ...«
Ein Biker röhrt vor zwei andern Bikern: »Cannes ist so super um die Zeit immer, das ist einfach das superste überhaupt, im Ernst«, und Adam denkt: Warum kann ich nicht zu denen gehören, was fehlt mir eigentlich zum Motorradrocker? Ein Absinthsäufer aus Köln winselt um die Kamerafrau von gerade eben herum: »Ich dachte, vielleicht ein animiertes Filmchen, vielleicht für Youtube, und das Thema könnte diese Stadt des Halbmonds sein äh ...«, während der Papagei ein neues Opfer für sein Geschnatter gefunden hat, nämlich den Nietzscheaner mit dem Fadenschnauzbart, an dessen Schulter die müde Tugend jetzt züchtig eingeschlafen ist – »Wir haben in der Nudistenkolonie genächtigt, das war gespenstisch, wie da im Silberlicht des Mondes ...«

Vater Kiwus taucht die starke Hand ins scharfe Wasser, spült, trocknet, hält ein großes Glas ins Licht.
Viel Licht gibt's nicht, in diesem Augenblick, denn man zeigt einen Film auf der Projektionswand, die heute vor dem »Innocence«-Bild hängt. Es handelt sich um Vilgot Sjömans großes Kunstwerk »Jag Är Nyfiken«, und zwar den gelben Teil. Die tapfere Lena Nyman sucht vor aller Augen oben im Flimmergeviert gerade was, vielleicht sich selbst und ihren Körper, sie will jedenfalls alles wissen, das sieht man ihrem Leinwandgesicht so deutlich an, daß Adam kurz die rostige Metapher »Ein offenes Buch« einfällt. Lenas Augen, denkt der Dichter: Lieber säh' ich mich jetzt durch sie, als sie mit meinen. Stundenlang schieben Lena und ihr Beau die Betten zurecht, sind schon halb ausgezogen, sein nackter Arsch ist dunkel und schön nutzlos, Lena geht höchst penibel vor beim Ordnen auch der Kissen (und Adam identifiziert sich, während all dies geschieht, immer noch mit dem Typen am Anfang des Films, der vor der struppigen Studentenversammlung revolutionär Poetisches vorträgt, nach der sinnigen Warnung: »Ihr seid eine revolutionäre Organisation,

ja? Wie das wohl wird, wenn ihr die Revolution so organisiert wie eure Veranstaltungen ...«).

Ein bedeutender Denkprozeß im Kopf des Wirtes hat sein Ziel gefunden.

Günther Kiwus räuspert sich und sagt: »Der Dath ist ein krummer Hund. Aber auch ein armer, und weiß es nicht. Der macht sich's mit der Blasphemie so leicht wie all die armen Würmer« – Adam merkt auf, denn dieser letzte Satz ist die erste Äußerung des gemütvollen Mannes, bei der sich so etwas wie ein Dialekt heraushören läßt. Die sonst äußerst korrekte Aussprache von Vater und Sohn hat etwas von angenehm entgegenkommendem Predigerhochdeutsch, durch den Baß des Vaters zusätzlich verhübscht – jetzt aber klingt es fast wie eine Zweispuraufnahme; unter dem Hochdeutschen liegt etwas Breites, eventuell Bayerisches, vielleicht Österreichisches: »Der mocht se's metta Blosphemie so laicht wea oll de ondan Würma.« Dann aber hat sich der Wirt wieder im Griff und sagt mit gewohnt akzentfreier Klarheit: »Da sitzen wir also«, der monumentale Kopf auf dem starken Hals nickt in Richtung einiger freier Tische auf der theaterbühnenartigen Erhöhung in der Saalmitte, »das war ganz am Anfang, bevor ich sicher war, daß ich das alles hinkriege hier, als Pächter. Dath kam dann bald mit, abends, ich fand das zunächst nicht auffällig, Kreuzer hat ja immer wieder neue Schoßhündchen angeschleppt. Wissenschaftler, Intellektuelle, Künstler, der hatte immer so eine Entourage« (»Ähnturahsch«).

»Gut, da sitzen wir also, denn damals sind sie alle noch öfter hergekommen, Dath bleibt eigentlich erst weg, seit du hierherkommst«, ein paranoides Kitzelteufelchen regt sich ganz kurz in Adams Ungewissen (wie er den geheimnisvolleren Teil seines Gewissens bei sich nennt; da ja der geheimnisvollere Teil des Bewußtseins bekanntlich das Unbewußte ist): Heißt das, man will mir die Illusion vermitteln, hier im Fundbüro stünde ich außerhalb der Überwachung, eben weil man mich hier abzuholen pflegt, und ist diese Illusion vielleicht dazu da, mich unvorsichtig zu machen, während der Zeiten, die ich bei Kiwus verbringe, damit man sich via Spionage mit Mikrofonen und Kameras nur um so unverfälschter meiner Seelenlage vergewissern kann? – das böse Ahnen nimmt nur zweieinhalb Sekunden in Anspruch, während der alte Kiwus Luft holt und sich zum Einräumen von ein paar Humpen in ihre Regale kurz abwendet.

Dann dreht er sich wieder um und redet weiter: »Ach, der Kreuzer, verstehst du, der gefällt mir schon, der macht sich sein ödes Milliardärsleben halt ein bißchen reicher, indem er mit den Leuten spielt, und die, mit denen das klappt, die haben es auch nicht besser verdient. Meine Meinung. Er weiß, was er an mir hat, er weiß, ich bin Christ. Er weiß, er kann mich nicht kaufen. Wenn er mir was schenkt, ich nehm's, solange es nicht mit meinen Überzeugungen zusammenstößt« (da, wieder: »z'ammstößt«). »Na, und da reizt er den Dath, ganz subtil, mit so Andeutungen, Nadelstichen, zeigt auf mich und sagt, hör mal, der Mann da, das ist einer, der glaubt an Jesus, der glaubt an die Heilige Jungfrau, der glaubt an die Dreifaltigkeit. Da steigt der Dath drauf ein und sagt: Aha, drei sind einer, na, macht dir das eigentlich nix aus, Kiwus, daß dein Gott sich selbst opfert, um sich selbst milde zu stimmen, daß er also strenggenommen klinisch schizophren ist? Weil, der Dath denkt natürlich, daß man sich dann mit ihm auf einen philosophischen Ringkampf einläßt, daß man da rumspekuliert und rumdeutet. Ich mein', was er liest und was er schreibt, kleine grüne Männchen, ich mag das ja auch manchmal, Science-fiction, Krieg der Sterne, Halligalli, ist die wirkliche Welt wirklich die wirkliche Wirklichkeit, können Roboter lieben, so was alles. Bloß: Das ist Unterhaltung, das sind Puzzlespielchen fürs Hirn, das ist Sudoku. Und das Traurige an solchen Leuten ist, daß sie ihren ganzen ausgedachten Remmidemmi für gleichwertig halten mit dem, was uns der Herrgott offenbart hat. Daß sie denken: Es sind halt alles Gedankenspiele. Die leben gar nicht auf der Welt, vor lauter Gedankenspielen. Ich sag' also zu ihm, hör mal, ich bin ein einfacher Mann. Mit mir wirst nicht viel Theologie labern können, Schriftsteller, verstehst? Ich sag' dir, wie ich's versteh', und das is alles. Sagt der: Okay. Sag' ich: Ich sag' dir, die Dinge, die der Herr tut, sind zu kompliziert, als daß wir sie verstehen können, mit unsern Menschenhirnen. Also müssen wir uns Gleichnisse vorstellen, sonst geht's gar nicht. Und da stell' ich mir eben vor: Wenn es heißt, Jesus und der Vater sind eins, dann will uns die Bibel sagen, daß es nicht so ist wie bei deinen Außerirdischen, die ihren Keanu Reeves als Klaatu schicken, sondern daß Gott selber eingreift, um die Sachen zu ändern – er greift ein, wie ich mit meiner Hand hier ins Wasser greif'«, er holt ein massives Bierglas aus dem Spülbecken, »um das Glas zu holen, und meine Hand ist ich, und eben ein Teil von mir, der Teil, der im Wasser ist – und wenn das Wasser die Welt ist, das Diesseits, dann kann's doch sein, daß die Hand sich opfert und die Hitze vom Wasser aushalten muß, ich aber nicht, mein Kopf nicht, verstehst? Daß ein Mensch auf zwei Beinen den ganzen Gott verkörpern kann, daß er alle Eigenschaften von ihm hat, das geht doch eh nicht – er ist ja zum Beispiel nicht allgegenwärtig, wenn er da am Kreuz hängt oder da am See steht mit dem Petrus. Gott ist aber allgegenwärtig. Also was? Na, meine Hand. Und angeleitet wird die Hand von meinem Geist, das ist dann der dritte Aspekt, aber da mußt aufpassen. Das kann man gar nicht verstehn. Und trotzdem, alles bin ich: der Mann, die Hand, der Geist. Also, wenn ich schon aus der Sicht vom Wasser dreieinig bin, obwohl man da unten nur einen Aspekt von der Dreieinigkeit sehen kann, obwohl die andern unsichtbar sind, so wie zwei Aspekte vom Herrn – wie leicht fällt das dann Gott? Und da sagt der Dath: Daß man von mehrdimensionaler Wirklichkeit reden kann, ohne das Wort Dimension überhaupt zu erwähnen, mit einem Gleichnis von Wasser und draußen, das ist schon beeindruckend, Herr Kiwus. Na, hörst, und ich weiß nicht, will er mich verarschen oder nicht, soll das Spott sein oder Anerkennung, aber weißt was: Is eh wurscht, ich glaub', was ich glaub', und ich hab' mein Zeugnis abgelegt, und das is meine Aufgabe als Christ, fertig.«

»Hast du ähm öh«, in Adams Bauch passiert, als der Dichter sich unsicher zu Wort meldet, was Rutschiges. Sein Kopf verliert irgendwo Öl, ach so, es ist der Schnaps, der war zuviel, na gut, na schön, wo steckt jetzt der Gedanke, ah ja: »Hast du das Zeugnis um ... war das ... wie soll ich sagen, also deine Verpflichtung ist dann für dich sozusagen, du verteidigst deinen Gott?«

Der Riese lacht lang und gemütlich.

»Den Herrn«, er wischt sich mit seiner großen rechten Pratze Tränen der Heiterkeit aus den Augen, »verteidigen. Gegen Mister Dath. Fabelhafte Idee. Der Herr, hör mal, Sladek, der verteidigt sich nicht schlecht. Gott hält viel aus.«

Da wird seine Stimme laut, dröhnend, daß er den Film übertönt, daß die Gäste verdutzt zu ihm hinsehen, daß der ganze Raum sich um ihn her in die fünfte Dimension wegduckt: »Wer ist's, der den Ratschluß verdunkelt mit Worten ohne Verstand? Gürte deine Lenden wie ein Mann! Ich will dich fragen, lehre mich! Wo warst du, als ich die Erde gründete? Sage mir's, wenn du so klug bist! Weißt du, wer ihr das Maß gesetzt oder wer über sie die Richtschnur gezogen hat? Worauf sind ihre Pfeiler eingesenkt, oder wer hat ihren Eckstein gelegt, als mich die Morgensterne miteinander lobten und jauchzten alle Gottessöhne? Wer hat das Meer mit Toren verschlossen, als es herausbrach wie aus dem Mutterschoß, als ich's mit Wolken kleidete und in Dunkel einwikkelte wie in Windeln, als ich ihm seine Grenze bestimmte mit meinem Damm und setzte ihm Riegel und Tore und sprach: Bis hierher sollst du kommen und nicht weiter; hier sollen sich legen deine stolzen Wellen?«

Adam schwankt auf seinem Stuhl, als rissen die stolzen Wellen schon an dessen Beinen.

Der Alte zieht die Stirne kraus, nicht mißbilligend, mehr besorgt.

Adam dreht sich im plötzlichen Aufstehen um sich selbst, eilt, von neugierigen, teilnahmsvollen, auch verschwommenen und verrückten Blikken verfolgt, planlos zum Ausgang, in Atemnot, in Angst und Bange. Er wird von den Wächtern hinausgelassen, weil Vater Kiwus denen mit einem Kopfnicken bedeutet, dies sei jetzt wohl das Richtige. Adam stolpert auf den Parkplatz, wo sich das edle Neonlicht, Pink und Grün, in den schwarzen Pfützen spiegelt. Er sinkt zusammen vor der vertrauten Reihe herrlicher Motorräder, fällt auf alle viere, erbricht sich in Wellen, die alles sind, nur nicht stolz, in Schwällen und Furcht, Selbstmitleid und Schrecken. Adam kotzt sich lange aus und will nichts wissen, nichts hören, nichts sehen, riechen, schmecken, will aus seinem Körper. Wenn er doch aus der Haut fahren könnte, in diesem Moment, da die kalten nassen Kiesel in seine Handballen schneiden und seine Finger sich anfühlen, als glühten sie vor Eiseskälte. Kurz quellen schwarze Pusteblumen in seinem Gesichtsfeld auf und wollen ihn in eine Ohnmacht holen. Dann aber glänzt etwas vor ihm, das ihn zurückhält in der Wirklichkeit, das ist die spitze Kappe aus Metall auf einem schwarzen Stiefel. Eine stählerne Hand nimmt ihn beim Handgelenk, eine andere faßt ihm unter die Arme. Es sind zwei Motorradrocker, die ihn freundlich interessiert betrachten. Adam stammelt: »Ähm ich wollt' nicht … eure … ich wollte nicht wegen der Motorräder oh ah …«

»Schon recht«; der glatzköpfige Kerl zu seiner Linken klopft ihm, nicht besonders fest, auf den krummen Rücken. Der andere, sehr haarige Mann stützt ihn und sagt: »Bißchen Kotze ist nicht das Schlimmste, was mein Bock gesehen hat. Willste wieder rein?« Adam nickt unkräftig.

Sie helfen ihm, führen ihn rein, reichen ihn weiter an einige ihrer Freunde. Adam fühlt sich von diesen Leuten, an ihren zusammengeschobenen vier Tischen, unterm wohlwollenden Blick des Bikervaters Kiwus, heute abend regelrecht adoptiert. Stammeskrieger auf Chrompferden, na ja, Romantik: eigentlich Schwerkriminelle, die mit Drogen- und Mädchenhandel, Waffenschmuggel und Totschlag soviel Erfahrungen haben wie er mit Metrum und Reim. Nirgends, meint er sich an etwas zu erinnern, das in den Pisaner Cantos steht, fand ich größere Liebe als bei denen, die das Gesetz übertreten.

So trinkt er denn, vom Windregen draußen erfrischt, vom Kotzen klar im Kopf wie seit Wochen nicht, mit seinen neuen Kameraden auf ihre alten Augen und ihr Zigeunerlächeln, auf die lieblichen Damen, die sich zu ihnen gesellen, auf das Fahren im Sturm und den Mut, die Wahrheiten und die Lügen, die Pferdeherden am Himmel, die Engel und die Aufständischen und die Tätowierungen, auf Loyalität und Demut im Stolz.

Ich brauche keine Gedichte, denkt Adam, immer betrunkener.

Ich brauche Menschen.

Rätsel

Das häßliche Entlein
Traf das endliche Häslein
Beim Schein des jungen Mondes
Auf vermintem Gelände.
Eben war das letzte Spiel
Der Gerechten | gegen die Ungerechten
Schlecht ausgegangen.
Häslein grüßte | Entlein schwieg,
Spiel erledigt | knapper Sieg
Finsterer Mächte. »Ach brächte«,
Dachte Häslein, »ichs über mich
Entlein zu erzählen, wie mir ist
Von dieser Nachricht
In diesem Mondenglanz
Da wir uns treffen
Hier zwischen Minen und Gräben,
Dann schenkten
Wir vielleicht einander die Gelegenheit
Einander anzusehn | und zu verstehn
Daß dieses Spiel, das so abscheulich ausging
Das letzte Spiel womöglich gar nicht war.«
Doch unterm Bann der bösen Ahnung
Entschied man sich fürs Schweigen:
Daß nur keins was Falsches sagte.
Schwieg das Häslein still.

Ohne Worte | jedes vorbei
Am andern, gradaus
In zielloser Zielstrebigkeit
Wie beim Klettern
And everything up to that point
Had been left unresolved

Ein Kiebitz mochte meinen
Sie wollten einander nicht leiden.
Das endliche Häslein
Verschwand hinterm Sprengfeld | im Bau.
Das häßliche Entlein nachhaus | zur Frau.
Dort schriebs an zwei Legenden
Um die ans Häslein zu senden.

Die erste Legende ging so:
»Es war einmal eine Königin
Die verliebte sich in eine Nuß
Und gab der Nuß einen Kuß.
Damit die sich öffnen sollte.
Das tat sie nicht. Aber wenn die Königin
Die Nuß schüttelte
Dann klirrte und klangs aus ihr
Als ob darinnen unbegreiflich Kostbares
Vielleicht Schmuck oder andere Zauber
Verborgen wär.
Am Ende brach, weil sich die Nuß
Nicht öffnen ließ, mit keinem Kuß
Und keiner Drohung, mit keinem Mittel
Nicht Schmeichelei noch Lied
Der Königin das Herz.
Da sprang die Nuß auf
Auf dem Nachttisch an der Bahre
Und war leer.
Das Klirren und Klingen
Stammte bloß von den Ringen
An den Fingern der Königin.«

Die zweite Legende
Zu deren Niederschrift
Die Lebenszeit des häßlichen Entleins

Vielleicht
Nicht reicht
Müßte so gehen:

»Ein König hatte einen Sohn
Der fürchtete sich vor seinem Mut.
Der König, ein ganz grausamer Tyrann
Der nur seinen Sohn liebte
Und sonst nichts | und niemanden
Befahl seinen Rittern, die schönste Frau
Im Reich zu finden, an den Hof zu bringen
Und zu zwingen
Den Sohn des Königs so geschickt zu mögen
Daß der von seinem Leiden sich erholte.
Sie fanden auch die Richtige
Und brachten sie zum Stammsitz
Und führten sie
In die Kammer | des Sohnes des Königs
Der mit dem Schreiben alberner Verse
Über Entlein und Häslein
Sich seine lange leere Zeit vertrieb.
Die Frau sah den da sitzen und erschrak darüber
Wie schön und gut er war | und liebte ihn sofort
So sehr in ihrem Herzen und in ihrem Denken
Sprechen und Tun
Daß sie es nicht ertrug
Daß er sein Glück mit ihr
Seinem entsetzlichen Vater verdanken sollte
Und lief an dem Erstaunten
Geradewegs vorbei und stürzte sich
Neben dem Schreibpult
Auf dem Häslein und Entlein erfunden worden waren
Aus dem bunten Fenster aus dem Turm
Daß sie tot auf die Erde fiel.

Der Sohn des Königs
War bestürzt und fragte alle
Wer denn die Frau gewesen und woher.
Das alles erfuhr er denn | und als ers wußte
Da haßte er den Vater sehr und immer mehr
Und stürzte ihn
Und wurde seinen Untertanen
Ein milder | weiser und gerechter Herrscher
Der nur den Schönheitsfehler hatte
Daß er sein Lebtag unverheiratet blieb
So daß das Reich nach seinem Tode
Erst ein Chaos wurde und dann eine Republik
Also erst ein blutiges
Und dann ein friedliches Durcheinander
In dem vor allem die Post
Sehr lange | sehr schlecht funktionierte
So daß die schriftlichen Legenden
Ihre Empfängerinnen und Empfänger
Nur in Ausnahmefällen beizeiten erreichten.«

Liebe Dame, ich kann nicht umhin

Der Dichter verhaspelt sich, findet den Vers auch gar nicht mehr einleuchtend, hat plötzlich einen Widerwillen gegen den Mückenleib des kleinen Mikrofons und dessen langen Blumenstengel, macht »brrps« und versucht's dann doch noch mal: »Erst seit den reaktionären Jahrzehnten / ist diese Feuchtigkeit erträglich, / die Zimmerdecke, die nicht ganz verfault, / jedoch von Moser … von Moder moosig überwuchert … nein«, er bricht endgültig ab. »Scheiße«, sagt er, und meint seine Vortragskunst.
Johanna schmatzt; sie ist, es gibt leider kein schöneres Wort dafür, frustriert. Und will ihm doch die Schuld nicht geben, im abgedunkelten Tonstudio, im Keller ihres teuren Hauses: »Na ja vielleicht ist auch die ganze Idee Scheiße mit den Lesungen, oder?«

»Ach, ich weiß nicht«, sagt Adam, und schaut ein bißchen belämmert auf den Computermonitor mit den geöffneten Dateien der bisherigen Sitzungen – die neuste heißt »Ko Un«, weil er die Werke des Südkoreaners einliest, um sie in der fertigen Installation dann unter dessen Porträt abspielen zu lassen, über Kopfhörer, wie Johannas neueste Idee das verlangt. Die Ausstellung wird bald eröffnet, so Gott will.

Gestern hat Adam hier Valéry vorgelesen und Ted Hughes, auch Steffen Popp, während Johanna selbst letzte Woche, wie die Dateienordnung ausweist, Sabine Scho, H. D., Elke Erb und Monika Rinck gelesen hat. Im Gedächtnis geblieben sind ihm als von ihr ziemlich schön vorgetragene Sachen besonders die Erb-Verse. Das klang bei der Malerin wie etwas, das von ihr selbst ist, was wunderlicher Weise dazu führte, daß er später, beim Arbeiten, selbst ein paar Stunden in diesem Ton geschrieben hat, so, als wollte er sich Johannas Stimme, die eigentlich Erbs Stimme war, vorsichtig, zärtlich, kontrapunktisch aneignen.

Erbs Stimme: »Wie einen stumpfen Pinsel tauche / ich den Arm in einen Bottich rote Tinte / schreibe auf den Himmel.« Der Pinsel, denkt er, ist ein faules Instrument. Wie war das, bei Peter Hacks, dieser böse Brief an Erb? »Liebe Dame, ich kann nicht umhin, Ihren Kunstverstand in einigen Zweifel zu ziehen.« Lustig. Aber auch wahr?

»Es ist halt nur so, Adam, weißte, wenn ich nicht irgendeinen Mixed-Media-Kram mache ... ah, Frauenkunst«, sagt sie, und zündet sich die siebte Kippe an, allmählich wird's massig dunstig hier drin. Adam ertappt sich bei schlappschwänzigen Gedanken über Lüftung und Abzug.

»Ja? Wenn du das nicht machst, dann?«

»Na ja, dann heißt es wieder ... schau, alle Frauen, die ich wirklich gut finde, von Cosima von Bonin« – er erinnert sich an den Band, den sie ihm zum Lesen gegeben hat: die feistschöne Wolltierfresse, den weißen Pudel, die Wörter: *fat female forty fade* – »bis Andrea Fraser, müssen immer teuflisch aufpassen, daß es nicht Bastelarbeit wird, soll heißen, daß es nicht so gesehen wird, oder eben gerade doch: textiles Werken, pff. Dingserziehung, wie hieß das? Hauswirtschaftslehre.«

»Andrea Fraser, das war die mit den museumskritischen Schriften?«

Johanna küßt ihn auf die Stirn und mault: »Oder mit den Dings, den da den Sachen. Egal. Höhepunkte der weiblichen Intuitionsverweigerung. Schön. Also, ich will Begriffsarbeit, nicht bloß schön malisch hingemalene Malungen. Nur ähm, es gibt dann sofort den Mädchenquatsch, oh, das hat sie aber schön arrangiert, die Kleine, oder umgekehrt dann den Romancierscheiß, daß ich da am Ende noch was erzähle mit meinen Sachen, einen kleinen Roman, na danke.«
»Und in welche Falle von den beiden«, er lächelt jetzt, weil er sie auf und ab tigern sieht wie in einem Käfig und weiß: Es gibt keinen Käfig, und sich dessen freut, stolz auf die Liebste, »in welche ... uhm ... dieser beiden Fallen, ins Basteln oder in den Roman, tapsen wir gerade mit den Aufnahmen?«
Sie bleibt stehen, schließt die Augen, raucht stark, pustet weiße Kraft ins Zimmer, dann schaut sie ihn mit plötzlich kinderklaren Guckkastenneugieraugen an und sagt, selbst verblüfft: »Weißt du was, honey? Ich glaube, in beide gleichzeitig. Mist.«

Sein Vorbild

(mit Dank an Wolff + Arciuli)

Und stärker rauscht der Sänger in die Saiten,
Der Töne ganze Macht lockt er hervor,
Neue Musik ist weg, vergangne Zeiten
Da man an Tricks das junge Herz verlor.

A composer's material can be very various.
Some composers work from | works of art;
Some work from texts,
Which are not necessarily set.

Er spielt ihr Lied und spielts um sie zu loben
Weil der | Besitz | der Werke ihr mißlingt

Die sie geschrieben hat im Zimmer oben
Wo man, den Menschen fern, bloß Zeit verbringt

Mit Instrumenten, die der Welt vergessen
Und aus der Zukunft hergekommen sind
Morgen soll heute sein, jedoch statt dessen
Ist Morgen gestern: Avantgarde | Wind.

The other thing, as you know,
Was that I got interested | in politics,
and that earlier music just seemed to have
nothing to do with any political issue

Es hat die Zukunft nämlich nie gegeben
Glasstreifenpendelrassel: fremder Klang.
Man kann prophetisch schlechterdings nicht leben
Nicht im Gedicht | erst recht nicht im Gesang.

Die Komponistin guckt aus Elektronik
In eine ganz verrückte Welt hinaus
Und dichtet Lieder süß | und zäh wie Honig
Die fangen an und sind gleich wieder aus.

Sono gli anni in cui
La *Neue Musik*
Sembra aver esaurito la sua
Pars destruens

Erschienen, festlich, in der Völker Reigen
Du deutsche Dichterin | deutscher Musik,
Kein Herz wird klopfen, keine Brust Dir steigen
Du willst kein Festspiel. Du willst Krieg.

Irrsinn

An einem Sonntagmorgen stellt Adam Sladek den Teufel bei Kreuzers Kaktuspflanzen.
Die Bildschirme und Recheneinheiten hier hängen in roten Netzen, die zwischen den Scheinwerfern bis zur Erde fitzeln, in welche man die tapferen Gewächse eingesenkt hat. Dath programmiert an ein, zwei Terminals mit einem dunklen Stift, vielleicht, denkt Adam, schickt er E-Mails nach Hause, in die Unterwelt.
»Ich hatte gedacht, was Kreuzer von mir wolle, sei, na: Kunst«, sagt der Dichter, weil er's jetzt besser weiß. Dath reagiert nicht, er tippt und kratzt. Aus flachen Kugeln sind goldgelbe Blüten geschossen, sie wollen den Dichter ablenken. Leuchtet nur, tückische Kakteenblumen. Ich glaube nicht an euch; ich habe – bei wem? – gelernt, daß das angebliche Naturschöne nur ein aus der Kunst in die Natur verbrachtes Kunstschönes ist. Adam setzt neu an: »Ich habe den Leuten zugehört hier. Beim Essen, beim Spazierengehen. Den Teams, den Solitären. Mich mit ihnen unterhalten. Mit den Forschern. Den Informatikern, den Linguisten. Den Genetikern. Ich habe gesehen, was die Biochemiker tun, ich habe verstanden, was in den Aquarien versucht wird. Ich weiß jetzt, daß es um Bevölkerungskontrolle geht – die Niobidenkinder töten, eine Metapher. Artemis, noch eine Metapher. Ich krieg' hier schlaflose Nächte, Dietmar.«
Nicht einmal der Rumpelstilzcheneffekt greift: Der Vorname scheint den Gemeinten gar nichts anzugehen. Eher noch merken die spitzhöckrigen Körper argentinischer und bolivischer Kaktusarten jetzt auf, da sich Adam räuspert, um ganz laut zu werden: »Schlaflose Nächte. Ich dachte erst, ich soll die Propaganda machen, für diese … Maßnahmen, die Kreuzer plant. Deshalb die Delegationen aus der Politik, deshalb [redacted]. Aber ich bin mehr als … ich soll es nicht schöner machen, das Dings. Ich gehöre dazu. Zu dem, was er wirklich plant. Das Dichten gehört dazu. Meine Arbeit ist ein Teil der Gesamtarbeit, die hier passiert.« Dornen wollen nicken, schaffen's nicht. Die Scheinwerfer tun, als wären sie der Sonne überlegen.

»Du bist ein Transportmittel. Ein Gefährt. Eine Schale. Ein Speicher«, sagt Dath mit Gleichmut, sieht Adam dabei nicht an. Er schiebt ein Plättchen gegen ein anderes, zieht die roten Verbindungsfäden wie dehnbare Lakritze auseinander. Gleich geschieht was Magnetisches, das eine Plättchen haftet jetzt am andern.

»Ein Transportmittel. Für beides. Für das Virus und für die Verhaltensänderung. Dafür, daß die Menschheit verändert wird. Mit Chemie und mit Ephesia Grammata. Eine Keimkapsel.«

Adam überlegt, ob er den paraguayanischen Keulenkaktus aus dem Trockenboden ziehen und Dath damit verprügeln soll. Er entscheidet sich dagegen, holt noch einmal nur mit Worten aus: »Ihr verfüttert mir Filme. Und Texte. Und Erlebnisse. Räumliche Entrückung in diesem Bau hier, irgendeine wahrscheinlich genau ausgeklügelte Diät, und dann lege ich euch ein Ei. Was ist ... dieser Gedichtzyklus, was soll das für euch sein, eine Waffe?«

»Du liest zuviel Tom Disch, mein Junge.«

Adam denkt, auf der Schwelle zum Zorn, was ist diesem Typen bloß passiert, wo hat er sich falsch verliebt, und wieso müssen wir andern das ausbaden? Er legt ihm eine Hand auf den Oberarm und versucht, ihn festzunageln: »Was also? Grammata Ephesia, und dann eure Workshops hier, Evolution der Sprache, Evolution der Bedeutung – was habt ihr gemacht? Soll ich ... soll meine Lyrik neue Reflexe in die Leute hämmern oder ...«

Dath verdreht die Augen, entwindet sich mühelos Adams unentschlossenem Griff, schneidet ihm das Wort ab: »Komm runter, Dichter. Erstens, diese ganze Informationsübertragerei, diese ganze Wissenschaft davon, wie Zeichen beim Menschen weitergegeben werden, ist in einem unglaublich primitiven Stadium. Weit zurück hinter der Biologie.«

»Der Biolo...«

»Hör zu – Biologie: Da gab es zuerst den Lamarck, dann den Darwin, na, die Leute, die darüber nachdachten, was Vererbung sein könnte, begrifflich, und darüber, wie veränderlich Sorten von Lebewesen über die großen Zeitspannen der Naturgeschichte sind. Dann kam der Mendel, der hat einfach praktisch rumprobiert, was Sache ist, mit seinen ollen Erbsen da.«

Amüsiert sich die Leuchterblume vorn am Eingang, schwitzt der Seeigelkaktus am Wasserbecken, weil er fürchtet, gleich käme alles raus? Dath schnaubt: »Pffff, so. Hernach Crick und Watson: Die DNA. Dann Wilson, die moderne Synthese aus Darwin und Molekulargenetik. Kornberg und Freunde, die es geschafft haben, die DNA-Synthese zu kapieren. Nächste Haltestelle: Das Humangenomprojekt. Der Herr Venter. Die FAZ voller ACTG. Und schließlich und billig … na, erst jetzt, im Zuge der Proteomik, beginnen wir allmählich zu verstehen, was ein Gen überhaupt ist, wie kompliziert diese ganze Scheiße läuft. Das ist erst mit ENCODE – bitteschön, die Encyclopedia of DNA-Elements, internationale Kollaboration, von Kreuzer wesentlich mitinitiiert … Gut, also uns beginnt zu dämmern, die Komplexität der Gentranskription und -regulation ist doch noch ein paar Zacken zickiger, als wir … so, und wann wird das kapiert? Erst 2007, sechs Jahre nach dem Humangenomerfolg. Lauter neue Komplikationen, verstehst du, Reimdoktor, sobald man was geknackt hat. *Just when I dicsover the meaning of life they change it.* Es gibt«, er hat, im Vorübergehen, im Sichentfernen von Adam, ein neues Plättchen gefunden, auf dem blaue und schwarze Würmchen tanzen, die er jetzt mit dem Stift hin und her schiebt, »Transkription außerhalb bekannter Gene, du liebe Güte, man hat sich ein Prozent des Genoms angeguckt, 30 Millionen Basenpaare, und man weiß einfach nicht, was ist denn jetzt wieder los, welche Funktion hat dieses Zeug, es gibt die Regulation einzelner Gene aus der Ferne, das heißt, man sieht plötzlich, was weiß ich, eine Zeile aus einem Gedicht von dir ist nicht von ihrem Anlaß in deinem Hirn getriggert, sondern von irgendeiner anderen Zeile in einem Gedicht von Rainer Maria Gerhardt oder Habakuk Tibatong, dann ist doch eigentlich Schluß mit der Hermeneutik, wenn man das nicht mehr lokal herleiten kann, sondern … gut, die Frage stellt sich, im Genom: Was sind die simpelsten Einheiten, was ist da unten los, auf dem grundlegendsten Level? Und wie gesagt: Da, also im Biologischen, hat man immerhin eine ganze Weile experimentelle, kontrollierte, mit Gegenproben und exakten Methoden versehene Studien, auf die man bauen kann. Sprache dagegen, o Gott ... wie soll man das sonst gejätet kriegen, wenn nicht erst mal über die gebundene Rede? Da hat man wenigstens Werkzeuge, die, wie beim Gen das Splicing und dieser ganze Kram ... Daktylus und Anapäst ... Ich meine, Geisteswissenschaften, Herrje, wo fang' ich an? Die wissen nicht, wie man eine Hypothese aufstellt, wie man sie falsifiziert, wie man ... das einzige, was man über Gedichte wußte: daß ein Gedicht im Sinne der strengsten Signalwissenschaft, der Shannonschen nämlich, auf jeden Fall mehr Information enthält als eine Meinungskolumne in der Zeitung.«

»Mehr Information ...«, setzt Adam an und könnte sich im selben Moment dafür ohrfeigen: Noch 'nen Keks, Polly?

Dath seufzt, kratzt sich am Ellenbogen, steckt den Stift in die Brusttasche des schmuddeligen Safarihemds und wendet sich dem Überforderten nun direkt zu: »Na, was ist das denn, Information im Sinne von Claude Elwood Shannon? Nichts als ein Maß für die Unvorhersagbarkeit eines Zeichens in einer Zeichenkette. Wie wahrscheinlich ist es, daß dieses Digit, dieses Bit, dieses Dingsbums vorkommt? Wenn es sehr wahrscheinlich ist, dann sieht's mit dem Infowert mager aus. Also wenn ich einen Leitartikel in der FAZ über den Börsencrash vor mir habe oder einen in der U.Z. ...«

»U...«

»Der Zeitung der DKP. Wenn ich das hab', dann weiß ich natürlich vorher schon, was da stehen wird. Aber bei einem Gedicht von, na gut, nehmen wir deinen Ezra Pound, der war ja besonders versessen drauf, daß man ... wie sagt er?: Große Literatur, das sei einfach ...«

»Bis zum äußerstmöglichen Grad mit Bedeutung aufgeladene Sprache«, wenigstens kann der Papagei auch Sachen wiederholen, die man ihm vor langer Zeit eingeblasen hat.

»Siehste. Bedeutung. In diesem Verständnis ist es dann auch kein Wunder, daß die Dichtung, je weniger geschwätzig sie wird, je konzentrierter, sagen wir ruhig; je richtiger, je mehr aufs *mot juste* orientiert, je statistisch-stochastisch klüger, daß sie also zunehmend auch auf solche letzten Vorhersagbarkeitskrücken wie etwa den Reim verzichtet – es sei

denn, es ist wieder überraschend, zu reimen, dann ... na und so weiter. Dialektik halt. Vor dem Hintergrund: Bedeutung her, mit allen Mitteln. Noch mal, Bedeutung im emphatischen Sinn, also nicht Referenz, sondern Wichtigkeit: Was ist das? Bedeutung ist: das Maß für die Vorhersagbarkeit eines Signals, also, der Informationswert steht im umgekehrten Verhältnis zur Erwartbarkeit. Wußte man. Seit Shannon. Der erste, der das auf eine Art von wissenschaftlicher Poetik angewandt hat, war Norbert Wiener – der große Kybernetiknorbert. Aber auch wieder erst mal ganz rudimentäres Zeug im Grunde. Und vor allem: positivistisch versaut. Die Wissenschaftler im Imperialismus wollen immer nur wissen, was und wie, aber immer weniger: Wozu? Wie dieses ganze Signalzeug mit Wirkungen und Absichten vermittelt ist, das war so verboten zu fragen wie im *New Criticism.* Dann jedoch hatte Kreuzer den Einfall: Soll man sich nicht einen auffälligen Extremfall von Wirkung sprachlich codierter Information vornehmen und dessen Wirkungsbedingungen möglichst komplett simulieren? Also, was für ein Extremfall sollte das sein? Zauberworte. Zauberlyrik. Ephesia Grammata.«
»Und jetzt macht er mit mir das Humangenomprojekt für Wörter, ja?«
»Quatsch. Hör zu, Kinderschuhe hab' ich gesagt. Wir sind jetzt bei Mendel, nicht weiter. Zuerst kam das philosophische, logische, deduktive, rein ausgedachte Ding an der Sache. Gödel, Turing, Shannon, Informatik. Das war die erste Stufe, das war das, was Lamarck und Darwin und wie sie alle heißen in der Biologie ... prima. Jetzt, Applaus für Kreuzers dicken Geldbeutel, sind wir bei den Erbsen, verstehst du? Vererbung. Vererbsung. Wir analysieren die Entstehung hochprozentig informativer Wortketten, wir entwerfen Modelle, wir fragen uns, ob das Verschwinden des Unterschieds zwischen Lebendigem und Nichtlebendigem, smarte Materie und so weiter, auch auf den Unterschied zwischen genetischer und sprachlicher Information paßt. Wir lassen, lieber Adam, auf deinem Hirnkasten, also auf dem leistungsstärksten Wortrechner, den ich finden konnte, die Testprogramme laufen, und die verbessern sich dann selbst – genetische Algorithmen.«
»Und nach welcher Art von Hypothese gehen diese ...«

»Aha! So! Jetzt sind wir endlich bei der interessanten Scheiße angekommen.«

Samtblätter, Madagaskarpalmen und Hundsgiftgewächse sind ganz seiner Meinung; ihr Grün hat durch Adams aufgeregtes Blinzeln hindurch einen erregten Farbton angenommen. Klar, wollen mitdiskutieren, denkt der Dichter, o Hölle, ich werde tatsächlich Banane hier.

»Rückkopplungen, mein Lieber! Was will Kreuzer? Den menschlichen Genpool zugänglich machen für Steuerung, nicht über Klonen und Stammzellenkram, sondern über Regulierung der Vermehrung, Beschleunigung der Evolution – und das, indem er an zwei Stellen angreift: bei der genetischen Information selbst, und bei den höheren Informationsverarbeitungssystemen der Spezies. Ein phylogenetisches Konzept!«, er zwinkert, holt den Stift wieder raus, hat ein weiteres interessantes Plättchen gefunden. Er nimmt es fast zärtlich zwischen Daumen und Zeigefinger, spielt, tippt.

»So, siehst du? Ist doch interessant wie nix! Oder eben albern, je nachdem.«

»Eher das«, sagt Adam, so herausfordernd er kann. Es ist zu heiß hier drin. Zu klug, zu dumm. Das Denken läuft zu schnell hier drin, zu träge auch. Sie meinen alles ernst in dieser Villa, und nichts. Ich will hier raus.

Daths Gleichmut ist nicht aufzustören: »Ich hab' keine Meinung, so ist das. Meinung war gestern. Als ich noch Zeitungsartikel geschrieben habe. Beziehen Sie Stellung! Meinung, das tägliche Brot! Ist dann doch alles ziemlich entzaubert worden. Nein, ernsthaft: Er hatte damals was von mir gelesen, der Herr Kreuzer. Das war im Grunde nicht mehr gewesen als ein lobendes Wort über Peter F. MacNeilage. Frag gar nicht lang: Das ist ein Evolutionsbiologe, der die Entstehung der Sprache aufzuschlüsseln versucht. Der Mann sagt, zuerst gab es eine Art *vocal grooming*, gemeinschaftsbildende Laute, quasi bezugslos, oder eben nur bezogen auf die Mutter-Kind-Dyade, oder auf die Dyade zwischen lausendem und gelaustem Affen, solche Pärchen. Er nennt's ein *frame stage.*«

»Hä?«, Adam beschließt, nunmehr ganz stumpfe Zwischenbemerkungen auszuhusten.

Dath tut wieder, als hätte er's zwar gehört, die beabsichtigte Unverschämtheit aber nicht wahrgenommen: »Na, *frame*, Rahmen. In diesem Baby-Talk-Brabbel-Stadium wird der Rahmen entwickelt für späteren Inhalt, da trägt Sprache noch gar keine Bedeutung. Mama, Papa, nur ohne daß Mama und Papa gemeint sind. Anfang der Neunziger war das, da ist MacNeilage mit der Idee hervorgetreten, daß der Schritt vom Rahmenstadium zum Inhalt-im-Rahmen-Stadium sich über eine allgemeine mimetische Fähigkeit abgespielt haben muß – mit den Armen schlagen wie mit Flügeln, erst mal vor Aufregung, wenn die Vögel da sind, aber es ahmt natürlich wirklich die Vögel nach. Welch glückliche Fügung. Das frühe Artikulationssystem wird beherrscht von einer einfachen Abwechselei zwischen dem geschlossenen und dem offenen Mund, von mandibularer Oszillation mit Energie versorgt. Sinn kauen, Sinn essen, Sinn spucken. Der Gaumen, die Zunge, das kommt alles Schrittchen für Schrittchen dazu. Die Lippen sind erst auch noch passiv ... So, jetzt gehen wir vom Brabbeln zur Sprache, Silbenstruktur, Konsonanten und Vokale, beliebige Mengen von Wörtern, ab dem Moment ist Monsieur Ferdinand de Saussure zuständig, mit seiner schönen Idee, daß eben kleine Differenzen die Information tragen, nicht Analogien zu Sachen. Wilde Mengen innersprachlichen Evolutionsgeschehens folgen, bis wir endlich die Situation haben, daß so was wie Aussagen, mehr noch: wahre Aussagen möglich wird. Man erinnert sich: Wahrheit ist eine mögliche Eigenschaft von Sätzen, ein Sachverhalt selber kann nicht wahr sein ...«

Adam, so unhöflich er kann, winkt das durch wie ein gelangweilter Zöllner. Dath legt immer noch an Tempo zu; vielleicht weiß er ja doch, wo er hinwill damit: »Und den Kreuzer, den hat das spitz gemacht, weil diese Idee, daß wir da als phylogenetische Babys, als Höhlenmenschenkinder praktisch wie die individuellen ontogenetischen Babys mit ihren Müttern erst mal brabbeln und sich daran dann erst die Intelligenz festsaugt und ausbildet ... Kreuzer ist einer, der glaubt, was Norbert Wiener sagt, wenn er lehrt: Richtig leben heißt, mit den richtigen Informationen umgehen, sie prozessieren. Also interessiert das unseren Zahlvater hier als Steuerungsprozeß, und dann klickt es plötzlich in seinem Kopf. Moment mal: Erst sind alle Menschen Babys, weil sie wie das Einzelbaby Sprache lernen über ein Brabbelstadium. Na, da fallen dem Kreuzer seine quasireligiösen Lieblingsideen ein, die er von Strawson hat ...«

»Strawson. Wer ist das, der Kakteenkönig?« Adam wird jetzt vollends patzig; die Nichtgesichter von Spinnendorn und Bischofsmütze geben ihm verschlossen recht.

»Ich geb' dir das Buch. Später. Galen Strawson. Wirtschaftsliberaler, und auch Philosoph, wie sein Vater, der berühmte ›Individuals‹-Strawson.«

»Sagt mir gar nichts.«

»Engländer. Na, jedenfalls, Galen Strawson zieht, wie Kreuzer sagt, den einzig logischen Schluß aus dem Monismus beziehungsweise Materialismus, also der Überzeugung, daß es nur eine Welt gibt, keine dualistische, die in Geist und Materie gespalten ist, und keine ideelle, die wir fälschlich materiell erleben. Den einzig logischen Schluß aus diesen beiden Annahmen, den Strawson zieht, und man muß sich dabei vergegenwärtigen, daß ...«

»Der Schluß?«

»Alles denkt.«

»Ach?«

»Klar. Wenn wir wirklich das Leib-Seele-Problem nach monistischer Art auflösen wollen, wenn wir den Dualismus verabschieden, die Idee, daß es zwei Sorten von Substanz geben soll, die materielle und die geistige, wenn wir einräumen, daß auch geistige Prozesse letztlich materielle Träger haben, daß Gedanken einfach Eigenschaften von Zuständen des Hirns sind, dann ist doch zwingend, daß diese Eigenschaften nicht nur in Form von Hirnzuständen vorkommen. Daß noch irgendwas anderes denkt – und daß der Unterschied zwischen unserem Denken und dem, was sonst noch denkt, eher ein quantitativer des Organisationsgrads ist, als ein grundsätzlicher, denn der grundsätzliche wäre ja wieder eine ontologische Leib-Seele-Differenz, die wir gerade ausgeschlossen haben. Ich mein' was für ein lächerlicher Zufall wäre denn das, wenn in sechzehn bis achtzehn Milliarden Jahren Entwicklung von Materie in riesiger Ausdehnung, in einem sehr großen Universum, nur wir alten Trottel ... oder jungen Trottel, wenn man den kosmologischen Zeitmaßstab ansetzt ...«

»Ja aber das ...«

»Na, sowieso natürlich auf der ersten Ebene, daß eben auch dieser Kaktus da, dieses Netzwerk hier mit den Rechenzellen oder der Stein oder der Stern, Blume, Kleid ... daß die alle auch schon, bloß quantitativ bescheidener, weniger komplex, irgendwelche Eigenschaften haben, deren Verkomplizierung dann irgendwann Denken heißt, so wie ein Wasserstoffatom alle Eigenschaften auch schon hat, aus denen dann komplexere Sachen werden können. So, Dings, oder fang mit dem Kohlenstoffatom an und mach Moleküle, Zucker, DNA, Proteine ... alles denkt; manches nur ein bißchen dümmer.«

»Das meint also der Inder mit seinen *smart structures.*«

»In letzter Konsequenz, ja. Das meiste, was wir beobachten können – es hat eben weniger von dem, was wir bei unsereinem als Denken ...«

Adam meint, den Fehler gefunden zu haben, und richtet seinen Zeigefinger auf den Teufel, als wollte er sagen, mein Zeigefinger sticht deinen komischen Computerstift allemal aus: »Nein, he, Moment: Wenn es so vieles gibt, das irgendwie, im Sinne irgendeiner Beschreibung, welche sämtliche Eigenschaften von Denkprozessen benennen könnte, schon denkt, nur weniger entwickelt als wir, dann könnte es nach achtzehn Milliarden ...«

»Oder sechzehn ...«

»Oder werweißwieviel jedenfalls aber einiges geben, das ...«

»Eben. Jetzt hast du's. Es muß, wenn alles denkt, ja wohl ... also Kreuzer denkt sich: Wenn ich laufen kann, und alle können laufen, und einige rennen langsamer als ich, bitte, dann ist es ziemlich unwahrscheinlich, daß gerade ich derjenige bin, der am schnellsten rennen kann ...«

»Es muß ... sagen wir: es *müßte*, es *sollte* also auch etwas geben, das noch anspruchsvoller denkt als wir. Höhere Intelligenzen.«

»Right. Das ist es.«

Jetzt ist Adam an der Reihe, Ezra Pound zu zitieren: »The gods have not returned. They have never left us.«

»Genau. Und deshalb Artemis, und das Lyrikprojekt, und der Dich-

terpriester … Kreuzer glaubt, daß dieser Prozeß, den MacNeilage beschreibt, das Entstehen zutreffender, nützlicher, wahrer Sprachkonfigurationen, neuer Bedeutungseinheiten für bislang von uns noch nicht wahrgenommene Tatsachen, also das Aufquellen von *content* in den *frames*, ständig neu geschieht, in einer Art Mutter-Kind-Babbel-Austausch der Menschen mit den höheren Intelligenzen. Göttern, oder Gott.«
»Irrsinn.«
Dath zuckt mit den Schultern. »Kann sein. Ist nicht unwahrscheinlich. Für die Zündung dieser Momente, für das Aufplatzen von neuem *content*, sind seiner Meinung nach immer wieder ganz bestimmte Individuen zuständig, die praktisch ihr Leben damit verbringen, brabbelnd *frames* zu entwickeln, in denen …«
»Dichterinnen und Dichter. Auf das alles, dieses enorme, imposante, haarsträubende Trullala ist er selber verfallen?« Die Stoppeln an Daths Kinn scheinen Adam jetzt so kakteenstachelhaft wie alles hier, als der Mann versonnen lächelt und, auf einmal merklich leiser, wie zu sich selbst sagt: »Wir hatten einen Briefwechsel. Ich hab' ein bißchen nachgeholfen, mit ein paar Einzelheiten, als klar war, er kauft das. Er kauft mich. Ich wollte raus aus dem Geschäft, mir abenteuerliche Sachen auszudenken. Das hab' ich von einer Kompo… einem Vorbild gelernt.«
»Einer Kompo? Komponistin?«
Dath winkt ab: »Na ja. Selten. Statt daß sie komponiert, hat sie, weil der Besitz ihrer Werke ihr nicht gelingt, sich einem andern Arbeitsfeld verschreiben. Sie bildet Leute aus, in … Das hier, mit dir, ist mein Gesellenstück. Sie sagt, ich krieg's nicht hin. Aber ich will doch mal sehen, ob ich nicht mal was anderes zustande bringe als nur …«
»Deine doofen Bücher?«, Adam glaubt sich plötzlich auf einer Spur, die unerwartete Ergebnisse erbringen könnte – Informationen.
»Mhm. Die Bücher. Ich mein', was sollte es sein? Ein Programm. Ein Bändchen übers Genaue in der Ästhetik, dann eins übers Genaue im Leben, dann eins darüber, daß das Schicksal stärker ist als die Leute, und dann ein dickes darüber, daß die Liebe die Leute, und wenn es nur Tiere wären, stärker machen kann als das Schicksal, und damit war die

Dialektik erschöpft, zwischen dem, was man weiß, und dem, was man nie wissen kann, zwischen Theorie und Praxis, zwischen Kunst und Wissenschaft auf der einen, Liebe und Politik auf der andern Seite. Es war alles gesagt, oder fast alles. Es gab nur noch den Schritt, was zu tun statt was zu sagen. Und dafür braucht man Mittel. Die hat Kreuzer.«
»Aber das ist doch eine ganz irrige Vorstellung vom Schreiben«, der Lyriker kann soviel Unsinn gar nicht fassen, »das tut ja so, als hätte man erst die Aussageabsicht, und dann schreibt man die Bücher runter ...«
»Ja, siehst du, bei dir, dem Dichter, ist es anders: *frame* zuerst. Ich hätte nur noch versuchen können, diesen Weg zu gehen. Noch was zur Form sagen. Eine Form entwickeln, die was über sich sagen kann.«
»Sämmtliche Gedichte.«
»Ja, aber ... nee, ging nicht. Dafür brauchte ich dich. Und nicht nur dafür.«
»Und diese Theorien – Strawson und Dings und ... glaubst du die? So wie Kreuzer?«
»Es sind halt Hypothesen, bei denen seiner Ansicht nach ein profitables Machtspiel herauskommt, das zugleich seine philanthropischen Gelüste stillen könnte.«
»Peace comes of communication«, zitiert Adam Pound, wie der Konfuzius zitiert.
»So was, ja. Und für mich ist es ... Na, was heißt schon glauben? Ich glaub' nicht mehr viel. Ich seh' mal zu, wo es hinführt. Das letzte Buch, und Schluß. Große Erleichterung.«
»Ach was. Zynismus. Das ist ... was du mir da erzählst, das ist doch schlimmer als Scientology, das ist doch völliger ...«
»Du solltest die Daten sehen, Adam. Die Blumen, die auf diesem Dung blühen. Vielleicht ist es am Ende wie mit der Teflonbeschichtung und der Raumfahrt: Es kommt soviel Nützliches dabei rum, daß es doch ...«
»Warum renne ich nicht davon? Sag mir das!«, Adam möchte irgendwen schlagen, irgendwas zerstören.
Aller Humor, alle flirtende Fiesheit verschwindet aus den Augen des Gekauften, als der sagt: »Weil man dich nach allem, was du hier gesehen

hast, niemals mehr einfach gehen lassen wird. Wenn du abhaust, Adam Sladek, werden wir dich jagen. Ohne Gnade jagen. Und wir finden dich überall.«
»Und dann?«, Adam ist nach Lachen, »Schießt ihr mir dann in den Mund, wie bei der Mafia?«
Dath geht in die Hocke, betrachtet das hübsche Blattmuster einer Queen-Victoria-Agave und sagt, als sei das reines Geplauder: »Wußtest du, daß der größte Puppenspieler in der Geschichte der Geheimdienste, James Jesus Angleton von der CIA, der die Naziburschen damals einkassiert hat, die Leute von Gehlen, ein hochintelligenter Ästhet war, literarisch aufgeschlossen, Bewunderer von Pound und Eliot?«
»Irrsinn«, wiederholt Adam, und läuft beim Versuch, das Gewächshaus so schnell wie möglich zu verlassen, gegen eine Fensterwand.

Post

Viel steht nicht auf der Karte, die Johanna in der Hand hat. Sie weint leise und wird von etwas geschüttelt, das Adam sofort als lustvolle Trauer erkennt. Er liest, was auf der Karte steht:

Liebe Johanna,

wir haben uns gefunden. Hier sind viele seltsame Mädchen und andere Seltsamkeiten. Sie machen mich auch seltsam, aber das ist gut für mich und für Cathrin. Wir grüßen Dich und haben Dich sehr lieb. Wart nicht auf uns, wir sind jetzt hier und kommen wohl nicht wieder.

Leb gut,

Paul (+ Nicole + ♡)

Er dreht die Karte um, da ist ein Fluß: Copper River steht unten am Rand. Adam setzt sich zu Johanna aufs Sofa, nimmt sie in den Arm, daß sie ihm die Schulter vollheulen kann, wie es sich gehört. Er hält die Karte zwischen Daumen und Zeigefinger, dreht sie, dreht sie um und

um, und ein anderer in ihm liest mehr, als da steht: Gelbes Messer, denkt er, Serpentinen, Bäume wie Soldaten, Antennen und Schnee, Alaska, Avalanche Area, riesige bemooste Elchköpfe – bin ich Hellseher geworden? Woher weiß ich, was die Karte bedeutet, von dem abgesehen, was draufsteht? Wieso spüre ich Stromschnellen unterm Sofa, wieso schmeck' ich das Eiswasser im Mund und kriege Appetit auf Lachs? Er beschließt, Johanna nicht damit zu verwirren.
Sie soll sich ausschluchzen.

Später, im Bett, erzählt er ihr's dann doch. Sie ist seltsamerweise getröstet davon: »Weißt du was? Ich glaub' dir das. Er würde es selber glauben: Telepathie, hat Paul mal gesagt, das ist das einzige Übersinnliche, woran er glauben kann. Also warum nicht, ich meine, übertragen von dieser Karte …«
»Und du selber? Übernatürliches, Übersinnliches? Wie hältst du's damit, Gretchen?«
Sie lächelt im gelben Halbdunkel. »Ach, ich. Ich glaub' an nichts Übernatürliches außerhalb der Kunst.«

Zwei, die es versuchen

Ungefähr zwei Monate lang lassen die Umstände einander in Ruhe. Das ist der Zeitraum, in dem die Liebe zwischen Adam und Johanna, das Frühchen, ein bißchen leben darf, und es strengt sich so an, es holt soviel Luft, sein kleines Herz schlägt mit aller Kraft.
Nie haben diese beiden Menschen ernster und fröhlicher vor dem nächsten Augenblick gezögert; nie hat sich das Weltall ärger gewünscht, zwei möchten noch einmal davonkommen und nicht bestraft werden für das Gefundene. In der langen Winzigkeit dieses Moments finden beide, sie wie er, eine Spiegelung der kleinen Ewigkeiten, die sie in ihren Künsten kennengelernt haben. Gedicht und Bild: Das ist fast nichts, mit dem Anspruch aufs Fürimmersein. Und den Anspruch, das ist das Unheimliche, lösen diese Sachen einfach dadurch ein, daß es sie gibt.

So auch die Liebe: Jede, die es gibt, ist für immer, selbst wenn sie nur einmal die Augen aufmacht, unter irgendeinem Dach, in irgendeinem alten Haus, in irgendeiner Nachtstille.
Johanna malt die Dichterinnen und Dichter nicht wie sie waren, sondern wie sie hätten gewesen sein dürfen im Zustand des Davongekommenseins.
Adam schreibt weniger, und Besseres, als seit Jahren.

Lebendigsein wird eine neue, spielerische, sehr aufmerksame Lust.
Adam, der ein guter Mensch sein will und das von seiner Fähigkeit ableitet, nichts zu tun, beginnt, sich zu bewegen. Johanna, die ein böser Mensch zu sein bereit ist, wenn sonst nichts hilft, und das von ihrer Fähigkeit ableitet, sich ins Unbekannte zu werfen, lernt abwarten und zuhören.
Adam fängt, als verstünde sich das von selbst, mit einem Mal an, morgens wieder Liegestütze und ein paar Dutzend Hantelübungen zu machen (die Hanteln sind seit 2006 nur noch im indirekten Gebrauch: sie stählen seine Muskeln, indem er sie im Koffer von Ort zu Ort trägt, bei Lesungen, im Urlaub, sie aber in der Fremde dann ebenso selten benutzt wie zu Hause, nämlich fast nie).
Johanna geht Laufen, auf den nahen Berg, besonders gern frühmorgens, wenn er schläft, und verliert darüber nicht nur Gewicht, sondern wird, weil sie quer durch den Wald klettert, über Wurzeln, an Steinen vorbei, binnen kürzester Zeit gelenkiger, als sie seit Teenagerzeiten gewesen ist.
Die neue Beweglichkeit kommt der Liebe zugute. Besonders gern hat Johanna die Position, bei der sie auf der Bettkante oder dem Badewannenrand sitzt, die Beine spreizt, anwinkelt, hebt, ihm, der kniet, auf dem Schaffell oder den Fliesen, vielleicht den einen oder anderen Fuß, manchmal auch Beine, auf die Schulter legt und dann hinunterguckt und zusieht, wie er bei ihr ist.
»Besser als Youporn«, sagt sie. Er stutzt, sie erklärt: »Na, Youporn, selbstgefilmter Sex im Internet.«
Er staunt: Was es alles gibt.

Noch mehr ist zu lernen, in der kurzen Zeit: Es geht, dämmert ihr wie ihm, im Gesamten der Menschenexistenz tatsächlich, wie in den dümmsten Popsongs und den ältesten Religionen, praktisch nur um Liebe. Und es geht in der Liebe nur darum, daß das Zarte und das Starke zusammenkommen, ohne daß das Starke sich darauf ausruht, das Starke zu sein, ohne daß das Zarte sich dahinter versteckt, zart zu sein, und ohne daß irgendwer dabei so dumm ist, das Starke und das Zarte sogenannten biologischen Geschlechtern zuordnen zu wollen. Als beide das lange genug genau angeguckt haben, kommt es ihnen so vor, als wären sie jetzt wirklich eingezogen und wohnten sicher im Glück.
Damit beginnen die Fehler.

Johanna sagt, den Mund voll mit frischem, knackigem Salat: »Mamgma, mim uh meime Mam mimo wuähm?«
»Bitte?«, er zieht die Brauen hoch; die Augen lachen Johanna an.
»Ich sagte«, sie kaut, sie schluckt, »willst du deine Sache nicht doch noch klären?«
»Meine Sache?«, er streichelt ihren Arm, das ist was Langsames, das ihm gefällt.
Johanna zieht Luft durch die Nase ein, dann sagt sie: »Na, Dath. Kreuzer. Das alles. Ich meine, daß du … dich da einfach vielleicht noch mal meldest, anstatt … ich glaub' nicht, daß wirklich Gras drüber wachsen wird, egal wie lang ich dir Asyl geb'. Du wirst mit denen noch mal zu tun haben, das ist unvermeidlich. Deshalb dachte ich, daß es vielleicht besser wäre, wenn du es wärst, der bestimmt, wann, wo und wie das passiert.« Sie will was reden, das sie ihm verständlich macht, aber da läßt er ab von ihr, setzt sich ein Stückchen weg. Ihre Haut weiß gar nicht gleich, was passiert; ihr Gesicht sieht deshalb leicht verwundert aus, nicht unsüß. Adam sieht das, will's aber nicht sehen. Sie denkt: O Gott, es ist wie mit Paul. Wie mit dem Tropenholz. Er richtet sich auf, atmet kräftig aus und beschwert sich: »Mußt du mir so unsubtil sagen, daß ich anfange, dir auf den Wecker zu gehen? Ich mein', ist ja kein Problem«, falsche Jovialität bläht den Ton, »können wir alles machen, ich pack'

sofort meinen Scheiß und …« »He«, sie hebt die Rechte, wie zur Bitte um Aufschub, und die Stimme ist sanft, als sie sagt: »Bitte, Adam, fühl dich nicht gleich angegriffen. Ich seh' nur, wenn du … ich seh' dich nur abends und nachts oft sitzen, unten, in der Küche, und du rackerst auf einmal so, ich mein', du schreibst, und dann surfst du da mit diesem Space-Laptop im Internet rum und suchst irgendwas … und schläfst kaum … als das hier mit uns angefangen hat, warst du voller Energie, jetzt, ich weiß nicht …« Sie möchte sagen: Die Energie ist noch da, aber es kommt ihr vor, als wäre sie irgendwie schlecht geworden, sauer, bitter.

»Manchmal schlaf' ich«, sagt er, hochabsichtsvoll beleidigend, »und sogar neben dir.« Er denkt, während er mit scheußlicher Befriedigung sieht, daß sie den Kopf einzieht, nur ein kleines bißchen, nur kurz, aber deutlich genug, an diesen Kopf auf seiner Brust, als müßte er sich das jetzt ganz schnell noch mal vorstellen, bevor das Gespräch gleich einen Verlauf nimmt, der diese Nähe in Zukunft unmöglich macht. Er denkt an die Agentin, an den Streit in Köln, an das Hotelzimmer, ans Nichteinschlafenkönnen.

Johanna gibt nach wie ein getroffen rückwärts taumelnder Boxer: »Ja … also … nee, geht mich nix an, das weiß ich doch. Weiß ich doch, Großer.«

Gerettet ist damit nichts.

Am nächsten Morgen fährt sie das erste Mal nach Düsseldorf, um dort die Ausstellung vorzubereiten.

»Das ist wichtig für mich, Adam. Sehr wichtig. Ich will, daß die Schau so wird, daß ich richtig stolz sein kann. Düsseldorf … Broodthaers, weißt du«, als ob das alles erklären würde, und irgendwie, wenn Adam nur sein eigenes Verhältnis zu den Vorfahren und Idolen und Lehrerinnen und Lehrern genau genug anschaut, tut es das sogar: Sie stellt dort aus, wo ihr verstorbenes Idol gewirkt hat und bis heute präsent geblieben ist.

Das heißt, sie begegnet ihm neu, und das will sie im Festtagskleid. Adam brummt nur; sie nimmt das, in defensiver Naivität, als Zustimmung.

Von diesem Morgen an sitzt der Dichter immer wieder ein paar Tage lang allein im großen Haus, arbeitet an Gedichten, vor allem »Sexual Rights«, dem Amelia-Aition und der Ode an die Mädchenfrau.
Zum ersten Mal in seinem Leben fällt ihm auf, daß ihn das, was er da tut, von etwas Wichtigem entfernt, daß es womöglich ein Fehler ist, sich aus dem Leben, wenn es anstrengend wird, hinauszuschreiben. Wie sagt Günther Kiwus? 2. Korinther 3,6: »Denn der Buchstabe tötet, aber der Geist macht lebendig.«
Wenn das schon für die Heilige Schrift gilt, wie tödlich ist dann erst der menschengemachte Buchstabe auf dem Schirm, den ein Verstörter da hingetippt hat? Drei besonders wüste Tage folgen, von denen Adam nichts zurückbehält als ein Zucken im rechten Auge, pochende Adern im rechten Bein und der linken Schläfe und eine von zupfigen Ätzstichen durchsäuerte Flauheit in allen Eingeweiden. Die drei verdummten Tage bringt er damit zu, den Gedanken zu erforschen, es könnte sich lohnen, doch noch einmal zu seiner alten Enthüllungsidee zurückzukehren. Epischer Journalismus in strengen Versen: Läßt sich das machen, als Frucht einer langen, teils unfreiwilligen Recherche, die ihn jetzt auch noch in ein Netzfieber zerrt, das er so nie vorher erlebt hat? Denn Adam Sladek googelt plötzlich, was die Maus hergibt, von Sonnenuntergang bis Sonnenaufgang, zur Bewältigung seiner allerjüngsten Vergangenheit.
Es geht um einige der Leute, deren Gesichter er bei Kreuzer gesehen, deren Namen er dort gehört, deren Hände er im Forschungs- und Amüsierversteck des Milliardärs geschüttelt hat. Adam will, so der euphorisch notierte Vorsatz des möglichen Werks, möglichst genau nachzeichnen, »wo sie das Geld hinbringen, was es dort macht, wieso wir Künstler es nicht zu fassen kriegen dabei«, und beschreibt also liebevoll den altmodischen Scheitel des in ein unvorteilhaftes Sakko gekleideten Magnaten Jeroen van der Veer von der Royal Dutch Shell, die aufgeräumten Gesten des Economist-Redakteurs Adrian Woolridge, das ausgedehnte Sichschneuzen von Richard Haass (Council on Foreign Relations), die schlichte und eben deshalb besonders eindrucksvolle Sonnenbrille des Prinzen Philippe von Belgien, das einnehmende Errö-

ten der Dame von Goldman Sachs vor den Bildern von Bellmer, die Kiwus und sein Sohn im neuen Fitneßsaal aufgehängt haben – wie hieß sie denn, die Finanztante, irgendwas mit »Bids«, »Bitz«?
Und dann darf ich, denkt der Dichter, auf keinen Fall vergessen, wie rüde, wirklich ungehörigst brüsk sich dieser Eisuke Sakakibara damals nach dem Kammerkonzert erhoben und aus dem Eßzimmer verfügt hat, für einen Japaner eigentlich unfaßbar, und noch ungewöhnlicher, wenn es sich dabei um einen ehemaligen Kabinettsminister handelt (»für Finanzzeug im Bereich der Außenpolitik oder Außenzeug im Umkreis der Finanzscheiße«, so Daths nicht eben hilfreiche Erläuterung).
Wie kann ich, fragt sich Adam, diese in für einen Lyriker doch ziemlich einzigartiger Weise bei den mächtigsten Menschen der Erde stibitzten Impressionen mit einer möglichst brechtischen Untersuchung dessen verbinden, was die so alles anrichten, nein, eben nicht steuern, sie sind ja gerade keine Verschwörer, sondern das Gegenteil: Ihr fatales Wirken beruht viel weniger auf Verabredung und Steuerung als das der dümmsten Bauarbeiter auf irgendeinem Tiefgaragenbauplatz. Was die Mächtigen tun, verhindert vielmehr vernünftige Verabredung und Steuerung, weil es im Dienste nicht von Zielen und Programmen, sondern von Profit, Territorialspielchen und Erhaltung des Status quo steht.
Wie also paßt der gereizte Blick auf die Uhr, der Adam bei diesem Joram Sowieso aufgefallen ist, der 14 Jahre Nokia-Chef war und dann der erste Nichtholländer und Nichtengländer, der Shell leiten durfte, zu seiner Beraterfunktion bei Kreuzer, zu den Kungeleien im Bereich Kommunikationswirtschaft, die zwischen ihm und Adams unheimlichen Mäzen statthatten? Was verrät das Jucken im Oberlippenbart, das der Spanier Juan Luis Cebrián einmal bei einem besonders reichhaltigen Dinner durch Kratzen offenbart hat (es gab einen von Amelia erlegten Hirsch – stimmt, das war am Abend von Adams erster Ankunft), zu dessen Mediendeals mit Kreuzer (»Dem gehört«, so Dath am Rand des Mahls, »die Grupo Prisa, und der gehört El País, und El País ist die wichtigste Zeitung da drüben«, ein Kopfnicken nach »da drüben«, Richtung Spanien)?
Versagen nicht, so fürchtet Adam, der Zermürbung nahe, sämtliche

Instinkte des Versemachers, wenn der sich vornimmt, über, na, sagen wir und greifen ganz hoch: David Rockefeller zu schreiben, den er nur ein einziges Mal bei Kreuzer gesehen hat, und das auch nur aus der Ferne, unten, auf dem Rasen, nach einer Landung mit einem Hubschrauber, in dessen Bauch Amelias niedliches Autogyrospielzeug ein halbes Dutzend Mal gepaßt hätte. Rockefeller: weiße Haare, knappe Gestik, unterhielt sich kurz und heftig mit Kreuzer, der ihm mit einladenden Armbewegungen bedeutete, er solle doch ins Haus mitkommen, man brauche doch nicht alles auf dem Rasen zu besprechen. Nein, vergiß es, alberner deutscher Geldsack, antworteten die Gesten des Reicheren: Handkante, so, hier, das, nein, ja, fertig, dann wieder in den Hubschrauber, und Kreuzer stapfte, von seinen drei Leibwächtern begleitet, mit in beiden Hosentaschen geballten Fäusten zur Villa, wo er sich dann das ganze Wochenende nicht blicken ließ.

Was hat der Mann Kreuzer erzählt, der, wie Adam im Netz erfährt, die Bilanzen der Chase Manhattan Bank aus über 40 Jahren so gut kennt wie der ihm nachspürende Lyriker die Tagebücher von Paul Valéry, was weiß einer, der die Trilaterale Kommission gegründet hat und bei keinem Bilderberger-Treffen fehlen darf, was ist das überhaupt für eine Art, Geschäfte zu führen: mit dem Chopper auf den Vorplatz des Privatdomizils eines Klassenbruders, aussteigen, anpflaumen, abhauen? Als Adam einsieht, daß er eigentlich sehr wenig, ja fast gar nichts weiß, weil nämlich das Google- und Wikipedia-Wissen mit dem Guckkastenwissen des Zaungastes und Dinnermäusleins keinerlei fruchtbare Verbindungen eingehen will, hat er seine Aufmerksamkeit für die wirkliche, die richtige und wichtige eigene Arbeit durch diese ungesunde Stilübung auf Wochen hinaus ruiniert. Es geht nicht, man kann als Dichter nur mit Metaphern arbeiten, nicht mit Tatsachen, die bei dieser Frage doch alles bedeuten – wie war das in dem Aufsatz von Tom Disch, was haben Science-fiction und Lyrik gemeinsam? Ah ja: Bei allen beiden sind Metaphern und Tropen nicht eine Option auf einem Menü von Kunstmitteln, sondern das Menü selbst. Richtig, und dann gibt es noch die Affinität zum Mythos, die an der Dichtung das Reaktionäre ist, es sei denn, man erfindet einen fortschrittlichen Mythos, einen von der Zukunft eben – irgendwie so ging das, aber wo stand das noch mal drin, warum finde ich das nicht, hat er das als Besprechung irgendeines Wälzers getarnt oder war's ein ordentlicher Essay? Und wo sagt Hacks, daß die Dinge in der Poesie aufhören, zu sein, und anfangen, zu bedeuten? Dath, der an Bedeutung gar nicht glaubt, wüßte das vielleicht, der Drecksack.

Überhaupt hab' ich mich mit dem viel zu selten über Disch unterhalten, über Hacks, über, ach …

Metaphern, Tatsachen: Eben deshalb ist furchtbar vieles in der Poesie dann leider auch einfach falsch, weil das Verhältnis dieser beiden zu naiv gesetzt wird. Wenn zum Beispiel Joni Mitchell in aller unschuldigen Genialität von sich und Amelia Earhart sagt (das hat Adam ursprünglich ins Amelia-Aition einbauen wollen, bis ihm klarwurde, wie schwierig der Fall liegt): »like me she had a dream to fly«, dann geht das völlig an der Verwickeltheit des Gegenstands vorbei. Diesen Traum vom Fliegen, den eine Sängerin träumt, kann mit dem Traum vom Fliegen, den eine Pilotin träumt, nur ein Kopf verwechseln, der vor lauter Metaphorik schon gar nicht mehr sieht, wie hoch weit weg der Himmel ist und was die Wörter sind, die bestenfalls in den Himmel hineinfallen können, und zwar von unten her, wenn man die Welt anständig verkehrt herum schüttelt.

Adams säuerliche Verfassung bewegt ihn dazu, über Nacht – wo bist du bloß, Johanna, was willst du nur in Düsseldorf? – eine ganze Reihe Strophen aus dem Amelia-Aition zu löschen. Wie war das, der Buchstabe tötet? Wahrscheinlich stimmt das, denkt er, und was zuallererst wird dran glauben müssen, ist mein martermüdes Hirn.

Als Johanna wiederkommt, stößt er sie mit kleinen Gesten, feigen Zeichen, armen Ausreden von sich. Er wurstelt nachts, er schläft in erratischen Blöcken. Es ist fast, als sehe er sie gar nicht mehr.

Einsam fängt er an zu trinken. Das macht ihn nicht aggressiv, aber leicht blödsinnig, und legt ihm eine fremde Zunge in den Mund, die sich nicht rühren, nur noch sterben will.

Einmal tapst er um drei Uhr morgens vor dem Haus herum und stößt, den Kopf gesenkt, gegen scharf riechenden Atem in einem großen Pelz. Das Riesentier riecht ihn von oben, fällt dann nach vorn auf seine Tatzen, schaut von unten zu ihm hoch. Adam denkt nicht, das ist sein Glück. Er rennt zum Zaun, er wirft sich drüber. Die große Bärin bringt die Beete zum Beben, als sie ihm nachsetzt, auf die Straße, wo um diese Zeit kein Auto ist. Adam fällt hin, reißt sich die Handflächen auf. Das Ungeheuer ist nicht aufzuhalten, es schließt schnell zu dem Stolpernden auf, er spürt, wie stark es ist, hinter ihm, es reißt Löcher in die Dunkelheit, es brüllt.

Er wirft im Laufen beide Arme hoch und schreit und liegt im Bett. Das war ein Traum, denkt er, aber den Mantel hat er an, und die Schrammen an den Handinnenflächen sind echt. Es ist halb vier. Er geht zum Kühlschrank, holt sich Käse, Wurst, macht sich Brote. Beißt hinein. Ißt nicht, spuckt aus, schmeißt weg. Geht ins Wohnzimmer, öffnet Flaschen, trinkt. Legt sich auf den Teppich, schläft ein.

*

Die eben noch junge Liebe zweier nicht mehr junger Menschen ist schneller als erwartet alt geworden. Adam, zu zerrüttet, um zu trauern, beschließt, sich von Johanna vernachlässigt zu fühlen.

»Ich muß mehr an die Luft«, erzählt er einigen leeren Flaschen. Die verhalten sich dazu neutral. Deshalb fängt der Dichter an, die Kneipen der kleinen Stadt zu erforschen. Das passiert nie vor 21 Uhr und geht stets, bis nichts mehr geht. Bald kennen ihn die Taxifahrer der Region ganz gut, weil sie ihn mindestens einmal sturzbetrunken zum Haus der berühmten Malerin gefahren haben. Tagsüber, wenn er nicht auf seinem sauren Schweißlager liegt, vor sich hin verdunstet und schnarcht, treibt er sich »downton« rum, wie er schlechtgelaunt witzelt – in Cafés, Kirchen, dem historischen Museum, auch der Universitätsbibliothek (wo er in Briefen toter Kolleginnen und Kollegen blättert, bis er nicht mehr weiß, ob die nicht vielleicht alle auch schon er waren). Johanna, wenn sie da ist, läuft morgens weiter durch den Wald, findet ihn jetzt aber manchmal nicht mehr schlafend, wenn sie zurückkommt, und kann so nicht, wie in den Monaten der Liebe, zu ihm unter die Decke kriechen. Er ist schon weg, zum Bahnhof, zu den Zeitungen und den ersten Giften.

Bei ziellosen Ausflügen, morgens, mittags und tief in der Nacht, ereilt ihn schließlich, was Johanna mit ihrem Vorschlag, er möge seine Angelegenheiten zu regeln versuchen, von ihm hat abwenden wollen: Er fängt an, Verfolger zu sehen. Da sind Spione auf der andern Straßenseite, Agenten des Milliardärs im Museumsshop, Fotografen auf der Brücke, Schlägertypen an der Bar, die zu ihm herüberlinsen und sich überlegen, ob sie ihn wohl in den Griff bekämen, den Nahkämpfer der gebundenen Rede, die ärmste Sau der Schöpfung. Sie spähen mich aus. Sie gehen mir nach. Sie gehen auch vor mir her. Sie kreisen mich ein, ganz langsam, sehr sicher, unerbittlich zielführend. Manchmal liegt er im Dunkeln wach und glaubt, an der Tür Geräusch zu hören. Sie werden das Schloß mit Zinkstaubgeschossen aus einer Repetierschrotflinte sprengen, sie werden vorgehen, wie wir's damals gelernt haben. Reibungslose Zusammenarbeit als Grundlage des Einsatzerfolges. Adams Hals ist trocken. Kämpfen: Ich weiß noch, wie es geht, aber ich kann's nicht mehr. Beim Dichten ist es andersrum: Das kann er noch – viele Zettel schreibt er voll –, aber wie es geht, weiß er nicht mehr.
Ich bräuchte eine eigene Waffe, eins von Amelias Messern am besten, ich bräuchte mehr Zeit, ich bräuchte ein besseres Menschenherz in mir, ausdauernder, klüger, nicht so ängstlich bedacht darauf, sich vor Johannas Zuneigung zu drücken, nicht so ratlos überhaupt.

*

Damit der Buchstabe genügend Gelegenheiten zum Töten kriegt, surft Adam völlig ziellos durch die World Wide Wirrnis. Das rechtfertigt er vor sich selbst mit dem Gedanken, es käme plötzlich dringend darauf an, Feldeffekte des verstreuten Schreibens im Netz zu studieren und sich der allgemeinen größtmöglichen Maschinendummheit massiv auszusetzen. Nicht mehr Informationen über einzelne Mächtige sucht er, sondern die Stimmen der zahllosen Ohnmächtigen.

Johanna schaut ihm, wenn sie da ist, manchmal besorgt über die Schulter; es wäre ihr lieber, er täte sich bei Youporn um. Drolligerweise finden sie, während er im Geschwätz stöbert, einmal doch noch kurz zusammen.

Er hat gerade begonnen, sich Foren zu Nachrichten-, Gossip- und Quatschseiten genauer anzusehen. Es ist kurz vor Weihnachten, man diskutiert die Meldung von schwulen und lesbischen Aktionistinnen und Aktionisten, die in Holland glamouröse Krippenspiele zur Toleranzförderung inszenieren wollen.

Johanna steht in der Küche und macht sich eine Kürbissuppe warm. Ein Aufschrei ehrlich erfreuten Abscheus ruft sie herbei: »Heilige Matschwurst! Jetzt schau dir das an. Lies das. Unglaublich. Sagenhaft. Die Zivilisation stirbt vor unseren Augen.« Johanna, die Tasse mit der Suppe an den Lippen, tritt näher und liest das Unfaßbare, die Meinung eines Wesens aus dem Volke, vom Schirm ab, laut: »Es spricht nichts dagegen, wenn auch ein Homosexueller sich am Krippenspiel beteiligt. Das Artikelbild zeigt allerdings, dass einfach nur ein christlicher Brauch in den Dreck gezogen wird (siehe Kleidung der homosexuellen Herrschaften). Gerade die sinnlose Provozozieren Homosexueller bringt mich immer wieder dazu, dass ich diese Personengruppe nicht ernstnehmen kann.«

Er lacht, er ächzt. Sie schnauft, sie keucht.

Johanna stellt die Tasse ab und legt Adam die Hand auf die zuckende Schulter. Sein großes Lachen geht kaum merklich in hilfloses, grausam belustigtes Schluchzen über.

»Ja. Ja, wirklich. Das ist es«, murmelt Johanna entrückt, »das ist doch letztlich das einzige, was wir Künstlerinnen und Künstlerer wirklich wollen: die sinnlose Provozozieren!« Er grunzt, er pfeift. Sie sagt es langsam, genüßlich, zum Mitverzweifeln, ein zweites Mal: »Pro-vo-zo-zie-ren.«

Adam umarmt ihre Leibesmitte, drückt seinen Kopf gegen ihren erdbebenlebendigen Lachbauch. Da merken beide recht verdutzt, daß und wie sehr sie einander tatsächlich nach wie vor lieben, brauchen, lustig finden. Sie küßt ihn warm und weich, um ihn zu trösten; er faßt sie dankbar, fordernd, bittend.

Das Ausziehen ist aggressiver als sonst, die Fetzen müssen weg, es stört dies alles, der Stoff, die Schuhe, Fesseln, die weg müssen. Er hat Angst, spürt sie, gerührt und trotzdem nicht glücklich, er fürchtet sich davor, mich zu verlieren. So sehr sie seine Haare mit den Fingern kämmt, so lieb sie sein Ohrläppchen saugt, so leise sie seufzt und kleine Lieder andeutet, die ihn beruhigen sollen, es hilft scheußlich wenig.

Adam kämpft sich durch sich selbst hindurch zu ihr. Erst sieht und hört man ihm die Mühen unschön an. Als sie sich auf dem Boden wälzen, wird aber etwas Schönes und Gutes draus – die hilflose Wut, die er hat, ist das erste Mal seit Wochen klar, nicht besoffen, umnebelt, und wird die Tür zum Sichergeben. Man findet einander lustvoll und lange und heftig. Ihn kostet es mehr als sie, scheint's, denn er liegt danach halb ohnmächtig auf dem Rücken, während sie schon ins Badezimmer geht, nach einem spitzen Kuß auf seine Nase, der sagen soll: Ich geh' nur kurz woandershin und bin nie weg von dir, niemals. Er folgt ihr in die Dusche, sie spielen noch ein bißchen. Beim Anziehen, in der Küche, sagt er: »Ich werd' vielleicht verrückt, das ist das … Problem. Das macht mir angst.« Johanna beschließt, nicht drüber hinwegzugehen, sondern aufrichtig zu sein, und sagt: »Ja. Kann schon sein. Daß du verrückt wirst. Berufsrisiko, wie bei mir.«
»Ich sehe Leute«, er guckt sie nicht an, er schämt sich, sie ist ein bißchen alarmiert davon. Sie schweigt.
Er sucht was, einen Gedanken, eine Beschreibung. Er sagt: »Ich sehe Leute, die ich aus der Villa kenne, und ich … ich seh' auch Bären.«
»Bären?«
»Einen Bären. Einen einzelnen Bä… Frag nicht. Vergiß es.«
»Okay. Aber, Adam …«
Er seufzt und versucht endlich zu beichten: »Weißt du, warum ich überhaupt untergetaucht bin? Wie ich … warum ich nicht zurück bin zur Villa, als … Ich war noch mal in Berlin. Ich hab' sie endlich erreicht – Mischa.«
»Deine Exfreundin.«
Er hört das gar nicht, er will zum Punkt, er will die Wahrheit in sich fin-

den und herausholen, wenn nötig mit Gewalt: »Ich ... ich hab' gekämpft, am Telefon, zwei Stunden, weil sie sagte, daß sie mich nicht sehen will, daß sie Probleme hat, bei denen ich nur schaden und nicht helfen kann ... Probleme mit ihrer Freundin, mit deren Freund, daß alles so schwierig ist, die Konstellation – und dann sagte sie noch: Vielleicht hat es uns eingeholt, Adam. Vielleicht kann aus einer Beziehung halt nie was werden, die damit anfängt, daß der Mann die Frau nach einer Vergewaltigung im Park findet. Sagt sie so. Ganz kühl, ganz ... und sagt auch: Vielleicht ist der Umstand zu mächtig, das Verbrechen, eine Barriere gegen Vertrauen, gegen jede echte Intimität, ohne die 'ne Beziehung ... darauf sag' ich: Vielleicht war es ein Fehler, daß wir miteinander geschlafen haben. Da lacht sie eisig und sagt: Nee, wieso, ich kann soviel Sex haben, wie ich will. Mich erreicht nix, wenn ich nicht dabei bin. Und übrigens bin ich ... unfruchtbar.«
Johanna weiß nicht, ob er mit der kleinen unheimlichen Pause vor dem letzten Wort etwas wiederholt, das Mischa so selbst gesagt hat, oder ob er an dieser Stelle einfach in ein schreckensbedingtes Stocken gerät. Er fängt sich, fährt fort: »Unfruchtbar. Sie war, sagt sie, bei einer Untersuchung, Nachsorge, ein Jahr nach der ... verstehst du, um zu gucken, wie ... da schaut sich also dieser Arzt das alles an und stellt fest, daß ihre ähm ... daß sie keine Kinder mehr kriegen kann. Und ich denke bloß: O Gott, es ist wahr. Ein Transportmittel. Ein Gefährt. Eine Schale. Ein Speicher, hat Dath gesagt. Ich übertrage was. Einen ... ein Virus, einen Kampfstoff, irgendein biotechnisches ... ein bevölkerungspolitisches Instrument von Kreuzer, indem ich ... Chemie und Grammata Ephesia, sagt Dath. Chemie. Ich hab' ihm nicht zugehört. Wahrscheinlich war das alles ein Labor, das Aquarium mit diesen Anziegen und die komischen Computer bei den Pflanzen und ... Fortpflanzung. Da steckt ja das Wort Pflanze drin. Die haben ... ich war mittendrin und dachte, es sind alles Metaphern. Sie hat es sich von mir geholt, beim Sex, und weiß es nicht, und ich erfahre das beim Telefonieren mit ihr, beim Versuch, sie zurückzugewinnen, sie davon zu überzeugen, daß sie mir vertrauen kann, ich meine – vertrauen. Mir. Dem Transportmittel. Gefährt, nicht Gefährte.« Er schüttelt den Kopf, als wären heideggernde

Hornissen drin, die er verstören muß. »Hey«, sagt sie leise und umarmt ihn, der unbeholfen auch seine Arme um sie herumschlingt, »hey, wenn es … wenn das alles so ist, dann kann man da auch was machen. Dann ist das illegal, was die dir … euch angetan haben, dann gehst du zur Polizei und …« Sein Kopf an ihrer Schulter nickt, aber nicht zustimmend, sondern in einer Art von Weinen. Er sagt: »Nein du … nein, du verstehst das nicht. Denen gehört die Welt. Nicht weil sie Verschwörer sind, nicht irgendwie politisch, nur einfach vom … Eigentum her. Sie besitzen einfach alles, völlig planlos, ihnen passiert nichts, sie machen einfach, was ihnen einfällt, und so ist die Welt dann eben. Keine Superschurken, nur besoffene Fahrer. Und ich, mich haben sie eben ausgesucht, mich haben sie gekauft, ich habe mich kaufen lassen, und das klebt jetzt an mir, und wer mich berührt, ist mitgefangen, kriegt das Virus oder was auch immer … wahrscheinlich hast du es jetzt auch, verstehst du, ich hab' nicht mal dran gedacht, daß du, daß wir auch, wenn Mischa, kannst du dir das vorstellen, daß …«
»Du bist nie in mir gekommen.«
»Doch …«, er schämt sich wieder, weil er es genau weiß, als hätte er Buch geführt, »zwei Mal.«
Sie sieht's mehr praktisch: »Na, aber das war mit Kondom.«
»Schon, aber ähm … weiß ich denn«, er zittert, »ob es nicht schon durch Küsse oder … nein, Johanna, echt, du, ich, es, wenn … alle, die ich anfasse, werden in Kreuzers und Daths Dreck gerissen, und ich ich … ich kann …«
Er reißt sich los, das ist das Ende des Satzes, steht auf, er wendet sich ab, geht rasch zur Treppe, ruft ihr, die wie getreten am Küchentisch stehenbleibt, in seltsam leerem, flachem, geschäftsmäßigem Ton zu: »Nee ähm nein also, es ist doch so, ich bin viel zu lange hiergeblieben, wer weiß denn, was für eine Scheiße da noch … ich pack', ich fahre, ich muß hier weg, hier raus … du du, du mußt mir, weißte was, rufst mir am besten ein Taxi, genau, komm, ruf es an, ich verschwinde. Ich komm', ich meld', ich meld' mich, aber ich krieg' wirklich, sorry, es, es tut mir leid, Johanna, ich krieg' keine Luft mehr, das ist für uns beide nicht gut …«, und mehr davon, verschwindend, *fade out*.

Ihr fällt, das ist erstaunlich traurig, nichts ein dazu, kein Wort, keine Klage, keine Forderung. Sie weiß zwar, daß das nicht geht, daß sie etwas dagegen tun muß. Aber was genau, das ist ihr schleierhaft. Zwar. Aber.

Auf einmal ist ein schrecklicher Zusammenhang hergestellt, sie hat es nicht selbst getan, es geschieht von allein, wie bei einem Acid-Flashback, der einen Tage oder Wochen nach dem Trip erwischt.
Schon seit einer Weile fragt sie sich, woran der Verfall des Geliebten sie erinnert, und jetzt hat sie es, nein, es hat sie, sie will es gar nicht, aber so sieht es aus: Das ist alles, wie es bei ihrem Vater war, als der immer ärger abgebaut hat – erst gingen die Manieren flöten, dann war's die Sprache: Singular der »Ärzte«, auf die er dauernd schimpfte, war plötzlich »der Ärzt«, das war noch putzig, auch die Beschwerde hatte noch was Niedliches, jener Ärzt nehme ihn »nicht mehr von pfoll«, statt: für voll, verwaschen ausgesprochen, nach Art der schweren Alkoholiker, zu deren trübem Stamm der Alte ja nun leider so lange schon gehörte, wie Johanna sich überhaupt erinnern konnte, und über die »Parmavertreter«, die dem Ärzt Tabletten aufschwatzten, welche der dann an den armen Kranken weitergab, lachten Johanna und der Kranke sogar zusammen. Am Ende aber ersoff alles in ziellos zornigem Gestammel, »Da da hat der da wat der da hat der wat«. Das war's, an diesen Tonfall, dieses fuchtelnde rotierende Herumdusseln erinnert Adams Treppenmonolog die Malerin.

Endlich fällt ihr etwas ein, das sie tun kann.
Sie täte das lieber nicht, aber untätig bleiben ist ihr unmöglich.
Sie nimmt sich also das Telefon, wählt aber kein Taxi an, sondern eine Nummer, die Adam kennt, von der er aber nicht ahnt, daß Johanna von ihr weiß.
Sie hört, wie auf der andern Seite der Mensch abnimmt, der für die eingetretene Eventualität in Bereitschaft steht. Ein kurzer Wortwechsel regelt das Weitere. Nach dem Auflegen horcht Johanna nach oben. Adam packt, poltert, ein bißchen tobt er. Als er mit drei prallen Koffern

– CDs, Bücher, Kleidung – und dem schweren Rucksack – Hanteln, mehr Bücher – sowie dem über die Schulter geschnallten Laptop runterkommt – er geht, nein, doch nicht, fällt er, stürzt er, warum sieht sie ihm so reglos zu, warum eilt sie nicht zu ihm? –, macht er erst ein furchtbar grimmiges Gesicht, verschlossen, wehe, du sprichst mich an, ich ändere das nicht mehr, ich fahre, muß fahren – dann aber verwandelt sich der Ausdruck in eine geradezu lächerlich freudige, kindhaft entzückte Maske, als die Türklingel schellt. Adams Mund, eben noch zum Galeerensklavenstrich zusammengepreßt, zeigt alle Zähne, als er sagt: »Aahh hm ja das Taxi, ha? Schon da, das Taxi?«, als könnte er kein Deutsch oder glaube von ihr, daß sie's nicht könnte.
»Nein«, sagt sie.
Das hört er nicht, sondern nickt wie besoffen, schleppt schwankend seine Lasten den Flur entlang, stellt die beiden Koffer, die seine Rechte gehalten hat, auf den Boden, öffnet die Tür und wird von Dath sehr aufgeräumt begrüßt: »Na, wohin so eilig?«
Wie ein Gewitterschatten auf einen weißen Strand fällt der Feind in die mit hellem Holz ausgekleidete Diele ein. Zwei breite Gorillas in Anzügen trotten hinter Dath her und drücken alle Luft beiseite. Adam Sladek, einen Koffer noch am wie nutzlos geworden von seinem Rumpf herabhängenden Arm, weicht zurück, als wäre er ein Vampir, dem man ein Kreuz vor die Nase hält. Johanna wünscht sich woandershin. Dath droht nicht, schimpft nicht, lästert nicht.
Er plaudert: »Der Witz, mein Lieber, ist ja der, daß Kreuzer ganz fertig ist, ich meine, in Tränen aufgelöst, außer sich, von der Qualität der Sachen, die du hier geschrieben hast, in diesem Asyl«, sein Blick streift ohne Hast, in kennerhafter Kühle, die Zettel am Kühlschrank, die Zeichnungen auf der Anrichte, das Telefon, den Ofen, die Bücherstapel im unteren Wohnzimmer, registriert alles, wie ein Auktionator, der eine Sammlung taxiert und den Schätzwert mit seiner Provision verrechnet. Die beiden Menschen beachtet er kaum, die sind unwichtig, die hat er längst verkauft. »Eine Offenbarung, sagt er. Das geht so weit, daß er seine komplette Strategie jetzt ändern will. Er setzt jetzt nicht mehr auf die Zwangserziehung auf pharmakologischem Weg unterm

ästhetischen Feuerschutz deiner Propaganda, na ja, oder jedenfalls anders, indirekter – nachdem er erst per Virus die Fruchtbarkeit regulieren wollte, will er jetzt die Frauen ermächtigen – ah, wie ging das, in deinem Gedicht? Richtig:«, er spitzt die Lippen, schmeckt ab, was er sagen will, und rezitiert dann, zu Adams größtem Grusel völlig fehlerfrei, einen Text, von dem Adam geglaubt hatte, niemand kennte ihn, weil er ihn nur in seinem Laptop und in seinem Schädel aufbewahrt: »... was die Antwort einer authentischen Linken / Damals wie heute klar hätte auszeichnen müssen / Vor der kryptogläubigen Mutterkreuzpropaganda / Wie dem imperialistischen Zugriff auf weibliche Körper:/ The key to lowering birthrates and improving / ›Population quality‹ (...) lies not in contraception alone / But in education, health care, and in empowering women./ Educated women have fewer, healthier children, / And healthier children generally grow up to be / Stronger, taller, and more intellectually capable adults, / Who themselves / Have smaller families./ Schwierig zu sagen wie Freiheit Geburten verbucht in Gedichten / Schwerer zu wissen was Freiheit im Biologischen heißt. So ungefähr. Mit kleinen Varianten.«

Adam öffnet und schließt den Mund wie ein Karpfen. Johanna läßt sich von den Schultern eines der Schlägerschränke in die Ecke der Küche abdrängen, wo die Gewürze stehen – nicht, daß der gepanzerte Körper sie wirklich berührte, er schiebt sie vielmehr kraft eines unbeschreiblichen, alle Abstoßung der menschlichen Gedankenwelt tragenden Magnetfelds einfach vor sich her. Dath schnuppert wie ein Wolf. Der Minzgeruch des afrikanischen Tees, den Johanna gerade ziehen läßt, scheint ihm zu gefallen. Er lächelt, sammelt sich, fährt fort: »Also, er sagt – und ich gebe zu, ich helfe da auch ein bißchen nach –, daß er das Ding nicht systematisch genug angegangen ist bis jetzt. Daß er nur den Klassenaspekt gesehen hat: Die Geldsäcke, zu denen er gehört, die er aber verabscheut, fördern nach Kräften den Hang der Armen, sich fortzupflanzen. Niobe ist eine Agentin der herrschenden Klasse, der Bilderberger, des CFR, der Trilateralen Kommission, der Atlantikbrücke, des Vatikans ... Deshalb wollte er sie aus dem Spiel nehmen, die Dame des Königs, als biopolitischer Idealist, der er nun mal ist. Unter dem Einfluß deiner neusten Verse, deiner erstaunlich materialistischen Sicht auf die Göttin aber, ist ihm, ganz abgesehen von der Klassenherrschaft, das Patriarchat als zweite Front aufgefallen. Der Schlüssel, nicht, das waren die Zeilen, bei dir, die davon reden, daß man Geburtenkontrolle weder chemisch noch politisch erzwingen muß, wenn man den Frauen ökonomisch mehr Macht verschafft, mehr Autotomie ... Autonomie ... whatever. Und da hat er, kennst ihn ja, sofort wilde Studien anstellen lassen, hat feministische Medizinerinnen und Biologinnen engagiert.«

»Und?«, Adam versucht tapfer, die Unterlippe vorzuschieben, und sieht doch nicht so aus, als könnte er dem leisesten Windhauch noch Widerstand leisten.

»Oh, Ergebnisse! Ergebnisse! Denn siehe da, das Patriarchat kämpft ebenfalls sowohl mit biologischen wie mit memetischen Kampfstoffen – mit unfairen genetischen Platzvorteilen und reaktionären Grammata. Tjaaaa, die genetischen, nicht wahr – na, Hormone natürlich vor allem: die große Studie der Rutgers University, bei der man erkennen konnte, daß sowohl Mädchen wie Jungs, wenn man ihnen Chemikalien zuführt, welche die Testosteronproduktion anheizen, augenblicklich aggressiver werden ... aber die Jungs haben schon von vornherein soviel von dem Zeug, daß sie auch ohne Booster aggressiver sind als alle Mädchen. Der Primatensextrieb ist beim Männchen chemisch an den Primatenterritorialtrieb gebunden; Krieg, Vergewaltigung, das ganze Programm. Die Hormone und Neurotransmitter als zweikomponentiges chemisches Substrat, auf dem dann Konditionierung und Grammata unfair aufsetzen können ... die Rollenverteilung auch, und die Choreographien, die daraus folgen: Daß das Weibchen wählt und steuert, so gut es kann, aber das Männchen initiiert – sitzen zwei im Auto, sie darf lenken, aber er darf Gas geben und bremsen, natürlich sprechen sie sich nicht ab, und das soll keine Unfälle geben! Ein Riesenspaß, alles hochinteressant, eine ganz unerwartete Schiene – nun, jetzt kombiniert er also die Version 2.0 des Virus mit einem Metaprogramm zur Testosteronregulation. Die Gesellschaft muß, damit sie für seinen wohltätigen Sozialabsolutismus reif ist, damit sie ihn als Mega-Friedrich den II.

oder Ultra-Napoleon akklamiert, erst mal molekularbiologisch entmännlicht werden, findet der große Mann. Und darauf hast du ihn gebracht, Dichter, sei stolz, ich meine, wo gibt es solche Rückkopplungen, daß der Diktator vom Propagandaministerium nicht nur verherrlicht, sondern sogar gelenkt ...«
»Wovon«, Adam bellt mit dem Mut der Verdutztheit, »zum Teufel faselst du da? Wie hast du hierhergefunden? Was willst du, was bildest du dir eigentlich ...«
Einer der drei Berserker hebt die rechte Hand, als wäre er ein Schiedsrichter, der eine Regelübertretung zu seinem größten Bedauern ahnden muß. Sonst passiert zunächst nichts. Adam ist irritiert und fährt ihn an: »Was seid ihr überhaupt für Roboter, wie kann ...« Der Schlag in sein Gesicht trifft ihn schneller, als Johannas Augen der Hand des Schergen folgen kann. Adam wird gegen einen der schönen geraden Pfosten geschleudert, sein Hinterkopf macht, als er gegen das Holz haut, ein scheußlich dumpfes, Johanna ins Mark hackendes Geräusch. Dath, der gerade einen kleinen Rundgang durchs Wohnzimmer begonnen hat, macht träge kehrt und geht drei Schritte auf Adam zu, der zwar schon die heißen Tränen in die Augen schießen spürt und eine scharfe feuchte Wut im Hals, dazu aber völlig benommen dreinschaut, den Mund so fest geschlossen, als wollte er nie wieder etwas sagen. Kreuzers Gesandter sieht den Dichter seltsam melancholisch an, als beobachte er eine Fliege, die vergeblich versucht, aus einem Glas mit klebriger Flüssigkeit zu klettern. Er blickt in Adams Augen, durch sie hindurch bis ins wunde Hirn und sagt: »Ein neues Zeitalter, das ist es. Das sollst du einläuten. Er kann sich seine Utopie, zu der er so viele seiner Klassenbrüder so lange vergeblich zu überreden versucht hat, jetzt nur noch als biotechnisiertes neues Matriarchat vorstellen, du hast ihm die Augen geöffnet. Gut, nicht nur du. Auch die Lektüre, zu der ich ihn angehalten habe. Sheri Tepper, Liz Diamond, Joan Slonczewski, James Tiptree, Ivana Petrovic, Caitlin Kiernan. Ein. Neues. Zeitalter. Wußtest du, daß die hellenistische Spätantike den Siegeszug des Christentums so vollständig, so reichhaltig vorbereitet hat, daß man fast einen Plan dahinter vermuten muß? Theokrit, Kallimachos: Die haben auf dichterisches

Niveau gehoben, was im dritten Jahrhundert vor Christus allgemeine Volksfrömmigkeit zu werden begann – den Epiphaniegedanken, den soteriologischen Gedanken: daß die Götter als fleischgewordene Erlösergestalten wirklich erscheinen, daß man sie anschauen, anfassen kann. Kallimachos, wenn man ihn aufmerksam liest … also, der richtet oft Fragen, in den Hymnen und anderen Texten, an seine Götter. Fragen. Ein Medium, aber kein spirtistisches. Kontakt. Kontakt mit höherer Intelligenz – wo auch immer das Substrat sein mag dieser Noosphäre, dieser Informationsstruktur der Welt, in verborgenen Hirnfalten, in somatischen Speichern, kollektivem Unbewußtem … Lies es nach, bei Petrovic: Die Hymnen des Kallimachos vermitteln das Gefühl, daß die Götter nicht fern, sondern nah und stets präsent sind. Im Artemishymnos erwähnt Kallimachos, daß die Göttin immer in Ephesus ist, daß ihre Pfeile die Stadt immer beschützen. Epiphanie, das wird im Frühhellenismus ein theologischer Fachbegriff, und Soter, Erlöser, so nennen sie ihre Könige, das wird zum Titel: Meschiach heißt das auf hebräisch. Du wirst es diesmal vorbereiten, diese weibliche … Also, ich denke, ich habe dich hervorragend ausgesucht. Ein Kämpfer, und dabei so sensibel – so … empfindlich, so hochauflösend … ich hab' mich fast an meinem Hörnchen verschluckt, als unsere Mikrofone hier im Haus mir verraten haben, wie genau du das, was wir dir im Kino an Wissen über Alaska fast unhörbar in die Ohren geblasen haben, reproduzieren konntest, als die Postkarte es getriggert hat.«
»Die Post…« Johanna erwacht aus ihrem Stupor, sucht halblaut nach Worten für den Schock: »Du hast, ihr habt mich verwanzt hier, ihr habt die ganze Zeit …«
Der Gorilla, dessen Schultern sie durch die Küche geschoben haben, hebt seine Hand mit derselben Geste wie der andere vorhin. Johanna schluckt's runter. Sie denkt: Alles wissen sie nicht. Nein, können sie nicht wissen. Daß Adam und ich uns verabredet haben, in der ersten Nacht zusammen, bei rauschendem Wasser, im Bad, und ich dachte: Es stimmt, was Dath mir erzählt hat, er ist wirklich paranoid. Aber mitgemacht hab' ich's trotzdem, weil man ja Irren manchmal auch ihren Willen lassen muß, damit es nicht noch schlimmer wird. Mitgemacht hab'

ich's, und deshalb gibt es die Zettelchen, deshalb gibt es Plan B. Kiwus. Der Vater, der Sohn …

Dath sagt zum Dichter: »Er und ich, wir haben dich gemacht. Kreuzer und ich, mein armer Adam. Und ihn, Kreuzer, ja den haben umgekehrt wir beide gemacht, du und ich. Ein Imperialist der Freiheit, ein … ich wollte schon als Bub, beim H. G. Wells-Lesen, immer einen … na, damals dachte ich: einen Kanzler, der so ist wie Wells. Dann wurde ich Demokrat, Sozialist, Idiot. Dann hat mir die Dame, von der ich lernen wollte, das Hirn gewaschen. Dann ist sie abgehauen. Alle Enttäuschungen hängen zusammen. Und jetzt bin ich zu meiner ursprünglichen Position zurückgekehrt. Nur daß ich's nimmer Kanzler nennen würde. Eher … Löwe oder so. Man ist ja gern bildhaft.«
»Ihr werdet es nicht finden«, Adams Mund ist haßerfüllt verzogen, er schaut den Insektensammler an, als wäre er, Adam, die Hornisse, die ihn totstechen wird. »Meine Arbeit. Überall hier. In ihre Bücher geschrieben, auf Zetteln verteilt … so gut sind eure Kameras nicht, und vieles hab' ich in Cafés geschrieben, auf Zeitungsränder, nicht in den Rechner. Wenn ihr den angezapft habt, pffff … das ist nur der uninteressanteste Bruchteil, das wird nie in den Sämmtlichen Gedichten stehn, die du …«
»Was glaubst du«, lächelt der Böse nachsichtig, »warum ich die Jungs hier dabeihabe? Die werden jeden Winkel durchsuchen, glaub's nur. Hier bleibt nichts zurück.«
»Moment mal, halt, das ist immer noch mein Haus, in dem …«, muckt Johanna auf, und der Böse zieht ein Gesicht, als habe ihn wirklich was gepiekst. Er schließt die Augen, faßt sich mit Daumen und Zeigefinger der Rechten an die Nasenwurzel und sagt: »Du nervst, Rauch. Echt. Schon lange. Bring sie nach oben, Pit, und sieh zu, daß sie das Maul hält.« Der Magnetschultermann tut, was ihm befohlen ist, und muß dazu keine Gewalt anwenden. Die Künstlerin ist gebrochen, fühlt sich schuldig, weil sie sich von diesen Leuten hat benutzen lassen, und Adam würdigt sie ganz folgerichtig, obwohl sie sich mehrfach nach ihm umdreht, keines Blickes mehr. Dath seufzt: »So, komm, gepackt haste

ja schon. Fritz, bring ihn ins Auto. Tobi, du bleibst hier und fängst an mit der Inventur, ja?« Der erste Hüne führt den Dichter, der keinen Widerstand mehr leistet, nach draußen, der zweite fängt an, Johannas Einrichtung methodisch zu verwüsten.

Dath geht nach oben, wo Johanna Rauch sich eben eine Angstzigarette angezündet hat.
»Rauch raucht, wie nett. Siehst du? Grauenhaft, mein Humor. Gut, daß ich die Dichterei nicht selber probiert hab'.« Sie sieht ihn nicht an, als sie sagt: »Er sieht Bären. Einzelne Bären. Ihr habt ihn fertiggemacht. Der ist reif für die Klapse.«
»Sind wir doch alle«, er streicht ihr kurz übers Haar; ihr wird fast schlecht davon, aber der Magnetschultermann, der an den Ofenkacheln lehnt, sieht nicht so aus, als würde er sich etwas vorkotzen lassen, ohne einzuschreiten.
Dath gähnt: »Uaahhh ... was hast du denn gedacht? Wie das enden würde, mit dem? War das nicht der Grund, den du dir eingeredet hast, in meinem Beisein übrigens, für deine Kooperation? Wolltest ihn halt beschützen. Mal ein guter Mensch sein, statt ein böser. Wie du das aufgesogen hast, diesen Schmalz von mir: Er ist labil, er wird uns davonlaufen, obwohl wir ihm die besten Arbeitsbedingungen schaffen, ein Borderline-Paranoider eben, und deshalb werden wir ihn zu dir lenken, mit stillen Suggestionen, damit er sich da sicher glauben kann, und du? Ein Künstlerherz heilen, wenn deins schon keiner heilt. Edelmut pur. Außerdem, Bären? Zeigt nur wieder, wie sensitiv er ist. Schreibt ein Liebesgedicht stellvertretend für einen andern, und hat mit diesem andern 'ne Affäre ... eine schöne Seele. Bären. Tja – ein Totem, nichts anderes. Er sieht die Muster, die er sehen muß, um andre Muster zu ergänzen, die wir in sein Hirn geprägt haben.«
»In sein ...«
»Sicher doch. Bären? Das ist Adriuna, die alteuropäische Bärengöttin. Nach ihr heißen die Ardennen. Etymologisch kommt's natürlich von Artemis her, klar. Dein Lover sieht Wörter lebendig herumlaufen, ist das nicht reizend? Stapfi stapfi, quer durch den Gemüsegarten.«

»Dir sind andere Menschen wirklich völlig egal, was? Du interessierst dich nur für dich und deinen Scheiß.«

Er sieht alles andere als triumphierend aus, eher kleinmütig, als er leise erwidert: »I wo. Im Gegenteil. Den Glauben an mich und meinen Scheiß hab' ich vor Jahren verloren. Ich interessiere mich, um genau zu sein, überhaupt nur noch für euch. Deshalb versuche ich mit aller Macht, was Gescheites aus euch ...«

»Bis bei uns nix mehr zu holen ist, was? Wie bei dir.«

»Touché«, sagt der Schurke müde, gibt dem Prügelpratzenmonster ein Zeichen, es solle hier nur weiter auf Johanna aufpassen, und verläßt das Haus, in das er nicht gehört.

V. So auch des Menschen Umweg

Verwandlung und Mission

»Und dann isch's ja immer noch die Frage, ich mein' des ganze Klimazeugs wird doch au grausig überschätzt, nit?« Gnade, ein Leitartikel: Die Friseuse tut, was ihres Amtes ist, sie schneidet, wie Johanna das befohlen hat, die Haare kurz und immer kürzer, rasiert mit einem motorisierten Gerät hinten und an der Seite alles weg, redet dazu leider über Dinge, von denen sie zwar nichts versteht, die sie aber dafür auch gar nichts angehen. Johanna ermahnt sich still, daß jetzt immerhin schön klar ist, was sie tun muß – die Schramme überm linken Auge war das einzige, was sie kurz ins Wanken gebracht hat: Soll ich da Jod draufmachen? Dann hat sie genau das getan, sich die kleine Verletzung mit einem Wattestäbchen betupft und scharf eingeatmet, da brannte das kurz und zündete noch einmal die schlimmere Wunde: den Schnitt ins Ego, der daher rührt, daß sie sich das alles hat bieten lassen müssen, in ihrem eigenen Haus, bis zu dem Punkt, an dem der eine der zwei Verbrecher anfing, eines der Bilder aus dem Rahmen zu schneiden, mit einem Teppichmesser, das er sich von Johannas Werkzeugbrett genommen hat.

Da ist sie ihm in den Arm gefallen, das ging ihr zu weit, und so hat sie sich eine gefangen, wurde auf den Boden geworfen, so hat sie geweint und sich blamiert vor diesen Schweinen. Die Schramme tut jetzt nicht mehr weh. Ich weiß, was zu tun ist – genau so mag ich's – und umgekehrt, fällt ihr ein, während die Maus vom Haarsalon knipst und knapst, zupft und schnippelt, plappert und lacht, ist das auch der Grund, warum ich an der Uni nie zurechtgekommen bin: Man konnte sich das alles aussuchen und einteilen, wie man wollte. Ich brauch's anders, ich brauche Aufträge, Ausstellungen, Deadlines, Zwang, sonst verkomme

ich. Wie war das, heute morgen, in der Zeitung, von diesem sowjetischen Schriftsteller, den ein Epigramm gegen Stalin das Leben gekostet hat? Das ist, wenn man als Künstler in so einem liberalen allseitigen Komplettbrei lebt, dem egal ist, was wir machen, regelrecht verlockend. Wo Epigramme noch den Kopf kosten können, da fühlt man sich aufgewertet und ... ja, genau, wahrscheinlich hat ebendas diesen Dath versaut: Er hat es nicht mehr ausgehalten, daß alles egal ist, daß es den Standard nicht gibt, vor dem er bestehen kann oder versagen. Schön, armer Kerl, soll ich jetzt für ihn heulen oder wie?
»Danke, doch, schön so!« sagt sie, in Gedanken schon woanders, weiter auf ihrem Weg zu den jetzt nötigen Taten, als die Maus mit dem Handspiegel um sie herumgeht, Hinterkopf, rechte Seite linke Seite, danke auch, freier waren meine Ohren zeitlebens noch nie.

Sie geht nachhause, wo ihre Irrtümer und Trümmer um sie her verstreut sind. Das haben die Gewaltmenschen mit ihrer Lyrikrazzia getan. Mithilfe eines Erzeugnisses der Firma L'Oréal aus Paris tötet sie das Rot in ihren jetzt ganz kurzen Haaren, läßt den Kopf hell aschblond leuchten, probiert Make-up gegen die Schramme, findet erst nach drei Versuchen was und ist damit dann aber auch sehr zufrieden. Sonnenbrille. Ohrringe. Dunkelroter Lippenstift: Ja, das ist sie. Das bin ich nicht mehr, das ist sie, die jetzt die Arbeit tun muß, deren Ablauf auf der Hand liegt.

*

Der erste Karlsruher Taxifahrer, dem sie den Zielort bezeichnet, sträubt sich: »Ist ja Quatsch, viel zu teuer – fahren Sie gescheiter nach Bruchsal, wenn das da ist, wo Sie sagen. Von dort können Sie dann ...«
»Ich hab's Ihnen doch gesagt«, Johanna versucht, sich daran zu erinnern, wie ihre Berliner Galeristin spricht und auftritt; ihr hat in Johannas Beisein noch nie jemand irgend etwas verweigert. Also Ton verschärfen: »Hören Sie zu, geht das? Danke. Ich hab' keine ... es gibt strenggenommen keine Adresse, nur einen ungefähren Straßenverlauf, vom Autohof weg, ich muß praktisch vor Ort mit der Hand ... Sie dann

steuern, da bringen mir Zugfahrten überhaupt nichts. Ich muß genau so fahren, wie ...« – fast hätte sie gesagt: wie Adam gefahren ist, und der hat's schließlich auch als strenge Anweisung, die keine Abweichung duldet, von Dath vorbuchstabiert gekriegt, welcher seine Orientierung wiederum Kreuzer verdankt, und Mahalel zeugte Jered, und Jered zeugte Henoch ... Kann man natürlich keinem Taxifahrer zumuten, also winkt sie, als sie seine verbaute Fresse sieht, wie die sich immer liebloser verschließt, endlich ab und geht erst einmal in eine Bar, bis es Abend wird.

Drei Martinis helfen wirklich weiter: Sie fühlt sich verantwortungslos, abenteuerlich, durchgedreht genug, um an den Taxistand zurückzukehren. Dort steht ein ganz anderer Fahrer als erster in der Reihe; ein Albino, Charakterschädel, stoppelkurzes Haar am Kinn und auf dem Kopf; sieht ein bißchen aus wie die farblose Version von Immendorff. Malerkollege, prima: »Würden Sie mich für viel Geld Richtung Bruchsal und dann irgendwo im Dreck rumfahren, bis ich glaube, daß ich da bin, wo ich hin soll?«

»Aber gern«, sagt Immendorffalbino.

Als sie eingestiegen ist, läßt er ihr eine Viertelstunde Zeit, sich genauer zu äußern. Als sie's nicht tut, hilft er ihr: »Soll ja viele geben, nich, die sich wünschen, daß mal einer einsteigt und sagt: Folgen Sie diesem Wagen. Ich meine, wir leben ja alle in unsern eigenen Filmen. Aber meiner, ne, also, ich steh' nich auf so Agentenklamotten und das alles. Ich bin mehr so der David-Lynch-Fan«, Johanna beißt sich auf die Zunge, um nicht zu sagen: Sie sind auch mehr so die David-Lynch-Figur. »Und insofern fahr' ich Sie auch nach Polen, wenn's sein soll und wenn Sie's bezahlen können.«

»Haben Sie Musik?« fragt Johanna tapfer zurück.

Er hat Musik. Im Klassikradio spielen sie ein Adam-Sladek-Gedenkkonzert: Manfred Trojahn, Fünf Seebilder, Radio-Symphonie-Orchester Berlin, Trudeliese Schmidt, Mezzosopran, »Das schwarze Wasser stockt auf dem Kanal. / Vom bunten Laube ist es fast verdeckt«. Die Reflektoren am Straßenrand warnen vor dem Wald, dem Holz, das nach Regen riecht, und vor dem Regen selbst, der erst in Fädchenflim-

mern, dann in immer stärkerem Guß das Auto vom Umland, von allen andern Autos, schließlich von der Raumzeit selbst zu trennen scheint. Die Welt ist kalt, der Fahrer dreht an Knöpfen. Johannas Hintern wird es warm, sie könnte lachen, läßt es aber lieber. Es geht drei Stunden, sie spricht von Kurven, erklärt Abzweigungen, wundert sich über Kreuzungen. Zwei Mal wird gewendet, der bleiche Freund macht alles mit, die roten Augen wirken weise. Dann sind sie da, wo Adam oft gewesen ist. Aber kein Wagen, kein Motorrad, kein Fahrzeug steht hier auf dem Kiesparkplatz, und das unheimlich große fensterlose Haus, das einmal Fundbüro geheißen hat, schweigt unbeleuchtet. Nur von zwei kargen, reichlich hohen Standlaternen fällt etwas fieberkrankes rotoranges Licht auf Tür und Vorplatz. Die Tür, zwei Flügel, steht weit offen.
»Können Sie ... da hinfahren, vor die Tür, und ähm ...«
»Mit den Scheinwerfern reinleuchten, ob was drin ist? Kann ich machen«, er hat vorsichtshalber den Motor laufen lassen nach dem Anhalten, fährt jetzt direkt vors Maul des toten Walfischs, leuchtet rein. Leere, staubig, schwärzlich, aschig grau: das alles sieht aus, als wäre hier seit vielen Jahren nichts und niemand mehr gewesen. »Aussteigen werd' ich nicht, und da reingehen schon gar nicht, nur damit Sie das nicht denken«, sagt der rotäugige Freund, matter-of-factly, ohne Bammel oder Vorwurf. Johanna nickt und seufzt: Also, der Ablauf war klar, die Pflicht, der Auftrag, auch, daß es sich beim Weg, den sie, seit sie sich die Haare schneiden ließ, abgeschritten hat, um eine Einbahnstraße handelt. Aber daß er sich so schnell als Sackgasse erweisen würde: Mist.
Verträumt, übermüdet, mit Kopfschmerzen vom Skalp bis ins Genick, schaut sie aus dem Fenster und sieht plötzlich was Feuriges blinzeln: Ein Drachenauge. Nein. Einen Scheinwerfer. Drüben an der Auffahrt, wo es rampensteil den Hügel hinaufgeht. Jetzt ist es wieder dunkel. Wieder hell. Wieder dunkel. Ein Motorradstrahler? Also doch keine Sackgasse – sie weiß, daß sie jetzt schnell entscheiden, auch rasch handeln muß und daß der Fahrer nicht hineingezogen werden darf, weil sich so etwas nicht gehört. »Danke, ich werd' dann mal.«
»Aber hier ist nichts«, sagt der Albino, immer noch ruhig. Johanna gibt

ihm sehr viel Geld, er versteht, was sie ihm damit sagen will. Sie stellt den Mantelkragen auf und steigt aus dem Wagen. Es regnet eisig.
Sie geht zur Auffahrt, hört hinter sich das Taxi in der Nacht verschwinden. Am Himmel blinkt kein Stern.
Auf dem Motorrad sitzt ein junger Mann, der ihr einen Helm entgegenstreckt. Er selbst trägt keinen. »Johanna Dings? Rauch?«
»Ja.«
»Klaus Kiwus. Kommen Sie, ich bring' Sie zum Alten.«
Bevor Johanna den Helm aufsetzt, muß sie wissen, ob es Hoffnung gibt, das irre Unternehmen, das ihr vorschwebt, zu bestehen: »Sie wissen den Weg? In den Wald, zur Villa?«
»Ich weiß den Weg. Und es ist nicht bloß eine Villa. Es gibt drei.«

Amelia (Aition)

Die Wörter, erhoben gerettet geborgen geküßt, fallen nach oben in der Luft, die Dinge nach unten | selbst ein Nichtding wie das Licht muß sich der Gegenwart von Masse beugen. Anders die Wörter.

Die Schönste ist nie gestorben nie gefallen, hört, woher wollt ihr wissen, daß sie sterblich war, wenn ich euch sage, daß sie lebt und gar nicht sterblich ist? Es gab ja keine Zeugen oben draußen.

Die Wörter fallen nach oben in der hellen Luft.

Amelia Kordax ihr Fliegen war ein Tanzen und ihr Tanzen ein Singen | die Worte, die sie sang, fielen nach oben in die Luft flatterten nach Osten in die Dämmerung ins Neue.

Zeichne dich uns ins Gedächtnis, Zugvogelfeder – und weil der liebe Vater unstet war, weil er dem Glück nicht auflauern konnte, sondern mit ihm spielen mußte, da ers doch liebte wie seine beiden Töchter, mit denen er Cowboy und Indianer spielte, als wären sie die Söhne, die alle

Welt von ihm erwartet hatte | weil das Glück ihm immer entwischte, denn es wollte von ihm gejagt werden da es eitel war und ihn liebte | weil es ihn also hierhin trieb und dorthin, hat seine Tochter, Zugvogelfeder, als Mädchen in vielen Häusern gelebt auf vielen Wiesen gespielt | immer, wenn sich später jemand bei ihr vorstellte mit der Selbstempfehlung, er sei aus ihrer Heimatstadt, dann mußte sie, schon damals schlau, ihn fragen: Aus welcher?

Die Wörter fallen nach oben in der klaren Luft.

Amelia Leukophruíní vom weißen Vogel, von den Möwen von den Adlern allen, an welcher der Spießerspott vom Kopf in den Wolken sich blamiert, denn da war er wirklich, ihr Kopf, in den tatsächlichen Wolken.

Die Wörter fallen nach oben in der reinen Luft | deren Farbe gleicht der in den Augen der Schönsten daß sie einander erkennen | Luft und Schönste, angenehm.

Amelia Hekaerge und ihre Arbeit kam nie an ein Ende | immerwach mußte sie die Instrumente im Blick behalten, selbst bei der Landung | bleib sei so lieb korrekt geradeaus gerichtet, kleines Flugzeug, und links das Querruder gegriffen, daß der Flügel nicht hochgeht, nicht versetzen lassen, bewährte Schiebemethode, steh ihr bei, daß das Aufsetzen bei Seitenwind gelingt.

Es zu beschreiben, fand sie unmöglich; war auch nicht nötig, da sie es sich doch hatte aneignen können, indem sie es durchquerte. | Fremdfrei brautschleirige Halozartheit vor der Sonne, zersponnen zu Eiskristallbäuschen, zergeht in Streifen und Inseln, dicker und grauer bald, dann Zellen und Rollen aus Kissendampf, schwere Schneescheune im Himmel, aufgetürmte Cumulusgrenzen, Castellanus in weißen Gebüschwällen, runde rote Unterseite amboßförmiger Cumulonimbusentwürfe an der stabilen Tropopause, größte Mammatuszerfahrenheiten, Eisnebel, Virga | Bögen und Brecher von Lichtgewaschenem, ihr Himmel, ihr Spaziergang, oben wo das Wahre spielt und leuchtet.

Als die Krieger Flieger wurden, hätte die Schönste Kriegerin werden können. Wer zweifelt, daß Sparta sie geehrt hätte | als Amelia Diktynna, Amelia Aginaii, Amelia Issoria, Amelia Knagia, Amelia Korythalia, Amelia Orthia | wer aber weiß sicher, ob sie nicht Kundschafterin war am Ende. | Es heißt, man habe sie gefangen, man sagt, die Japaner, die schon Anlauf nahmen zum Wahnsinn, seien ihre Mörder gewesen, da sie im Verdacht gestanden sei, für Amerika spioniert zu haben. | Und es heißt vom vermuteten Verdacht der Japaner (sehr leise, sehr vorsichtig, die Wörter fallen nach oben in die pulverdampfbeschmutzte Luft), der sei berechtigt gewesen, das habe sie tatsächlich getan.

Keine Heldin kann sich ganz allein erschaffen | Menschen sind aus anderen Menschen zusammengesetzt, Gesellschaft erst macht aus Monaden mit Mündern und Augen so etwas wie vielleicht freie Menschen, jedenfalls da, wo es eine gute Gesellschaft ist. Das erste eigene Flugzeug, das Amelia Earhart besaß, haben ihr die Mutter und die Schwester gekauft, nach langem Sparen.

Amelia Pheraia, feral | Denn die Bären und die Eber und die Bullen und die Hirsche und die Hunde und die Fische und die Hasen und die Löwen und die Leoparden und die Schlangen und die Wölfe wären doch alle gern so sehr gern mit ihr aufgebrochen, aber: »Wir können nicht fliegen«, daß die Schönste erwidern mußte: »Ich seht mich an bin nur ein Mensch, kann nicht fliegen, und fliege doch.« Da schämten sie sich alle. | Sie wußte einen Trost: »Sprecht nur weiter mit mir und miteinander. Je mehr ihr sprecht, desto schneller lernt ihr fliegen, denn die Wörter fallen nach oben in der Luft.«

Nach Osten, Schwester, nach Osten in die Dämmerung ins Neue

Und alle ihre Worte, die überliefert sind, haben die heitere Leichtigkeit des nicht erpreßt Ernsten: »The most effective way to do it, is to do it.« | Aufgegeben ist uns, zu verstehen, wie und wieso das nicht wie Technik klingt noch wie Politik, nicht wie Wissenschaft noch wie Sport, sondern, obwohl es all dies mit meint, einzig wie das, was sie in der Luft erreicht hat: Kunst.

Die Flieger sprechen von Entscheidungshöhen; das ist ein Wort, mit dem Apollo sich rufen läßt.

Es zu beschreiben, fand sie unmöglich, aber es ruhig zu verehren, dazu war sie zu wach. | Lieber schrieb sie nette Texte, bei denen ihr armer Berater ihr zur Hand ging, und gab darin den Dingen ein Maß, das für die Partys der Daheimgebliebenen reichte, aus Großzügigkeit, Halbgöttinenmitleid, also aus Humor: »20 Hrs., 40 Min.« und »The Fun of it«. | Die Besten machen es uns leichter, daß wir nicht sind wie sie.

Amelia Stymphalia, von den berühmten Vögeln Arkadiens. | Aber die Großmutter hat sie gescholten, daß sie zu sehr einem kleinen Jungen gliche, daß sie zu viele Jägerspiele spielte, zuviel in der Natur herumtobte, und überhaupt dem Vater viel mehr Sohn als Tochter schien. Ihr erstes Wort war »Papa« gewesen, nicht Mama | Nichts Gescheiteres hallte in dieser Schelte wider als die alte Wut der falschen alten Frauen, die nicht wie Menschen zu leben den Mut gehabt hatten, übers Geschlecht hinaus in den Himmel der Taten, und deshalb den jungen Frauen ebendiesen Mut verargten. | Hat nicht Hera, Gattin des Zeus, wie Homer berichtet, die Stieftochter Artemis ausgeschimpft: »Schamlose Hündin, was hast du vor, hier gegen mich selber aufzustehn? Es wäre dir schwierig, mit mir dich zu messen, wenn auch den Bogen du trägst, da dich für die Weiber zur Löwin Zeus gemacht hat und dir gab zu töten, wen du nur möchtest.« | Und hat nicht Artemis mit den Schultern gezuckt? | Und hat nicht Amelia leichten Herzens darauf verzichtet, Löwin zu sein, wo sie doch Adlerin war?

The most effective way to do it: Doch was man macht, und wärs das Allerrichtigste, verursacht immer Kosten. | Als sie lang genug bei den Kanken gewesen war, während der schlimmsten Grippewelle, wurde sie selbst krank. Das hieß »Sinusitis« und brachte ihr ein Leben lang Beschwerden ums freie Atmen, Schmerzen am Gaumen, Wachliegen nachts. Was hilfts, man beweint nicht die Folgen, sondern tut, was die Kunst will.

Wenn, was man will und ist, hoch oben spielt und leuchtet, wirds schwierig, auf der Erde unten Verbindungen zu finden. | Auch der Apostel sagt ja, daß sie im Himmel nicht freien und nicht gefreit werden, und wer es fassen kann, der fasse es. Aber der Apostel vergißt zu erwähnen, daß es die gibt, denen das Freien und Gefreitwerden nur und erst dort gelingen kann, im Himmel, wo sich findet, was sie wollen: was hoch oben spielt und leuchtet. Da fragte der Pilot und Lehrer die Schönste in den zwanziger Jahren: »Willst du meine Frau werden?« Sie überlegte ein Weilchen und verneinte und wurde nicht Mrs. Sam Chapman. | Da fragte der Publizist und Förderer die Schönste Ende der zwanziger Jahre: »Willst du meine Frau werden?« Erneut überlegte sie ein Weilchen und verneinte. Da fragte der sie wieder und wieder. Als sie aber einsah, daß sie dieselbe Frage hören würde, bis er sterben müßte, weil sie nun mal die Schönste war, stimmte sie, aus Zuneigung zum hartnäckigen Frager, schließlich zu. | Am 7. Februar 1931 wurde die Schönste Mrs. George Palmer Putnam, blieb aber, wunderbare Alchemie des reformierten Ritus, Amelia Earhart und für die Sterblichen »Lady Lindy«, die Sensation, die in einem Flugzeug namens »Friendship« den Atlantik überquert hatte. | Dieserart in gesicherten Verhältnissen eingetroffen, wagte sie, was sie wollte, und fand neue Wege hoch über allem | nach Osten in die Dämmerung ins Neue | Aber endlich, im Unbekannten Unerhörten Niegesehenen nahe Howland Island, inmitten dessen, was hoch oben spielt und leuchtet, | fragte die Göttin, Artemis Diktynna von den Jagdnetzen, Artemis Keladeine mit der starken Stimme, Artemis Parthenon Aidoine, verehrte Jungfrau, Artemis Podna Thea, die göttliche Königin: »Willst du meine Frau werden?« | Die Schönste antwortete: »Das bin ich doch schon« | und verschwand.

Jägerspiele: Aber nicht einfach Vögel aufscheuchen, Katzen am Schwanz ziehen, nein eine phantastische Pirsch riskierten die Kinder, Muriel und Amelia, die einander mit Namen nannten, dank derer sie neue Wesen wurden, unerhörte: Pidge sagte Amelia zu Muriel, Meely sagte Muriel zu Amelia, und dann waren sie »Big Game Hunters«, Großwildjägerinnen im Unterholz auf der Spur von goose und long-tailed duck, spotted frog, mouse und hare | Meely fing nicht, Meely fand nur und bestaunte. Pidge hatte auch etwas zum Staunen: Wer da ihre Schwester war, was für ein Seltenes, Zugvogelfeder.

Kletterspiele: Früh in den Bergen, den der Göttin geweihten, mit der Freundin Louise, immer höher im Urtümlichen, auch im Menschengeschaffenen: Immer wollte sie auf Dächer, von Hotels und andern Häusern, und einmal stieg sie mit Louise auf den hohen Schoß einer großen sitzenden Steinfigur. Da saßen sie dann, aßen Kirschen, lasen einander Gedichte vor.

Lichtgrauer Augen hellster Blick Von der Göttin sagt Haphaistion, daß Anakreon von ihr gesagt habe, sie sei blond gewesen. | Reflex der Sonne auf den Eisenteilen der Maschine in der Luft. | Stets mußte die Zugvogelfeder auf der Hut sein vor den Frostgrenzen, immer mußte sie achtgeben, daß sie an der Gestalten der Wolken erkannte, wie das Wetter sich wenden würde in Gewitter, Schnee, Hagel. | Dennoch jederzeit lieber war ihr das alles als der Staub der vom trüben Weiter zu fast nichts zermahlenen Gewöhnlichkeiten aller ewig Erdgefesselten.

Nicht griechisch? Daß sie eher römisch gewollt war vom spiritus mundi, Aviatrix und Siegerin, aber zu geschmeidig, zu flink und jung vom Ältesten her, ist die Wahrheit. | In dieser zog sie ihre Kreise, daß zuletzt der Äquator darunter zusammenschnurrte | Wie jeder andere Erdkreis urbi et orbi. | Daß wir lernten, wieso Rom eben doch nicht ewig ist, sondern allein der Olymp.

Die Verständigung schwierig, die Verbindung zu finden beinahe unmöglich: Nach fünfzehn Stunden hörte die Besatzung der Ithasca die Schönste sagen, es sei wolkig dort oben, nach siebzehn Stunden die fragende Stimme der Pilotin der Electra, die sich wunderte, daß sie eigentlich über dem Schiff sein müßte, daß das Benzin aber so gut wie ganz verbrannt sei, daß es nicht gelingen wollte, ein zusammenhängendes Gespräch mit der Ithasca zu führen, daß die Pilotin eine Flughöhe von rund eintausendsechshundert Kilometern zu halten versuchte. | Am Ende dann doch die Angst, der wirkliche Verlust der Orientierung. | Oben, wo das Wichtige spielt und leuchtet. | »We are running north and south«, die letzten empfangenen Worte.

Und wer das technisch Machbare links liegenläßt, wird nimmermehr ein Künstler, sondern wirkt mit an Priestertrug, Profitschmutz und vulgärster Bosheit, daß es nur ja nicht endlich Morgen wird im Abendland.

Nach Maschinenöl duftende Epiphanie: die Pilotin in den langen, schöngeschnittenen Hosen, den hohen Schnürstiefeln, dem Ledermantel, der bis zu den Knien reichte, in dem sie, wie später in der Lederjacke, manchmal sogar schlief, damit die Montur schneller brach und getragen genug aussah. | Erscheinung: wie später die schnellsten und geschmeidigsten Stars im Pop, nur mit dem Unterschied, daß die Schönste nicht drauf angewiesen war, daß das, was sie sich auf den Leib phantasierte, schnell genug zur Uniform würde, deren Trägerinnen sie bezahlen konnten. | Ein kleines Mädchen beschwerte sich: »Du siehst gar nicht aus wie eine Pilotin.« Da schnitt sie sich die Haare ab und war sofort noch schöner.

Der Blödmann, der sie liebte – ja, doch, er hat sie geliebt –, riet ihr, bei Fotos den Mund zu schließen, damit man nicht sah, daß es einen kleinen Spalt gab, vorn, zwischen den frechsten Zähnen. | Er hat, ist das zu glauben?, nicht gewußt, daß er mit der Schönsten verheiratet war, und daß die kleine Lücke zu ihren schönsten Schönheiten gehörte. | Ach und der

Blick, die Nase und der Wuschel auf dem Kopf. | Ein armer Mann; ein Überlebender.

Lady Lindy, Mißverständnis: Die Liebe der Leute zu Lindbergh rührte von einem Traum her, der ein bißchen Betrug war – daß es dem Menschen noch einmal gelingen sollte, Maschinen zur Körperverlängerung, zur Überbietung seiner selbst einzusetzen, daß Maschinen noch zur Domäne des Willens des Menschen zählten, während doch diesseits und jenseits des Atlantik die Menschen bereits leider umgekehrt zusehends zu Anhängseln der Apparate wurden und die Sehnsucht danach, sich vom Naturzusammenhang zu emanzipieren, in einen neuen, ebenso unerbittlichen Zusammenhang führte, den der Lohnarbeit mit dem unbegriffenen gesellschaftlichen Ganzen. | Die Liebe der Massen zur Schönsten dagegen hatte ihr feierliches fröhliches Recht daran, daß für Frauen immer noch galt und weithin fortdauernd gilt, was bei Männern damals allmählich illusorisch wurde: Schon der bloße Zugang zu Maschine, das Recht, sie zu benutzen zu besitzen, war ein Emanzipationsschritt. | Lindbergh stand für eine Freiheit, die schon fadenscheinig wurde, Amelia für eine, die bis heute nicht erobert ist.

Es gab, noch von den Griechen her und älteren Geschlechtern, vielerlei Zeug am Himmel, das kein bißchen neu war: Wagen und Bären, Jäger und Fische und Schützen, Götter und Helden, aber keine Maschinen, die fliegen konnten, obwohl solche doch viel besser in die Höhen gepaßt hätten als das tellurische Gewimmel. | Damit Maschinen oben wären, reichte der altehrwürdige Akt der Benennung nicht mehr, diesmal mußten wir die Neuigkeiten persönlich hinbringen. Aus diesem Grunde haben wir uns in Pilotinnen verwandelt und in Piloten.

Der Vater, leider, war ein Schwächling: Den Kopf in den Wolken, wo nicht er hingehörte, sondern die Tochter, die Hand zu oft zitternd vom Schnaps, und aus Scham über die flüchtige Festanstellung, den verbummelten Auftrag, die verpaßte Chance immer wieder abgängig von daheim. | Von der Schwiegermutter verachtet, die einen Fonds hinterließ, den er nicht anrühren durfte. Und doch muß die Tochter, die Schönste, einmal auch auf seinem Knie gesessen haben wie Artemis auf dem des Zeus, und sich Reiche in den Lüften gewünscht. | Er hat sie ihr bestimmt versprochen, vielleicht, weil er wußte, daß sie ihn nicht brauchen würde, um sie zu erobern.

Es zu beschreiben fällt nicht leichter als jeder andere Versuch, das Wort für die Schönheit zu sprechen; immer entgleitet uns die Fassung für die lebendigen Widersprüche. Was ist sie denn was war sie wird sie sein, ein aufgeklärter Mythos? | Wie hat sie den unaufgeklärten überholt, den vom Schmelzen der wächsernen Flügel, wo einer der Sonne zu nahe kam, wie die Dichterin singt: »Ikaros gehüllt in die geschmolzenen wachsflügel / gibt es, Ikaros bleich wie ein leichnam / in zivil gibt es, Ikaros ganz unten wo es / die tauben gibt; die träumer die puppen«, uns nämlich, aber der Mythos von Ikaros ist einer der von kosmischer Ordnung verhängten Niederlage, weil es ein Männermythos ist, wo es nur Siege oder Niederlagen geben kann | Dominanz und Unterwerfung. | Amelia lehrt, daß ein Vollbringen kein Sieg sein muß: Sie hat es getan, nichts niedergeworfen, die Welt blieb nicht unter und hinter ihr zurück, weil sie die Welt unter und hinter sich gezwungen, getreten, geprügelt hätte. Sie konnte fliegen und darum flog sie.

Der Schlitten für Jungs, zum Hineinlegen, hat ihr das Kinderleben gerettet. Wäre sie auf einem für Mädchen gesessen, aufrecht und unsportlich, wäre sie mit dem Kopf an das Pferd geschlagen, unter dem sie so, den winterlichen Pfad kreuzend, hindurchsauste, über die Schneehügel weg, als wären es schon die Wolken, die sie später unter und hinter sich ließ im Aufstieg zur Sonne, nach Osten ins Neue.

Nymphae: Daß die jungen Mädchen ihr nachliefen und Blumen und Tikkertape streuten, wo sie wandelte, und daß die alten Schachteln sich an ihrem Bild und an ihrer Wirklichkeit erfreuten, im Sinne des Trostes: Da haben wir, dachte sich Elanor Roosevelt, denn doch nicht ganz umsonst gewirkt, wir alten Schachteln, und dann machten sich beide von der

Party davon, in Abendkleidern, und stiegen in Amelias Maschine, für einen schnellen geheimen süßen fast verbotenen | Flug durch die Nacht.

Wie die Körper in die Apparate passen, daß sie darin arbeiten können, ohne verschlungen zu werden, ist das letzte Geheimnis. | Seht auf den Fotos den Pionier Wilbur Wright im frühen Gleiter, wie er mit Händen und Hüften steuert, was nirgends entlangläuft, keine Schiene hat, keine Haftung. Erkennt, die Nerven sind Fäden, an denen Menschen mit Luftgeistern spielen können, als wären sie Marionetten, Amelia Ariel, flink muß sie sein und frecher als Shakespeare für den Weg zwischen nirgends und überall, für den Flug.

The most effective way to do it: Spiele, Bewegung, Körperlust von frühester Kindheit an, Wagemut und Tollkühnheit und die Freude, wirklich auf der Welt zu sein – da wollte sie sich, kleines Mädchen noch, auf dem Jahrmarkt in ein Achterbahnwägelchen setzen, aber die Mutter fand, das sei zu unsicher, das wackle zu arg. | The most effective way to do it: Sie ging nach Haus und nagelte ein Brett, abschüssig geneigt, an den Werkzeugschuppen, bastelte Räder an eine Gemüsekiste, und hatte ihre eigene Achterbahn, daß sie begeistert rief: »It's just like flying!«

Die Schönste, Zugvogelfeder, ist nie gefallen aus ihrem Element, wo das Wichtige hoch oben spielt und leuchtet. Ihr habt am 1. Januar 1939 eine für tot erklärt, die lebendiger war als ihr alle | und es bleiben wird.

Es zu beschreiben ist so schwer, weil ihre Kunst eher wie Musik schon wieder vergeht, während sie stattfindet, als wie Text auf Seite oder Bildschirm absolute Gegenwart erzwingen zu wollen. | Musik: Das Verschwinden am Horizont, zum Osten hin ins ununterschiedene Himmelsblau, das den Komponisten in klarsten Momenten vorschweben mag, nach dem sehr behaglichen Abheben, dem Gewinnen an Höhe, das entschwindende Motorengeräusch, plötzlich klingt die Maschine zart, wie das zusammengeht, der Automat und die Zartheit, kann man nicht wissen | schreiben, nur hören, und umgekehrt dürfen die Untengebliebenen sich vorstellen, wie das ist, dieses Gefühl der rasch zunehmenden Erdenferne, der höchsten Einsamkeit, und was vielleicht das letzte Geräusch ist, das die zur Höhe steigende Schönste von der Erde vernimmt, die in die Dämmerung aufbricht, während es um uns dunkler und dunkler wird. | Nacht ist jetzt schon bald.

Und das Entzückende: Die Schüchternheit, noch auf den Ruhmesgipfeln. Wie sie den Kopf schieflegt, die Schultern hebt, in der Hand den Blumenstrauß, wohin damit? | Denn wie die Mutigen nicht die sind, die keine Angst kennen, sondern jene, die ihr trotzen, sind die Stolzen nur schöne Schüchterne, die sich trauen, damit die andern auch etwas von der Schönheit haben.

Hat sie ihn denn geliebt, den sorglichen Blödmann, den treuen, oder diesen Sam Chapman, oder einen andern von den Jungs, den lieben und den dummen? | Eine, die sie verteidigen wollte gegen den Zugriff phantasieloser Lüsternheiten, und darin ihren Willen zu exekutieren meinte (war die Schönste doch sehr darauf bedacht, ihr Privatleben abzuschirmen wider die Schnüffelei der viel zu vielen), hat ihr nachgesagt, sie habe ganz allgemein nicht viel von Sex gehalten. | Das ist freundlich gemeint. Wo aber wäre mehr Sex zu sehen als im Lächeln dieser Menschentochter? | Hat sie, man darf ja raten, Frauen geliebt? Genaues weiß niemand. Aber was hätte ein Wesen wie sie mit Mitgeschöpfen, die ihr ähnlich waren, anderes machen sollen als sie lieben?

Die Wörter fallen nach oben, dem ersten Piloten hinterher, den sie sah. | Dies sind die Wörter: »That little red airplaine said something to me as it swished by.«

Darum flog sie: Als junges Mädchen, in der Weltkriegszeit, half sie täglich zehn Stunden den Zerfetzten, den Besiegten, schrubbte Böden, legte Verbände an, machte Witze, lachte mit ihnen und lachte und lachte wie immer. Einmal ging sie mit einem anderen Mädchen auf eine

Luftfahrtschau. | Da war ein tollkühner Pilot in einem kleinen roten Flugzeug, der die Mädchen erschrecken wollte, indem er, Tauchflugkünstler, direkt auf sie zuraste. Das andere Mädchen rannte davon. Amelia blieb stehen und lachte. | Und sagte später: »That little red airplane said something to me as it swished by.«

Auch von der Göttin meinte Homer, sie habe ganz allgemein nicht viel von Sex gehalten: »Es ergab sich Artemis auch, die lärmende Göttin mit goldener Spindel, niemals der Liebe der lieblich lächelnden Aphrodite. Sie ergötzt es, den Bogen zu spannen, das Wild im Gebirge bringt sie zur Strecke; Leier und Chöre und tosendes Jauchzen, schattige Wälder liebt sie und Städte voll rechtlicher Männer.« | Wie blinde Seher oft, wußte er nicht recht, was er da gehört hatte: lärmend, goldene Spindel? | Ein Flugzeug, das hat er gehört, mit goldenem Propeller.

Sie hat den Fallschirm nicht benutzen müssen, weder vor Wales noch vor Irland noch auch vor der Insel, die das Ende der Nachrichten fand. | Der Dichter Tranströmer sagt mir: »Das Erwachen ist ein Fallschirmsprung aus dem Traum«, aber ich glaube ihm nicht, denn woher weiß er, daß der Traum oben ist und die wache Welt unten? | Klarheit des Willens, höhere Wirklichkeit, nicht die Wechselgesänge der Wünsche, said that little red airplane to me as it swished by.

Einige Wörter (Schlüssel der Aitien) indes verfangen sich im Fall nach oben in den Netzen der Kunst, die ausgeworfen sind zwischen Himmel und Erde, um zu sammeln, damit später gesichtet werde, was hin und her flattert. | Ein bewahrtes Wort: Kansas. Da ist sie geboren, daher stammt sie, und der Kunst ist das Wort wichtig geworden, so daß Judy Garland es zu ihrem Hündchen sagt, als ihr klar wird, daß sie das Wunderland betreten hat: »Toto, I've a feeling we're not in Kansas anymore.« | Magische Entscheidungshöhe erreichen: ein Film, ein Bild, eine Biographie.

Und sie lacht und lacht, sie weint vor Lachen und lacht so glücklich | während tief unter ihr, wie der Dichter Felix Philipp Ingold sagt, »die Erde rascher an Boden verliert«.

Die Schönste: immerschön wie alle, welche die Welt von oben gesehen haben, als die jung war: Schön wie Wilbur und Orville, die Brüder, schön wie, tatsächlich, die Fotos zeigen es, Charles Lindbergh. | Die besondere Schönheit des sehr klugen Kindes, das herausfinden muß, wie weit es noch ist bis in die Freiheit. | Auch Gagarin hatte diese Schönheit des Blicks, Klarheit der Stirn und Deutlichkeit der Wangen, aber da war die Welt schon weniger jung. Über, nicht unter ihm alterte die Welt, als er sie sah.

Das kleine rote Flugzeug hat mir was erzählt, als es vorbeisauste

Ithaka, Ithasca, Druckfehlerwürfel: Wenn Penelope aufbricht, weiß niemand, ob sie zurückkehrt. Denn anders als auf den Listenreichen wartet niemand auf sie, daheim, der sie verstünde.

Daß die Freiheit, die aus den Maschinen geholt werden konnte, noch aus Europa stammt, und erst in Amerika wirklich ausprobiert wurde, zeichnet sie aus, engt sie ein, gefährdet sie – ihr ging es wie der griechischen Klassik, deren Grundlagen von Alexander erst militärisch in alle Welt getragen werden konnten, als ihr Lebensnerv schon verkümmerte. | In dieser neuen Zeit, dem Hellenismus, sagt uns die Wissenschaft, sei dann ein ganz neues Bedürfnis nach Gottesnähe aufgekommen, in Riten und Festen, und die Epiphanie habe es erstmals zum gültigen Begriff im religiösen Leben gebracht: Wundererscheinungen von Göttinnen gaben Anlaß zu neuen Stadtgründungen, alte Helden traten auf, um Heiligtümer vor der Verwüstung durch einfallende Barbaren zu bewahren, STARS verließen den Himmel und mischten sich unter Tanzende, Feiernde. | Was hat Amelia gesehen, zuletzt, am Pazifikhimmel? Ein Bild der Jägerin, wie ihr die Sünden der längst nicht mehr Gläubigen gleich feinem Sand den schönen gebogenen Rücken hinunterrieseln, soteriologische Blendung, einen Ausweg aus dem unentrinnbaren Unterschied zwischen oben und unten?

Sie stellt den Höhenrekord der Frauen auf, 1928, und fliegt im selben Jahr als erste Frau übern Atlantik, als Passagierin, und freut sich, und fliegt 1931 schneller als andere, mit 230 Kilogramm Fracht, und 1932 als erste allein über den Atlantischen Ozean, zwei Mal sogar, und ein Jahr später ohne Unterbrechung von der einen amerikanischen Küste zur andern, und 1935 übern Pazifik, und von Los Angeles nach Mexiko, und lacht, und hält sich nicht damit auf, sich über sich zu wundern. | Es ist zu lustig, es ist zu neu, sie weiß längst, wer sie ist, und muß nur noch dafür sorgen, daß wir es sehen.

Und darum heiratete sie, als der sie zum sechsten Mal fragte, den Blödmann, der ihr Bildnis beschützen sollte, der ihre Wirkung, wie ein Priester, in Regie nahm, und sich dafür geeignet gezeigt hatte mit Zeitungskampagnen für Lindbergh und den Antarktisabenteurer Colonel Byrd. | Denn das Bildnis der Schönsten muß beschützt werden und die Wirkung bedarf der Regie seit alters her. | Wir lesen bei Ivana Petrovic: »Es gibt (...) Berichte über Götterbilder, die zu schön waren, manchmal zu ihrem eigenen Schaden: So wurde die berühmte Statue der knidischen Aphrodite von Praxiteles sogar vergewaltigt.«

We are running north and south: Die schönste aller Sterblichen ist nie gefallen. | Aber wie schwierig war es, sich zu uns zurücksetzen zu lassen von den sanften Händen der Winde, herunterzukommen auf die alte Alltäglichkeit, Gas wegzunehmen, damit die Sinkrate stimmt, die Flügel waagerecht zu legen, nachzutrimmen in Geduld und Demut, Fahrtmesser zu überprüfen auf die korrekte Geschwindigkeit, auf dem Kurskreisel nachzusehen, wo vorn und hinten sein sollen, die Nase leicht zu senken, leichter, feiner, sie zu heben, den künstlichen und den wirklichen Horizont immer wieder aufeinander abzugleichen, langsam das loszulassen, was hoch oben spielt und leuchtet. Dann hatten wir sie wieder bei uns, wenn auch immer nur für kurze Zeit, die sie kaum aushielt. In der Luft konnte sie zwanzig Stunden und länger wach bleiben; unten, unter Leuten, in deren Langeweile, oft kaum zehn Minuten.

Steht nicht abseits und beklagt euch nicht, daß die Schönheit spröde ist und euch nicht vorläßt zu sich: Selbst dem Blödmann, durchaus rührend, ist es ja geglückt. | Wie? Sie flogen zusammen, ganz am Anfang der Bekanntschaft, einmal quer übers Land, da nahm das Flugzeug Schaden, Amelia mußte landen. | Der reiche Mann, der wach war und bei Sinnen, brachte das Kunststück fertig, daß die benötigten Teile schon am nächsten Tag dorthin gebracht wurden, wo man die Reise hatte unterbrechen müssen. Das hat sie sich gemerkt, versteht es.

Die Wörter sind Saat und der Himmel ist ein Acker

Das Selbstbild hat die Heilignüchterne sich nicht verklären lassen: Sie wußte und sagte, daß sie oft genug nur »Clown« war in der Öffentlichkeit und »Freak«, aber da war immer das andere: die Schwingen. Die Lichter, die Wolken, der leichte Weg über allem.

Sie schrieb dem Blödmann, der sie aufrichtig liebte, einen Zettel, den er am Tag der Hochzeit lesen sollte, was er, zu seiner Ehre darf mans sagen, auch getan hat – beglaubigte Freiheit, das Schwierigste, Zerbrechlichste, Stolzeste, Nötigste. | An GP, von AE: »There are some things that should be writ before we are married. Things we have talked over before – most of them. You must know again my reluctance to marry, my feeling that I shatter thereby chances in work which mean so much to me. I feel the move just now as foolish as anything I could do. I know there may be compensations, but have no heart to look ahead. In our life together I shall not hold you to any medieval code of faithfulness to me, nor shall I consider myself bound to you similarly. If we can be honest I think the differences which arise may best be avoided. Please let us not interfere with each other's work or play, nor let the world see private joys or disagreements. In this connection I may have to keep some place where I can go to be myself now and then, for I cannot guarantee to endure at all times the confinements of even an attractive cage. I must exact a cruel promise, and this is that you will let me go in a year if we find no happiness together. I will try to do my best in every way.« | Sie waren und blieben verheiratet, sechs Jahre lang, vom Tag der Hochzeit bis Amelia verschwand.

Das kleine rote Flugzeug hat sie necken wollen, so wie sie uns noch heute neckt, mit den lautersten Absichten: | Es gibt Theorien, die sagen, sie habe unter falschem Namen, ihren Lebensabend, belohnt von der Regierung, für die sie spioniert haben soll, in New Jersey verbracht, bei Bankgeschäften und als Ehefrau irgendsoeines Menschen. Es ist zum Lachen | Sie lacht.

Die Göttin hörte, was man von der Schönsten sagte unter den Menschen, denn die Wörter fallen nach oben in der Luft und sie, wie die Gedanken und Gebete, are running north and south.

Als es vorbeisauste, running north and south, sagte das kleine rote Flugzeug: Fall nicht, Zugvogelfeder, sondern folge mir. | Und überhole mich und zeig mir dann den Weg ja most effective.

Die Schönste ist nie abgestürzt, denn sie gefiel der Göttin. | Die hat sie erhoben gerettet geborgen geküßt.

Messerstecher

»Da gibt es also diesen jungen polnischen Lyriker, der aber auf deutsch schreibt. Er lebt in Berlin, ist Ende der Neunziger hingezogen, und so langsam wird man auf ihn aufmerksam – nicht ganz schnell, denn das, was er macht, ist sagenhaft gut, das kapieren nicht gleich alle. Es ist so gut, daß wir andern ... na ja: Also, er schreibt auf deutsch, Johanna, das mußt du hier so hören, wie man sagt: Nabokov, russischer Romancier, schreibt auf englisch. Ich meine, der schreibt das Deutsche selber um, schreibt es neu, so, wie wir Muttersprachler es nicht kannten. Und liest nun also vor, in den Cafés und auf den Matinéen, und wird umworben von den Verlagen, die in Berlin sind oder nach Berlin gehen wollen und so fort. Da öffnet sich sein Herz, da wird er plötzlich, der vorher mit viel Schwermut in der Stimme gesungen hat – gar nicht der von Rassisten immer so eklig behaupteten Schwermut des Ostens, sondern einfach der Schwermut des von Obdachlosigkeit bedrohten Gelegenheitsjobbers und Empfängers unsicherer Formen der finanziellen und sonstigen Unterstützung ... da wird er, der bislang Schwermütige, mit einem Mal heiter, und natürlich sexy. Und die Mädchen, die Frauen, was soll ich sagen, also wie Motten zum Licht. Denn seine Kunst, klar, du, als Malerin, wirst das wissen: Leiden und Entsagung machen Kunst ja gar nicht gut, Glück kann das viel besser, es ist ja in Wirklichkeit so, daß die ganz großen Leute, die also in ihrem Leiden und ihrer Entsagung und ihrem Scheitern groß waren, daß deren Größe nicht durch diese Dinge errungen wurde, sondern ihnen zum Trotz, daß also diese Leute ohnehin groß geworden wären. Was uns daran beeindruckt, ist, daß nicht mal der Horror sie aufhalten kann. Aber der junge Lyriker, also, was ich sagen will: Seine Gedichte, bis dahin sehr gut, werden einfach noch viel besser. Und da schreibt er also einen kleinen Zyklus über Obst – lach nicht. Über Früchte. Gartengedichte, im Grunde. Und das Schönste, ja, siehst du, am schönsten besingt er darin die Kirsche – und es wird sein erster Gedichtband, bei, na, schau es selber nach, du wirst es leicht finden ... also, erstklassiges Haus. Erfolg. Preise. Jubel. Geld. Ruhm. Aber die Sache hat einen Haken: Eine der Damen, die ihn umschwirren, den Lyriker, natürlich ohne Anfassen, also mit dieser schwelenden, schlimmstmöglichen Erotik, die aus Andeutungen und Stimmungen statt Handgreiflichkeiten und Küssen besteht, ist die Gattin eines notorisch charakterinstabilen Berliner Krawall-Techno-Musikanten. Und diese Frau heißt mit Vornamen Kirstin, und was soll ich sagen? Der Krawall-Techno-Musikant, er nennt sie bei sich zu Hause ›meine Kirsche‹, weil wenn man das ganz besoffen und verwaschen und süddeutsch ausspricht – der Krachmacher stammt aus irgendeinem gottlosen Kaff im Badischen –, dann heißt Kirstin ›Kirschtin‹, um Gottes Willen – so, und was passiert? Im Suff, an einem dieser unübersichtlichen, unbeschreiblichen, aus zwölf Millionen nicht meßbarer, aber durchschlagender Sozialkontakte bestehenden Abende geht er in der ›Maria‹ am Ostbahnhof also schließlich auf den Lyriker los: ›Du schreibsch keine Pornogedichte über mei Frau mehr!‹, Pornogedichte, hörst du – denn tatsächlich: Der Kollege Lyriker hat mir zwar glaubhaft hinterher erklären können, daß er bei seinen Fruchtgeschichten so ziemlich an alles gedacht hat, woran man beim Dichten denken kann – Melos, Metrik, die Geschichte seines Vaterlandes, das Klopfen in der Heizung –, aber ums Verrecken nicht an die kuhäugige Gattin des Lärmkerls. Nur, es hilft ja nichts, wenn ich dir sage, daß ich ihm glaube. Denn wenn man den wahnhaften Schlüssel des lyrisch Gehörnten einmal akzeptiert, dann sind diese Gedichte tatsächlich die unglaublichsten Sauereien, dann steht da in einer Zeile mehr Schmutz als im Gesamtwerk von Henry Miller, oder auf deutsch: Heiner Müller. Unfaßbar. Zieht der Trottel doch wirklich in der Kneipe sein Messer und verletzt den armen Kollegen sogar am Ohr und an der Hand damit.«

»Oje. Und dann?«

»Was, dann? Ich hab' ja meine Ausbildung. Vom Militär her.«

»Soll heißen?«

»Naja, die eine Hand auf die Schulter, die andere auf den Unterarm und dann mit dem Knie schön gegen den Ellenbogen.«

»Du hast …«

»Ich hab' dem Arschloch den Arm gebrochen. Was hätte ich sonst machen sollen? Dichtersolidarität, Ehrensache. Ich kann nicht so schön schreiben wie der. Aber seinen Attentäter krankenhausreif hauen, das kann ich.«

Anderes Rätsel

An einem klaren Tag im Herbst
Sagt Häsleinvater zum Häslein:
»Ist dir klar, daß du nichts erbst?
Häslein kann nicht reich sein.«

Das Häslein guckt hinaus aus dem Bau:
Vielleicht gibts draußen noch Wege.
Denkt ans Entlein. Sagt: »Ich hau
Aus dem Bau ab | und überlege

Mir ganz genau, wo Entlein ist
Und was ich dem erzähle.
Sommer ist aus, die böse Frist
Da wir schwitzen | ich mich quäle.«

Häsleinvater beißt Häslein ins Ohr
Um es zurückzuhalten
Und spricht:
»Weißt du, wie gefährlich das ist
Was du da sagst: Sommer ist aus?
Weißt du, warum wir dich

Das endliche Häslein getauft haben?
Wegen der Geschichte vom Hasen
Und von den zwei Igeln, die tun
Als wären sie einer, und damit
beim Wettlauf betrügen.
Was sie dem Hasen
In der Geschichte antun
Das ist die Unendlichkeit.

So ist Gott | Er benimmt sich,
Als ob er zwei Igel wäre
Die tun,
Als ob sie ein Igel wären.
Der zweite Igel
Der dem Igel Gott
Dabei hilft
Zwei Igel zu sein, die so tun,

Als ob sie ein Igel wären
Heißt der Teufel. Der fängt dich,
Wenn du Entlein suchen gehst.
Würde Entlein
Zu dir passen
Dürften wir dich
Zu ihm lassen.
Dann würde Entlein
Hier im Bau leben
Oder du dort im Teich.«
»Wenn das aber«,
Sagt das endliche Häslein,
»Alles so ist,
Und ich nicht laufen soll,
Weil mich sonst die Igel täuschen,
Und Entlein auch nicht laufen soll,
Weil Entlein in der Geschichte
Die du so wichtig findest
Gar nicht vorkommt,
Wieso hat Entlein
Dann Watschelfüße,
Wieso hab ich Beine?«

Bevor aber Häsleinvater antworten konnte
War Häslein | schon entwischt.

Im Winter sitzen die Eltern alt
Im Bau und warten auf Briefe
Und manchmal ist es zum Klirren kalt
In der Dunkelheit und der Tiefe.

Dann hätten sie gern das Kind zurück
Da sind sie wohl Egoisten
Doch manchmal wünschen sie ihm viel Glück
Das Herz will den Sinn überlisten.

Die Garage ist groß, wenn auch längst nicht so geräumig, wie der Hauptsaal im Fundbüro war. Es riecht nach Maschinenöl, brennendem Knastertabak und verschiedenen ätzenden Flüssigkeiten, von denen man einige angeblich trinken kann.
Vater Kiwus sitzt auf einem niedrigen Schemel. Johanna ist sich nicht sicher, ob das kleine Hockerchen das Gewicht des Riesen erträgt; er sieht jedoch aus, als wüßte er, wo er sich hinsetzt, was er tut und wer er ist. Der Alte deutet mit der Rechten, an der fünf schwere Ringe blitzen, auf eine am Boden liegende riesige Karte, die Klaus gemalt hat. Der lehnt an einem 1978er Harley-Chopper mit Drag-Bar-Lenker und vorverlegten Fußrasten und leert eine Flasche Caol Ila. Klaus guckt, wie es seines Amtes ist, nach den Mädchen, die in der südlichen Ecke der Halle mit ein paar kartenspielenden Bikern wüste Scherze treiben. Hinter der Motorradreihe legen andere Rocker ihre Waffen zurecht; bauen sie auseinander, reinigen sie, setzen sie wieder zusammen. Johanna hätte jetzt, wie schon seit Stunden, gern Adam Sladek dabei, dessen militärisches Vorwissen ihr vielleicht erhellen könnte, was das für Sachen sind, mal abgesehen von den Stöcken mit krummen Metallhaken dran, den Nunchakus und kleinen Äxten. Am unangenehmsten findet die Malerin die zwei schmalen, verschlossenen Typen, die mit ihren Gewehren und Pistolen schon hantieren, als stünde man Minuten vor der Schlacht – der Dunkelhaarige paßt die Schulterstütze einer kleinen Maschinenpistole seiner Armlänge an, während er auf die großen Poster nackter Frauen an der Nordwand zielt, der Glatzköpfige (seine Ohrringe sehen so schwer aus, daß die Ohren eigentlich abreißen müßten, aber hier drin und für diese Leute ist offenbar, siehe Vater Kiwus auf seinem Hocker, die Gravitation außer Kraft gesetzt) spielt mit der Karabinerversion einer MP, die derjenigen des Dunkelhaarigen stark ähnelt.
»Hat 'ne Einsatzschußweite von hundert Metern, bei Dauerfeuer. Einzelschüße kannst du bis zu 200 Meter weit riskieren, triffste manchmal auch«, sagt Klaus Kiwus, der das Interesse an den Mädchen offenbar verloren hat und Johannas Blicken gefolgt ist.

»Klaus«, mahnt der Alte und räuspert sich.
»'tschuldigung«, es hat was Herziges; der Kontrast zum martialischen Gehabe der Bodentruppe verstärkt Johannas Empfinden von Unwirklichkeit. Ich träume das hier. Nein, falsch: Wenn ich das denke, dann stehl' ich mich aus der Verantwortung. Ich habe das hier ausgelöst, ich will das.
Durch die hohen Glasbausteinsichtleisten direkt unterm Garagendach fällt Morgendämmer. Johanna bildet sich ein, Vogelzwitschern zu hören. »Ja jedenfalls«, läßt sich die Weinbrandstimme des Alten nun wieder mit der Autorität des Stammeshäuptlings hören, »kriegen wir's genauer nicht gemalt. Vier Gruppen, denk' ich. Ist wie beim Elfmeter: Wir wissen nicht, was die darüber wissen, was wir wissen, und wir können uns nur ausdenken, was die darüber denken, was wir denken. Vier Gruppen, ohne Kontakt, ohne Funkabstimmung, die von den anderen Gruppen jeweils nur wissen, wo, an welchem Eintrittspunkt, sie das Gelände betreten. Falls eine aufgebracht wird, kann sie über die andern nichts verraten. Wir sind rund dreißig Leute, ich würde also sagen, zwischen fünf und sieben pro Gruppe. Zwei von den Zäunen her, eine vom Wasserturm, eine von der längeren Waldseite aus. Und dann schauen wir, ob es Abwehr gibt, Minen, was auch immer. Zuzutrauen wär's ihnen. Andererseits nehmen die niemanden ernst außer sich selber. Wenn sie wüßten, daß wir versuchen wollen, den Typen rauszuholen – und deine Amelia, sicher, Junge –, würden sie uns jedenfalls bestimmt nicht ernst nehmen. Ich meine, die haben Infrarotbrillen und kugelsichere Turnschuhe und weiß der Kuckuck. Die brauchen keine Selbstschußanlagen, die werden einfach nicht damit rechnen, daß jemand so bekloppt ist, ihnen auf ihrem eigenen Gelände Scherereien zu machen.«
Klaus sagt: »Von Wehranlagen kann man eigentlich nicht sprechen. Es ist ein Hütchenspiel, es ist … es soll clever sein: die drei Häuser, und auf dem Landweg durften immer nur Kreuzers Angestellte hin, nie Sladek, also denkt Dath, daß der keine Möglichkeit hat, Leuten draußen zu stecken, wo sie ihn festhalten, selbst wenn er in letzter Minute noch irgendein Signal …«

»Oder per Handy jetzt.« fällt Johanna ein, sie hofft immer noch, von Adam zu hören.
»Vergiß es, der ganze Wald ist das größte Funkloch der Welt. Das größte künstliche, um genau zu sein – nicht nur stehen keine Antennen da, es wird sogar gestört, was trotzdem durch die Luft abgeht, ankommt ... Der ganze Außenverkehr läuft über Kabel tief im Boden, Glasfaser. Fernsehen, Telefon, alles. Und das ist überwacht. Amelia hat mir erzählt, die Tiere wären immer zu bestimmten Zeiten völlig gaga geworden davon, und daß Kreuzer das sogar hat untersuchen lassen, also: Tiere fangen, mit Meßgeräten ausrüsten und wieder freilassen, noch so ein Experiment. Schlüssel zur Menschendressur, die er ja nicht nur mit Chemie und Kunst will. Amelia sagt auch, sie hätte die Störtürme gesehen. Da, die kleinen Rauten, hier hab' ich's eingezeichnet ...«
»Aber Adam meint«, Johanna mischt sich auch deshalb ein, damit diese Leute sehen, daß sie ein gutes Gedächtnis hat, einen Plan schmieden kann, daß sie nicht einfach Hals über Kopf in den Terror hineinstolpert, »die Pilotin ... diese Amelia wäre total oft bei irgendwelchen offiziellen Anlässen in der Ecke gestanden und hätte rumgesmst, wahrscheinlich mit dir, wenn du nicht da warst – also, gibt es Handys, die auf Frequenzen ...«
»Nee. Die hat nicht gesmst. Die hat nicht mal telefoniert. Das war immer nur dieses Spiel. Die hat so'n Spiel auf dem Handy, ›Johnny Crash‹, wo man als menschliche Kanonenkugel durch die Luft zischt und Geier und anderes Zeug einsammelt, für Punkte. Wie sie mit ihrem Tragschrauber: Zisch, wusch.« Er lächelt dabei; Johanna findet gern bestätigt, was Adam ihr vom jungen Kiwus erzählt hat: daß er die Frau liebt, von der er da redet.
»Wie auch immer«, erneut holt Vater Kiwus Johanna und Klaus auf den Boden der Tatsachen zurück, »hier nach der Lichtung, wo sich der Bach zum zweiten Mal gabelt ...«
»Bach – ist eher ein kleiner Fluß, oder?«
»Jedenfalls gibt es zwei Nordsüd-Landefelder und ein Ostwest-Landefeld«, der Vorwurf, der in dieser Bemerkung versteckt ist, leuchtet Johanna leider ein: Wenn Adam sich je die Mühe gemacht hätte, bei sei-

nem Eintreffen im Autogyro Mond und Sterne mit der Lage des in den Felsen gekanteten Gebäudes zu vergleichen, wäre ihm aufgefallen, daß es mindestens zwei Villen geben muß. So war Johanna darauf angewiesen gewesen, das vom jungen Kiwus zu hören, der mehrfach mit dem Auto zu allen drei Villen gefahren war. Wäre sie, wie Adam ihr einmal auf einem seiner gefalteten Zettel nahegelegt hat, über die er den geheimen Teil seiner Einschätzungen und Vorhaben mit ihr wie auch mit Klaus zu kommunizieren pflegte, direkt zur Polizei gegangen, so hätte die sich ohne Kenntnis des Geländes und der zwei Extravillen wahrscheinlich hoffnungslos blamiert mit ihren Durchsuchungsbegehren, vorausgesetzt, jemand hätte überhaupt die Genehmigung für dergleichen erteilt. Den Rest dieses Gedankens spricht sie, weil er operativ belangvoll ist, laut aus: »Also, daß ich zu euch gekommen bin, statt zur Polizei zu gehen … Schnelle und … unbürokratische Hilfe bei Leuten, die Kreuzer vermutlich weniger zu Willen sind als die Ordnungshüter, ist genau das, was ich will. Aber warum helft ihr mir eigentlich?«
»Ich lass' mich nicht gern wegschmeißen. Das ist alles«, sagt Vater Kiwus, denkt kurz nach, dann wiederholt er, was er zuvor schon gesagt hat: »Sie nehmen uns nicht ernst. Das mag ich nicht. Ich meine, bis vor drei Jahren hatte ich ein schönes Leben. Ist so. Hatte meine Kneipe in Lörrach. Der Dath ist damals schon in den achtziger Jahren hingekommen, da war der Teenager, und du warst noch ein Knöpfchen.« Klaus nimmt das ungerührt zur Kenntnis, sein Vater darf offenbar so mit ihm reden. »Als Heavy-Metal-Kid ist der rumgerannt. Ich hab' die Kleinen damals gern im Laden gehabt, noch keine achtzehn, aber wollten halt saufen, laß sie doch, verstehst du, kein Problem, sie mußten's ja lernen, wie man's verarbeitet, und die Musik war ihnen auch recht. Nie am Wochenende, da hatte ich den Schuppen voll mit den Jungs vom MC«, Johanna schaut zu den Waffenfetischisten, drei weitere hantieren jetzt an den Mordwerkzeugen herum, »aber montags, mittwochs … ich hatte 'ne Videoleinwand, da lief das alles, Motörhead, Ozzy Osbourne … damals hat er sich wahrscheinlich … keine Ahnung. Egal. Und dann kommt er vor drei Jahren zu mir und sagt: Willst du eine Kneipe haben, die so ein richtiges Kunstwerk ist, ich meine, bist doch ein komplizier-

ter Mann in Wirklichkeit, mit feinem Geschmack, wie wär's, wenn man dir die Mittel zur Verfügung stellen würde, den Platz, die Leute, daß du wirklich was hinstellen kannst, das es noch nicht gegeben hat, bla bla bla ... Da lief das wohl schon. Dem Adam Sladek sollte ich das dann immer ganz anders erzählen. Den hatte er vielleicht noch nicht ausgesucht, aber alles wurde vorbereitet, in die Wege ge... und wir, also das Fundbüro ...«

»Ein Filmset«, sagt Johanna, »eine Kulisse zur Desorientierung, zum Spielen mit dem Hirn von Adam.«

»Richtig. Und dann hat der seinen Stiefel fertiggeschrieben, seine heidnischen Götzengebete, das ganze Zeug, das Kreuzer haben wollte. Zack, kommen diese Zinnsoldaten an und sagen mir: Kreditlinie gestrichen, Laden gekündigt, pack deinen Scheiß und verschwinde, wirst nicht mehr gebraucht, in zwei Tagen bist du raus. Die glauben, sie könnten so mit mir umgehen. Glauben die wirklich.« Es klingt verwundert.

»Aber statt dessen,« freut sich Johanna verhalten, »können sie das eben nicht.«

Vater Kiwus streicht sich durch den Kinnbart und zitiert, weil ihm seine eigenen Worte für das, worum es jetzt geht, ungenügend scheinen: »Als das Volk den Hall der Posaunen hörte, erhob es ein großes Kriegsgeschrei. Da fiel die Mauer um, und das Volk stieg zur Stadt hinauf, ein jeder stracks vor sich hin. So eroberten sie die Stadt und vollstreckten den Bann an allem, was in der Stadt war, mit der Schärfe des Schwerts, an Mann und Weib, jung und alt, Rindern, Schafen und Eseln.« Johanna verbeißt sich, was ihr dazu einfallen will: daß diese ganzen Männer und Jungs hier einfach ein bißchen zu offensichtlich ihre helle Freude am Indianerspielen haben, daß das leider nur allzugut dazu paßt, wie elektrisch aufgeladen ihr Adams Hand jedesmal vorkam, wenn er ihr einen seine Kassiber zugesteckt hat; daß das vor allem nicht grundverschieden ist von Daths Mienenspiel und Stimmlage, während der die Razzia in Johannas Wohnung und die Gefangennahme des Dichters befehligte. Insgesamt, denkt sie, steht noch gar nicht fest, ob all diese Leute, sie inbegriffen, die sich da gerade den Plänen des Herrn Kreuzer und seines Faktotums widersetzen, nicht vielmehr genau das tun, was perfekt zu diesen Plänen passen würde, wenn sie alle Statistinnen und Statisten wären. Sie sagt das nicht, sondern fragt brav: »Okay, was machen wir jetzt?«

»Draußen im kleinen Wohnwagen steht 'n Bett für dich. Du legst dich jetzt paar Stunden hin«, erklärt der Patriarch, »nachher gibt's Essen. Wir warten bis heute abend.«

»Wieso?« fragt Johanna.

»Weil sie in Filmen immer im Morgengrauen angreifen. Deshalb greifen wir an, wenn es Abend wird.«

Immerhin, denkt Johanna, als sie sich von Klaus hinausführen läßt, an den Schützen und Gewehrfetischisten vorbei, wir machen's anders als im Film.

Befreiung

Der Rücken des wütenden Wirtes ist breit; seine Jacke schwarz wie Lakritz. Sturmschattenfall verwischt rechts und links die pflaumenblaue Nacht vor den Rotbuchen und Föhren, während das große Motorrad, auf dem Johanna hinter Vater Kiwus sitzt, die schlammigen Abhänge mehr runterrutscht als darauf fährt. Es regnet quer und falsch, alles prasselt auf Johannas Arme. Ihre Finger sind vor Kälte starr, kaum kann sie sich noch festhalten an der glatten Walhaut. Den Mann zu umfassen wäre ohnehin unmöglich, er ist zu groß. Die Scheinwerfer, die hinter ihnen beiden auf und ab zucken, als wären sie eben aus den schweren tiefhängenden Wolken gefallen und müßten jetzt die Piste runterrollen als glühende Vulkansteine, sind mehr geworden. Es gibt außer den gelben hinten und rechts jetzt auch ein paar rote, vorne. Zwei Gruppen, rät Johanna, haben sich vereinigt. Es donnert, der starke Schlag kollidiert mit dem Tosen des Sturms und bricht über ihrem Kopf auseinander, fällt dann als Regen kleiner Donnersplitter zwischen die heftigen, Zweige von den Bäumen reißenden Knatterlaute der Motorräder. Alles knurrt, die ganze Gegend.

Man hat die erste Villa schon passiert, da stand ein Mann in gelbem

Ölzeug allein auf dem Rasen vor der Brücke, mit einer Stabtaschenlampe und wirrem nassem Haar. Der Mann hatte eine Waffe, die klein aussah und kompakt, er traf einen der Biker damit aus der Drehung seines Regenmantelkörpers in den Kopf, daß es den von seinem Bock riß und er liegenblieb, auf dem durchgeweichten Gras. Sofort nahmen ihn zwei andere Motorradräuber zwischen sich und unter Feuer, daß er hin und her flog, bevor er mit dem Gesicht nach vorn ebenfalls zu Boden ging.

Man stieg ab.

Johanna ließ sich wie ein Kind an der Hand führen vom jungen Kiwus, vorbei an den zwei Toten im Schauderflackern des Feuers aus der Balkonfront, denn die Villa war verwüstet worden, angesteckt und ausgeräumt. So brannte sie jetzt, das war, als würde die Ruine aus der zackig zerbrochenen Fensterfront über Johanna und die Marodeure lachen.

Türen innen (man ging nicht sehr weit hinein; es war klar, daß man Adam hier nicht finden würde) waren teilweise zerbrochen, teils zugeschmolzen, unüberwindlich geworden. Dort gab es viel Asche, fleckig verbrannten Stoff, von heißen Winden umgetrieben, und man mußte aufpassen, daß man sich nicht verlief.

Das Gesicht des Alten ließ Johanna in den verschiedenen Helligkeiten an einen zornigen Berggeist denken, es glänzte naß von Schweiß und Regen, war rot und orange vor Anstrengung und im Widerschein des Feuers, hatte mehr Falten als eben noch, vor dem Krieg. Johanna kämpfte mehrfach die Neigung nieder, sich entschuldigen zu wollen oder darum zu bitten, das Ganze lieber abzubrechen: Laß uns die Leute einsammeln, laß uns wieder wegfahren, wir wollen doch gar nicht wirklich wissen, was hier rausgefunden werden kann.

Zwar. Aber.

Im rachedurstigen Rollen und Brüllen des Getriebegerölls, als Teil der riesigen Steinlawine, versucht Johanna jetzt, zur Besinnung zu kommen, und fürchtet sich inmitten einer atembeklemmenden, alle Glieder abtötenden totalen Erschöpfung zugleich wie seit Kindertagen nicht mehr vor jeder Bewegung, jeder Wendung in der wüsten Fahrt. Ein Ast streift ihren Helm, sie zuckt zusammen, wird auf dem Sitz kurz hochgeworfen, landet hart auf dem Hintern. Das Steißbein pocht, die Schultern brennen wie von Klingen drin, was ist das rechts, sind das jetzt kleine Leiber, die aus dem Dunkel in die schäumende Regenhöhe schießen, Vögel oder Feldermäuse? Dann schiebt sich ein Streifen warmes Licht von rechts in ihre Sicht auf das, was vorn ist, und sie denkt, so sieht der zerstörte Balkon drüben also aus, wenn er heil ist. In ihr geht was wie Hoffnung auf, auch Kampfbereitschaft, als ein Schlagloch sie erneut von der aufgebrachten Erde her in den Unterleib boxt, daß ihr die Luft wegbleibt. Dann legt sich das Motorrad nur ein kleines bißchen quer, zur Herzseite, um zwischen zwei Zitterpappeln hindurchzuschlüpfen auf die Senke zu, wo der zweite Rasen beginnt, aber es kippt zu stark, die Maschine gurgelt und spotzt, etwas anderes ist passiert, und die Künstlerin spürt, daß der Wirt nicht mehr so gerade und kompakt den Schwerpunkt dieser rasenden Fahrt einnimmt, daß sein Arm rechts fast schon schlackert, daß der Griff zu locker ist am Lenkrad. Sie kann gerade noch das Bein in die Höhe werfen, links, als wollte sie den Rückspiegel treten und sich nach rechts abrollen, da trifft der Ellenbogen des Alten im Fallen ihre Helmsichtplatte, haut gegen das Nasenbein, und sie wird zurück und vom Bock geworfen, haut mit den Rippen an einen der Bäume, während das Motorrad unter ihr wegrutscht auf schwarzem Eis. Johanna krümmt sich im Fallen, faltet sich, so gut es geht, ohne Überlegung, nur aus dem Wunsch heraus, klein zu sein, körperlich zusammen, stößt sich die Knie, und die Rippen schmerzen sehr. Wahrscheinlich ist mindestens eine gebrochen, denkt sie, als sie auf dem Bauch in glitschigem Dreck, zwischen Moos und regenglatten langen Gräsern landet, gleitet, auf Steinen Verletzungen erfährt, Schnitte und Hiebe spürt. Als sie zur Ruhe kommt, liegt sie mit grotesk verdrehten Armen mehrere Sekunden steif und in allen Gliedern schrecklich schmerzend auf dem Rücken. Über ihr säbelt etwas Weißes grelle Helligkeiten in die obersten Zweige der Bäume, vor ihr – sie legt das Kinn unter Mühen auf die Brust – liegt der erschossene Wirt, mit seinem Motorrad ungünstig verbunden, als Schrottkunst vor großen Baumwurzeln. Johanna nimmt den Helm ab. Als sie hört, wie einige der Motoren gedrosselt werden, andere einfach abschmieren, als sie dicht aufeinanderfolgende, einander im Sturm kreuzende Schüsse hört und das Schreien von Leuten, wirft sie den Kopf zurück und japst vor Schraubstockpein im rechten Arm. Die Brust hebt sich und senkt sich ganz ohne ihr Zutun in heftigen Schluchzern; sie würde gerne liegen bleiben oder bewußtlos werden, aber außer einer drückenden Benommenheit oben links am Kopf, als ob da jemand eine dicken Matratze gegen ihren Schädel pressen würde, ist nichts von Undeutlichkeit oder Dumpfheit um sie. Sogar die Beine kann sie noch bewegen, denkt sie dankbar, zieht sie an, schliddert und kriecht, bewegt sich auf allen vieren im Dreck, sieht sich im wollweißen Leckschimmer jetzt bluten.

Johanna setzt sich auf den getretenen Hintern in den Matsch, schaut ihre Hände an, die linke blutet von einem tiefen Schnitt, und der Ringfinger steht komisch ab, sie fühlt ihn kaum, seine Mitte ist dunkel, ein bißchen wie die Nacht selber.

Menschen rufen was ins juckende zappelnde Nichts. Es klingt, als wären sie Hunde, die kläffen:

»Abstand, halt mal Abstand!«

»Wo ist Serge?«

»Vorn, vorn Mensch, vorn!«

»Seh' das Haus! Ich seh' das Haus schon!«

»Geh weiter, mach, mach weiter!«

»Abstand!«

»Fick dich, Abstand!«

Johanna findet sich wieder im Niemandsland zwischen einerseits dem Wald, der nur noch in Gestalt von ein paar Sträuchern Schutz bietet, und andererseits der Landefläche, dem gemähten Rasen, wo drei der Motorräder auf den Balkon zuknattern, der Kleckse spuckt, nein, da sind Menschen. Da ist Gerempel, Rangeln, Nahkampf, und dann erkennt Johanna auch zwei weitere Harleys an der Brücke. Die dritte Gruppe ist hier, es gibt Feindschaft auf dem Dach, das, ganz wie in Adams Schilderungen, mit aufgeschütteter Erde und Grasbewuchs getarnt ist. Da knien und liegen welche, die in die Richtung feuern, aus der jetzt das Walddickicht weitere Motorräder und auch zwei Menschen fallen läßt. Die rennen, schießen, stolpern und hetzen wie Roboter aus Streichhölzern. In Buschdeckung – jedenfalls hofft sie das grimmig – wälzt sich Johanna auf die Seite und sieht, daß flußabwärts am Waldrand, den berühmten Steinwurf weit weg von da, wo sie sich abquält, ebenfalls gekämpft wird. Ein großer Mann, zwei kleinere, und als der Große seine rechte Faust sehr hoch hebt, seinen Arm nach unten wirft, als wäre der eine Keule, meint sie ganz sicher Adam erkennen zu können und verschluckt sich fast am Geschmack von Angst und kupfernem Blut.

Mein Gesicht sollte ich betasten, stimmt, was ist da eigentlich los, was hackt da im Unterkiefer, hab' ich mir womöglich einen Zahn ausgeschlagen oder Schlimmeres – aber da flattert das weiße Streifenreißen oben wieder, in den Wipfeln, und ein Röhren wie von aufheulenden Düsen, und Prasseln, als würde ein Stapel Eisenstangen zu Boden gehen, übereinanderfallen, in allen möglichen geometrischen Winkeln aus Krach, wie ein Mikadospiel für Riesen. Die Baumkronen flammen auf. Da erst begreift Johanna: Das ist das Autogyroding, das ist die Pilotin, die will vom Wald her auf dem Rasen landen und versucht jetzt, ihre Maschine höherzuziehen, weil hier die Bäume größer sind als drüben, bei der dritten Villa, wo sie herkommt – die weißen Streifen, Rotorblätter wohl, klappen auf und drehen sich in radialen Schnitten weg, schrauben sich schief zur Seite, zwei Flammen schießen in die Nadelbäume, dann fällt was, keine drei Meter hinter Johanna, fällt und sackt, kreischt und knirscht, oh, Scheiße, die stürzt ab, vielleicht getroffen, vielleicht einfach außer Kontrolle – Johanna dreht den Kopf mit einem Ruck wieder zum Waldrand, wo die Männer eben noch waren. Zwei größere braunrote Funken stechen da ins Dunkel, vielleicht von etwas, womit geschossen wird. Johanna wendet sich ganz dem Wald zu, watschelt mit gekrümmtem, drückendem, knacksendem Rückgrat ins Holz und den Schlamm, richtet sich dann, als sie sich von den Bäumen wieder genug verdeckt glaubt, so gut es geht auf und verliert einen Augenblick wirklich fast die Besinnung von stoßartig durch ihren Kopf schießendem Drehschwindel. Ihre Finger krallen sich in bleiche Rinde, ihre Ohren werden mit dem Regenrauschen eins, sie zischt wie ein

Dampfkessel, stöhnt, lehnt sich unter Qualen an den nahen Baumstamm. Johanna bibbert, das ziehende Frösteln ist in den Fußsohlen, in den Haaren, überall, wo sie selbst ist. Rechter Hand liegt in der Kuhle das Motorrad, daneben, darunter, dagegen der Körper des alten Kiwus. Ist er wirklich tot? Johanna will nicht nachsehen, bückt sich aber, bis sie auf allen vieren, wie ein Dachs vor seinem Bau, den Kopf in alle Richtungen drehen kann. Die Knie tun schlimm weh, als sie durch Laubmüll und Grasmatsch zu dem reglosen Körper kriecht. Sie legt die Hand auf seinen Rücken, beugt sich über seinen Kopf. Aus dem Ohr läuft was Schwarzes, tropft auf den Boden. Es riecht nach Benzin hier, nach kältestem Schmutz und angebrannter Butter. Johanna sieht, daß die Augen des Alten geöffnet sind; sie wirken wie Glasmurmeln in einem Teddybärenkopf. Sie geht mit ihrem Gesicht nah an seins, weil ihr nicht einfällt, wie sie sonst rauskriegen soll, ob er lebt. Da ist kein Wölkchen Atem, keiner zu Hause. Sie hält den Zeigefinger unter seine Nase, an seinen Mund, nichts. Sie nimmt ihn bei den Schultern, rüttelt schwach, schüttelt unentschlossen, Keine Reaktion. An den Puls kommt sie nicht, ohne die Lederhandschuhe auszuziehen oder die Jacke. Dafür, entscheidet sie, bräuchte es zwei, drei starke Männer. Ich kann nichts tun; das hier ist wirklich das, wonach es aussieht. Sie zieht sich tiefer zwischen die Bäume zurück, gebeugt, geschlagen. Sie schaut nach oben.

Die Blitze am Himmel und zwischen den Ästen, Stroboskopwunden, und die Blitze innen in den Knochen säbeln Johannas Hirn kaputt, daß ganz alte Angst wieder aufquellt im Fleisch: Angst wie die, wenn sie als Jugendliche per Anhalter gefahren ist und plötzlich dachte, der Typ fährt mich jetzt auf einen dunklen Parkplatz oder an einen Waldrand, vergewaltigt und erdrosselt mich.

Die Angst macht Johanna zornig, fick dich, Abstand, denkt sie, dann fällt sie fast um, stakst aber kurz darauf mit immer wieder abknickendem rechtem Bein tiefer ins Dickicht, da, wo nicht allzufern ein Lodern sie die Absturzstelle des Fluggeräts vermuten läßt.

Falls da wer ist, etwa Amelia, dann muß ich – und Johanna zuckt zusammen, schreit laut auf, weil etwas, jemand, sie an der rechten Schulter berührt, Hand Mensch Monster Mörder. Sie wischt mit beiden Armen im Herumwirbeln danach, schlägt darauf ein, trifft es ... ihn auch zwei Mal, dann wird ihr Handgelenk gepackt. Sie blinzelt, keucht und grunzt benommen, schaut in zwei Augen, ein Gesicht: Es ist, pitschnaß von Kopf bis Fuß, in eigenartig dünner Kleidung, Jeans, Jeansjacke, mit vor Panik oder Sorge verzerrten Gesichtszügen, der dumme Paul, tatsächlich, wirklich, schrecklich und entsetzlich, der verlorene Paul Debus.

»Was? Was?« schreit sie ihn an, und immer lauter, weil das das einzige Wort ist, das ihr einfällt, Frage, Vorwurf, Anklage, Bitte um Rettung, Aufforderung zur Erklärung: »Was? Was?« Er sieht erschrockener aus, als ich mich fühle, denkt sie, aber dann schreit er auch: »He, bist ... was ist denn mit deinen Haaren los, wie hast ... wie siehst du denn, Scheiße, wie siehst du denn aus? Johanna? Was machst du hier?«, und winkt sie dann mit einer Armbewegung, fast komisch ungelenk, zu sich, als sie zurückweicht, einen Schritt, zwei. Sie beißt sich auf die Unterlippe, weil das zum Lachen ist und irr. In ihrem Rücken wallt ganz kurz was Warmes auf, sie sieht ein Glimmerwischen auf den glatten nassen Rinden vor sich und weiß, das hinten ist wohl eine Feuerwelle. Der Wald hat angefangen zu brennen, von der Absturzstelle her. »Was? Meine Haare? Wichser! Du bekloppter Wichser, weißt du, wer diese Leute sind hier? Was hier los ist? Meine Haare! Scheiße!«

Diese Leute, drüben um die Villa und weiter hinten, flußwärts, im Wald, schießen und brüllen, rennen und kämpfen. Motorräder hört Johanna keine mehr. Pauls Gesichtsausdruck scheint zu schmelzen, sein Schock ist wie vom Regen weggewaschen, als er sich in ganz anderem Tonfall an sie wendet – bittend, fast flehentlich: »Komm vergiß ... laß das hier, komm mit, komm mit mir zum ... zum Haus rüber. Du weißt nicht ... die haben mir ganz viel erklärt.«

»Außer, daß ich auch dabei bin in dem Scheiß, was?«

»Na, ja, also, das nicht, stimmt, aber ... Wir fahren ... der Dath fährt, fliegt uns zu, zu Nicole und ähm Cathrin, die warten in Frankfurt, die bringen uns ... du kannst mit, du kannst aus dem Land raus, okay? Das ist alles schrecklich hier gerade, wir müssen ... wir müssen jetzt zusammenhalten, ich erklär' dir später alles, okay?«

Sie zieht die böseste Grimasse, die ihr einfällt, und fuchtelt mit den verletzten Armen wie eine Idiotin in seine Richtung, daß er nur ja nicht näher kommt. Dann schreit sie ihn an, nachäffend und mit sich überschlagender Stimme: »Ich erklär' dir alles, ich helf' dir, okay, komm mit, außer Landes, alles klar, prima, okay … was GLAUBST du eigentlich, was ich hier MACHE? Wie KOMMST du eigentlich drauf, DU wüßtest hier IR-GEND-WAS, du Affe?«
Wieder streckt er die Arme nach ihr aus, kommt näher, und sie kann nicht weiter zurückweichen, weil da die Hitze ist, das Zunderbeißen.
»Johanna, bitte … es ist alles viel komplizierter als ähm …«
»Einen SCHEISS! Einen SCHEISSDRECK weißt du!«, und sie tritt so schwungvoll nach ihm, trotz Schmerz im Bein, daß ihr Stiefel tatsächlich sein Knie trifft. Er knickt ein, aber nur sehr wenig, flucht allerdings mit kräftigem Brüllhusten: »Kacke! Wieso … ah, was machst du denn? He?«

»Jetzt streitet doch nicht so häßlich!«
Die Zweige teilen sich. In die Feuerhelle, die das bißchen Lichtung klar erleuchtet, tritt Dath, gefolgt von zwei mit Pistolen bewaffneten jungen Frauen in hellen Uniformen, deren Farben Johanna im Flackerlicht nur raten kann: beige, oliv? Dath hat ein Gesicht dabei, das lachen will; seine Gestik ist die eines Partygastgebers, als er den beiden Frauen mitteilt: »Denise, Claudia, das ist die Malerin, von der ich erzählt hab'. Den Paul kennt ihr ja. Schön. Valerie habt ihr nicht dabei? Egal. So. Wollen wir vielleicht lieber abhauen jetzt, was meint ihr? Solange Kreuzer es sich nicht anders überlegt? Daß wir erst mal ein paar Jahre, ich weiß nicht, vielleicht in Rio, das Budget ist ja genehmigt, bis die gröbsten …«
»Sag mal, du Spinner, so gefällt dir das hier, ja?« Eine schöne Ruhe überkommt Johanna, als sie ganz langsam anfängt zu sprechen. Ihr Blick begegnet dem der Frau, die Dath eben »Denise« genannt hat; sie hat eine lange Narbe mitten im Gesicht und sieht trotzdem, vielleicht auch gerade deswegen, ziemlich hübsch aus. Die Frau schaut Johanna sehr unzufrieden an, als ob die Künstlerin eine ganz besonders unnötige Störung des vorgesehnen Betriebsablaufs wäre – auch das ist wieder,

wie so vieles in der Hölle, ein bißchen komisch, also lächelt Johanna, als sie neu ansetzt und Dath diesmal direkt ins Gesicht schaut: »Das ist dann also alles so, wie du es wolltest, ja? Mit Toten und Verletzten, und du kommst dir jetzt wie der Regisseur vor, ist das richtig?«
Dath zuckt mit den Schultern, als wollte er sagen: Bedaure, nicht mein Tisch, und geht dann an Paul vorbei zu einem Knick in der Wurzelplatte – seine Taschenlampe schwenkt er auf eine Art Durchgang zu. »Hier der Trampelpfad, da geht's zum zweiten Wagenpark. Tiefgaragenmäßig. Wir sollten uns beeilen.«
Denise folgt ihm sofort, die andere, jüngere, deren langes, glattes, dunkles Haar wie ein Tuch von ihrem Kopf herunterhängt, schaut Paul fragend an. Der wirkt wie hin- und hergerissen – noch ist Dath nicht auf dem Pfad verschwunden, den er angeleuchtet hat, aber Paul scheint zu wissen, daß man auf ihn nicht warten wird, und auf Johanna noch viel weniger. An die wendet er sich darum jetzt ernst und dringlich: »Komm mit. Wir klären alles. Bitte. Johanna, sei nicht bockig, nicht jetzt. Das alles geht völlig über deine … ich meine, warum willst du deinen Kopf hinhalten, bei einer Sache, die … «
»Ach, Schwachsinn!«, sie wird sehr laut, das Knacken und Rasseln des Feuers, die Donnerschläge, die letzten, sehr vereinzelten Schüsse, alles hört für einen Moment auf, als hätte ihr Schimpfen den ganzen Aufruhr erstickt. Selbst Dath bleibt stehen, schiebt sich an den beiden jungen Frauen vorbei zurück unter die große Fichte, sieht Johanna beeindruckt, interessiert, neugierig an, wie eine Hyäne, die überlegt, ob sie beißen, bellen oder betteln soll.
»Johanna, weißt du …«, versucht es Paul Debus noch einmal begütigend, aber sie schneidet ihm kalt das Wort ab: »Nee, ich weiß nix. Und ich will auch gar nix wissen, jedenfalls von dir nicht. Monatelang dachte ich: Ich will da sein, wo du bist. Statt dessen, weißt du, will ich lieber da sein, wo ein Hubschrauberwrack verbrennt. So. Wo eine Frau steckt, von der mir Adam erzählt hat. Auf die er ein Gedicht geschrieben hat, das mich mehr bewegt hat als alle deine blöden Versprechungen und Visionen.«
»Entschuldigung, sagtest du Hubschrauberwrack?« mischt sich Dath

ein, als ginge es um eine Auseinandersetzung übers Menü in einer gemütlichen Pizzeria. »Wo genau? Da drüben?«, er nickt knapp in Richtung Absturzstelle, wo jetzt schwarzer Qualm sich aus den Flammen wölbt und gegen die Silhouetten der Bäume streicht wie aufquellender Teig. Johanna erwidert gar nichts, sondern wendet sich ab und drückt seitlich eine Hecke weg, um sich ins Gestrüpp neben dem brennenden Wrack zu stehlen, von wo aus sie zu den Trümmern vorzudringen hofft. Paul Debus macht einen halbherzigen Schritt hinter ihr her, aber Dath hält ihn an der Schulter zurück: »Nein, nein. Du gehst mit Claudia und Denise, jetzt sofort. Ich komme nach«, und damit schiebt er sich an Paul vorbei, der sich von Denise am Arm fassen und fast ganz ohne Widerstand wegziehen läßt. Johanna erreicht den stachligen Scheiterhaufen nur mit Mühe, muß sich durch hohe Farne kämpfen. Die knisternden Wirbel in den Wallungen der wehenden, sich blähenden Hitze wollen ihr den Verstand schwindlig drehen. Der Regen hat nachgelassen, nur ganz vereinzelte Tröpfchen fallen noch vom Himmel oder aus den Ästen. Johanna hält den rechten Arm schützend vors Gesicht. Die Autogyroleiche, verkeilt zwischen einem halb gespaltenen und einem abgeknickten Nadelbaum, sieht aus wie eine mit gigantischen Heckenscheren geschlachtete Riesenbiene. Zwei Rotorblätter sind zerbrochen, liegen in Scherben. Das gleißt, darin spiegelt sich ein geschlossenes, gleichgültiges, unfreundliches Nachtall. Johannas Blick wird irr, sucht rechts und links, vorn und hinten nach der Jägerin, von der keine Spur zu erkennen ist, nicht einmal ein abgeknickter Grashalm.
»Ich dachte wirklich«, sagt Dath, der nah bei und hinter ihr steht, in nachdenklichem Tonfall, als hätte er ihre Gedanken erraten, »sie wäre bei Kreuzer. Daß er sie mitnimmt, als Souvenir oder um was draus zu machen, wenigstens aus dieser einen Figur. Ich meine, wenn er meine Show schon absetzt. Ich darf natürlich nicht undankbar sein. Seine andern Leutchen, der japanische Finanzclown, der Typ beim Geheimdienst, irgendwelche Musikmenschen, die ich ihm womöglich noch vorgestellt … die haben halt gewonnen, sich durchgesetzt. Ein besseres Szenario, origineller als meins. Adam Sladeks Texte sind in Sicherheit, ich hab' sie Kreuzer ausgehändigt, und dafür hat er mir ein Abwick-

lungsbudget geschenkt. Sehr generös. Reicht aus, daß ein halbes Dutzend Hauptfiguren vier, fünf Jahre sorgenfrei … Aber das Artemisding, aus dem hat er mich rausgezogen. Unzuverlässig, sagt er! Ich! Tja. Und Amelia … ich dachte, er nimmt sie mit in sein neues Spiel. Vielleicht wollte er das auch, und sie ist ihm ausgebüxt. Jedenfalls aber …«
Johanna dreht sich blitzschnell nach ihm um und läßt ihre Hand auf seine Wange klatschen. Die Ohrfeige ist so heftig, daß ihr der Handballen davon wehtut. Sie leckt in ihrem Mund herum: Es fehlt, vom Sturz vorhin, tatsächlich ein Stück, ausgerechnet bei dem Stützbeißer für den Goldzahn. Hoffentlich lockert der sich dadurch nicht auch. Was man alles denken kann mitten im Weltuntergang, drollig.
Daths getroffene Wange leuchtet wie ein roter Schmetterlingsflügel. Er lächelt und sagt: »In Ordnung. Kann man machen. Die Figur, die ich hier war …«
»Figur, Figur«, Johanna spuckt entnervt auf den Boden und nimmt eine Körperhaltung ein, die ihm bedeuten soll, daß er sich ihr nicht in den Weg stellen darf, wenn sie jetzt gleich aus dem Wald marschieren wird. »Für dich sind wir alle nur Gestalten in irgend so einem ausgedachten Krampf.«
»Das Buch ist so gut wie fertig. Und es geht, soweit ich sehe, fast gut aus. Kein Grund zur Klage.«
»Menschen, du Arsch! Wir sind Menschen, und du verschiebst sie hin und her, schickst Paul nach Alaska, verwanzt mein Haus, läßt zu, daß Adam seine Freundin mit einem sterilisierenden Virus infiziert – was soll das, ich mein', geht's dir nur um den Schock, der …«
»… die Figuren aufweckt. Ja.«
Der Wildwuchs teilt sich erneut. Zwei Schläger aus Kreuzers Garde schleppen den geprügelten Klaus Kiwus wie einen Sack am Feuer vorbei. Sein rechtes Auge ist purpurrot und schwarz zugeschwollen, seine Haare kleben in blutignasser Unordnung auf der Stirn. Er war ein Engel, jetzt ist er ein zerbrochenes Spielzeug. Johanna zeigt auf ihn und brüllt Dath an, bevor der mit den beiden Kerlen reden kann: »Siehst du das? Figuren!«
Dath macht eine knappe, unwillige Kopfbewegung und teilt den bei-

den Kerlen mit, was er von ihnen erwartet: »Na, jetzt legt ihn wenigstens ab. Da vorne, gegen … gegen den Wind, nicht ins Feuer schmeißen. Herrgott, das Personal. Servicewüste Deutschland. Haut ab. Verschwindet.«
Sie tun's und werden Schatten, die der Wald wegsaugt. Johanna humpelt zu Klaus Kiwus, kniet bei ihm, hebt seinen Kopf hoch, streicht ihm das Haar aus der Stirn. Dath steht minutenlang schweigend beim qualmenden, lodernden Wrack, mit verschränkten Armen, als hielte er Totenwacht bei einem Wikingerkrieger. Johanna sieht ihn nicht direkt an; sein Umriß, schief, von den Flammen auf die helle Ahornrinde neben ihr geworfen, genügt der Malerin. Klaus Kiwus hat aufgesprungene Lippen, sie sind sehr trocken.
Er deliriert: »Wenn wir … wo sie im vorhin … alle mehr, viel mehr Leute in der Villa als ich … als wir gedacht hatten.« Der Junge wird von einem langen Hustenkrampf geschüttelt. Johanna hält ihn zusammen, so gut sie kann.
Als die Zuckungen verebben und Klaus Kiwus das gesunde Auge schließt, bewegt sich Daths Schatten plötzlich ruckartig zur Seite, weicht etwas Unvorhergesehenem aus. Das Unvorhergesehene, sieht Johanna, als sie den Kopf dreht, ist ein riesiger, stark angeschlagener Mann in verdreckten Hosen, schweren Stiefeln, einem bis zur Brust aufgerissenen schwarzen Herrenhemd und einem Mantel, der mehr wie eine Lumpendecke als wie ein Kleidungsstück aussieht. Diesem Holzfäller, denkt sie, haben blutrünstige Indianer ohne Grund die gesamte Familie hingemordet. Es ist Adam Sladek.

Der Dichter hebt die Fäuste, als gehörten sie ihm nicht.
Dath tritt noch einen Schritt zurück – keinen sehr sicheren, das Unterholz will ihm nicht festen Stand gewähren – und richtet eine Handfeuerwaffe auf Adam.
»Du willst nichts lernen«, sagt der Verbrecher, alle Verstellung ist von ihm abgefallen; nur Unmut bleibt übrig. Adam schaut ihn nicht an; er betrachtet die Waffe, als wäre die ein Rätsel, das er lösen muß.
Dath wird ungeduldig: »Sladek? Hörst du mir zu? Du könntest mit-

kommen. Nein. Du willst nicht. Du lernst nichts. Du hast gedacht, wenn du aus der Armee abhaust, mußt du in keinen Krieg. Und dann hast du … dann fängst du an zu schreiben, als ob das nicht der schlimmste … Als ob man so einfach die Seite der Schönheit einnehmen könnte und dann in Ruhe gelassen würde, vom Feind, der … Du kämpfst doch nicht gegen Kreuzer oder mich jetzt, du hast immer denselben Feind, ob mit uns oder gegen uns: Alles, was nicht Sprache ist und auch keine werden will, eine Macht, die hinter allem steht, was dich von deiner eigenen, selbstgefundenen Arbeitsweise wegziehen will, die dich täglich in Lebensgefahr bringt, solange du als Dichter …«

»Eine Ruger«, sagt Adam sehr leise. »Kaliber .44mm Magnum. Das muß das neue Jubiläumsding sein, von 2009. Fesch. So eine hab' ich ewig nicht gesehen.« Wäre der alte Kiwus noch am Leben und stünde dabei, er könnte den Waffentyp bestätigen und außerdem verraten, daß dieses Stück von ihm stammt – er hat im Fundbüro und privat mit solchen Werkzeugen gehandelt; es war ein Nebenverdienst.

Dath erklärt sich: »Wenn ihr nicht mitkommt, siehst du gleich noch die Kugel und dann nichts mehr.«

Adam lächelt, erkennt Johanna. Wie bizarr. Sehr ruhig sagt der Dichter: »Blödsinn. Du kannst keinen umbringen.«

»Wart's ab.«

»Nein, du verstehst mich falsch, Dath. Ich sage nicht, daß du's nicht willst. Aber du kannst es nicht. Du weißt nicht, wie es geht. Du hast es nicht gelernt.«

»Aber du.«

»Ja. Beim Staat«, sagt Sladek und schlägt dem Verbrecher mit aller Kraft und ohne Vorwarnung zwei Fäuste auf beide Schultern. Der Mann klappt zusammen, geht in die Knie. Er verliert die Waffe, greift mit den Armen in die Farnpflanzen, um nicht vollends in die Horizontale zu rutschen. Aber Adam ist schon über ihm, bevor Dath Halt findet, beugt sich vor und schlägt auf ihn ein, als wäre der andere eine Delle im Teppich, die der Dichter geradekloppen muß. Dath fängt an, sich halbherzig, aber wütend zu wehren. Er tritt. Er greift.

»Hast … wohl … gedacht«, Adams schwere Arbeit ist sehr rhythmisch,

ein Trommelpuls, »du … kommst … so … davon … du … kleine … Ratte … aber … da … hast du … falsch … gedacht.«
Erst als Adam, der, wie man ihm ansieht, in dieser Nacht durch Prüfungen gegangen sein muß, von denen Johanna nie etwas wird wissen wollen, keinen Atem mehr hat und keine Kraft, hört er auf, den am Boden Liegenden zu verprügeln. Da ist ein Pfeifen und Singen, das Johanna zuerst nicht zuordnen kann. Dann erkennt sie bestürzt: Der Verdroschene lacht, bis ihm die Tränen kommen, er lacht und freut sich und lacht. »Weißt … weißt du … Adam … die … ich … sämmtliche, das sollte … es wären gar … gar nicht alle deine Gedichte … drin gewesen … nur … nur die, die den Zweck … meßbar … wir haben … hahaha … Sprachanalysen … forensische, statis… statistische … Wörterhäufungen von … hahaha … wir haben … Stemmata … welche Gedichte bei einem Durchschnitt … aha … hahahahaha haha … literaturinteressierter … Leserinnen und Leser … genau die … genau die … die gewünschte … und sämmtliche … sollte heißen … manchmal kann ha … ha … manchmal kann eine Auswahl …«
»Natürlich«, ergänzt Adam, vornübergebeugt und die Hände auf die Knie gestützt, mit keuchendem Atem den Gedanken seines Tanzpartners, »sicher, manchmal … kann eine Auswahl vollständiger sein als die bloße Sammlung einer Gesamtheit. Es wäre mein Werk gewesen, ohne Fett und Ablenkungen. Hätt' ich gern … gesehen.«
»Ja dann … ha … haha … dann darfst du mich natürlich … nicht umbringen … the … killing … the killing … joke … du … haha … du und ich, lieber …«
Irre, alle beide. Immer gewesen.

Ein Endspiel, für das es kein sinnvolles Ergebnis gibt; Zusammenprall von Falschem und Verkehrtem, verkörpert von zwei Verrückten. Sie wollen nicht gewinnen, sie wollen den andern nicht zu irgendwelchen erkennbaren, benennbaren Zwecken in Leben oder Kunst nötigen, sondern sie wollen aneinander kaputtgehen, so laut und effektvoll wie möglich. Johanna wendet den Blick ab, weil sie der Meinung ist, daß es da, wo es nichts zu verstehen gibt, auch nichts zu sehen geben soll.

Adam schlägt, weil Dath nach seiner Waffe wühlt und weiter tritt, noch ein paarmal zu, Dath hört irgendwann auf zu lachen. Johanna schließt die Augen. Wenn sie hier einschlafen könnte, im Sitzen, bei dem Jungen, der vollauf damit beschäftigt ist, zu atmen und zu blinzeln und das Bewußtsein nicht zu verlieren, dann wäre das, findet sie, während ihr alles einfach nur noch wehtut, im Grunde sicher sehr nett.
Schließlich hört sie ein kurzes, schnelles, schneidendes Geräusch, einen zusammengezogenen Windstoß, und dann ein »Plock«, als ob eine kleine Holztür zufällt. Adams Hand legt sich auf ihre dreckigen Haare. Sie öffnet die Augen, sieht hoch zu ihm, der sagt: »Komm, Johanna, wir gehen. Mit ihm. Wir nehmen ihn mit, den Klaus. Tragen ihn weg.« Um seinen Kopf tanzen kleine zerrupfte Lichter.
Johanna spürt welche davon auf ihre Stirn, auf ihre Wangen und Nase fallen und sieht, daß es mehr werden, daß sie aus der Höhe herbeigeschwebt kommen, wo sie zwischen Sternen kreisen und tanzen, die sich jetzt aus der Schwärze wagen, weil nicht mehr überall die schweren Wolken hängen, sondern nur noch vereinzelt bleigraue und weißliche.
Die Lichter sind Schneeflocken.
Johanna schaut zur Ahornrinde, dort sieht sie Daths Silhouette, an den Stamm gelehnt, sitzend, und auf der Höhe des Mundes ist ein dünner schwarzer Strich mit Feder dran, der aus dem Gesicht ragt. Ein Dirigentenstab, ein Eßstäbchen, nein: doch eher ein Pfeil. Das war, denkt sich die Malerin, das Geräusch der zufallenden Tür: Jemand, etwas, aus dem Wald, hat mit einem Pfeil geschossen, und der hat getroffen. Sie blickt sich um, nervös, und leckt sich über den trockenen Mund. Der heiße Feuerwind sticht ihr in den Augen. Sie erkennt nichts in den Finsternissen.
Adam sagt: »Amelia bleibt im Wald, wo sie sich auskennt.« Johanna gibt ein unverbindliches Seufzen von sich, läßt sich dann hochziehen und hilft mit Adam gemeinsam auch dem jungen Kiwus wieder auf die Beine.
Adam schlägt vor: »Wir bringen ihn zur Villa. Die Biker sind dort. Die werden auf die Polizei warten, und auf den Krankenwagen, mit Klaus.«

»Und wir? Warten wir auch? Auf die Behörden, auf die ähm Ordnungshüter?«
»Besser nicht«, sagt Adam, und Johanna nickt, weil ihr das einleuchtet.

Mischaballade Schluß

Bahnsteig achtzehn steht die Mischa
Mit dem Liebling, der die Frau ist
Die mit einem Manne wohnte
Der aus transgressiver Triebwut
Hin und wieder in den Puff ging.
Beide, Liebling und auch Mischa
Freuen sich auf diese Reise
Feiern küssend ihren Abschied
Von der alten Stadt Berlin.
Heute fängt die Welt für beide
Als der neue Platz zum Spielen
Und die größte Gegend an
Wo man Hand in Hand | zusammen
Mit ganz wenig Koffern losfährt
Um den Ort sich zu erobern
Der dann | das Zuhause | heißt.

Mischa kann nie Kinder kriegen
Liebling will gar keine haben
Ist nicht nötig geht auch ohne
Denn sie werden jetzt | erstaunlich
Auf die Welt einander bringen
Bald zum zweiten Mal geboren
Ich von Dir | und Du von mir
Nennen sie das einfach Liebe
Und es öffnet sich die Zukunft

Weil der Mut der beiden Herzen
Einen Weg ins Beste weiß.

Bilder

Zwei Veränderte betreten ein Haus, von dem sie erst jetzt wissen, daß es beiden Schutz bietet.
Die Hausherrin hatte geglaubt, sie wäre die Beschützende, die den schutzbedürftigen Gast bei sich aufnimmt. Jetzt weiß sie es anders; und auch er, der ihren Irrtum teilte, hat ihn abgelegt.
Sehr viele Stellen an den Körpern tun ihnen weh. Sie küssen einander manchmal; vorsichtiger als früher, klüger.
Einer hat dieses Haus zu verwüsten versucht.
Es ist ihm nicht gelungen.
Licht, das durch alle Fenster fällt, stellt eine gute Ordnung her.
In der Küche trinken die beiden Heimgekehrten Tee.
Dann gehen sie nach oben.
Ihm fällt eine wundervolle Strophe eines zärtlichen Gedichts ein, das er einmal ins Deutsche hat übertragen wollen, dann aber in Ruhe gelassen hat, weil ihm die Sprache dafür fehlt, etwas so Großes zu versuchen: Das Gedicht handelt davon, wie man sich lieben soll, wenn Krieg war, wenn alle Anstrengungen gewagt, alle Opfer gebracht wurden und man jetzt müde ist. Verfaßt hat es die Dichterin Valentine Ackland, welche die Liebste der Dichterin Sylvia Townsend Warner war. Die Strophe lautet:

See, I have hung the coat, the shallow helmet
And this untainted gasmask in the hall,
Placing shoes, torch and the traveller's scrip nearby:
Thus, lesbia, all is done that can be done,
Meet offering made, and no good spirit slighted;
Custom obeyed, let us upstairs to bed!

Aber Johanna und Adam gehen nicht ins Bett, sondern zu den Bildern. Nicht alle sind beschädigt. Die besten haben sich die Schläger wie aus unbewußter Scheu vor Heiligem nicht anzurühren getraut. Auch ein Porträt von Valentine Ackland hängt hier. Sie sieht aus, als wüßte sie genau, wie uneitel gut das ist, was sie geschrieben hat.
Adam legt den Arm um Johannas Hüfte, sie humpelt leicht verlegen neben ihm her, umfaßt schließlich auch seine Mitte.
Beide betrachten die schönen Menschen, die Johanna gemalt hat.

Die schönen Menschen betrachten den Dichter und die Malerin.
Es ist ein Wiedersehen.
Man erkennt einander.

Freiburg-Frankfurt-Leipzig 2006-2009

Coda

»Doch was sind die Merkmale dieser speziellen Art zu dichten, was ist ›das‹ Kallimacheische? ›Kallimacheisch‹ im Vergleich etwa zum Epiker Apollonios, zum Jambiker Herondas oder zu einem Epigrammatiker wie Asklepiades oder Leonidas ist zunächst einmal die Bandbreite an Gegenständen, Personen, Tonlagen, Gestaltungsmitteln, Sprachformen und narrativen plots, die bedingt ist durch die Gattungsvielfalt seines Werkes bzw. den Willen, die einzelnen Stile und konventionellen Gattungen ständig zu dekonstruieren und neu zusammenzusetzen. Allenfalls vergleichbar wäre Theokrit, der ebenfalls literarische Experimente liebte. (...) Kallimachos benutzt bestimmte Konventionen, z. B. dem Leser vertraute plots, Gattungen oder Sprachebenen, aber nur, um sie sogleich wieder zu durchbrechen mit neuen Elementen, die in diesen älteren Konventionen keinen Ort haben (z. B. ein Siegeslied in elegischen Distichen, z. B. ›mimetische‹ Götterhymnen). (...) Wie diese Fälle zeigen, ist auch die kallimacheische Ironie mindestens partiell zu bestimmen als Ergebnis einer Konfrontation von Moderne und (literarischer) Vergangenheit: Sie entspringt dem Bewußtsein, daß es unmöglich ist, die Muster der klassischen Tradition ungebrochen zu reproduzieren.«

Markus Asper: Einleitung zu den Werken des Kallimachos

Dank

Joshua Middleton, Frederick Seidel, Piwi, Joachim Körber, Kammerflimmer Kollektief, Elizabeth Bishop, Daniela Burger (für das Bärensiegel), meinem Bruder Michael, Henning Ritter, Jens Friebe, Hannes, Barbara, Markus H., Markus R., John C. Wright, Annekathrin, Julia K., Andreas, Stefanie, Verena, Fe, Tom, Tanja, Hanne, Doris.